Charlie Higson
James Bond
Der Tod kennt kein Morgen

Von Charlie Higson ist im Arena Verlag erschienen:
James Bond – Zurück kommt nur der Tod (Band 50821)
James Bond – Stille Wasser sind tödlich (Band 50820)
James Bond – Reden ist Silber, Schweigen ist tödlich (Band 50823)
James Bond – GoldenBoy (Band 50822)

Die gleichnamigen Hörbücher sind bei Arena audio erschienen.

Charlie Higson
lebt in London und ist in England bekannt geworden als erfolgreicher Autor von Thrillern für Erwachsene sowie als Darsteller und Mit-Erfinder der beliebten BBC-Comedy-Show »The Fast Show«. Als er von Ian Fleming Publications darauf angesprochen wurde, eine Buchreihe über James Bond als Jugendlichen zu schreiben, war er gleich begeistert. James Bond, der berühmteste Spion der Welt, war auch für ihn ein Idol. Sorgfältigste Recherchen und eine genaue Abstimmung mit den Romanen von Ian Fleming führten Charlie Higson zu seiner Figur des 13-jährigen James Bond.

CHARLIE HIGSON

JAMES BOND

Der Tod kennt kein Morgen

Aus dem Englischen von Silvia Schröer

Arena

Für Vicky
In Erinnerung an Kate Jones

Mein Dank geht an Franz Hink von der Kitzbüheler Skischule.
Er hat mir das Skifahren beigebracht und die Berge gezeigt.

MIX
Papier aus verantwortungsvollen Quellen
FSC
www.fsc.org
FSC® C110508

Die Originalausgabe erschien 2008 unter dem Titel
»By Royal Command« bei Puffin/Penguin Books Ltd. London.

1. Auflage als Sonderausgabe 2015

Aus dem Englischen von Silvia Schröer
Umschlaggestaltung: Frauke Schneider
Umschlagtypografie: KCS GmbH · Verlagsservice & Medienproduktion,
Stelle/Hamburg
Gesamtherstellung: Westermann Druck Zwickau GmbH
ISSN 0518-4002
ISBN 978-3-401-50824-5

www.arena-verlag.de
Mitreden unter forum.arena-verlag.de

Inhalt

Teil eins: Kitzbühel

Teil drei: Auf der Flucht

Teil eins

Kitzbühel

1 Oh que será

Oberst Irena Sedova vom OGPU hasste Traktoren. Sie wäre glücklich, wenn sie für den Rest ihres Lebens keinen Traktor mehr sehen müsste. Sie hatte Traktoren gebaut, sie hatte Traktoren gefahren, sie hatte Denkmäler von Traktoren enthüllt, sie hatte zahllose Lobreden auf Traktoren in fremden Städten gehalten ... Russische Traktoren, kommunistische Traktoren, die besten Traktoren der Welt!
Sie hatte den Krieg überstanden und danach die Revolution und den Bürgerkrieg. Sie hatte die schreckliche Hungersnot im Winter 1921 durchgemacht, als die Menschen auf dem verarmten Land dazu verdammt waren zu essen, was sie kriegen konnten – Unkraut, Gras, Ratten, Lederschuhe, sogar Menschen. Sie hatte die Säuberungsaktionen der letzten zehn Jahre überlebt und drei Attentatsversuche. Aber sie würde das alles lieber noch einmal durchleben, als noch eine Minute länger mit diesen höllischen, gottverdammten Maschinen zu verbringen.
Aber sie war hier, an diesem kalten Märzmorgen, und sah einer Parade dieser Maschinen zu. Beobachtete, wie sie vor einer Gruppe gelangweilter portugiesischer Geschäftsleute und einheimischer Funktionäre auf einem Platz in einem hässlichen Industrieviertel von Lissabon auf und ab fuhren.
Bei den zwanzig Traktoren aus der Traktorenfabrik in Tscheljabinsk handelte es sich um verschiedene Modelle und trotzdem waren alle gleich: Sie waren laut, sie waren dreckig und sie waren hässlich.

Oberst Sedova war auf einem Bauernhof in der Ukraine aufgewachsen. Damals, Ende des letzten Jahrhunderts, hatte es noch keine Traktoren gegeben. Pferde, Ochsen und Bauern hatten die Feldarbeit erledigt. Erst nach der Revolution waren sie in Russland – oder der Sowjetunion, wie es nun hieß – aufgekommen. Sie waren das Symbol des neuen Russland, einer fabelhaften modernen Welt. Sie würden die Landwirtschaft revolutionieren, genau wie Lenin alles andere revolutioniert hatte. Wenn ein Traktor in einem Dorf eintraf, gab es jedes Mal ein Fest. An der Spitze einer langen Parade fuhr er langsam die Straße hinunter, gefolgt von Männern, Frauen und Kindern, die Fahnen schwenkten und patriotische Lieder sangen.

Nachdem Oberst Sedova sich im Krieg und während der Revolution bewährt und ihre Tapferkeit und Entschlossenheit unter Beweis gestellt hatte, war sie dem Propagandaministerium zugeteilt worden, wo einer ihrer ersten Aufträge darin bestand, eine Reihe von Filmen zu drehen, in denen ein russischer Traktor die Hauptrolle spielte. Später war sie zum Objedinjonnoje Gosudarstvennoje Polititscheskoje Upravlenije gewechselt, zur russischen Geheimpolizei. In ihrem jetzigen Job befehligte sie ein Netzwerk aus Spionen und Geheimagenten, die über ganz Europa verteilt waren. Ihr Ziel war es, ausländische Regierungen zu unterwandern und jeden zu eliminieren, der gegen das kommunistische Regime arbeitete.

Endlich, hatte sie gedacht, *komme ich von den Traktoren weg.*

Aber so war es nicht. Eine Gruppe russischer Geheimagenten hätte im Ausland ziemlich viel Wirbel ausgelöst, es sei denn, sie gaben vor, etwas anderes zu sein. Deshalb brauchten alle Spione eine Tarnung. Oberst Sedova und ihr Team reisten, Traktoren verkaufend, kreuz und quer durch die Welt und gaben vor, Teil einer sowjetischen Handelsdelegation zu sein.

Sie seufzte. Das Leben eines Spions war nicht so romantisch, wie

man es oft in Abenteuerbüchern lesen konnte. Die meiste Zeit verbrachte man damit, sich zu Tode zu langweilen.
Aber an diesem Morgen hatte sie eine Mission.
Sie sah sich um. Niemand würde bemerken, wenn sie jetzt verschwand. Die Portugiesen würden mit den Ingenieuren über langweilige Dinge wie Größe, Leistung und Zugkraft von Motoren reden wollen. Man würde sie nicht vermissen.
Sie murmelte etwas zu Alexa, ihrer Sekretärin, und trat zurück in den Schatten eines Warenlagers. Dann stahl sie sich davon. Sie lief eine Gasse hinunter, wo ihr Auto auf sie wartete. Es war ein brandneuer schwarzer unauffälliger Citroën Traction Avant. Sie liebte dieses Auto. Die Franzosen mochten Feinde des Vaterlandes sein, aber wie man Autos baut, das wussten sie. Anatolij, ihr Fahrer, öffnete ihr die Tür. Sie stieg ein und ließ sich in den Sitz sinken. Es roch nach Holz und Leder. Der Geruch von Luxus.
»In das Alfama-Viertel«, raunzte sie und Anatolij fuhr los. Schnell und sicher lenkte er den Citroën durch Lissabons Straßen. Ein paarmal bog er wie zufällig ab und fuhr im Zickzack, um mögliche Verfolger abzuschütteln. Als er sicher war, dass niemand ihnen folgte, nahm er Kurs auf den alten Teil der Stadt.
Sedova, den meisten unter dem Namen Babuschka, Großmütterchen, bekannt, würdigte die vorbeiziehende Gegend keines Blickes. Tief in Gedanken versunken, konzentrierte sie sich auf die Mission, die vor ihr lag.
Was genau hatte Ferreira vor?
Die Spione waren in sogenannten Zellen organisiert, in kleinen Gruppen, deren Mitglieder nur die Identität der anderen Mitglieder der Zelle kannten. Wenn einer von ihnen gefasst und verhört wurde, konnte er keine Informationen über den Rest des Netzwerks preisgeben. Nur der Leiter der Zelle kannte die Identiät der nächst ranghöheren Person und manchmal auch die Identiät anderer Leiter. Aber auch so war das Riskio gering. Im Falle einer

Enttarnung würde nur eine Handvoll Spione auffliegen. Die Struktur der Zellen war absolut sicher. Wenn sich allerdings der Leiter einer Zelle gegen die Organisation wandte, konnte es Probleme geben.

Martinho Ferreira stand an der Spitze der wichtigsten kommunistischen Spionagezelle in Lissabon. Nach außen hin führte er eine Buchhandlung, die auf Kunst, Musik und Architektur spezialisiert war. Ferreira erstattete Franco Fortuna, dem sowjetischen Offizier für Südeuropa, Bericht. Fortuna saß in Rom und berichtete direkt weiter nach Moskau.

Doch es gab ein Problem und Oberst Sedova war gezwungen, ihre Tarnung aufzugeben, um sich persönlich darum zu kümmern. Ein Dechiffrierexperte in der OGPU-Zentrale in Moskau hatte entdeckt, dass Ferreiras Berichte sich verändert hatten. Er hatte minimale Abweichungen festgestellt, die die meisten wahrscheinlich nicht bemerkt hätten, die aber dem trainierten und argwöhnischen Auge des Experten sofort auffielen. Eine sorgfältige Suche in den Akten hatte erbracht, dass Ferreiras Berichte schon seit mehreren Monaten nicht mehr die gewohnte Form hatten. Was war passiert? Warum diese Veränderung? Wurde Ferreiras Zelle unterwandert? War er von fremden Mächten angeworben worden? Vielleicht von den Deutschen oder den Briten?

Babuschka würde es herausfinden. Sie würde es herausfinden und alles wieder in Ordnung bringen.

Sie erreichten die Mauer des Castelo, wichen einer ratternden hölzernen Trambahn aus und bogen in das mittelalterliche Alfama-Viertel ein. Durch ein Labyrinth aus engen gepflasterten Gässchen und kleinen Plätzen suchten sie sich ihren Weg zu der breiten grauen Fläche des Rio Tejo.

Die Buchhandlung befand sich am nördlichen Rand des Viertels, in der Nähe des Flohmarkts, am Campo de Santa Clara. Anatolij

hielt vor einer Reihe schmutziger orangefarbener Häuser. Er zog die Handbremse an, ließ den Motor aber laufen.
»Lass das Auto hier stehen und postier dich auf der Rückseite des Gebäudes«, sagte Babuschka, während sie aus dem Citroën stieg. »Pass auf, ob jemand reingeht oder rauskommt. Wenn jemand das Haus verlässt, folgst du ihm, wenn nötig. Ich gehe vorne rein.«
Anatolij nickte und schaltete den Motor aus.

Olivia Alves sah auf, als die Klingel über der Tür scheppernd läutete. Neugierig beäugte sie die Frau, die den Laden betrat. Sie sah nicht aus wie die Kundschaft, die sich normalerweise in die Buchhandlung verirrte. Während der drei Wochen, in denen Olivia hier arbeitete, waren die wenigen Kunden zum größten Teil Professoren und Studenten von der Universität gewesen oder bärtige Künstlertypen. Auch sah die Frau nicht wie eine der üblichen Touristen aus. Eine Portugiesin war sie aber mit Sicherheit auch nicht. Sie musste aus einem Land im Norden stammen. Deutschland vielleicht. Sie war klein, untersetzt und ganz in Grau gekleidet. Der Rock und die Jacke waren zu eng und spannten an den Nähten. Dazu trug sie graue Wollsocken und graue Schnürstiefel. Auch ihr Haar und ihre Haut waren grau. Sie hatte ein flaches, derbes Bauerngesicht und kleine wache Augen. Sie tat kurz so, als würde sie sich die Bücher in den Regalen ansehen, dann kam sie zu Olivia herüber, die an einem Tisch saß und ein Buch über Tintoretto las.
»Ist Senhor Ferreira da?«, fragte die Frau in gebrochenem Portugiesisch.
Olivia nickte zum hinteren Teil des Ladens. Die Frau brummte und ging davon. Ihr Rücken war breit und kräftig wie ein Felsbrocken.

Babuschka musste den Kopf einziehen, als sie unter dem niedrigen Bogen hindurchging, durch den man vom Hauptladen in die hinteren Räume gelangte. Es war, als würde man einen Kaninchenbau betreten. Winzige Räume voller Bücher reihten sich aneinander, verbunden durch Korridore, an deren Wänden sich ein Bücherregal ans andere reihte. Babuschka ging an den Regalen entlang und entdeckte schließlich einen bärtigen Mann. Er saß in einer Nische, aß ein Sandwich, das nach Knoblauch roch, und studierte im Schein einer Schreibtischlampe ein paar Papiere.
Er sah auf, als sie sich ihm näherte, und schob seine Brille von seiner Stirn hinunter auf die Nase. Sein längliches Gesicht sah abgearbeitet und melancholisch aus.
Sedova musterte ihn einen Augenblick lang und sagte dann in gebrochenem Portugiesisch: »Sind Sie Martinho Ferreira?«
»Aber natürlich«, antwortete der Mann.
Sedova wechselte in ihre Muttersprache. »Sagen Sie dem Mädchen, sie soll zum Mittagessen gehen«, befahl sie. »Und schließen Sie den Laden.«
Der Mann lächelte unmerklich und gab vor, sie nicht zu verstehen.
»Ich bin Sedova.«
Der Mann erblasste, ließ sein Sandwich fallen und sprang von seinem alten, klapprigen Stuhl auf. Eilfertig lief er in den Laden und Sedova hörte leise Stimmen, dann öffnete und schloss sich die Tür zur Straße.
Sedova ging zum Schreibtisch und warf einen schnellen, geübten Blick über die ausgebreiteten Dokumente.
Etwas stach ihr ins Auge: Ein Stück Papier mit einem Namen darauf. Einem Namen aus ihrer Vergangenheit. Sie runzelte die Stirn. Als sie hörte, dass der Mann zurückkam, ließ sie den Papierfetzen schnell in ihre Jackentasche gleiten.
»Babuschka.« Lächelnd wischte er seine Handflächen an seiner

Jacke ab und streckte ihr eine Hand entgegen. »Es ist mir eine Ehre, Sie kennenzulernen. Ich habe so viel von Ihnen gehört«, begrüßte er sie in fließendem Russisch.
Sedova ignorierte die Hand.
»Wir müssen reden«, sagte sie.
Geschäftig wirbelte der Mann umher und bemühte sich, dem Oberst einen Sitzplatz freizuräumen. Sie waren in einer Art Bücherkeller; überall stapelten sich Bücher, sogar auf dem Fußboden.
Sedova beachtete die Bemühungen des Mannes nicht und blieb stehen. Der Mann setzte sich wieder auf seinen Stuhl.
»Gibt es ein Problem?«, fragte er.
Sedova antwortete nicht. Sie musterte den Mann ruhig. Sie war ihm nie zuvor begegnet, aber sie hatte in der OGPU-Zentrale seine Akte eingesehen. Darin waren auch Fotos gewesen.
Dieser Mann sah ihm ähnlich, aber es war ganz sicher nicht Ferreira. Er war gut fünf Zentimeter zu klein und seine Nase hatte eine andere Form.
»Sie sind nicht Martinho Ferreira«, sagte sie.
Der Mann zuckte mit den Achseln. »Bin ich nicht«, sagte er. »Martinho ist im Augenblick nicht hier.«
»Warum haben Sie dann gesagt, Sie wären er?«
»Man kann nicht vorsichtig genug sein.« Der Mann lachte und nahm eine Flasche Wodka von seinem Schreibtisch.
»Möchten Sie einen Schluck?«, fragte er.
»Ich trinke nicht«, sagte Sedova.
»Wenn Sie erlauben . . .« Der Mann goss sich einen großen Schluck ein. Dabei stieß die Flasche klirrend gegen den Rand seines Glases.
»Sie wissen, wer ich bin?«, fragte Sedova.
»Aber natürlich. Sie sind Oberst Sedova. Jeder im Netzwerk weiß, wer Sie sind. Sie sind berühmt.«

»Wie ist Ihr Name?«
»Mein Name? Cristo Oracabessa. Ich arbeite für Martinho.« Er ließ die Flasche schnell in einer Schreibtischschublade verschwinden.
»Wann wird Martinho zurück sein?«, fragte Sedova. »Ich würde mich sehr gern mit ihm unterhalten.«
»Ach. Er kommt nicht zurück«, sagte Cristo und hob eine Pistole über die Schreibtischkante. »Sie sind zu spät.«
Sedova erkannte die Waffe – es war ein sowjetisches Modell, eine Tokarev TT-33, Halbautomatik. Eine sehr effiziente Waffe. Sie blieb ruhig. Sie zweifelte nicht daran, dass der Mann die Waffe benutzen würde. Er kannte ihren Ruf. Er hatte sicherlich alle Geschichten gehört, die über sie erzählt wurden. Man nannte sie zwar Großmütterchen, aber das war ironisch gemeint. Sie war eine skrupellose Killerin. Sie würde alles tun, um zu überleben. Wie viele andere hatte sie während der Hungersnot Menschenfleisch gegessen. Es war gut, diese Geschichte in Umlauf zu halten. Ein furchterregender Ruf war von Vorteil.
Ihr selbst schien das alles inzwischen schon so lange her zu sein. Sie konnte sich nicht daran erinnern, wie das Fleisch geschmeckt hatte. Für sie war es dasselbe gewesen wie all das grau gekochte Fleisch, das sie über die Jahre hinweg hatte hinunterwürgen müssen.
Ja. Dieser Mann kannte die Geschichten.
Er wusste, dass er keine zweite Chance bekommen würde.
Auf seiner Oberlippe hatte sich ein Schweißfilm gebildet.
»Sieht so aus, als hätten Sie mit mir gerechnet«, sagte Sedova. »Mit mir oder jemand anderem.«
»Ich hoffe, Sie erwarten keine Erklärungen, bevor ich sie töte«, sagte der Mann.
»Ich erwarte nichts«, sagte Sedova. »Die Spanier haben ein Sprichwort: *Oh que será.*«

»Alles kommt, wie es kommt«, sagte der Mann und schoss dreimal. Dabei zielte er auf Sedovas Oberkörper. Jede Kugel traf und die Kraft der drei Projektile warf die Frau um. Sie fiel nach hinten gegen ein Bücherregal und brach unter einem Wasserfall von Büchern auf dem Fußboden zusammen.
Aber Cristo, wenn er wirklich so hieß, war nicht dumm. Eine Kugel hätte vielleicht nicht ausgereicht, drei dagegen schon, und jede weitere wäre reine Verschwendung gewesen.
Der Mann stieß einen tiefen Seufzer aus, seine Lippen zitterten. Vorsichtig näherte er sich dem Oberst.
Man wurde keine fünfzig im OGPU, wenn man nicht ein oder zwei Tricks auf Lager hatte. Sedova hatte im Laufe ihrer Dienstjahre gelernt, listig, wachsam und misstrauisch zu sein. Im Bürgerkrieg war sie schon mal angeschossen worden und hatte eine hässliche Narbe an der Seite zurückbehalten, wo ein Kamerad die Kugel plump herausgeholt hatte. Das war ihr eine Lehre gewesen. Sie hatte beschlossen, sich nie wieder anschießen zu lassen. Deswegen trug sie ein stahlverstärktes Korsett mit Lederfütterung. Es brauchte mehr als die Kugel einer TT-33, um die Schutzweste und die darunter liegenden dicken Fettschichten und stählernen Muskeln zu durchdringen und lebenswichtige Organe zu treffen.
Als sie rücklings zu Boden gestürzt war, hatte sie darauf geachtet, dass die Arme angewinkelt waren und die Hände zurückgebogen, bereit, damit zuzuschlagen. Jetzt lag sie völlig regungslos da, mit angehaltenem Atem. Die Augen hielt sie weit offen und blickte starr geradeaus. Sie verbot sich selbst das kleinste Blinzeln, verfolgte aber jede Bewegung des Mannes aus den Augenwinkeln. Sie würde warten. Sie war es gewohnt zu warten.
Schließlich kam der Mann so nah, dass sie seinen Atem riechen konnte. Eine widerliche Mischung aus Knoblauch und Alkohol.

Die Pistole hatte er auf ihren Kopf gerichtet. Sie würde schnell und entschlossen handeln müssen. Er würde denselben Fehler nicht zweimal machen und ein Kopfschuss wäre fatal.

Jetzt fiel ein Schatten auf ihr Gesicht. Er hatte sich über sie gebeugt. Sie hörte ihn atmen.

Es war so weit.

Sie stieß beide Hände gleichzeitig nach vorn. Die eine schlug ihm die Pistole aus der Hand, die andere fuhr wie ein Dampfhammer in sein Gesicht und zerschmetterte seinen Unterkiefer. Die Wucht des Aufpralls schleuderte seinen Kopf schräg nach hinten und brach ihm das Genick. Er war tot, bevor er begreifen konnte, dass er einen Fehler gemacht hatte.

Sedova knurrte. Sie hatte ihn nicht töten wollen. Der Mann war schwächer gewesen, als sie sich ausgerechnet hatte. Aber wenn das eigene Leben auf dem Spiel steht, geht man kein Risiko ein.

Sie stand auf und klopfte sich den Staub von den Kleidern. Ihr Brustkorb schmerzte. Eine der Kugeln war durch das Korsett gedrungen und presste gegen ihre Rippen. Sie zog sie mit ihren starken Fingern heraus und ließ sie in ihre Tasche gleiten. Bald hatte sie die beiden anderen Kugeln gefunden, dann hob sie die Pistole auf und wickelte sie in ein Taschentuch.

Es war eine Schande. Die Zelle war unbrauchbar geworden und würde aufgelöst werden müssen. Sie hätte den Mann gern befragt, um herauszufinden, wer er wirklich war und was mit Ferreira passiert war. Und was er gemeint hatte, als er sagte, sie sei zu spät.

Zu spät für was?

Sie zog das Stück Papier aus ihrer Tasche und sah es sich noch einmal an. Sie wollte sichergehen, dass sie den Namen, der darauf stand, richtig gelesen hatte.

Hatte sie. Die beiden Wörter waren klar und deutlich.

James Bond.

Was hatte das zu bedeuten?

Sie würde es herausfinden, aber es würde eine Menge harter Arbeit kosten. Sie würde sich mühsam durch die Papiere des Mannes wühlen und den Laden von oben bis unten durchkämmen müssen, um herauszufinden, was hier gespielt wurde.

Sie stieß den Mann mit dem Fuß an und verfluchte ihn.

Das Leben eines Spions setzte sich zusammen aus endlosen Phasen Langeweile, die unterbrochen wurden von kurzen, intensiven Momenten der Angst und des Todes.

Der Rest bestand aus Traktoren und Papierkram.

2 »Nur im Angesicht des Todes fühlen wir uns richtig lebendig!«

Graf von Schlick trat aufs Gaspedal und fühlte den Bugatti Typ 55 Supersport hungrig nach vorne preschen. Diese kurvenreichen Alpenstraßen brachten den Bugatti an seine Grenzen. Sie brachten auch ihn an seine Grenzen – wenn seine Konzentration auch nur einen Moment nachließ, würde er die Kontrolle über den Wagen verlieren und sie würden den Hang hinunterstürzen. Neben ihm auf dem Beifahrersitz stieß Liesl einen leisen Schrei aus, als die Reifen über eine vereiste Stelle rutschten und das Auto wie betrunken über die Straße schlingerte.
Von Schlick lachte.
»Hast du kein Vertrauen zu mir, Liebling?«, schrie er, als sie sich an seinen Arm klammerte.
»Du willst mir Angst machen, Otto.«
»Im Gegenteil! Ich versuche, dich aufzuwecken. Nur im Angesicht des Todes fühlen wir uns richtig lebendig!«
Liesl war da anderer Meinung. Sie fühlte sich am lebendigsten, wenn sie in einer schönen heißen Badewanne lag und Schokolade knabberte und wenn ihr Grammofon im Hintergrund ruhige amerikanische Jazzmusik spielte.
Das Auto schlitterte durch eine Haarnadelkurve und raste zwischen hohen Haufen aus sauberem weißen Schnee weiter talwärts.
»Also, was hältst du von meiner unscheinbaren Hütte?«, fragte von Schlick. Mit Hütte meinte er das Haus seiner Vorfahren – Schloss

Donnerspitze –, ein monströses mittelalterliches Schloss, das oberhalb von Jochberg in einen Hang des Schwarzkogels hineingebaut worden war. Es als Hütte zu bezeichnen, war lächerlich. Es war ein riesiges Anwesen aus grauschwarzem Stein, hässlich und dominant wie ein großer Bulle, der hoch oben auf dem Berg kauerte und die mickrigen Häuser unter sich höhnisch belächelte.
Als Kind hatte von Schlick das Schloss kalt, dunkel und bedrückend gefunden. Er war dort nie glücklich gewesen. Er hatte die Bauernkinder beneidet, die in hübschen, gemütlich aussehenden Holzhütten wohnten, an deren Türen sich im Sommer die Blumen rankten und auf deren spitzen Dächern im Winter der Schnee lag.
Bei der erstbesten Gelegenheit hatte er das Schloss verlassen und war zum Studium nach Wien gegangen. Dort hatte er sich ein attraktives modernes Haus in der Nähe vom Karlsplatz gekauft. Es war genau so, wie das Familienschloss nicht war: hell, luftig, sauber und warm. Seine Mutter war allein, mit einer immer kleiner werdenden Dienerschaft, im Schloss zurückgeblieben. Vor vier Jahren war sie gestorben. Damals hatte Otto den Familiensitz schließen und einmotten lassen. Er hatte geschworen, nie wieder zurückzukehren, und erwogen, den verhassten Steinhaufen zu verkaufen.
Ottos Leben spielte sich nun in Wien ab und nicht mehr auf dem rückständigen und langweiligen Land. Er hatte Frieda geheiratet. Sie stammte aus niederem Adel und gemeinsam hatten sie ein städtisches Leben voller Partys, Opern, Theater, Nachtklubs, Essen, Trinken und Tanzen geführt. Erst nach fünf Ehejahren wurde ihm bewusst, dass er und seine Frau wenig gemein hatten. Er war sich sicher, dass er sie nicht liebte, er war sich nicht einmal sicher, ob er sie überhaupt mochte.
Er begann, mit jüngeren und aufregenderen Frauen auszugehen, die ihm wenig mehr bedeuteten als der Inhalt einer Ziga-

rettenpackung. Rauchen, wegwerfen und vergessen. Das änderte sich erst, als er im Theater der charmanten Liesl begegnete. Sie war Schauspielerin und Tänzerin und Otto war gefesselt von ihr.

Kurz nachdem er sie kennengelernt hatte, eröffnete Otto seiner Frau, dass er das Stadtleben satt habe und sich danach sehne, zu seinen Wurzeln nach Tirol zurückzukehren.

»Von jetzt an«, hatte er sie wissen lassen, »werde ich den Sommer immer auf dem Schloss verbringen und den Winter, abgesehen von ein paar Skiwochenenden, hier in Wien.«

»Dann wirst du deine Sommer allein verbringen«, hatte sie ihm zur Antwort gegeben. »Ich habe keine Lust, auch nur einen Fuß in dieses düstere Monstrum zu setzen.«

»So sei es«, hatte Otto gesagt.

Was seine Frau nicht wusste, war, dass er nicht die Absicht hatte, seine Sommer allein zu verbringen. Er hatte vor, mit Liesl ins Schloss zu ziehen. Wenn sie wollte, konnte sie trotzdem schauspielern – während der Wintersaison in Wien. Aber ihre Sommer würde sie auf Schloss Donnerspitze verbringen, wo sie in die Rolle der Gräfin und Herrin schlüpfen konnte.

Heute Morgen waren sie hergekommen. Mit halsbrecherischer Geschwindigkeit waren sie die Straße von Wien entlanggerast, Helm und Brille hatten sie vor den schlimmsten eisigen Winden geschützt. Aber als sie auf dem Schloss angekommen waren, hatte Liesl sich mehr tot als lebendig gefühlt und einen großen Brandy gebraucht, um ihre Sinne wiederzubeleben.

Die erste Schlossbesichtigung war nicht sehr ermutigend gewesen und jetzt, auf dem Weg zurück nach Wien, hatte sie Otto gesagt, dass sie große Zweifel habe, ob es gut sei, hinaus aufs Land zu ziehen.

»Aber Liebste«, bettelte Otto und drosselte die Geschwindigkeit, damit er nicht so schreien musste, »du hast den lieben alten Ort

nicht von seiner besten Seite gesehen. Wenn die Sonne herauskommt, das Gras grün ist und die struppigen Milchkühe über die blumigen Weiden springen, ihre Glocken so süß klingeln, dann wird es dir wie ein Märchenschloss erscheinen. Du *bist* doch meine Prinzessin«, fügte er hinzu.
»Wir werden sehen«, sagte Liesl und krauste ihre hübsche Nase.
»Vertrau mir!«, rief Otto und drückte wieder das Gaspedal durch, als sie auf eine gerade Strecke kamen.
»Bitte, Liebling, das ist deine Meinung«, schrie Liesl. »Du musst vorsichtiger sein. Fahr bitte langsamer.«
Otto wollte gerade etwas Schlagfertiges erwidern, als sie mit quietschenden Reifen in eine unübersichtliche Kurve bogen und ihnen plötzlich ein liegen gebliebenes Auto den Weg versperrte. Otto trat mit aller Kraft auf die Bremse. Der Bugatti schlingerte. Er kämpfte mit dem Lenkrad, bis er den Wagen wieder in der Gewalt hatte und ihn knapp einen Meter vor dem anderen Auto zum Stehen brachte.
Liesl war den Tränen nahe, Otto lachte jedoch erleichtert. Das Mädchen hatte recht, in Zukunft musste er etwas vorsichtiger sein. Aber heute fühlte er sich wild und frei von Sorgen. Er hätte dem rosaroten Bild, das er von ihrem Leben auf dem Schloss gezeichnet hatte, fast geglaubt. Ach, es würde nicht so schlimm werden, er würde ein paar Freunde zusammentrommeln und sie zu Partys aufs Schloss holen – alle möglichen vornehmen Leute besaßen Sommervillen in den Alpen.
Zwei Männer standen vor der geöffneten Motorhaube und blickten auf den Motor. Sie schienen sich von dem Beinahe-Unfall nicht stören zu lassen.
»Haben Sie Schwierigkeiten?«, rief Otto. Die Straße war an dieser Stelle eng und das andere Auto stand genau in der Mitte, sodass man nicht darum herumfahren konnte.
Einer der Männer hob den Kopf und sah zu Otto herüber. Er hat-

te die kleinsten Augen, die Otto jemals gesehen hatte. Sie waren fast ganz hinter dicken, fleischigen Augenlidern verborgen.
»Kennen Sie sich mit Autos aus?«, fragte er auf Deutsch. Er hatte einen leichten ausländischen Akzent und Otto vermutete, dass er Russe war.
Kennen Sie sich mit Autos aus? Was für eine Frage! Otto hatte 1932 am Großen Preis von Deutschland teilgenommen. Er hatte die Rennvariante des Autos, in dem er jetzt saß, gefahren, den Typ 54. *Kennen Sie sich mit Autos aus?* Er liebte Autos – manchmal dachte er, dass er sie sogar mehr liebte als Frauen.
»Ein bisschen«, sagte er und stieg aus seinem Wagen. »Wo ist das Problem?«
Er ging zu dem anderen Auto hinüber, stützte sich mit den Händen auf die Karosserie und lehnte sich vor, um besser unter die Motorhaube schauen zu können. Er konnte nichts entdecken, obwohl es stark nach Benzin roch.
»Es könnte ein Loch in der Benzinleitung sein«, sagte er und warf einen Blick ins Auto. Am Steuer saß ein dritter Mann. Sein Gesicht war über und über bandagiert, seine Augen waren hinter dunklen Gläsern verborgen.
Er saß völlig reglos da.
Otto sah schnell wieder weg. Er wollte den Mann nicht unhöflich anstarren, aber der Anblick hatte ihn beunruhigt. Ihn schauderte. Er wollte nur noch weg.
Er untersuchte den Motor noch einmal und fand schließlich etwas: Ein Kabel an der Lichtmaschine hatte sich gelöst.
»Da«, sagte er, »ich denke, ich habe Ihr Problem gefunden.«

Liesl überprüfte im Innenspiegel ihren Lippenstift. Als sie kurz zu dem anderen Auto hinübersah, traten die beiden Männer gerade einen Schritt zurück. Otto hatte seinen Kopf immer noch unter die Motorhaube gesteckt. Liesl runzelte die Stirn, als einer der Männer sich bückte und etwas aufhob, das verborgen im Schnee gelegen hatte. Es war eine kleine Box, von der aus ein Kabel direkt unter das Auto führte. Bevor sie etwas sagen konnte, drückte der Mann auf einen Knopf auf der Box. Ein riesiger Feuerball schoss aus dem Motor und verschlang Ottos Kopf und Schultern. Er stieß einen grässlichen spitzen Schrei aus. Er taumelte rückwärts, beide Hände vors Gesicht gepresst.

Liesl wusste, dass sie in Gefahr war. Ihr erster Gedanke war, auszusteigen und wegzurennen. Es würde zu lange dauern, vom Beifahrer- auf den Fahrersitz zu rutschen, den Anlasser zu betätigen und den Rückwärtsgang einzulegen. Doch als sie nach der Türklinke griff, stand der Mann mit den verschwollenen Augen schon am Auto und hieb ihr einen Schlagring ans Kinn.

Sie hörte ein lautes Peng und ihr wurde furchtbar übel. In ihrem Kopf zischte es. Dann lief sie durch ein Schneegestöber, eingehüllt in trübes Weiß.

Nein.

Es schneite in ihrem Kopf.

So kalt.

Alles weiß . . .

3 Hitlerjugend

»Du bist ein Betrüger.«
»Ich bin kein Betrüger.«
»Ich sage, du bist einer. Wie sonst schaffst du es, uns immer wieder zu schlagen?«
»Ich schlage euch, weil ich besser Karten spiele als ihr.«
James Bond war in einer misslichen Lage. Er saß in einem Zug, der durch das österreichische Tirol fuhr, irgendwo zwischen Innsbruck und Kitzbühel, umgeben von einer Meute aufgebrachter blonder deutscher Jungen. Zuerst hatte er gedacht, es wären Pfadfinder; sie trugen eine Uniform, die aus einem khakifarbenen militärähnlichen Hemd mit schwarzer Krawatte und einer kurzen Hose mit übertriebenen Ledergürteln und –bändern bestand. Bald aber hatte er festgestellt, dass sie zur Hitlerjugend gehörten und auf dem Weg in ein Ferienlager in den Bergen waren. Er hatte von dieser Organisation gehört und dass jeder Junge in Deutschland zwischen vierzehn und achtzehn ermuntert wurde, sich ihr anzuschließen und in Ferienlagern an Geländespielen und Feldübungen teilzunehmen.
Die Nachtfahrt von Boulogne mit dem transkontinentalen Arlberg-Express war ereignislos verlaufen, aber als James in einen Regionalzug in Innsbruck umstieg, traf er auf die Hitlerjungen. Die Wagen waren voll von ihnen. Wie deutsche Mini-Soldaten sahen sie aus, ihre Uniformen dekoriert mit Hakenkreuzen und dem stilisierten S, der Sig-Rune, genauso wie die SS.
Eine Gruppe von ihnen hatte im Gang auf dem Boden gesessen

und Karten gespielt. Um die Zeit totzuschlagen, hatte James sich ihnen angeschlossen. Er hatte ihnen eine Menge Geld abgeknöpft. Aber je mehr er gewann, desto öfter versuchten sie, ihr Geld zurückzugewinnen, und desto öfter verloren sie. Am Ende hatte James ein so schlechtes Gewissen gehabt, dass er seine Karten hingeworfen und verkündet hatte, er hätte keine Lust mehr. Die Jungen hatten jedoch darauf bestanden, dass er weiterspielte und ihnen noch eine Chance gab. Als James ablehnte, hatte ihn ein dicker Kerl mit wulstigen Lippen namens Gerhard am Hemdkragen gepackt und ihm gedroht, ihn zu verprügeln, wenn er nicht weiterspielte. James hatte ihn weggestoßen, aber der Junge ließ sich nicht abschütteln. Sein Gesicht war rot und er zitterte vor Wut.

»Ich sage, dass du ein Betrüger bist«, wiederholte er und stupste James mit dem Finger gegen die Brust.

»Ich habe es nicht nötig zu betrügen«, sagte James, der einen Großteil seiner Kindheit in der Schweiz verbracht hatte und fließend Deutsch sprach.

Der Zug ratterte um eine Kurve und Gerhard schwankte in dem überfüllten Wagen hin und her.

»Ich gewinne immer«, zischte er wütend.

»Weil du immer mit diesem Haufen spielst«, sagte James. »Und ehrlich gesagt, das ist ein ziemlich hoffnungsloser Haufen. Vielleicht hast du heute eine wertvolle Lektion gelernt.«

James war ein guter Kartenspieler. Sein Können verdankte er zum großen Teil seinem chinesischen Tischgenossen in der Schule, Tommy Chong. Tommy war ein hervorragender Spieler und ein guter Lehrer. Um beim Kartenspielen zu gewinnen, braucht man außer Können auch noch Nerven, Erfahrung und Glück. Und von allem hatte James eine ganze Menge. Die Jungen im Zug waren dagegen enthusiastisch und unerfahren und das war bekanntlich keine gute Kombination, wenn man im Glücksspiel Erfolg haben wollte.

»Du hast mir mein ganzes Taschengeld für die Ferien abgenommen«, sagte ein kleiner, knochiger Kerl namens Artur. Er schien den Tränen nahe.

»Dann hättest du aufhören sollen zu spielen, bevor du alles verloren hast, oder?«, sagte James. Er versuchte, den zunehmend ungeduldigen Ton in seiner Stimme zu unterdrücken. »Was soll ich deiner Meinung nach tun? Dir einfach alles zurückgeben?«

»Gib uns die Chance, es zurückzugewinnen«, forderte ein dritter Junge.

»Ja. Alles oder nichts«, rief Artur.

»Nein«, sagte James. »Ich habe euch genug Chancen gegeben. Seht den Tatsachen ins Auge. Ich bin der bessere Spieler, und wenn ihr weitermacht, werdet ihr am Schluss alle nichts mehr haben.«

»Nun, wenn du uns nicht die Chance gibst, das Geld fair zurückzugewinnen, müssen wir es dir eben so abnehmen«, sagte Gerhard. Angriffslustig streckte er sein massiges Kinn vor.

»Sei nicht dumm«, sagte James. »Ihr mögt zwar wie Spielzeugsoldaten angezogen sein, aber ich wette, ihr seid im Kampf nicht besonders gut. Glaubt mir. Wenn ihr mich herausfordert, werdet ihr wieder verlieren. Ich rate euch, ein bisschen weniger Zeit mit Marschieren und Flaggenschwingen zu verbringen und dafür etwas mehr Zeit ins Kartenspielen zu investieren. Bis ihr es richtig gelernt habt, solltet ihr lieber die Hände von jedem Spiel lassen, das komplizierter ist als Mau-Mau.«

Es war nicht besonders schlau von James gewesen, die Jungen so zu verhöhnen, denn bevor er wusste, wie ihm geschah, hatte Gerhard seine Arme von hinten gepackt.

»Durchsucht seine Taschen«, blaffte er seine Kameraden an.

Die anderen Jungen sahen sich unsicher an und zögerten, was James genug Zeit gab, mit voller Wucht auf Gerhards Fuß zu treten. Der Junge schrie auf und ließ einen Arm los. James nutzte die Gelegenheit, rammte seinen Ellbogen in Gerhards Magen und wand sich frei. In diesem Augenblick holte Artur zu einem linkischen Schlag aus. Geschickt wich James aus, drehte sich um, packte den Jungen am Arm, griff mit einer Hand unter seiner Achsel hindurch in seinen Nacken und fixierte ihn mit einem Halbnelson.

»Ahh«, stöhnte Artur. »Lass mich los, du tust mir weh.«

»Das ist der Sinn und Zweck«, sagte James. »Ich lasse dich los, wenn deine Kumpane versprechen, dass sie mit diesem idiotischen Kampf aufhören.«

»In Ordnung, in Ordnung«, sagte der Junge. James schubste ihn von sich. Gerhard jedoch verfolgte seine eigenen Ziele und stürzte sich noch einmal auf James.

Diesmal war James vorbereitet. Er duckte sich leicht unter Gerhards unbeholfenem Versuch eines rechten Hakens hinweg und schlug mit der Kante seiner rechten Hand hart auf das Kinn des Jungen. Gerhards Kopf flog zurück und seine Zähne schlugen aufeinander. Er musste sich auf die Zunge gebissen haben, denn aus seinen Mundwinkeln floss Blut. Er presste beide Hände auf seine Lippen und stöhnte.

Zwei andere Jungen näherten sich vorsichtig. Doch als sie James' brutalen Blick sahen, in dem sich kalte Wut spiegelte, wichen sie erschrocken zurück und hoben ihre Handflächen zum Zeichen, dass sie aufgaben.

James holte eine Handvoll Kleingeld aus seiner Tasche und warf es angewidert auf den Boden. »Hier«, sagte er, »das könnt ihr haben. Teilt es euch. Aber wenn ihr nicht in der Lage seid, anständig zu verlieren, dann spielt in Zukunft nicht mehr um Geld.«

James drehte sich um und ging den Gang hinunter, während die Jungen über den Boden krochen und sich um die Münzen stritten.

James war unzufrieden mit sich. Er hätte die Situation besser im

Griff haben und einen Kampf verhindern können. Doch er musste sich eingestehen, dass er müde und schlecht gelaunt war. Er war nun schon seit zwei Tagen unterwegs – mit dem Zug nach Dover, mit der Fähre nach Boulogne, dann nachts von Nordfrankreich über die Schweiz nach Österreich. Er hatte nur wenig geschlafen und er hatte fast nichts mehr zu essen. Nur ein paar Sandwiches, die seine Tante Charmian ihm eingepackt hatte, waren noch übrig.

Außerdem wurde er das Gefühl nicht los, dass jemand ihm folgte, dass jemand ihn beobachtete. Er konnte nicht genau sagen, was es war, aber sein sechster Sinn hatte ihn nervös gemacht. Es hatte in Dover angefangen, als er einen Mann mit Jacke und Filzhut entdeckt hatte, der von einer Fußgängerbrücke aus anscheinend auf ihn herunterstarrte. Aus einem hell erleuchteten Haus hinter dem Mann war Licht genau auf seine Gestalt gefallen und hatte ihn in eine nichtssagende schwarze Silhouette verwandelt. James war sich daher nicht sicher, ob der Mann ihn wirklich beobachtet hatte. Er konnte auch nicht sagen, wie der Mann ausgesehen hatte.

Danach waren ihm noch andere Dinge aufgefallen, Kleinigkeiten: ein flüchtiger Blick aus den Augenwinkeln in das wachsame Gesicht eines Mannes; ein Gesicht, das plötzlich verschwand, als er sich danach umdrehte; eine Gestalt in der Menge, die in den Schatten zurücktrat, als er zu ihr hinüberblickte; Schritte hinter ihm, die zu niemandem zu gehören schienen.

Er sagte sich, dass er sich das alles nur einbildete. Nach allem, was ihm in den letzten Monaten widerfahren war, war es nur natürlich, dass er unter Verfolgungswahn litt. Seine Nerven waren zum Zerreißen gespannt, wie die Feder einer Uhr. Was er jetzt brauchte, waren Erholung und Entspannung. Er freute sich schon auf seine Ankunft in Kitzbühel. Dort würde er zu seiner Schulgruppe aus Eton stoßen, die die Osterferien in den Bergen verbrachte.

Um wieder einen klaren Kopf zu bekommen, nahm er seine Jacke und ging bis zum hinteren Teil des Zuges. Dort gab es eine kleine Plattform im Freien. Er zog die Tür auf und trat hinaus in die kühle Brise, lehnte sich an das Geländer und blickte auf die vorbeiziehende Landschaft.
Sie ratterten über schmale Gleise, die durch ein Tal führten, das sich gerade von seinem Wintermantel aus Schnee befreite. Die atemberaubenden lilablauen Alpen stießen durch die tief hängenden Wolken. Auf ihren Hängen glänzte der Schnee in breiten weißen Streifen. Sie fuhren an einer Siedlung vorbei. Die Berghütten mit ihren breiten Dächern erinnerten James an seine Kindheit in der Schweiz. Er war in Basel aufgewachsen. Sie waren mitten in der Nacht durch die Stadt gefahren, deswegen hatte er nichts davon gesehen. Aber jetzt überfiel ihn leichtes Heimweh. Doch schon bald fuhren sie in einen kleinen Wald und die Hütten verschwanden aus seinem Blickfeld. Bevor seine Gedanken düster und schwarz wurden, zwang er sich, nicht an die Vergangenheit zu denken.
Der Dampf der Lokomotive blieb zwischen den Kiefern hängen und ein paar Minuten lang waren sie wie in dichten Nebel eingehüllt. Dann lichteten sich die Bäume und sie fuhren wieder im hellen Berglicht durch das offene Tal.
Hinter ihm ging die Tür auf.
Einer der Hitlerjungen trat auf die Plattform. James machte sich kampfbereit, aber der Junge lächelte ihn freundlich an und gab ihm die Hand.
»Keine Angst«, sagte er auf Englisch. »Ich suche keinen Ärger. Ich wollte mich für das Verhalten der anderen entschuldigen.«
»Entschuldigung angenommen«, sagte James und schüttelte dem Jungen die Hand.
»Ich heiße Eugen«, sagte der Junge und lehnte sich neben James an das Geländer. »Wir sind nicht alle wie Gerhard.«

»Das hoffe ich«, sagte James.
»Wenn du nicht der Hitlerjugend beitrittst, machen sie dir das Leben schwer«, sagte Eugen. »Ich hasse es. Es gibt zwar ein paar Dinge, die Spaß machen: Wir gehen aufs Land, wandern, fahren Fahrrad. Und auch die Kameradschaft untereinander gefällt mir. Aber das Training ist hart. Weißt du, was Hitler sagt?«
James schüttelte den Kopf.
Eugen lachte. »Wir mussten seine Rede auswendig lernen.« Er wechselte wieder in seine Muttersprache und lieferte eine gelungene Imitation des deutschen Reichskanzlers, seine Stimme klang abgehackt und rau.
»Meine Pädagogik ist hart«, ereiferte er sich. »Das Schwache muss weggehämmert werden. In meinen Ordensburgen wird eine Jugend heranwachsen, vor der sich die Welt erschrecken wird. Eine gewalttätige, herrische, unerschrockene, grausame Jugend will ich. Jugend muss das alles sein. Schmerzen muss sie ertragen. Es darf nichts Schwaches und Zärtliches an ihr sein. Das freie, herrliche Raubtier muss erst wieder aus ihren Augen blitzen.«
Nun musste auch James lachen. »Ich glaube, Gerhard hat sich das alles irgendwie zu Herzen genommen«, sagte er. »Aber um hart zu sein, braucht man mehr als nur das Blitzen *des freien, herrlichen Raubtiers* in den Augen.«
»Warte, da kommt noch mehr«, sagte Eugen und redete wieder wie Hitler. »So merze ich die Tausende von Jahren der menschlichen Domestikation aus. So kann ich das Neue schaffen!«
Er hielt inne und blickte schuldbewusst um sich. »Ich hoffe, niemand kann mich hören. Ich würde es nie wagen, das zwischen anderen Deutschen zu tun. Sie würden mich aufhängen.« Er sah James an. »Das Schlimmste ist, dass sie uns beibringen zu hassen. Jeden zu hassen, der nicht einer von uns ist. Gerhard und die anderen sind verwirrt. Man hat uns oft gesagt, dass die Engländer schwach und nutzlos sind.«

Eine Windböe pfiff durch das Tal und James fröstelte. Er vergrub seine Hände tief in den Jackentaschen.
»Im Grunde sind wir alle nur Menschen«, sagte er. »Es ist egal, woher du kommst. Du bist, wer du bist.«
»Ich hatte einen Freund«, sagte Eugen. Sein Blick wanderte hinunter zu den Gleisen, er beobachtete, wie sie sich hinter dem Zug auffächerten. »Mein bester Freund. Ein jüdischer Junge namens Siggy Canter. Wir sind zusammen aufgewachsen. Ich habe mir nie Gedanken über seine Religion gemacht. Aber jetzt darf ich mich nicht mehr mit ihm treffen. Ich habe Angst vor der Zukunft.«
James konnte nichts sagen, was Eugen Mut gemacht hätte. Er hatte genug von der Welt gesehen, um zu wissen, dass andauernd schlimme Dinge passierten und die Menschen zu Grausamkeit und Zerstörung neigten. Er hatte gelernt, Banden zu hassen. Da versammelten sich schwache Menschen, um eine starke Einheit zu bilden und jeden zu schikanieren, den sie nicht leiden konnten. Die Hitlerjugend war auch so eine Bande. Die Nazi-Partei in Deutschland war eine Bande. Die Bolschewiken in Russland . . .
Wieder versuchte er, alle deprimierenden Gedanken beiseitezuschieben. Die beiden Jungen unterhielten sich noch eine ganze Weile, bis es zu kalt wurde. Als sie wieder in den Wagen gingen, legte Eugen eine Hand auf James' Arm. »Ich hoffe, es wird nicht wieder Krieg geben«, sagte er. »Ich hoffe, ich werde dir nie mit einem Gewehr auf dem Schlachtfeld gegenüberstehen müssen.«

Es war später Nachmittag, als der Zug Kitzbühel erst einmal fast ganz umrundete, bevor er in den Bahnhof einfuhr. Vor Kurzem hatte es stark geschneit und viele aufgeregte Skifahrer aus den umliegenden Dörfern und Städten verließen den Zug, Skier und Stöcke in der Hand.

James stieg aus seinem Wagen und sah sich um. Kitzbühel lag knapp 800 Meter hoch, in einem üppigen, von Bergen gesäumten Tal in den östlichen Alpen. Hinter dem Bahnhof erhob sich das Kitzbüheler Horn und gegenüber sah man den riesigen flachen Gipfel vom Hahnenkamm, der mit der Stadt durch eine Seilbahn verbunden war. Im Norden ragte wie eine Reihe abgebrochener Zähne eine Bergkette in den Himmel, die man den Wilden Kaiser nannte.
James fand einen Kofferträger und stellte fest, dass sein Hotel zu Fuß zu erreichen war. Nach der langen Reise hatte er das Bedürfnis, sich die Beine zu vertreten, und so machte er sich hinter dem Mann auf den Weg in die Stadt. Sie überquerten einen Fluss und eine breite Straße. Dann bogen sie in eine kurvenreiche Straße ab, die unterhalb der märchenhaft aussehenden Zwillingskirchen entlangführte, die das Stadtbild von Kitzbühel prägten: die Liebfrauenkirche und die St.-Andreas-Kirche, auf deren Turm ein Dach saß, das aussah wie der Turban eines Sultans. Eine Besonderheit, die viele Tiroler Kirchtürme zeigten. Es begann zu schneien, als sie die Hauptstraße erreichten. Leichte, pulvrige Flocken trieben ziellos durch die Luft. Der Kofferträger schob seinen beladenen Karren gut gelaunt über das akkurate Kopfsteinpflaster und machte James auf die Sehenswürdigkeiten aufmerksam. Die mittelalterliche Stadt sah aus wie aus dem Bilderbuch. Es war kaum zu glauben, dass in den riesengroßen hell gestrichenen Puppenhäusern mit ihren roten, grünen und blauen Fensterläden und überhängenden Dachtraufen Menschen lebten und arbeiteten.
Die Läden schlossen gerade und die fröhlichen Einwohner von Kitzbühel drängten sich in den Straßen. Meistens waren es handfeste Bergbewohner, die Frauen sahen genauso stämmig aus wie die Männer. Einige trugen die traditionelle Tiroler Kleidung, an den Hüten der Männer steckten Federn, die schweren

Kleider der Frauen waren reich bestickt, sodass sich bei James der Eindruck verstärkte, er wäre auf einer großen Bühne angekommen.

Als sie an einer Konditorei vorbeikamen, sträubten sich James plötzlich die Nackenhaare. Er warf einen Blick über die Schulter. Einen Augenblick lang meinte er, einen Mann zu sehen, der aus der Menge herausstach. Er trug einen kurzen Mantel und einen Hut. Aber als James eine Schneeflocke aus dem Auge blinzelte, schien der Mann wegzuschmelzen.

Er musste es sich eingebildet haben. Hoffentlich würde er nach einer warmen Mahlzeit und einer Mütze voll Schlaf weniger Gespenster sehen.

Am Ende der Straße traten sie durch einen Bogengang in eine Seitengasse, James folgte dem Träger bis zu einem Gebäude, an dem auf einem gusseisernen Schild der Name Hotel Franz Joseph stand. Der Träger stellte James' Gepäck in der Eingangshalle ab. James gab ihm ein Trinkgeld und sah ihm nach, wie der Mann schnell in den dunkler werdenden Abend verschwand.

Die Hotelrezeption wurde von einem großen Gemälde beherrscht, das Kaiser Franz Joseph zeigte, nach dem das Hotel benannt war. James bewunderte gerade den vollen Backenbart mit den buschigen Koteletten, als ein Schrei ertönte und sein Freund Andrew Carlton mit einem breiten Grinsen auf ihn zukam.

Andrew war zwei Jahre älter als James. Von Anfang an, seit James in Eton lebte, waren sie Freunde. Sie gehörten beide der Gefährlichen Gesellschaft an, einem Geheimklub, in dem sie viele gemeinsame Abenteuer durchlebt hatten.

»Du bist auf die Sekunde pünktlich«, sagte Andrew und schlug ihm auf die Schulter. »Darin sind die Österreicher unschlagbar. Sie halten ihre Fahrpläne ein, egal, wie das Wetter ist. Kümmere dich nicht um den Papierkram. Ist schon alles erledigt. Die anderen sind beim Abendessen. Iss früh, schlaf gut und steh auf, wenn die Hähne krähen. Komm mit; um dein Gepäck wird man sich kümmern.«

Bevor James etwas erwidern konnte, zog Andrew ihn quer durch das Hotel. Die Räume waren mit kunstvoll bemalten oder geschnitzten Holzarbeiten verziert und es gab kaum einen Quadratzentimeter Wand, an dem nicht ein Alpengemälde, ein Spiegel oder ein ausgestopfter Hirschkopf hing.

Hurrarufe schallten James entgegen, als er das Restaurant betrat. Dabei entdeckte er nur wenige bekannte Gesichter unter den etwa fünfundzwanzig Jungen und Lehrern, die sich um die langen Holztische versammelt hatten: Mr Merriot, seinen Tutor und Lehrer für alte Sprachen, der mit den anderen Lehrern ganz hinten saß; Freddie Meyer, ein deutscher Junge, zu dem James nach dem ersten Halbjahr irgendwie den Kontakt verloren hatte; zwei Jungen aus seinem Haus, Tom Llewellyn und Teddy Makereth, und noch ein paar andere. Alle lächelten, winkten und riefen ihn zu sich herüber. Es herrschte eine ausgelassene, festliche Atmosphäre. Den Jungen schien ihre Reise zu gefallen.

Andrew hatte ihm einen Platz zwischen sich und Gordon Latimer, einem anderen von James' Freunden, frei gehalten. Schnell erzählten sie ihm den neuesten Klatsch aus Eton. Andrew und Gordon berichteten ihm, dass sein bester Freund, Perry Mandeville, gleich zu Beginn der Reise wieder nach Hause geschickt worden war, weil er mehrere Schafe im Zimmer des Direktors eingeschlossen hatte. Perry war der Gründer und Anführer der Gefährlichen Gesellschaft und seit er Eton verlassen hatte, gab es den Klub nicht mehr.

Schade, dass Perry nicht hier war. James hätte ihn gern dabeigehabt, aber er freute sich auch über die anderen bekannten Gesichter. Er hatte das letzte Halbjahr in Eton verpasst und war gerade erst aus Mexiko zurückgekehrt. Deswegen stieß er zwei Tage später zu den anderen.

Aber jetzt war er wieder unter Freunden.
Er erzählte ihnen ein wenig über sein letztes Abenteuer, ließ aber das meiste aus. Er hatte die Ereignisse tief in sich vergraben, bei all den anderen Geheimnissen. Alles, was James wollte, war, wieder ein ganz normaler Schuljunge zu sein. Er freute sich auf drei Wochen wandern und klettern und mit etwas Glück lernte er vielleicht auch Ski fahren.
»Du teilst dir ein Zimmer mit mir und zwei anderen Jungs«, sagte Gordon. »Einer von ihnen ist ganz okay, Grenville Warner. Er ist genauso alt wie du, glaube ich. Der andere ist leider ein ziemlicher Langweiler, Miles Langton-Herring. Er liebt Fakten und Zahlen. Du kennst die Sorte. Er glaubt, er ist Experte für alles, und lässt das auch raushängen. Er könnte als Quasselstrippe bei den nächsten Olympischen Spielen für England antreten. Er sitzt da hinten. Der, der mit vollem Mund spricht.«
James sah zu dem Tisch hinüber, auf den Gordon zeigte, und entdeckte einen großen Jungen mit welligem braunen Haar und rötlicher Hautfarbe. Trotz seiner großen Pferdezähne sah er gut aus. Seine Statur erinnerte an einen kräftigen Rugby-Spieler. Er redete laut und schnell und lachte viel – wahrscheinlich über seine eigenen Witze, da sonst niemand in seiner Nähe zu Wort kam.
James lächelte. Er hätte nie gedacht, dass er sich einmal darüber freuen würde, zu seinem normalen Schulleben zurückzukehren. Die Probleme, auf die man hier traf, waren alle unbedeutend und leicht zu lösen. Nichts konnte ihm Angst einjagen. Die Schulzeit war eine einfache Zeit im Leben. Das wurde ihm jetzt klar. Man konnte so sein, wie man war, konnte Spaß haben und musste sich nicht zu viele Gedanken über die große Welt machen, die wie ein hungriger Wolf draußen auf einen lauerte.

In dieser Nacht ging er mit vollem Magen und leichtem Herzen zu Bett. Das herzhafte österreichische Essen – Nudelsuppe, Wiener Schnitzel und Apfelstrudel – war genau das Richtige gewesen. Er fühlte sich sogar stark genug, dem gefürchteten Miles Langton-Herring zu begegnen. Der Junge trug einen Pyjama mit seinem Monogramm zur Schau und erging sich, gleich nachdem er sich vorgestellt hatte, in einem langen und langweiligen Monolog über die Geschichte des Skifahrens.

»Natürlich ist Skifahren keine neue Erfindung. Jahrtausendealte Höhlenmalereien zeigen Männer mit Skiern an ihren Füßen. Aber für lange Zeit war Skifahren nichts weiter als eine Möglichkeit, sich auf Schnee von einem Punkt zum anderen zu bewegen. Niemand hatte je daran gedacht, den Gipfel eines Berges zu erklimmen, nur um wieder hinunterzufahren. Die Norweger führten die Kunst des Skilanglaufs ein. Aber als sie ihren Sport in die Alpen brachten, trafen sie auf höhere Berge und steilere Abhänge. Deswegen mussten neue Techniken erlernt werden. Ein Österreicher namens Zdarsky erfand Ende des letzten Jahrhunderts die sogenannte Lilienfeld-Technik. Es war allerdings Hannes Schneider, der die meisten modernen Fahrtechniken entwickelt hat . . .«

Beim Klang der aufgeblasenen, süßlichen Stimme schlief James bald ein.

Draußen, im Schatten zwischen zwei hohen Häusern, stand ein Mann in Mantel und Filzhut. Er rauchte eine Zigarette, deren glühende Spitze er mit einer Hand abschirmte. Er stand regungslos da und es schien, als könne ihm die Kälte nichts anhaben.

Im Hotel ging ein Licht nach dem anderen aus. Nun war es still. Auf den Straßen war keine Menschenseele mehr zu sehen. Der Hoteleingang lag verlassen da.

Schließlich warf der Mann die Zigarette zu Boden, wo sich bereits ein kleiner Haufen Zigarettenkippen angesammelt hatte, und trat sie sorgfältig aus. Dann verschwand er im Dunkel der Nacht.

4 Österreichisches Walzerblut

James wachte als Erster auf. Noch bevor der Wecker klingelte, kletterte er aus dem Bett, ging zum Fenster und zog die Vorhänge auf.

Das Tal lag noch im Schatten, die Sonne hatte die Spitze vom Hahnenkamm noch nicht erreicht. Der Himmel erstrahlte jedoch schon in einem aufregend klaren Blau. Er stieß das Fenster auf und sog die herrliche kalte Luft ein. Sie war mit keiner anderen Luft, die er bisher geatmet hatte, zu vergleichen. Sie schmeckte scharf, rein und irgendwie leer.

James' Zimmer befand sich im vorderen Teil des Hotels mit Blick auf den Hahnenkamm. Braunes, abgestorbenes Gras bedeckte stellenweise die unteren Hänge des Berges, aber weiter oben lag Schnee. Er konnte die Hahnenkammbahn sehen. Auf ihrem Weg zum Gipfel durchtrennte die Seilbahn in einer langen geraden Linie den Kiefernwald. Die Bahnstation auf der Bergspitze war in helles Licht getaucht.

Die Szene sah vielversprechend aus. Er konnte es kaum abwarten, nach draußen zu kommen.

Miles Langton-Herring regte sich, als die kalte Luft den Raum füllte. Schimpfend setzte er sich auf und verfluchte James. Der lachte jedoch nur.

»Wie spät ist es?«, brummte Miles.

»Viertel vor sieben«, sagte James.

»Wir haben noch eine Viertelstunde, bevor wir aufstehen müssen.«

»Dann bleib im Bett«, sagte James. »Mir ist es gleich.«
»Mach wenigstens das verdammte Fenster zu.«
James schloss das Fenster und ging den Flur hinunter zum Bad, wo er sich schnell wusch und seine Haare kämmte. Dann zog er eine seidene lange Unterhose und ein langärmeliges Unterhemd an. Darüber zog er ein Flanellhemd und einen Wollpullover, dazu eine dicke Twill-Baumwollhose und dicke Socken. Zum Schluss schlüpfte er in seine Stiefel und griff nach seinen Lederhandschuhen. Sie wurden von einem Band zusammengehalten, damit sie nicht verloren gingen, wenn man sie auszog. Er musste sie nur durch die Ärmel seiner wasserfesten roten Windjacke ziehen.
Am Frühstückstisch war er der Erste. Er schlug sich den Bauch voll mit Brot, Kuchen, Eiern, Schinken und Käse und spülte das Ganze mit frischem Bergquellwasser und starkem Kaffee hinunter. Er konnte sich nicht erinnern, wann er sich das letzte Mal so glücklich und sorglos gefühlt hatte.
Während er sich durch sein Frühstück arbeitete, kamen die anderen Jungen nach und nach herein und gesellten sich zu ihm. Die meisten sahen müde und übernächtigt aus. Sie schlurften träge dahin, redeten leise und wünschten sich anscheinend zurück in ihre warmen und gemütlichen Betten.
Mr Merriot kam herüber und setzte sich zu James an den Tisch. Er sah frischer und wacher aus als seine Kollegen. Und in der Tat kannte James ihn nicht anders als zufrieden und ausgeglichen.
»Gestern Abend hatte ich gar keine Gelegenheit, dich ordentlich zu begrüßen«, sagte er und holte seine Pfeife hervor. »Wie geht es dir? Ach nein, du musst diese Frage nicht beantworten. Wir Engländer, was? Immer fragen wir einander, wie es uns geht, und erwarten nie eine ehrliche Antwort. In deinem Fall weiß ich ganz genau, wie es dir geht. Deine Tante hat mir alles erzählt.« Er warf einen Blick in den Raum, beugte sich vor zu James und fuhr

leiser fort: »Sieht so aus, als könnten wir dich nicht vor Ärger schützen, nicht wahr, James?«

»Sieht so aus, ja«, sagte James mit einem schiefen Lächeln.

»Aber irgendwie kommst du immer wieder auf die Beine!«, sagte Merriot etwas lauter und steckte seine Pfeife zwischen die Zähne. Er machte jedoch keinen Versuch, sie anzuzünden, sondern sog nur gedankenverloren am Stiel, während er damit beschäftigt war, Butter auf eine Scheibe Toast zu schmieren.

»Ich sage dir eine interessante Zukunft voraus, Bond«, sagte er, als er fertig war. »Entweder wird aus dir ein großer Held oder ein großer Schurke.«

»Ich will weder das eine noch das andere werden«, sagte James, »wenn es Ihnen nichts ausmacht, Sir. Mein Bedarf an Abenteuern ist gedeckt. Manchmal habe ich das Gefühl, dass ich viele von den ganz gewöhnlichen Dinge verpasse, die andere Jungen in ihrem Leben mitmachen.«

»Ich glaube, du hättest Mühe, einen richtigen Jungen in England zu finden, der nicht gern den Platz mit dir tauschen würde, James.«

»Vielleicht«, sagte James, »aber ich bin zu dem Schluss gekommen, dass es besser ist, Abenteuer erzählt zu bekommen, als ein Teil von ihnen zu sein.«

»Da könntest du recht haben«, sagte Mr Merriot ruhig, während er aus dem Fenster in den herrlichen Morgen schaute. »Ich glaube, ich habe meinen Bedarf an Abenteuern im Krieg gedeckt. Und *ja,* die Wirklichkeit war ganz anders als das, was man darüber in den Büchern liest. Man könnte versucht sein, Krieg nur für ein großes, lautes Spiel zu halten, wenn man nicht wirklich dabei gewesen ist.«

»War es nicht auch ein Abenteuer für Sie, als Sie 1924 bei den Olympischen Spielen für England gelaufen sind?«, fragte James.

»Das war sicherlich aufregend«, sagte Merriot. »Aber das liegt

jetzt hinter mir. Alles, was ich heute tue, ist, andere zu unterrichten. Obwohl unterrichten auch sehr aufregend sein kann.«
James versuchte, ein Lächeln zu unterdrücken.
»Ah«, sagte Merriot, dem nichts entging. »Er glaubt, ich bin ein alter Trottel, der darüber schwafelt, wie ehrenvoll es ist zu unterrichten. Aber einem anderen beizubringen, etwas wirklich gut zu machen, und ihn dabei zu beobachten, wie ihm das gelingt, das ist fast genauso lohnend, wie es selbst zu tun. Als du das Querfeldeinrennen beim Hellebore-Cup gewonnen hast, schlug mein Herz wie eine Trommel. Ich bin noch nie so aufgeregt und so stolz gewesen.«
»Nun, Sir«, sagte James, »trotzdem kann ich mir nicht vorstellen, den Sieg bei einem Rennen dagegen einzutauschen, dass man jemandem beibringt, ein Rennen zu gewinnen.«
»Aha«, sagte Merriot. »Aber Ruhm ist vergänglich. Von der Spitze des Berges führt der einzige Weg nach unten. Der Augenblick, in dem du deine beste Leistung erzielst, ist gleichzeitig der, von dem an du immer schlechter wirst. Andere werden kommen, die schneller laufen, weiter springen, fester werfen, und man wird dich vergessen. Der Augenblick deines Sieges wird bloße Erinnerung sein. Dein Ruhm ist längst dazu bestimmt zu sterben. Es ist sehr viel befriedigender, ein guter Lehrer zu sein und sein Wissen an andere weiterzugeben, als die Zuschauer für einen kurzen Moment in seinen Bann zu ziehen. Aber ich glaube, dass dir, James, der Augenblick des Ruhms das Wichtigste ist. Für Männer wie mich ist das anders. Wir denken langfristig. Ich bin gern Lehrer. Aber ich werde nicht mit dir raus auf die Piste gehen, um dir das Skifahren beizubringen – du dürftest erleichtert sein, das zu hören. Diese Ehre hat ein hier ansässiger Bursche namens Hannes Oberhauser, der wirklich ein erstklassiger Skilehrer ist. Österreichische Skilehrer sind die besten der Welt. Besonders wenn sie wie Hannes Oberhauser ihre Ausbildung an der Arl-

berg-Schule absolviert haben. Du solltest ihn in Aktion sehen, ein Bild von Grazie und Eleganz. Ich glaube, diese paar Tropfen österreichisches Walzerblut in seinen Adern machen den Unterschied aus.«

Nach dem Frühstück brachte man James zu einer großen Holzhütte gegenüber dem Hotel, wo er ein Paar schöne Hickory-Skier mit Stahlkanten auswählte. Sie waren größer als er und an der Spitze steil nach oben gebogen. Seine Eltern hatten ihn zweimal zu einem Skiwochenende mitgenommen, als er noch klein war, aber er konnte sich kaum noch daran erinnern. Er musste sich zeigen lassen, wie die Stiefel in den Bindungen befestigt wurden. Als Erstes musste man die Schuhspitzen in feste Metallschienen stecken und dann jeweils eine lange Feder über die Ferse spannen, damit man Halt hatte. Es war umständlich und unbequem, aber als er endlich fertig war, fühlte er sich sicher auf den Brettern. Dann suchte er zwei leichte Bambusstöcke mit schmalen Lederriemen an den Enden aus. Er freute sich auf seinen Ausflug in den Schnee.

Eine Stunde später stand er mit den anderen Anfängern auf einer der unteren Skipisten vom Hahnenkamm und fühlte sich längst nicht mehr so sicher. Es war schon schwierig genug, auf den langen Brettern zu stehen, geschweige denn, sich auf ihnen vorwärtszubewegen. Der Skilehrer der Kitzbüheler Skischule, Hannes Oberhauser, war sehr geduldig und machte den Jungen Mut, aber James hatte das Gefühl, nie den richtigen Dreh zu kriegen. Hannes war ein kleiner, braun gebrannter Mann Mitte dreißig mit einem freundlichen, offenen Gesicht und kurzen blonden Haaren. James war aufgefallen, dass er hinkte. Aber wenn er die Skier angeschnallt hatte, bewegte er sich so frei über den Schnee, als wären sie ein Teil von ihm.

»Wir haben heute einen neuen Jungen in unserer Gruppe«, be-

grüßte er sie, als alle fertig waren. »Ich werde ihn mir zunächst allein zur Brust nehmen, damit er den Anschluss schafft. Der Rest von euch übt die Bögen.«
Die Jungen fuhren ungeschickt los. Mit gebeugten Knien schlitterten sie den flachen Hang hinunter, ihre Skier zeigten nach innen, die Spitzen berührten sich fast. Immer wieder fuhren sie sich gegenseitig um.
»Ich glaube nicht, dass aus einem von ihnen jemals ein Weltklasse-Skifahrer wird«, sagte Hannes und lächelte. »Aber darum geht es ja auch nicht. Es geht darum, Spaß zu haben. Stimmt's? Und dafür musst du die Grundlagen lernen.« Sein Englisch war gut. Er hatte nur einen leichten Akzent. Er erklärte James, dass er Sprachunterricht genommen hatte, weil die meisten seiner Schüler aus England kamen.
»Ich werde dir zeigen, wie man sicher und elegant Ski fährt«, fuhr er fort. »Ich kenne junge Leute wie dich, die das Skifahren schnell gelernt haben und dann mit wenig Übung die Pisten hinunterrasen. Aber die tun nur so, als könnten sie Ski fahren. Ich nenne sie Pistenrowdys. Sie haben keine Kontrolle über ihre Skier und fahren überall, wo ihre Bretter sie hintragen – aus solchen Leuten werden nie gute Skifahrer. Du musst lernen, erst deine Skier und dann den Berg zu beherrschen. Am Anfang mag es dir langweilig und langwierig erscheinen, aber es ist wie mit allem: Wenn du die Grundlagen nicht richtig beherrschst, wirst du nicht weit kommen.
Das Erste, was du lernen musst, ist der Schneepflug, der Albtraum eines jeden Anfängers. Du brauchst ihn nicht nur zum Bremsen und um deine Skier unter Kontrolle zu bringen, er ist auch die Grundlage für jede Drehung – außer wenn du sehr schnell fährst. Du hast die anderen Jungen gesehen, nun versuch es selbst. Stell deine Skier in einem V auf, die Spitzen sollen sich fast berühren, die hinteren Enden müssen so weit auseinander

wie möglich. Drück deine Knie nach vorn und halt deine Fersen flach. Belaste deine Skier leicht auf den Innenkanten. Aber drück sie nicht zu tief in den Schnee, streichle ihn bloß.«

James gehorchte und fuhr vorsichtig die Piste hinunter. Er kam sich lächerlich und plump vor, während er versuchte, seine Beine in der richtigen Position zu halten und den Skiern, die ganz anderes im Sinn hatten, seinen Willen aufzuzwingen. Aber allmählich klappte es immer besser. Der Trick war, die Skier im richtigen Winkel zu kanten. Belastete er die Innenkanten zu stark, zogen die Skier in die Richtung, in die sie zeigten, bis sie sich kreuzten. Kantete er zu wenig, glitten die Skier auseinander. Ein schmerzhafter Spagat war die Folge.

»Sehr gut!«, rief Hannes. Er sauste zu James hinunter, der unten, am Fuß des Hügels, stehen geblieben war. Dort warteten auch die anderen Jungen und schwatzten. Hannes schickte sie zurück nach oben. James beobachtete, wie sie die Skier quer zum Hang stellten und sich in kleinen Seitwärtsschritten nach oben bewegten. Schnell stellte er fest, dass es fast schwieriger war, den Berg wieder hinaufzukommen, als ihn hinunterzufahren.

»Skifahren ist kein besonders schwieriger Sport«, sagte Hannes zu James, als sie sich nach oben kämpften. »Du musst zwar einige spezielle Techniken lernen, aber hauptsächlich brauchst du Mut, Gleichgewichtsgefühl, Ausdauer und eine große Portion Geduld. Sinn für Humor wäre auch von Nutzen, denn am Anfang wirst du mehr Zeit auf dem Boden verbringen als auf den Skiern.«

Er hatte recht. In den ersten zehn Minuten fiel James sechzehn Mal hin. Aber er ließ nicht locker und in den nächsten zehn Minuten machte er nur noch halb so oft Bekanntschaft mit dem Boden. Nach einer Stunde fühlte er sich schon ziemlich sicher und die Abstände zwischen seinen Stürzen wurden größer und größer.

Nebenbei lernte er das wichtigste Gesetz beim Skifahren: sich nach vorn beugen, damit der Körper immer den richtigen Winkel zur Piste bildete. Das nannte man *Vorlage*. James musste viele neue deutsche Ausdrücke lernen. Zum Beispiel *abstemmen* für bremsen oder *Schuss* für das Gegenteil, wenn man die Piste geradeaus in direkter Linie hinuntersauste. Etwas, wovor Hannes ihn immer warnte. Dazu war es noch zu früh.

»Sieh dir die Piste an«, sagte er. »Sie ist nicht künstlich gemacht, sondern ganz natürlich entstanden, voll von Kurven, Buckeln, Löchern und Gefahren. Du musst lernen, den richtigen Weg zu wählen. Der direkteste und steilste Weg einen Hang hinunter ist die Falllinie. Neun von zehn Mal wirst du nicht die Falllinie wählen, sondern elegant einen Schwung an den anderen reihen und so den Hang hinunterfahren.«

Eine andere Technik, die James lernte, war die *Hocke*. »Die berühmte Arlberg-Hocke«, wie Hannes sie beschrieb. »Ein missverständlicher Ausdruck. Du musst zwar in die Knie gehen, aber nicht so weit, dass du auf deinen Skiern sitzt, wie die meisten Leute glauben. Während du in die Hocke gehst, musst du dich gleichzeitig nach vorn beugen. Du musst die Hocke mit der Vorlage kombinieren. Jetzt versuch es. Kreuz den Hang von einer Seite zur anderen und halt die Skier parallel. Wenn du anhalten willst, dann mach einfach einen Schneepflug . . .«

James stieß sich mit den Stöcken ab und fuhr los. Es war ein ganz anderes Gefühl. Viel angenehmer und befriedigender als der ungelenke Schneepflug. In einer sauberen geraden Linie glitt James leicht bergab durch den pulvrigen Schnee. Oberhauser fuhr neben ihm her und rief ihm Anweisungen zu.

»Gewicht auf dem unteren Ski lassen und den oberen Ski vorschieben. Lehn dich vom Hang weg und nimm die obere Schulter nach vorn. Wenn du das Gefühl hast, du fällst, kämpf nicht dagegen an, entspann dich und lass dich vorsichtig fallen.«

Das war leichter gesagt als getan, dachte James, als er merkte, wie seine Skier unter ihm wegrutschten und er in einem Wirrwarr von Armen und Beinen in den Schnee fiel.

Hannes lachte und half ihm auf.

»Mit ein bisschen Übung wirst du es schon schaffen. Du musst ein Gefühl für den Schnee entwickeln. Aber du lernst schnell. Nach dem Mittagessen kannst du dich zu den anderen gesellen.«

Das Mittagessen bestand aus einer Suppe, danach gab es eine scharfe Wurst mit Brot und Käse. Sie aßen draußen. Das Restaurant neben der Piste hatte Bänke und Tische auf der Terrasse aufgestellt. James merkte plötzlich, wie ermüdend der Vormittag gewesen war. Sein ganzer Körper schmerzte, er hatte Muskelkater und seine Knie und Knöchel fühlten sich an, als hätte ein Maultier dagegengetreten. Der Schnee klebte an seinen Stiefeln und umklammerte sie wie schwere Eisblöcke. Er musste aufstampfen, damit er wieder Gefühl in seine Zehen bekam. Doch das Essen weckte seine Lebensgeister wieder, und als es zurück zur Piste ging, stand er schon in den Startlöchern.

Am Nachmittag machte er allerdings nur langsame Fortschritte. Oberhauser konnte sich jetzt nicht mehr nur um ihn allein kümmern. Der Einzelunterricht war vorbei, James war jetzt Teil der Gruppe. Es gab so viel zu lernen und das meiste vergaß er sofort wieder, sobald er losfuhr. Durch die Anspannung, die Konzentration und das Rauschen der Skier auf dem Schnee hörte er Oberhausers Kommandos nicht. Seine Muskeln schienen jedoch wie von selbst die richtige Position zu finden. Sein Oberkörper pendelte sich in einer bequemen aufrechten Haltung ein, nach vorn gebeugt mit leichtem Rundrücken, die Arme entspannt und nach vorn gestreckt.

»Ihr müsst euer Hirn ausschalten und eurem Körper die Führung überlassen«, sagte Hannes am Ende des Tages zu ihnen, als sie ihre Skier abschnallten. »Ski fahren – wenn man es beherrscht – ist wie Ballett tanzen zu einer imaginären Musik.«

In den nächsten Tagen arbeitete James hart. Die verzwickteste Technik, die es zu beherrschen galt, war die *Drehung*. Sie war viel schwieriger, als er es sich vorgestellt hatte. Statt sich in die Kurve zu lehnen, musste man genau das Gegenteil tun, sonst gehorchten die Skier einem nicht mehr. Das Problem war, dass die Bretter lang, gerade und steif waren und nicht dazu gemacht, Kurven zu fahren. Oberhauser erklärte ihnen, dass man sie aus dem Schnee herausheben musste, wenn man die Richtung ändern wollte, sonst fuhren sie einfach geradeaus weiter, wie auf Schienen.

»Für eine Drehung müsst ihr euch hoch und runter bewegen.« Er zeigte ihnen, was er meinte, indem er schnell auf und nieder hüpfte.

»Ihr wärt überrascht, aber wenn ihr euch auf eine Waage stellt und euch schnell in die Hocke setzt, dann werdet ihr für einen kurzen Moment leichter. Es ist dieser Sekundenbruchteil der Schwerelosigkeit, den ihr nutzen müsst, um eure Skier aus dem Schnee zu heben und zu drehen.«

Unablässig übte James, seinen Körper hoch und runter zu bewegen und ihn gleichzeitig zu drehen, bis es eines Nachmittags plötzlich klappte.

Als er die Piste hinunterbrauste, lenkte er seine Skier unversehens in einem eleganten S-Bogen über den Schnee. Er war unglaublich stolz auf sich. Und das umso mehr, als die meisten anderen Jungen immer noch unbeholfen mit wackeligem Schneepflug über die Piste rutschten.

Als er am Ende des Tages seine Skier abschnallte, ging die Sonne gerade hinter dem Kitzbüheler Horn unter und plötzlich kam ein eisiger Wind auf. James fröstelte und warf einen Blick zum Gipfel des Hahnenkamms. Den Tag über hatten sie sich ausgelassen auf seinen Hängen ausgetobt, aber James wusste nur zu gut, wie schnell die Laune eines Berges sich ändern konnte. Eine düstere

Erinnerung, die seit seiner Ankunft in seinem Hinterkopf lauerte, kämpfte sich ans Licht.

Seine Eltern waren in den Alpen ums Leben gekommen, westlich von hier, in der Nähe von Chamonix in Frankreich. Sie waren damals zwar nicht Skifahren gewesen, sondern Klettern, aber die Tatsache, dass sie die Kräfte der Berge unterschätzt und das mit dem Leben bezahlt hatten, blieb bestehen. James wusste, dass er sich vorsehen musste. Erst letztes Jahr waren vier Lehrer aus Eton beim Klettern auf dem Piz Roseg in den Schweizer Alpen gestorben – und sie waren nicht die Ersten gewesen.

Während James mehrere Jungen bei einer Schneeballschlacht beobachtete, fragte er sich, ob auch sie sich der Gefahren bewusst waren, die hier auf sie lauerten.

5 »Das ist der falsche Weg!«

Das gute Wetter hielt die kommenden Tage an. In den Nächten fiel frischer Schnee und tagsüber schien die Sonne. Die Bedingungen fürs Skifahren blieben perfekt und James machte rasche Fortschritte. Er liebte es, neue Dinge zu lernen, und er liebte es, sich körperlich zu betätigen. Er kannte kein besseres Gefühl, als am Abend die müden und schmerzenden Muskeln zu strecken und zu genießen, wie sich die Wärme in seinem Körper ausbreitete.

Er stürzte sich derart verbissen aufs Skifahren, dass es ihm gelang, alle düsteren Gedanken an seine Eltern zu verdrängen. Er lernte, die Berge zu lieben, und vermisste sie, wenn er abends im Hotel saß.

So verbrachte er seine Tage damit, die Pisten auf den unteren Hängen des Hahnenkamms hinunterzusausen, und abends, nach einer üppigen, gehaltvollen Mahlzeit, ging er früh zu Bett und fiel fast sofort in einen tiefen, friedlichen Schlaf. Die einzige bittere Pille, die James schlucken musste, war Miles Langton-Herring. Wenn er spät nachts in ihr Zimmer kam, rumorte er jedes Mal so laut, dass James wach wurde. Wahrscheinlich rächte er sich so für den ersten Morgen, als James ihn in aller Frühe geweckt hatte. Sobald er sich vergewissert hatte, dass James nicht mehr schlief, fing er an zu reden. Das war der besonders unangenehme Teil. Miles war ein Angeber. Er prahlte sowohl mit seinem Heldenmut auf der Piste als auch mit seinem scheinbar unerschöpflichen Wissen. Das Schlimmste an ihm war, dass er zwar mehr Fakten herunterbeten konnte, als im weltgrößten Lexikon enthalten waren, das wichtigste Faktum aber ignorierte: Niemand war auch nur im Entferntesten an dem interessiert, was er zu sagen hatte. Er war ein Langweiler und wie alle Langweiler war er sich dessen nicht bewusst. Auch wenn eine Unterhaltung schon längst beendet war, kläffte Miles weiter, wie ein Hund, der von seinem Besitzer draußen im Hof angebunden worden war. James hatte schnell gelernt, ihn auszublenden, als wäre er ein unerwünschter Radiosender, aber es erschwerte jede Unterhaltung mit einem anderen.

Miles war in einer weiter fortgeschrittenen Skigruppe. So musste James wenigstens tagsüber seine wie lautes, süßliches Eselsgebrüll klingende Stimme nicht hören. Am Ende der Woche war Hannes allerdings der Ansicht, James sei nun gut genug, um zu den erfahrenen Skifahrern zu stoßen, die die Pisten weiter oben auf dem Hahnenkamm unsicher machten.

»Wir werden vom Gipfel bis ins Tal hinunterfahren«, erklärte er. »Es gibt eine recht einfache Strecke. Sie ist genau richtig, um die Fähigkeiten eines Skifahrers zu testen, wie du einer bist.«

Am Samstagmorgen kletterte James also in die Kabine der Hahnenkammbahn, die zu dem mehr als 1.700 Meter hohen Gipfel hinauffuhr. Außer ihm hatten sich noch Hannes, ein Lehrer namens Mr Eastfield und eine Gruppe der zehn erfahrensten Jungen auf den Weg gemacht. Sie standen in der engen Gondel, klammerten sich an ihre Skier und redeten aufgeregt durcheinander.

Die Kabine hakte sich in das umlaufende Kabel der Seilbahn ein und sie ruckelten aus der Talstation hinaus. Sie schwebten über den Stadtrand hinweg den Hang hinauf. Unter ihnen zogen die Häuser vorbei, deren schräge Dächer Hüte aus schwerem Schnee trugen. Bis auf ein tiefes Summen, das ab und zu von einem Rattern unterbrochen wurde, wenn sie einen der Stützpfeiler passierten, war es still. Bald wurde der Anstieg steiler. Sie fuhren durch einen hohen Kiefernwald, in dem die Bäume geradewegs in den Himmel schossen.

»Hier wird jedes Jahr ein berühmtes Rennen ausgetragen«, erzählte Hannes und deutete nach unten. »Das Hahnenkammrennen. Vielleicht das wichtigste Skirennen der Welt. Es ist eine sehr schwierige und gefährliche Strecke. Aber keine Angst, wir werden einen anderen Weg nach unten nehmen. Du wirst sehen, es wird großen Spaß machen.«

»Ich kann es kaum erwarten«, sagte James.

»Weißt du«, sagte Hannes, »in dir schlummert ein wirklich erstklassiger Skifahrer, James. Ich habe noch nie jemanden erlebt, der so schnell den Dreh raushatte. Die meisten Anfänger brauchen mindestens sechs Wochen, um so gut zu fahren wie du jetzt. Du hast ein angeborenes Gefühl für Gleichgewicht, du nimmst das Training ernst und Angst scheint für dich ein Fremdwort zu sein.«

»Es macht mir wirklich Spaß«, sagte James. »Ich wäre gern eines Tages so gut wie Sie.«

Hannes lächelte. »Wenn es dir wirklich ernst damit ist«, sagte er, »solltest du in Hannes Schneiders Schule in St. Anton am Arlberg gehen. Dort habe ich das Skifahren gelernt und die Ausbildung zum Skilehrer gemacht. In St. Anton wird die hohe Kunst des Skifahrens unterrichtet – quasi auf Universitätsniveau. Es ist zum Mekka für alle geworden, die das Skifahren lieben. Dort unterrichtet ein Mann namens Fuchs, der aus dir einen Weltklasse-Skifahrer machen könnte. Ich kümmere mich nur um Anfänger und Touristen. Meine wahre Leidenschaft gehört dem Klettern.«

James sah hinaus. Sie waren nun so hoch, dass sie über den Baumwipfeln schwebten. Die Bäume unter ihnen klammerten sich an den beinahe senkrechten Berghang und wuchsen zwischen zerklüfteten Felsen. Wenn man aus dem hinteren Kabinenfenster blickte, konnte es einem vorkommen, als würde die Gondel fliegen und wie ein Segelflugzeug den Hang erklimmen. Kitzbühel war zu einer Spielzeugstadt geschrumpft. Leider hatte es heute Morgen einen Wetterumschwung gegeben. Der Himmel war von einem matten, düsteren Grau. Die Landschaft sah aus wie auf einer Schwarz-Weiß-Fotografie. Alle Farbe schien ihr entzogen worden zu sein. Die hübschen Kitzbüheler Puppenhäuser waren grau, der Schnee weiß und die Kiefern tiefschwarz. Die Kabine rumpelte laut an einem Stützpfeiler vorbei. Eine Windböe piff durch die Fenster und das Stahlkabel schwang leicht hin und her, als sie eine leere Gondel passierten, die ihnen entgegenkam.

Ein paar Minuten später hatten sie die Bäume hinter sich gelassen und die Bergspitze tauchte vor ihnen auf. Die Hänge waren hier wieder flacher. Tierspuren verliefen quer über die weiten Schneefelder, wahrscheinlich stammten sie von Gämsen, den einheimischen Bergziegen. Und dann erreichten sie die Bergstation. Einen Moment lang wurde es hektisch, als sie aus der Gondel kletterten und ihre Skier hinaus ins Freie trugen. In dieser Höhe war es merklich kälter und ein beißender Wind wehte. James band seinen schwarzen Wollschal so um seinen Hals, dass er auch einen Teil seines Gesichts bedeckte. Dann stopfte er ihn sorgfältig in seinen Kragen, damit die eiskalten Finger des Windes nicht daruntergreifen konnten.

Hier oben waren sie in einer anderen Welt. Der Gipfel des Hahnenkamms war abgeflacht, sodass sich ihnen ein Panoramablick auf die umliegenden Berge bot – Kitzbüheler Horn, Resterhöhe, Pengelstein, Gaisberg. Es war atemberaubend. James stand einen Augenblick lang still, um es auf sich wirken zu lassen. Er fühlte sich wie Gott am ersten Tag der Schöpfung, als dieser sein Werk bewunderte.

»Am Vormittag werden wir hier oben Ski fahren«, kündigte Hannes an. »Wir werden leider ziemlich viel laufen müssen, aber es gibt hier einige schnelle Strecken, auf denen ihr euer Können unter Beweis stellen könnt. Jetzt lasst uns die Skier anschnallen und loslegen!«

Als sie ihre Bindungen schlossen, fielen James mehrere aufgeregte Jungen auf. Miles Langton-Herring stand mit drei älteren Schülern ein Stück abseits. Die vier kicherten und waren darauf bedacht, genügend Abstand zu den Erwachsenen zu halten.

»Was haben die vor?«, fragte er seinen Freund Andrew Carlton, der neben ihm stand.

»Trinken«, sagte Andrew geradeheraus.

»Alkohol?«, fragte James.

»Sie haben einen Flachmann mit Schnaps dabei, den ihnen jemand vom Hotelpersonal besorgt hat«, sagte Andrew. »Sie fühlen sich unglaublich erwachsen, wenn sie Alkohol trinken.«

James lachte. »In der Schweiz schicken sie diese riesigen Bernhardinerhunde mit Brandyfässern um den Hals aus, um Verunglückte in den Bergen zu retten. Mir ist allerdings neu, dass man sich schon vorher betrinken sollte.«

»Das sind Idioten«, sagte Andrew. »Wenn sie sich wirklich betrinken, dann müssen sie wahrscheinlich gerettet werden.«

Hannes kam zu ihnen herüber, um James eine Schneebrille zu geben.

»Die Pisten hier sind mit dem Anfängerhügel nicht zu vergleichen«, sagte er, während James die Brille aufsetzte. »Du wirst dich oft schnell entscheiden müssen. Bis zu einem gewissen Punkt kannst du deinen Verstand benutzen, aber bei hohem Tempo musst du dich auf deine Muskeln und deinen Instinkt verlassen. Achte genau auf den Boden vor dir. Der Untergrund wechselt ständig: von hügelig zu löcherig, von steil zu flach. Es gibt Bodenwellen, Buckel und Löcher, nach denen du Ausschau halten und an die du deine Geschwindigkeit anpassen musst. Sei deinen Skiern immer einen Schritt voraus, so wie ich es dir beigebracht habe. Und das Wichtigste: Viel Spaß!«

Es war tatsächlich ganz anders als alles, was James bisher gefahren war. Sie sausten eine Piste hinunter, auf deren einer Seite sich eine Wand aus Schnee türmte und auf deren anderer ein furchterregend aussehender Abgrund in die Tiefe führte. Wenn er die Kontrolle verlor, würde er sehr viel schneller den Berg hinunterkommen, als er es sich ausgemalt hatte. Sie fuhren in einer langen Schlangenlinie hintereinander her. Einige Jungen genossen den Nervenkitzel und stießen aufgeregte Jubelschreie aus, andere bissen die Zähne fest zusammen und fuhren stumm nach unten.

James spürte, wie sein Herz gegen seine Rippen hämmerte. Doch schon bald entspannte er sich und nach ein paar Minuten hatte er die Gefahr vergessen und genoss die Abfahrt in vollen Zügen. Hinter seinem Schal versteckte er ein breites Grinsen.

Die Abfahrt endete mit einem rasanten Sprint einen breiten steilen Hang hinunter in ein kleines Tal. Unten bremsten die Jungen so scharf ab, dass der Schnee aufspritzte, und sofort tauschten sie sich aufgeregt aus.

Dann hieß es Skier abschnallen und antreten zu einem langen Marsch einen verschneiten Weg hinauf zur nächsten Abfahrt.

So ging es den Rest des Vormittags. Erst ein paar Minuten aufregender Nervenkitzel und dann eine gute Stunde Aufstieg.

James war überrascht, dass hier oben ein paar Häuser standen. Eins davon war ein Restaurant, das die Lebensmittel eigens mit der Seilbahn hochbringen ließ und so auf dem Gipfel gutes heißes Essen servieren konnte.

Um die Mittagszeit herum klarte das Wetter auf, die Sonne kam heraus und sorgte dafür, dass die herrliche Landschaft glänzend und frisch aussah.

Doch das Wetter hielt nicht an – als sie wieder ihre Skier anschnallten, war die Sonne verschwunden und der Himmel wolkenverhangen.

Es schien, als bräuchten die Jungen eine Ewigkeit, bis sie so weit waren. James hatte seine Skier schon längst angeschnallt und lehnte auf seinen Stöcken, als die meisten anderen Jungen noch herumalberten, quatschten und sich gegenseitig in den Schnee schubsten. Langsam wurde er ungeduldig. Miles und seine Bande waren unter den Letzten, die fertig wurden. Ihre Gesichter waren gerötet.

Mr Eastfield wandte sich an die ausgelassene Meute.

»Wir hatten einen guten Vormittag«, rief er und schlug seine behandschuhten Hände gegeneinander, um sie sich zu wärmen. »Der Nachmittag sieht jedoch nicht so vielversprechend aus. Herr Oberhauser fürchtet, dass das Wetter zuzieht. Es sollte keine Probleme geben, wenn wir bald losfahren. Aber bitte fahrt besonders vorsichtig.«

James sah zum Wilden Kaiser. Eine breite graue Wolkenschicht verdeckte die Gipfel der Gebirgskette, als hätte ein enttäuschter Maler mit seinem schmutzigen Pinsel darübergeschmiert.

Um zur Talabfahrt nach Kitzbühel zu gelangen, mussten sie erst eine Piste hinunterfahren und dann ein Stück laufen. Als sie ankamen, jagten dünne Wolken vorüber. Ein grauer Nebelschleier verhüllte die Spitze des Kitzbüheler Horns auf der anderen Seite des Tals und kroch langsam den Hang in Richtung Stadt hinunter.

An dieser Stelle sah der Berg unheimlich steil aus und James fühlte, wie die Angst in ihm aufflackerte.

War er wirklich schon gut genug, um mit dieser Piste fertig zu werden?

»Das Wetter kann sich sehr schnell ändern«, sagte Hannes, als alle sich aufgestellt hatten. »Deswegen bleiben wir zusammen und halten alle Sicherheitsregeln ein. Die gefährlicheren Teilstrecken sind durch Seile abgetrennt, bleibt also auf der richtigen Piste. Ich werde vorausfahren und Mr Eastfield bildet den Schluss.«

Hannes rutschte über den Schnee zu James und setzte sich die Skibrille auf.

»Wenn du heil unten ankommst«, sagte er, »darfst du dich einen echten Skifahrer nennen. Ein Teil der Piste ist tatsächlich ziemlich steil. Vergiss nicht: Je steiler der Hang, je schneller du fährst, desto mehr musst du dich nach vorn beugen – desto mehr Vorlage brauchst du. Du musst ständig den Winkel überprüfen und immer wieder an die Hanglage anpassen – wie die Nadel eines Kompasses. Der Luftwiderstand ist, wenn du langsam fährst, kaum zu spüren, aber wenn du schnell fährst, wird er zu einer gewaltigen Kraft. Deswegen musst du dich richtig dagegenstemmen, bis du das Gefühl hast, du liegst gegen den Wind.«

Er zwinkerte James zu, rief den anderen ein paar aufmunternde Worte zu, stieß dann seine Stöcke in den Schnee und sauste den Hang hinunter. Erleichtert sah James, dass er nicht Schuss fuhr, sondern in eleganten Bögen über die Piste glitt. Die etwas sichereren Skifahrer waren direkt hinter ihm und der Rest folgte allein oder zu zweit, darum bemüht, genau der Spur des Skilehrers zu folgen.

Jetzt war James an der Reihe – er konnte es nicht länger hinauszögern. Er zog die Brille über die Augen, lehnte sich nach vorn und schob sich auf die Piste.

Er grinste, als seine Skier über den frisch zusammengepressten Schnee holperten. Nun würde die Schwerkraft Besitz von ihm ergreifen und ihn zum Fuß des Berges treiben. Alles, was er zu tun hatte, war, sich darum zu bemühen, dass er nicht stürzte.

Mehrere Minuten lang kamen sie gut voran. Dann trafen sie auf einen engeren Pistenabschnitt, der ihnen die Bögen erschwerte und sie zwang, in einem steileren Winkel weiterzufahren. Sie wurden schneller und James fühlte, wie sein Herz immer heftiger

schlug. Er überholte zwei Jungen, die gestürzt waren, und kam sich vor wie der König der Berge. Doch der kurze Moment des Hochgefühls fand ein abruptes Ende. Fünf Jungen waren zusammengestoßen und unter großem Gelächter in einem Gewirr aus Körpern und Skiern hingefallen.
Die ganze Gruppe musste anhalten. Einer der Jungen hatte seine Skibindung verloren und Hannes machte sich daran, sie zu reparieren, während der Rest der Truppe herumsaß und darauf wartete, dass es weiterging.
Langsam verwandelte sich die gute Laune in Gestöhn und Gemecker.
»Jetzt habt ihr uns alle aufgehalten.«
»Gerade jetzt, als es aufregend wurde.«
»Ihr verschwendet wirklich unsere Zeit.«
»Zurück zu den Anfängerhügeln, ihr Dummköpfe!«
Während Hannes an der Bindung arbeitete, senkte sich plötzlich eine dichte Wolke über sie. Schlagartig war ihnen die Sicht genommen und alles verschwand in einem milchig weißen Nebel. Die Wolke war kalt und feucht und schluckte jedes Geräusch. Der weiße Schnee trug zu der gespenstischen Atmosphäre bei. Es war wie in einem Traum.
Hannes suchte Mr Eastfield.
»Wir müssen abwarten«, erklärte er. »Es ist zu gefährlich, in diesem Nebel weiterzufahren.«
»Vielleicht gehen wir besser zurück zur Seilbahn«, schlug Eastfield vor.
»Das könnte ein oder zwei Stunden dauern. Möglicherweise hat sie bereits geschlossen, bis wir dort ankommen. Außerdem ist der Rückweg bei diesem Nebel auch nicht ungefährlich. Besser, wir bleiben hier und warten darauf, dass die Wolke wieder aufreißt. Hier sind wir sicher.«
Während sie warteten, schien es jedoch, als würde die Wolke im-

mer schwerer werden. Und dann begann es zu schneien. Dicke Flocken trieben gemächlich zwischen den Kiefern hindurch. Schokolade machte die Runde. Aber auch das hob die Laune der Jungen nicht. Die meisten aßen still vor sich hin und wirkten bedrückt. Nur Miles und seine Freunde schienen gut gelaunt zu sein. James beobachtete, wie sie sich abseits von den anderen heimlich Schlucke aus einem silbernen Flachmann genehmigten. Gerade als sie die Hoffnung, hier je wieder wegzukommen, aufgeben wollten, riss die Wolke auf und wie aus dem Nichts eröffnete sich ihnen wieder der Blick auf die Landschaft. Sie hatten fast vergessen, dass sie sich in schwindelerregender Höhe auf einem Berghang befanden. So plötzlich daran erinnert zu werden, überraschte sie.

Hannes und Mr Eastfield liefen von einem zum andern, riefen aufmunternde Worte nach allen Seiten und trieben zur Eile an. Die Jungen schnallten sich ihre Skier unter, zogen Handschuhe an, setzten Skibrillen auf und warfen ihre Rucksäcke über die Schulter. Als sie schließlich in einem großen ungeordneten Pulk losfuhren, war das Wetter immer noch gut.

Sie waren jedoch noch keine fünf Minuten unterwegs, da tauchte schon die nächste Wolkenbank vor ihnen auf. Die Jungen vor James verschwanden hinter einer dichten weißen Wand. Ihm blieb nichts anderes übrig, als ihnen zu folgen. In dem Durcheinander wurde die Gruppe auseinandergerissen. Von allen Seiten ertönten Rufe, aber es war unmöglich zu sagen, von wem sie stammten oder in welche Richtung man fahren sollte. Da entdeckte James Miles, der entschlossen nach rechts fuhr. Anscheinend wusste er, wo es langging, und James entschloss sich, ihm zu folgen. Doch als der Lärm der anderen hinter ihnen immer leiser wurde, stellte James fest, dass Miles sich verirrt hatte. James rief nach ihm und fuhr schneller.

»Hey, Miles, das ist der falsche Weg!«

Miles, der gerade einen Bogen fahren wollte, stürzte. James sauste zu ihm hin und stoppte in einer Schneewolke direkt neben ihm.
»Aua, pass doch auf!«, meckerte Miles. »Du hast mich ganz voll Schnee gespritzt. Und warum schreist du mich so an? Wegen dir bin ich gestürzt.«
James entschuldigte sich. Das war einfacher, als zu protestieren.
»Ich glaube, meine verdammten Skier haben sich gelöst«, sagte Miles und er begann, an seiner Bindung zu zerren.
»Hör auf«, sagte James. »Du machst es nur noch schlimmer. Lass mich mal.«
»Ich komme schon klar, danke«, sagte Miles und stieß James weg.
James konnte nichts weiter tun, als zusehen, wie Miles an seinen Bindungen herumfummelte, fluchte und seine Skier quälend langsam wieder herrichtete. Mittlerweile war der Lärm der anderen ganz vom Nebel verschluckt und James machte sich immer größere Sorgen, dass sie sie nicht wieder finden würden. Er spähte in die milchige Suppe und spitzte die Ohren. Aber so sehr er sich auch anstrengte, er konnte nicht mehr ausmachen, wo die anderen waren. Als er sich wieder Miles zuwandte, trank der gerade einen Schluck aus seinem Flachmann.
»Das wird uns nicht weiterhelfen«, sagte James.
»Es wärmt auf«, nuschelte Miles.
»Es macht dich aber auch betrunken«, sagte James. »Ich glaube nicht, dass es gut ist, wenn du hier oben betrunken bist, und dann noch bei diesem Wetter.«
»Was weißt du schon?«, sagte Miles. »Du hattest in deinem Leben bestimmt noch nie einen richtigen Drink.«
James ging nicht auf die Stichelei ein, stattdessen trieb er Miles zur Eile an. Endlich kam Miles wankend auf die Füße und ließ den Flachmann zurück in die Tasche seiner Windjacke gleiten.

»Hier entlang«, sagte James. Er wollte den Weg nehmen, den sie gekommen waren.
»Nein, hier geht's weiter«, sagte Miles.
»Nein«, sagte James, »du bist in die falsche Richtung gefahren.«
»Du hast mir gar nichts zu sagen«, erwiderte Miles. »Ich bin viel erfahrener als du.«
James wollte ihn noch zurückhalten, aber Miles war schon losgefahren. Er raste beinahe in Schussfahrt die Piste hinunter und James verlor ihn schnell aus den Augen. Ihm blieb nichts anderes übrig, als Miles zu folgen. Er bekam es mit der Angst zu tun, aber wenn er Miles sich selbst überließ, würde der vielleicht in große Schwierigkeiten geraten.

6 Viele Wege führen den Berg hinunter

Wütend fuhr James hinter Miles her. Schließlich hatte er ihn eingeholt. Der Schnee unter ihren Skiern war tief und unberührt. Es konnte also nicht der richtige Weg sein. Er versuchte, Miles das klarzumachen, aber dieser brüllte ihn nur an und fuhr dann einen engen Bogen – noch weiter weg von dort, wo James den Rest der Gruppe vermutete. Gleich darauf hörte James einen Schrei, und als er hinter Miles herfuhr, sah er, dass dieser in eine Baumgruppe gefahren war und sich in einer Wurzel verfangen hatte.

James fuhr zu ihm und half ihm auf die Beine.

»Du bist verrückt«, sagte er. »Du kommst mit mir zurück zu den anderen.«

Er packte Miles bei den Schultern und drehte ihn mit Gewalt in die richtige Richtung. Miles brummte zwar unwillig vor sich hin, folgte ihm aber.

Sie stapften auf ihren Skiern zwischen den Bäumen entlang quer zum Hang. Es war ermüdend, sich auf diese Art fortzubewegen, und sie kamen nur langsam voran.

Mehrere Minuten lang suchten sie sich so ihren Weg. Die Bäume lichteten sich und allmählich stiegen James' Hoffnungen, dass sie den anderen bald wieder über den Weg liefen.

Aber dann blieb Miles plötzlich stehen.

»Was ist denn jetzt schon wieder?«, fragte James.

»Ein Seil.«

Miles hob das ausgefranste Ende eines Seils vom Boden auf. Das

andere Ende war an einem Baum festgemacht, wie James kurz darauf entdeckte.
»Es markiert den Rand der Skipiste«, sagte James. »Wir müssen es irgendwo weiter oben überquert haben. Jetzt sind wir wieder auf dem richtigen Weg. Wir sollten jetzt ins Tal fahren.«
»Wir sind aber nicht an Seilen vorbeigekommen«, höhnte Miles. »Ich wusste, dass du mich in die falsche Richtung führst. Wir sind bis zur anderen Seite der Piste gelaufen. Wir müssen wieder umkehren.«
James konnte die Angst in Miles' Augen sehen. Er konnte riechen, wie sie von dessen feuchter Haut aufstieg, eine Mischung aus Schweiß, Alkohol und etwas Animalischem. Sie vernebelte Miles die Sinne. Wer weiß, dachte James, wozu er in der Lage ist, wenn die Verzweiflung Überhand gewinnt.
»Schau dich um«, bat James ihn. »Das ist die Abfahrt. Der Hang vor uns ist übersichtlich und es stehen keine Bäume im Weg. Da müssen wir hin.«
»Wenn das die Abfahrt ist, wo sind dann die Skispuren?«, sagte Miles wütend. »Sie hätten Spuren hinterlassen. Die anderen sind eindeutig da drüben.« Miles deutete in die Richtung, aus der sie kamen.
»Red keinen Mist«, blaffte James.
»Ich rede keinen Mist«, sagte Miles. »Ich kenne mich aus. Du solltest auf mich hören. Ich bin schon oft Ski gefahren. Ich weiß über die Berge und das alles Bescheid.«
»Du weißt gar nichts«, sagte James. »Du bist ein wichtigtuerischer, aufgeblasener Schaumschläger. Und dazu noch betrunken. Ich lasse mich von einem Betrunkenen nicht herumkommandieren.«
Wortlos holte Miles aus und streifte James mit einem plumpen Schlag am Kinn. James war darauf nicht vorbereitet gewesen und fiel in den Schnee. Während er sich abmühte, wieder auf die Bei-

ne zu kommen, brauste Miles davon. Als James endlich wieder stand, sah er nur noch Miles' Rücken. Er war in die falsche Richtung gefahren.

James spuckte Blut und betrachtete den dunklen Fleck im Schnee.

Einen Augenblick lang dachte er darüber nach, Miles einfach fahren zu lassen. Dieser Idiot würde sie mit Sicherheit beide umbringen. Aber James wusste, dass er ihn nicht allein in den Bergen zurücklassen konnte. Wenn Miles etwas passierte, würde er sich das nie verzeihen.

Er rief ein paarmal um Hilfe. Vergeblich. Der Nebel verschluckte seine Stimme und nur die Stille antwortete ihm. Er rief ein letztes Mal. Dann schüttelte er den Kopf, zog seinen Schal hoch, ging in die Hocke und fuhr, ohne auf die Kälte und die Schmerzen in seinen Knien zu achten, hinter Miles her. Er schalt sich selbst dafür, dass er so aufgebraust war. Unter diesen Bedingungen war es wichtig, nicht den Kopf zu verlieren.

Er musste Miles aufhalten, ihn beruhigen und ihn irgendwie wieder auf den richtigen Weg bringen. Aber das war leichter gesagt als getan. Unter der Schneedecke lauerten tückische Felsbrocken und hier und da ragten plötzlich Bäume aus der weißen Pracht hervor. Zweige schlugen ihm ins Gesicht, als er zwischen zwei Bäumen hindurchbrauste. Er beugte sich nach vorn, ging leicht in die Knie und versuchte, nicht zu verspannen, sondern seinen Körper locker und beweglich zu halten, damit er auf jeden Hügel und jedes Loch im Boden sofort reagieren konnte. Zweimal stürzte er und landete kopfüber im Schnee. Und jedes Mal stand er auf, wischte seine Skibrille sauber und fuhr weiter.

Wenigstens gab es nur einen Weg, den Miles genommen haben konnte, nämlich talwärts. Immerhin fuhren sie also in die richtige Richtung. Allerdings konnten sie nicht wissen, was noch vor ihnen lag, und Miles fuhr inzwischen immer näher an die Falllinie

heran. Bald würde er in direkter Linie den Berg hinunterfahren und nicht schräg über den Hang.
James' einzige Hoffnung war, dass Miles über kurz oder lang stürzte. Doch nichts dergleichen passierte. Vielleicht war Miles tatsächlich der beste Skifahrer der Welt, wie er so oft geprahlt hatte.
James raste weiter, immer darauf bedacht, die Spur, die Miles' Skier im Schnee hinterlassen hatten, nicht aus den Augen zu verlieren. Er lachte – konnte es sein, dass der Bursche tatsächlich einen leichten Weg den Hahnenkamm hinunter gefunden hatte und James' Befürchtungen unbegründet waren?
In diesem Moment durchbrach er die Wolkenbank und vor ihm lag ein überaus steiler, breiter, baumloser Hang mit unberührtem Schnee. Weiter unten entdeckte er Miles, der unkontrolliert über das Schneefeld schlingerte, seine Arme ruderten durch die Luft. Zuerst stand er nur auf dem einen Ski, dann nur auf dem anderen. Betrunken schwankte er von links nach rechts. Es sah aus wie ein Sturz in Zeitlupe. Wie durch ein Wunder blieb er jedoch auf den Skiern.
Jetzt hatte James die einzige Gelegenheit, ihn einzuholen. Er würde es riskieren und Schuss fahren. Fest umklammerte er seine Stöcke und beugte sich so weit nach vorn, dass er mit der Nasenspitze fast seine Skier berührte. Und dann sauste er in wildem Schuss die Piste hinunter.
Es war wie ein schwereloses Segeln. Fast flog er über die Schneekristalle. Er hatte die Schwerkraft besiegt. Der Druck des Windes in seinem Gesicht war jedoch gewaltig und er wusste, wenn er sich nicht stark genug dagegenstemmen würde, würde es ihn umwerfen.
James war so darauf konzentriert, Miles im Auge zu behalten, so begierig, ihn einzuholen, so gefangen im Geschwindigkeitsrausch, dass er nicht darauf achtete, was vor ihm lag. Kurz bevor

er Miles erreicht hatte, wurde er brutal in die Gegenwart zurückgerissen. Er hörte, wie Miles voller Angst aufschrie, und im nächsten Moment stieg der Boden unter seinen Füßen steil an, um gleich darauf ganz zu verschwinden.
Sie waren über eine Klippe gefahren.
Jetzt flog er wirklich. Hoch über den Wolken konnte er das gesamte Tal überblicken und der einzige Weg führte nach unten. Er wusste, dass er jetzt sterben würde. Der Berg hatte seinen Tribut gefordert. Ein oder zwei Sekunden lang schien er zu schweben, dann stürzte er erschreckend schnell in den weißen Nebel unter ihm.
Er schrie. Aber nur kurz, denn die Luft wurde aus ihm herausgesogen und er konnte keinen Ton mehr von sich geben. Wolkenfetzen rasten an ihm vorbei und er sah mit Schrecken, wie der Boden immer näher kam. Trotzdem bewahrte er Ruhe, hielt sein Gleichgewicht und seine Skier parallel, die Spitzen angehoben. Blitzartig durchzuckte ihn der Gedanke, dass er vielleicht doch noch eine Chance hatte. Der Hang war immer noch sehr steil; er würde in irgendeinem Winkel aufkommen. Vielleicht konnt er es schaffen, dass er auf seinen Skiern landete. Er bereitete sich auf den Aufprall vor. Doch als er dann auf dem Boden aufkam, war es überraschend sanft. Seine Skier küssten den Schnee und er raste unverletzt weiter. Er stieß einen Triumphschrei aus und bevor er sichs versah, purzelte er kopfüber den Hang hinunter.
Er wusste nicht, wie weit er gerollt war, aber als er endlich im Schnee liegen blieb, lachte er wie ein Irrer. Dann weinte er und lachte wieder und weinte . . . Niemand würde ihm je glauben, was er gerade gemacht hatte. Niemand hatte es gesehen . . . bis auf Miles – vielleicht.
Miles? Wo war er? James setzte sich auf und sah sich um. Er war geradewegs aus den Wolken gefallen. Obwohl der Himmel dunkler wurde, war die Sicht gut. Das Blut gefror ihm in den Adern, als

sein Blick auf eine zweite Klippe fiel, die keine drei Meter vor ihm aus dem Schnee ragte. Sie hätte seinen sicheren Tod bedeutet. Vorsichtig näherte er sich der Kante. Dahinter waren nur zerklüftete graue Felsen. War Miles über die Klippe gestürzt?
Er spähte nach unten. Keine Spur von ihm. Er rief seinen Namen. Und dann noch einmal. Diesmal lauter. Er wartete. War da etwas gewesen? Eine schwache Antwort? Er schrie immer weiter, bis seine Stimme heiser wurde. Ja. Da war es wieder. Von weiter oben drang eine leise, zitternde Antwort zu ihm.
James stapfte seitwärts, die Skier parallel und waagerecht zum Berg, mit kleinen Schritten den Hang hinauf. Die Stöcke nutzte er, um das Gleichgewicht zu halten.
»Ruf weiter!«, schrie er. »Damit ich weiß, wo du bist, Miles.«
»Ich bin hier«, rief eine dünne Stimme. »Ich bin hier oben.«
»Wo?«, fragte James und versuchte, etwas durch die Wolkendecke über ihm zu erkennen. »Ich kann nichts sehen.«
Dann wehte ein kalter Wind über die Berge und blies die Wolken weg. Und da war Miles. Er lag wie ein zerquetschter schwarzer Käfer zwischen seinen Skiern und Stöcken im Schnee. James brauchte weitere fünf Minuten, bevor er sich, erschöpft und nach Atem ringend, neben Miles fallen lassen konnte.
»Ich dachte schon, du bist tot«, sagte er.
»Das dachte ich auch«, sagte Miles. »Ich weiß nicht genau, was passiert ist. Ich glaube, ich habe mich selbst für einen Moment k.o. geschlagen.«
»Du bist über eine Klippe gefahren«, sagte James. »Glaubst du mir jetzt, dass wir den falschen Weg genommen haben?«
»Es tut mir leid«, sagte Miles. Seine Haut war so weiß wie der Schnee und seine Augen glänzten in einem lebhaften Rot.
»Bist du verletzt?«, fragte James.
Miles sah ihn an, schluckte schwer, bemüht, die Tränen zurückzuhalten, und nickte dann langsam.

»Wo?«, fragte James.
»Überall«, sagte Miles. »Aber mein Bein macht mir Sorgen. Ich habe Angst nachzusehen, aber es tut höllisch weh und ich kann es nicht bewegen. Ich glaube, es ist gebrochen.«
James machte sich auf das Schlimmste gefasst. Dann warf er einen Blick nach unten. Miles hatte recht: Sein rechtes Schienbein war nach vorn abgeknickt. Es schien nicht zu bluten und es stachen auch keine Knochen durch seine Hose hervor, trotzdem konnte er unmöglich so weiterfahren. Aber auch ohne Verletzung wäre das gar nicht möglich gewesen, denn einer seiner Skier war nicht mehr da und der andere, der noch an seinem Fuß hing, war in zwei Teile zerbrochen.
»Es sieht schlecht aus. Tut mir leid«, sagte James. Miles brach in Tränen aus.
»Was sollen wir tun?«, schluchzte er.
»Wir werden dich runterbringen«, sagte James. »Und wir bringen dich in ein Krankenhaus.«
»Runter?«, blaffte Miles verärgert. »Wie denn? Ich kann mich verdammt noch mal nicht bewegen.«
»Doch, du kannst«, sagte James hitzig. »Du wirst verdammt noch mal müssen. Außer, du willst hier oben sterben.«
»Ich werde doch nicht sterben, oder?«, fragte Miles ängstlich und klammerte sich an James' Arm.
»Nicht, wenn ich es verhindern kann«, sagte James.
»Was kannst *du* schon tun?«
»Hör zu«, sagte James. »Wenn wir zusammenarbeiten, wirst du es schaffen. Wenn du mich noch mehr nervst, lasse ich dich hier. Ist das klar?«
»Ja. Es tut mir leid. Ich habe nur ein bisschen Angst.«
»Wir haben beide Angst«, sagte James. »Und wir haben das Recht, Angst zu haben. Aber wir leben beide noch und ich werde dafür sorgen, dass das so bleibt.«

Mit diesen Worten machte er seinen Schal los und riss ihn in drei lange Streifen.
»Was machst du da?«, fragte Miles.
»Wir müssen dein Bein schienen.«
»Nein! Fass es nicht an. Das lass ich nicht zu . . .«
»Sei still und hilf mir lieber, den Ski abzuschnallen«, sagte James.
Zusammen lösten sie die Bindung und James legte die eine Hälfte des zerbrochenen Skis bereit.
»Ich werde dein Bein richten, damit es wieder gerade ist«, sagte er. »Es wird wehtun. Vielleicht solltest du einen Schluck von dem Schnaps nehmen, den du säufst.«
Miles nickte. Seine Gesichtsfarbe wechselte von weiß zu grün. Er zog seinen Flachmann hervor, schraubte den Deckel ab und setzte ihn an seine Lippen. In diesem Augenblick, in dem Miles abgelenkt war, griff James schnell mit einer Hand an sein Knie, mit der anderen an seinen Knöchel und zog. Es knirschte. Miles schrie auf und wurde ohnmächtig. Aber sein Bein sah wieder mehr oder weniger normal aus. James prüfte nach. Es blutete immer noch nicht, was ein gutes Zeichen war. Während James mit den Streifen seines Schals den abgebrochenen Ski fest an Miles' Schienbein band, kam dieser wieder zu sich. Als er sah, was James machte, krümmte und wand er sich, stöhnte und biss fest auf die Enden seines Lederhandschuhs. Er war aber tapfer genug, um James seine Arbeit beenden zu lassen. Als es vorbei war, sah er erleichtert und ruhiger aus.
James fiel jedoch auf, dass seine Haut von einem schmierigen Schweißfilm bedeckt war und dass seine Augen glänzend und durchsichtig geworden waren.
»Ich werde versuchen, dich huckepack zu nehmen«, sagte James.
Miles sah ihn an, als sei er verrückt geworden.
»Wenn du natürlich eine bessere Idee hast . . .«, sagte James.
»Nein.«

»Stütz dich auf dein gesundes Bein und deine Stöcke und versuch mal, ob du aufstehen kannst«, sagte James.

Schon allein das Zuschauen tat weh. Aber Miles schaffte es. Kurz darauf stand er schwankend und gebückt im Schnee. James stellte sich unterhalb von Miles hin und ging in die Hocke.

»Schieb dich auf meine Schultern«, sagte James, als er sich in die richtige Position gebracht hatte. »Langsam und vorsichtig. Wenn ich umfalle, wird es wehtun.«

Miles knurrte und ließ sich auf James' Rücken sinken. James zuckte und ruckte mit den Schultern, um Miles in eine bequemere Position zu bugsieren. Dabei rutschten sie immer weiter den Hang hinunter. Um ein wenig Halt zu finden, rammte James seine Stöcke in den Boden. Schließlich schaffte er es, Miles in eine stabile Lage auf seinem Rücken zu bringen.

»Wir fahren quer über den Hang«, sagte James, »zu den Bäumen dort drüben. Wir müssen versuchen, so weit es geht von der nächsten Klippe unter uns wegzukommen. Dann suchen wir uns eine direkte Abfahrt ins Tal.«

Er stieß sich ab und wählte einen möglichst flachen Winkel. Bei zu wenig Hangneigung würden sie sich nicht einen Zentimeter vorwärtsbewegen; bei zu viel Schräglage würden sie auf den Abgrund zufahren.

Nachdem James ein wenig herumexperimentiert hatte, fand er die richtige Spur und sie rutschten leicht schräg über den Hang. Schon nach wenigen Metern schmerzte sein Rücken und sein Nacken protestierte. Er konnte gerade noch seine unkontrolliert zitternden Knie zusammendrücken. Doch sie kamen voran und das war schon mal etwas.

Nach ein paar Minuten erreichten sie einen großen Baum und James legte eine Pause ein. Er lehnte sich gegen den Stamm, um das Gewicht für einen Augenblick nicht zu spüren. Er vergewisserte sich, dass Miles in Ordnung war, und schob sich dann, japsend vor Anstrengung, weiter. Gleich hinter dem Baum fuhren sie jedoch in einen Abschnitt mit Pulverschnee und James rutschte weg. Er konnte die Spur nicht mehr halten und wusste, dass er schräger zum Hang fahren musste, wenn sie keinen Sturz riskieren wollten.

Er zwang seine Skier in einen steileren Winkel und sie legten an Geschwindigkeit zu. Die neue Spur brachte sie jedoch dem Klippenrand immer näher. Und dann gerieten sie wieder in Pulverschnee. James drehte sich im Kreis, bis er schließlich den Hang rückwärts hinunterrutschte.

»Halt dich fest«, knurrte er. Er hatte keine Ahnung, wie nah sie der Klippe waren. Jetzt wusste er nicht mehr weiter. Es gab nur eine Lösung. Er ließ sich in den Schnee fallen.

Miles schrie vor Schmerzen auf und trat blind nach James. Sein Knie traf James im Gesicht.

»Es tut mir leid«, sagte James. »Ich hatte keine andere Wahl.«

»Ich kann nicht mehr«, sagte Miles. »Ich kann einfach nicht.«

»Doch, du kannst«, sagte James. »Du wärst überrascht, was man aus seinem Körper herausholen kann, wenn es sein muss.«

»Was weißt du schon?«, sagte Miles. »Das hier ist nicht der Hindernislauf in Eton.«

»Vielleicht hilft es, wenn wir so tun, als wäre er es«, sagte James und versuchte, seinen Ärger zu unterdrücken.

»Du wirst mich umbringen«, sagte Miles.

»Glaub mir«, sagte James, »den Gedanken habe ich auch schon gehabt.«

Miles fluchte.

»Sieh mal«, sagte James, »es bringt uns gar nichts, wenn wir streiten. Du kannst in diesem Zustand nicht weiter und ich muss zugeben, dass ich auch ziemlich am Ende bin. Wir müssen uns also etwas anderes einfallen lassen. Vielleicht solltest du hierbleiben und ich hole Hilfe.«

Erschrocken packte Miles James am Arm. Das blanke Entsetzen stand ihm in sein weißes Gesicht geschrieben.
»Nein«, sagte er. »Du darfst mich hier nicht allein zurücklassen. Das überlebe ich nicht. Du würdest mich nicht wieder finden.«
»Schon gut«, sagte James. Er lachte und zeigte über den Schnee. »Sieh mal da drüben. Wir sind gerettet.«

7 Weißer Tod

Ein Stück weiter unten schmiegte sich eine kleine Holzhütte an den Felsen. Schnee türmte sich auf dem schrägen Dach.
James ignorierte Miles' Protest, warf ihn sich noch einmal auf den schmerzenden Rücken und fuhr auf die Hütte zu. Der Schmerz in seinen Knien und Knöcheln war so stark geworden, dass sein Gehirn begonnen hatte, ihn auszublenden, sodass er ihn fast gar nicht mehr spürte. Sie erreichten die Hütte und James ließ seine Last vorsichtig zu Boden gleiten.
Gott sei Dank war die Hütte nicht abgeschlossen und James wankte hinein, um sie in Augenschein zu nehmen. Seine Beine zitterten unkontrolliert. Als er kurz darauf wieder hinaustrat, grinste er Miles aufmunternd zu.
»Ich glaube, es ist eine Hütte der Bergwacht«, sagte er. »Sie ist geradezu perfekt. Es gibt einen Herd, Decken, Betten, etwas zu essen und Wasser.«
Wie sich die Erleichterung auf Miles' Gesicht ausbreitete, sah fast komisch aus. James fasste ihn unter einer Schulter und half ihm, ins Haus zu humpeln. Miles brach auf einem der Betten zusammen, während James eine Lampe anzündete und versuchte, Feuer zu machen. Dann stellte er einen Wasserkessel auf den Herd und holte etwas Schokolade und getrocknete Würste aus der Speisekammer.
Schweigend aßen sie.
»Was glaubst du, wie spät es ist?«, fragte Miles, als seine Lebensgeister wieder erwachten.

»Schwer zu sagen bei all diesen Wolken«, sagte James. »Ich würde schätzen, vielleicht fünf Uhr, vielleicht auch später. Aber wie dem auch sei, es wird bald dunkel sein.«
»Hast du keine Uhr?«
James schüttelte den Kopf. »Ich habe eine alte Taschenuhr, aber ich benutze sie fast nie. Und du?«
»Ich hatte eine Armbanduhr«, sagte Miles, »aber ich muss sie beim Sturz verloren haben. Schade. Sie war ziemlich wertvoll.«
»Jedenfalls ist es zu spät, um heute noch weiterzufahren«, sagte James. »Wir sollten über Nacht hierbleiben. Vielleicht klart das Wetter bis morgen früh auf. Ich habe vorhin eine Art Schlitten gesehen, der groß genug ist für eine Person. Damit könnte ich dich morgen den Berg runterbringen. Ich vermute, dass es von hier aus eine ziemlich einfache Abfahrt gibt.«
»Sollten wir nicht lieber jetzt weiterfahren?«
»Nein.« James ging zum Fenster und sah hinaus. Ein Schneesturm war aufgezogen und dicke Flocken wirbelten durch die Luft. Der Himmel war von schweren schwarzen Wolken bedeckt und es hätte ebenso gut mitten in der Nacht sein können.
»Ich fühle mich wie erschlagen«, sagte er. »Und du bist nicht in der Lage, draußen im Dunkeln herumzustolpern.«
»Mein Bein schmerzt höllisch«, sagte Miles. James fiel auf, dass Miles es immer noch nicht anschauen konnte.
»Ich sehe nach, ob ich etwas gegen die Schmerzen finde«, sagte James. Er durchwühlte die Schränke und Vorratskisten. Schließlich fand er einen Erste-Hilfe-Kasten, in dem unter anderem eine Dose mit dem Logo von Bayer lag. In der Dose steckte ein Päckchen Aspirin. Er gab Miles zwei Tabletten.
Währenddessen hatte das Wasser im Kessel gekocht und James goss zwei Tassen Rinderbrühe auf.
Als Miles die Blechtasse entgegennahm, zitterte er am ganzen Körper. Obwohl er in zwei Decken eingewickelt war, beschwerte

er sich, dass er fror. Erst jetzt bemerkte James, dass auch ihm kalt war. Er zog Skijacke und –hose aus und hängte die feuchte Kleidung zum Trocknen über eine Stuhllehne. Auch seine Stiefel waren durchweicht. Trotzdem behielt er sie lieber an. Er wollte nicht riskieren, dass er sie nicht mehr anbekam. Stattdessen legte er seine Füße auf einen Stuhl in der Nähe des Ofens und sah zu, wie das durchweichte Leder leicht zu dampfen anfing.

Er schloss die Augen. Sein Kopf fühlte sich schwer an, wie eine Kanonenkugel. Er sackte auf seine Brust und James war sofort eingeschlafen.

Er wachte auf, weil Miles ihn heftig schüttelte.

»Was ist?«, fragte James, im ersten Moment verwirrt. »Was ist los?«

Miles gebärdete sich wie ein Wahnsinniger, seine Augen sahen fiebrig aus. Er hatte sich einen Besen als Krücke unter die Achsel geklemmt und sich halb ausgezogen. Der Schweiß lief nur so an ihm herunter.

»Mein Bein«, sagte er. »Es brennt. Ich habe Schmerzen. Ich halte das nicht länger aus. Du musst mich hier wegbringen, du musst mich zu einem Arzt bringen.«

»Das wäre reiner Wahnsinn«, sagte James und warf einen Blick zum Fenster. Draußen war es stockfinster. Die Glasscheiben hätten genauso gut mit schwarzer Farbe bemalt sein können. »Morgen früh wird es dir schon besser gehen . . .«

»Nein.« Miles packte James am Arm und schüttelte ihn. »Ich habe von Fällen gehört, in denen Leute mit gebrochenem Arm oder Bein eine Infektion bekommen haben. Ich könnte mein Bein verlieren. Ich könnte sterben. Ich ertrage die Schmerzen nicht mehr. Ich würde mein Bein am liebsten abhacken.«

James stand auf und stakste steif zum Fenster. Immerhin hatte es aufgehört zu schneien. Aber am Himmel war kein Stern zu sehen.

»Wenn wir da jetzt rausgehen«, sagte er, »wirst du dir wahrscheinlich erst recht den Tod holen.«
»Du hast gesagt, es gibt einen Schlitten«, sagte Miles. »Leg mich drauf. Bring mich hier weg. Ich bin mir sicher, dass ich sonst sterbe.«
James starrte aus dem Fenster in die Dunkelheit.
Was sollte er tun?
Miles wurde von Sekunde zu Sekunde nervöser. Er wollte es nicht riskieren, mit einem Verrückten in dieser Hütte eingesperrt zu sein, und Miles konnte auf keinen Fall selbst den Berg hinunterfahren.
Aber dort rausgehen? In die Nacht. Bei Temperaturen unter null.
Er fragte sich, wie viele Leute in diesen Bergen gestorben waren. Und was es für eine bittere Ironie wäre, wenn er auf dieselbe Weise wie seine Eltern ums Leben kommen würde.
Miles stöhnte wie ein gefangenes Tier, und als James sich umdrehte, sah er, dass er mit seiner Jacke kämpfte. Verbissen versuchte er, sich anzuziehen.
»Das ist Wahnsinn«, wiederholte James.
»Ich gehe«, sagte Miles. »Ob es dir gefällt oder nicht.«
James sah ein, dass es keinen Sinn hatte, noch länger mit ihm zu diskutieren.

Rasch schlüpfte James in seine noch feuchte Kleidung und fand eine Taschenlampe, Kletterausrüstung und ein Seil. Er hob den Schlitten von den Haken an der Wand, brachte ihn nach draußen und stellte ihn auf den Schnee. Nachdem sie sich in der Hütte aufgewärmt hatten, war es im Freien umso kälter. James hätte alles darum gegeben, wieder hineinzugehen, sich unter einen Stapel Decken zu legen und weiterzuschlafen.
Stattdessen half er Miles in seine Jacke und knotete ein Ende des Seils um seine Hüfte. Das andere band er sich selbst um die

Brust. So konnten sie wenigstens nicht getrennt werden, egal, was passierte.
James schaltete die Taschenlampe ein, zog seine Handschuhe an und schleppte Miles nach draußen.
»Es sieht aus, als gäbe es dort hinten eine Art Pfad«, sagte er, als er ihn auf den Schlitten bettete. »Also fahren wir los und hoffen das Beste.«
»Danke«, sagte Miles. Er klammerte sich an James' Arm und versuchte zu lächeln. James zog den silbernen Flachmann aus der Jackentasche des Jungen.
»Was machst du da?«, fragte Miles.
»Das werde ich brauchen«, sagte James und stürzte den Inhalt hinunter. »Es wird eine lange Nacht.«
Einen kurzen Moment lang brannte der Schnaps in seiner Kehle und in seinem Magen, aber dann breitete sich ein angenehm warmes Gefühl in seinem Bauch aus. So. Mehr konnte er nicht tun. Er vergewisserte sich, dass Miles sicher auf dem Schlitten lag. Dann griff er nach der Leine und zog an.
Der Schlitten sprang nach vorn.
Es war fast schwieriger, den Schlitten den Berg hinunterzulenken, als mit Miles auf dem Rücken Ski zu fahren. Es schien, als hätte der Schlitten einen eigenen Willen. Immer wollte er in eine andere Richtung als James. James konnte sich nicht entscheiden, ob es einfacher war, ihn von hinten zu schieben oder von vorn zu ziehen. Mehrmals probierte er beide Methoden.
Der schmale Pfad schlängelte sich kurvenreich über den Berghang. Meistens war er schneebedeckt, aber sie stießen auch auf Abschnitte, wo James den Schlitten mit brutaler Gewalt über blanken Felsen ziehen musste. Dann kratzten die Schlittenkufen über den Stein und protestierten kreischend. Er zwang sich, nicht darüber nachzudenken, wie müde er war, sondern trottete benommen weiter. Er hörte Miles hinter sich stöhnen. Ab und zu

verkrampfte sich sein Körper und er schrie vor Schmerzen auf. Dann begann er, vor sich hin zu brabbeln, spuckte eine endlose Reihe von Fakten und Zahlen aus ...

»Das Hahnenkammrennen findet seit 1931 jedes Jahr statt ... Der höchste Berg der Erde ist der Mount Everest, aber in Wirklichkeit ist der höchste Berg der Mauna Kea, eine der Hawaii-Inseln. Er ist über zehntausend Meter hoch, gemessen vom Meeresboden bis zum Gipfel. Weil er zum größten Teil unter Wasser liegt, weiß das kaum jemand ... kaum jemand ... Der zweithöchste Berg ist der K2 oder Qogir ... Der dritthöchste ist ... ist ... Monte Carlo ... Die Ersten, die versucht haben, den K2 zu bezwingen, waren Oscar Eckenstein und Aleister Crowley, der bekannt ist als ›der böseste Mann der Welt‹ ... allgemein bekannt ... Vielleicht ist er nicht so böse wie Attila, der Hunnenkönig, und Dschingis Khan ... Dschingis Khan war aus ... war aus ... Monte Carlo ... was kaum jemand weiß ... Wenn man in eine Lawine gerät, gibt es nur eine Regel: Hände an die Stiefel und die Knöchel umfassen. Dann kann man die Skier abschnallen und sich aus dem Schnee befreien ... Keine Schneeflocke gleicht der anderen ...«

James hatte das Gefühl, als stecke er mitten in einem furchtbaren Albtraum. Er stolperte im Dunkeln einen Berg hinunter und war an einen Verrückten gefesselt. Wie schön wäre es, wenn er jetzt aufwachte und feststellte, dass er unter der weichen Bettdecke im Hotel lag. Er begann zu lachen und merkte, dass ihm vor Erschöpfung und Kälte schwindlig war.

Irgendwie kamen sie trotzdem vorwärts: Mit jedem Schritt näherten sie sich dem Fuß des Bergs und damit der Sicherheit. Immer wieder schien er jedoch den Bezug zur Realität zu verlieren und zu schlafwandeln. Wenn er aus der Trance erwachte, konnte er sich nicht mehr daran erinnern, was er gerade getan hatte. Diese Anfälle dauerten beängstigend lang und wurden sogar immer länger, bis er schließlich wieder zu sich kam und feststellte, dass er gestürzt war und vom Schlitten, der am anderen Ende des Seils hing, den Hang hinuntergezogen wurde. Er war zu schwach, um etwas dagegen zu unternehmen, und versuchte nur, sein Gesicht aus dem Schnee zu heben. Schließlich prallte der Schlitten mit ihm im Schlepptau gegen einen Felsen und blieb stehen. James krachte gegen den Schlitten.

Sie waren vom Weg abgekommen.

Wie durch ein Wunder hielt er immer noch die Taschenlampe umklammert. Seine Hände waren zu Klauen gefroren. Er stand auf und ließ den Lichtstrahl umherwandern. Sie waren auf einem Felsvorsprung gelandet. Unter ihnen lag ein breites freies Schneefeld. Der Weg dorthin führte aber über eine etwa fünf Meter hohe Klippe.

Das kam nicht infrage. Miles konnte kaum stehen, geschweige denn klettern. Es gab nur eine Lösung: James musste ihn abseilen.

James setzte Miles auf und versuchte, ihm die Lage zu erklären. Miles sah sich fiebernd um. Ob er ihn verstanden hatte, konnte James nicht sagen. Als er ihn vom Schlitten hob und zum Klippenrand schleppte, schrie und schluchzte er.

»Halt still oder du machst es nur noch schlimmer«, sagte James. Er ließ den Schlitten nach unten fallen. Lautlos landete er in einem weichen Schneekissen und James hoffte, dass Miles genauso sanft aufkommen würde.

Endlich begriff Miles, was James vorhatte. Auf dem Bauch liegend, rutschte er mit den Füßen voran über den Rand des Felsvorsprungs. James ließ ein Stück vom Seil locker. Seine Finger hatten schon lange jedes Gefühl verloren. Zentimeter für Zentimeter schwebte Miles hinunter, dabei stemmte er sich mit seinem gesunden Bein vom Fels weg.

James hatte keine Ahnung, wie er es geschafft hatte, aber

schließlich erschlaffte das Seil. Als er mit seiner Taschenlampe nach unten leuchtete, sah er den Jungen sicher im Schnee sitzen. Jetzt war er an der Reihe.
Es war nicht leicht, in Schneestiefeln und mit tauben Händen zu klettern. Zweimal wäre er fast abgestürzt. Aber der Gott der Berge hielt heute Nacht wohl seine schützende Hand über sie, denn bald saß er wohlbehalten neben Miles. Vor ihnen lag nichts weiter als Neuschnee, der sich über sanft abfallende Hänge bis ins Tal erstreckte.
Als James jedoch einen Schritt auf den Schlitten zumachte, fühlte er, wie der Schnee unter seinen Füßen nachgab. Schnell warf er sich zurück zum Felsen und suchte nach Halt.
»Sei vorsichtig«, rief er Miles zu. »Der Schnee ist locker.«
Er versuchte, den Jungen mit dem Seil zum Felsen hinüberzuziehen, aber Miles geriet in Panik und krabbelte weg von ihm. Dabei zog er sein verletztes Bein wie einen Schwanz hinter sich her.
»Beweg dich nicht!«, schrie James. »Der Schnee kann jeden Moment nachgeben!«
Es war zu spät – die Schneedecke geriet in Bewegung, glitt wie ein Sturzbach den Hang hinunter und riss Miles mit. Ein furchtbarer Gedanke durchzuckte James. Vielleicht hatten sie eine Lawine ausgelöst. Er hatte jedoch keine Zeit, darüber nachzudenken. Miles war immer noch mit dem Seil an James festgebunden und sein Gewicht zog James nun vom Felsen weg. Hilflos rutschte er mit den Schneemassen abwärts. Der Schnee wurde schneller und schneller, bis James plötzlich mit einem furchtbaren Ruck über eine weitere Klippe plumpste. In einem Wasserfall aus Schnee stürzte er in die Tiefe.
Er wusste nicht, wie tief sie gefallen waren, und konnte sich auch nicht daran erinnern, dass sie irgendwo aufgekommen waren. Es war, als wären Zeit und Raum um ihn herum zu einer eiskalten schwarzen Masse erstarrt. Vielleicht war er tot. Er sah und fühlte

nichts. Sein Körper schien schwerelos zu sein. Er fragte sich, ob so das Leben nach dem Tod aussah – eine Ewigkeit aus nichts. Dann kehrten seine Sinne langsam zurück und er spürte einen ungeheuren Druck auf sich lasten, ein Gewicht, das ihn von allen Seiten zu zerquetschen drohte. Als wäre er in einer riesigen Faust gefangen. Nicht einmal den kleinen Finger konnte er bewegen. Panisch versuchte er, um Hilfe zu rufen, musste aber feststellen, dass auch sein Mund blockiert war. Er schüttelte den Kopf, mühte sich auszuspucken, aber es gelang ihm nicht. Etwas Kaltes presste sich gegen sein Gesicht.

Es war Schnee. Er war lebendig begraben.

Eine schreckliche Angst überfiel ihn. Er war rettungslos verloren. Allein. Eine erdrückende Masse des weißen Todes hielt ihn gefangen. Er wunderte sich, dass er nicht stärker fror. Entweder war er zu benommen, um die Kälte zu spüren, oder der Schnee wirkte wie eine Decke und schirmte ihn ab. Er versuchte, seiner wachsenden Angst Herr zu werden und seine Situation genau zu durchdenken. Immerhin konnte er atmen. Die Schneedecke musste außer ihm auch noch etwas Luft eingeschlossen haben. Das Atmen war jedoch mühsam, da die Schneelast auf seinen Brustkorb drückte. Er wusste: Je mehr er versuchte, sich zu bewegen, desto mehr Sauerstoff würde er verbrauchen.

Ganz ruhig, James. Du hast schon schlimmere Situationen erlebt und bist heil davongekommen. Du schaffst es auch diesmal. Behalt einen klaren Kopf und denk nach.

Seine Beine waren angewinkelt, sein Rücken gebeugt. Der eine Arm schien zur Seite weggeschleudert worden zu sein, der andere ... Der andere lag in der Nähe seines Gesichts. Er wackelte mit den Fingern seiner behandschuhten Hand und fühlte, wie sie gegen seine Nase stießen. Dort, wo sein Atem den Schnee wegschmolz, hatte sich eine schmale Lücke gebildet.

Er krümmte seine Finger und drückte mit aller Kraft, bis er seine

Hand freibekam. Verzweifelt fasste er nach seinem Gesicht, presste den Schnee darum herum zusammen, sodass eine kleine Mulde entstand. Dann pulte er den Schnee aus seinem Mund. Dieser kleine Sieg hatte ihn jedoch viel Kraft gekostet. Er fühlte sich schwach und benommen. Sein Blut toste und hämmerte in den Ohren wie ein Orchester.

Es würde ein verdammt schweres Stück Arbeit werden, sich selbst freizuschaufeln.

Dann kam ihm ein schrecklicher Gedanke – er wusste nicht, wo oben und unten war. Vielleicht lag er auf dem Bauch, vielleicht steckte er sogar kopfüber im Schnee. Es hatte keinen Sinn, sich freizuschaufeln, wenn er nicht mit Bestimmtheit sagen konnte, wie herum er lag. Sonst würde er sich womöglich nur noch tiefer einbuddeln. Tränen der Wut, der Enttäuschung und der Hilflosigkeit stiegen ihm in die Augen. Er schaffte es, sie wegzublinzeln, und fühlte, wie sie über seine Haut liefen.

Er lächelte. Er lachte. Er stieß einen kleinen Triumphschrei aus. Die Tränen liefen über seine Stirn zum Haaransatz. Das hieß, er steckte tatsächlich kopfüber fest. Das war immerhin ein Anfang. Er konnte mit den Beinen nach oben gegen die Schneedecke treten.

Aber wie tief war er begraben? Vielleicht lag er sechs Meter tief unter dem Schnee. Oder hundert. Im Geist sah er sich selbst als kleinen Punkt mitten in einem riesigen Bergmassiv. *Besser nicht darüber nachdenken.* Die Vorstellung, lebendig begraben zu sein und ganz allein zu sterben, war grauenvoll. Man würde ihn erst finden, wenn der Schnee im nächsten Sommer schmolz. Aber dann würde er ganz plötzlich auftauchen, durch die Kälte perfekt konserviert.

Ihn schauderte. Es gab nur einen Weg herauszufinden, wie tief er verschüttet war. Er presste seine Beine nach oben gegen den Schnee. Gleichzeitig vergrößerte er mit seinen Fingern die Mulde um seinen Kopf herum. Er machte Fortschritte, seine Beine hatten jetzt so viel Spielraum, dass er sie vor- und zurückstoßen konnte. Mit den Händen arbeitete er sich in Richtung Bauch vor. Er hoffte, den Schnee zur Seite schaufeln und so aus dem Weg schaffen zu können. Plötzlich berührte er das Seil. Das gab ihm noch mehr Mut. Er konnte sich daran nach oben ziehen und mit ein bisschen Glück würde er am anderen Ende auf Miles stoßen.

Er arbeitete verbissen weiter – zappelnd, grabend, tretend, kratzend – und dann, zehn Minuten später, hatte er einen Platz um sich herum freigeschaufelt, in dem er sich umdrehen konnte. Bald schon saß er aufrecht in einer Mulde. Und wie schon so oft stellte er fest, dass seine Angst verschwand, sobald er ein Problem in Angriff nahm, sobald er hart arbeitete. Bis er die vor ihm liegende Aufgabe bewältigt hatte, blendete er alles andere aus. Er hatte einen Plan, ein Ziel. Egal, wie lange es dauern würde, wie schwer es war, wie weh es tat, er musste es schaffen.

Entweder das oder sterben.

Jetzt hob er die Arme über seinen Kopf und begann, den lockeren Schnee mit den Handschuhen wegzuschaufeln. Wenn er auf den Boden seiner Mulde gefallen war, stampfte er ihn fest und schuf so einen stabilen Untergrund, auf dem er stehen konnte und der ihn gleichzeitig immer weiter nach oben hob. Auf diese Art grub er langsam einen Tunnel in die Höhe, der kaum breiter war als sein Körper. Die Arbeit machte ihn müde. Umgeben von völliger Dunkelheit, lockerte er eine Handvoll Schnee über seinem Kopf und schob ihn an seinem Körper vorbei nach unten zu seinen Stiefeln. Schon längst hatte er jegliches Gefühl in seinen Füßen verloren. Es kam ihm vor, als hingen zwei große Felsbrocken an seinen Beinen. Und obwohl er unter dem kalten Schnee begraben war, schwitzte er. Kleine warme Schweißbäche rannen seine Haut hinunter und vor seinem Gesicht hatte sich eine Dampfwolke aus feuchtem, abgestandenem Atem gebildet.

Ab und zu hielt er inne und überprüfte, ob er immer noch gerade nach oben grub und nicht schräg vom Weg abgekommen war. Wenn er sicher war, dass er sich weiterhin in die richtige Richtung bewegte, nahm er seine Arbeit wieder auf, höhlte die Schneedecke über sich aus, ließ den Schnee fallen, schob ihn an seinem Körper hinunter und trat ihn auf dem Boden fest. Er arbeitete wie eine Maschine, ohne zu wissen, welche Fortschritte er machte. Ob er überhaupt welche machte. Seine kleine Luftblase unter dem Schnee blieb immer gleich groß. Sein Körper flehte nach einer Pause und Schlaf. Aber er blendete diese Signale aus und aktivierte nur einen kleinen Teil seines Gehirns, den Teil, der ihm befahl weiterzumachen, weiterzugraben.
Aus den Minuten wurden Stunden. Unendlich langsam tastete er sich durch die Dunkelheit nach oben, sein Hals schmerzte, seine Lungen brannten, seine Nasenlöcher waren angefüllt mit dem Geruch von Schnee.
Und dann passierte es.
Das Seil knickte plötzlich ab und verschwand seitlich in der Schneewand.
Er überprüfte, ob er vom Weg abgekommen war. Nein, er hatte keinen Fehler gemacht. Er zog daran. Die ganze Zeit über hatte sich das Seil wie eine Sicherheitsleine angefühlt, die ihn an die Oberfläche führte. Aber jetzt war er verwirrt. Sollte er dem Seil folgen oder weiter nach oben graben? Und würde er überhaupt an die Oberfläche gelangen, wenn das Seil unter dem Schnee vergraben lag?
Noch einmal ruckte er an dem Seil. Sein Kopf stieß an den Tunnel und Schnee rieselte auf ihn herunter. Hustend und spuckend wischte er ihn sich aus dem Gesicht. Und plötzlich begriff er: Er sah die Sterne.
Eine Million Sterne. Auf einem samtenen schwarzen Himmel. Er hatte sie noch nie so strahlen sehen.

Und diese magische, saubere, frische Luft. Er hatte fast vergessen, wie gut sie schmeckte.
Und der Geruch der Kiefern.
Er lachte und brüllte zum Mond hinauf. Seine dünne Stimme wurde als Echo bis ins Tal zurückgeworfen. Er lebte. Er war frei.
Aber was war mit Miles . . .?
Was würde James am anderen Ende des Seils finden?

8 Gute Nacht, Wien!

James stemmte sich aus dem Loch und plumpste in den Schnee. Er blieb eine Weile liegen und spürte, wie das Brennen in seinen verkrampften Muskeln langsam nachließ. Er sammelte seine Kräfte.

Es war Nacht. Das hieß, dass keine Suchtrupps unterwegs waren. Der Himmel war klar, aber es konnte jeden Moment wieder anfangen zu schneien. Sollten sie heute Nacht noch weitergehen? Als Erstes musste er Miles finden und dann entscheiden, was zu tun war.

»Los, du Faulpelz«, sagte er zu sich und stemmte sich auf die Knie. »Steh auf und fang an zu suchen.« Seine Muskeln protestierten, als er sich auf die Füße hochkämpfte. Schwankend und benommen stand er im Schnee. Ihm war übel.

Mit zitternden Händen ergriff er das Seil und zog daran. Zunächst gab es nicht nach, aber dann bewegte es sich doch und sprang unter dem Schnee hervor. Wenn Miles genauso tief begraben lag wie er, würde James ihn nicht am Seil heraufziehen können. Dann war die einzige Möglichkeit, das Seil zu durchtrennen und Hilfe zu holen. Doch eine Hoffnung gab es noch. Das Seil war nicht länger als sechs Meter gewesen.

Langsam stapfte er vorwärts und zog das Seil aus dem Schnee. Nach ein paar Schritten fühlte er, wie es sich spannte. Er fiel auf die Knie und begann, den weichen Pulverschnee mit den Händen wegzuschaufeln. Schon nach wenigen Zentimetern stieß er auf etwas Hartes, Knochiges.

Es war Miles' Hinterkopf. Der Junge lag reglos mit dem Gesicht nach unten im Schnee. Hektisch räumte James noch mehr Schnee aus dem Weg und zog ihn dann am Seil heraus.
Sein Körper war steif und kalt, aber an seinem Hals war ein schwacher Pulsschlag zu spüren und er atmete noch.
Jetzt nur nicht aufgeben: James war schon so weit gekommen. Er hatte den Sturz überlebt. Er hatte sich aus seinem weißen Grab befreit. Nun würde er auch noch den Abstieg ins Tal schaffen. Und er würde Miles mitnehmen.
Der Schlitten hatte einen kleinen Baum entwurzelt und ihn zusammen mit den Jungen über den Klippenrand getragen. James suchte sich aus abgebrochenen Ästen einen langen, geraden Ast heraus, den er als Stab benutzen konnte.
Die Lichter von Kitzbühel schienen noch unglaublich weit entfernt zu sein. Aber in ein paar näher gelegenen Bauernhöfen entdeckte James hell erleuchtete Fenster. Wie die Motte zum Licht, so marschierte er direkt auf das nächste Haus zu. Miles zog er hinter sich her. Um mehr Halt im Schnee zu finden, stieß er den Stock tief in den Boden.
Der Wind zerrte an seiner Kleidung, blies kalt durch jede Ritze. Sein Gesicht brannte. Seine Augen waren gerötet. Der Schweiß gefror auf seinem Körper, was kein gutes Zeichen war. Denn wenn seine Körpertemperatur zu tief sank, würde er bewusstlos werden. In dem frischen Schnee kam er nur mühsam voran – bei jedem Schritt sank er bis fast zu den Knien ein. Seine Zehen waren taub und er fühlte sich sehr wackelig auf den Beinen. Zudem hinderte Miles ihn daran, dass er schneller vorwärtskam – wie ein totes Gewicht hing er an dem Seil. Hin und wieder blieb sein Körper stecken. Wenn James ihn dann mit einem Ruck wieder freibekam, fiel er jedes Mal fluchend kopfüber in den Schnee.
Am schlimmsten aber war, dass die Lichter des Bauernhofs anscheinend kein bisschen näher rückten. Es war unmöglich zu

schätzen, wie weit er noch laufen musste. James erinnerte sich daran, wie lange es gedauert hatte, bis sie mit der Seilbahn oben auf der Bergspitze angekommen waren. Trotzdem. Sie hatten bestimmt schon ein gutes Stück Weg bergab zurückgelegt ...
Er machte keine Pause, zwang seinen Körper weiterzugehen. Er war so damit beschäftigt, einen Fuß vor den anderen zu setzen, dass er nicht bemerkte, wie die ersten Schneeflocken um ihn herum fielen. Erst als er sich die nassen Kristalle aus dem Gesicht wischen musste, fiel ihm auf, wie stark es schneite.
Die Lichter des Hauses vor ihm flackerten und verschwanden dann im Schneegestöber. Das war nicht gut. Wenn er sich verirrte, würden sie vielleicht stundenlang durch die Dunkelheit laufen. Er stöhnte und sackte zu Boden.
Es war nicht zu schaffen. Er hatte alles getan, was in seiner Macht stand. Er brauchte einen neuen Plan. Er musste einen Unterschlupf finden, wo sie bis zum Morgen bleiben konnten.
James sah nur eine Möglichkeit. Obwohl er Ewigkeiten gebraucht hatte, um sich aus einem Loch im Schnee zu befreien, bestand seine einzige Überlebenschance nun darin, ein neues zu graben und hineinzukriechen. Er suchte sich eine steile Stelle am Hang, überprüfte die Windrichtung und begann zu graben. Mit dem Schnee, den er herausschaufelte, baute er zusätzlich Wände und ein Dach als Windbrecher um das Loch herum. Er arbeitete schnell und mobilisierte seine letzten Energiereserven.
Ausruhen konnte er sich später, wenn die Höhle fertig war.
Langsam nahm sie Gestalt an. Er war jedoch zu erschöpft, um mehr als ein Loch, so groß wie ein Sarg, zu graben. Hoffentlich würden sie beide hineinpassen.
Er band Miles' Schal an das Ende seines Stabs und steckte ihn neben der Höhle als behelfsmäßige Flagge in den Boden. Es war nicht perfekt, aber es war alles, was er tun konnte, damit man sie fand, wenn es hell wurde.

Als Nächstes musste er Miles irgendwie in die Höhle bugsieren. Am besten blieben sie mit ihrem Kopf in der Nähe des Eingangs, für den Fall, dass die Höhle einstürzte, während sie schliefen. Das wiederum bedeutete, dass sie mit den Füßen zuerst in die Höhle hineinmussten. Für ihn war das kein Problem, aber Miles war bewusstlos und hatte ein gebrochenes Bein. Schließlich legte sich James auf den Rücken, rollte Miles auf sich drauf und rutschte mit ihm in die Höhle hinein. Drinnen kippte er Miles von sich hinunter und zog ihn an sich heran, damit sie sich gegenseitig wärmen konnten. Es war überraschend warm in der Höhle. Die Nerven in seinen Fingern und Zehen begannen schmerzhaft zu prickeln, als das Gefühl zurückkehrte. Draußen heulte der Wind und schabte am Eingang. James kämpfte gegen die Müdigkeit an, aber es war sinnlos. Sein Bewusstsein begann, ihm zu entgleiten wie schmelzender Schnee, und bevor er wusste, wie ihm geschah, war er ins Reich der Träume hinübergeglitten.

Etwa 370 Kilometer weiter östlich saß Gräfin Frieda von Schlick allein in ihrer Loge in der Wiener Staatsoper und verfolgte das Geschehen auf der Bühne. Eine hünenhafte blonde Sopranistin in einem wallenden weißen Kleid schmetterte eine Arie. Ihre Stimme erfüllte das ganze Theater.

Frieda war eigentlich kein Opernfan. Sie hatte Mühe, den Geschichten zu folgen, und fand die Schauspielerei eher übertrieben. Aber heute Abend fiel es ihr noch schwerer als sonst, sich zu konzentrieren. Die letzten Tage hatte sie an der Seite ihres Mannes in der Klinik oberhalb von Westendorf verbracht. Nicht dass er das bemerkt hätte. Er hatte so schwere Verbrennungen erlitten, dass er fast ganz von Kopf bis Fuß einbandagiert war. Außerdem bekam er so starke Medikamente, dass er nur selten bei Bewusstsein war. Sie hätte genauso gut neben einem Sack Kartoffeln sitzen können. Morgen früh würden sie ihn operieren und versuchen, sein Gesicht mithilfe plastischer Chirurgie zu retten. Sie konnte nichts weiter tun, als abzuwarten, bis er es überstanden hatte.

Wenn er es überstand.

Der Chirurg, Doktor Kitzmüller, hatte sie vorgewarnt. Es könnte sein, dass Otto die Operation nicht überlebte. Er war sehr schwach. Selbst starke Männer starben unter dem Messer.

Armer Otto. Da lag er, vollgepumpt mit Morphium und nur in der Lage, ab und an seinen Kopf zu schütteln oder zu nicken. Sie hatte ihren Teil getan, die pflichtgetreue Ehefrau gespielt, aber es war so *langweilig* gewesen. Die ganze Zeit hatte sie sich nach Wien zurückgesehnt.

Sie wusste, sie sollte mehr Mitleid für ihren lieben Otto aufbringen, aber der Mann war ein Dummkopf. Er fuhr seinen heiß geliebten Bugatti immer zu schnell und sie hatte ihn unzählige Male gewarnt, dass er eines Tages einen furchtbaren Unfall haben würde. Und nun war es passiert. Der Mann, der am Steuer des anderen Autos gesessen hatte, hatte anscheinend genauso schwere Verbrennungen davongetragen. Sie würden ihn zur gleichen Zeit wie Otto operieren.

Der Doktor hatte ihr gesagt, die beiden hätten Glück gehabt, dass sie noch am Leben waren.

Glück? Sie wusste nicht, wie schlimm Ottos Gesicht verletzt war. Es würde wahrscheinlich noch Wochen dauern, bevor sie die Bandagen abnehmen konnten. Sie ertrug es nicht, darüber nachzudenken. Wenn Otto sehr entstellt *war,* würde sie ihn nie wieder ansehen können. Sie hasste hässliche Dinge.

Er hatte sich zwar oft wie ein dummes Kind aufgeführt, aber er hatte *so* gut ausgesehen.

Dieser Dummkopf. Dieser verfluchte törichte Dummkopf . . .

Tränen traten ihr in die Augen. Egal. Sollte jemand sie sehen, würde er glauben, sie weine wegen der Oper. Es war der Höhepunkt der Saison. Wagners *Tristan und Isolde*. Und wie *lang* es war. Sie hatte das Gefühl, die fetten deutschen Sänger klagten und kreischten schon die ganze Nacht. Irgendeine dumme Geschichte über ein Pärchen, das aus Liebe starb.

Ha!

Diese Deutschen mit ihren düsteren romantischen Vorstellungen!

Sie nahm an, dass sie Otto liebte. Auf ihre Weise. Aber sie wäre niemals bereit, für ihn zu sterben. Gott sei Dank hatte sie nicht mit ihm im Auto gesessen. Er war auf der Rückfahrt von seinem trostlosen Familienschloss in den Bergen gewesen und allein im Auto.

Wenn ihr Gesicht durch Narben entstellt wäre . . .

Das wäre ein Grund für eine Frau, sich umzubringen. Nicht die Liebe.

Auf der Bühne schien Isolde sich in ihre Verzweiflung hineinzusteigern und Frieda fragte sich, ob sie ihren eigenen Gefühlen auch so starken Ausdruck verleihen sollte.

Nein. Das tat man in der feinen Gesellschaft einfach nicht.

Es war einer der Hauptgründe, warum sie überhaupt zur Premiere der Oper gekommen war: um den Schein zu wahren. Sie hasste die Musik, aber sie liebte das Ereignis. Die Kleider, den Tratsch, das Gefühl, mitten im Leben zu stehen.

Sie hätte dies um nichts in der Welt verpassen wollen. In der Klinik konnte sie ohnehin nichts mehr tun, bis Otto morgen aus dem OP herauskam. Also war sie diesen Nachmittag zurück nach Wien gefahren.

Ach, Wien . . .

Heute Abend besuchte sie die Oper, danach würde sie ein angemessenes Abendessen zu sich nehmen, nicht diesen schweren Tiroler Fraß, mit dem sie sich in den Alpen hatte abfinden müssen. Dann würde sie zu Hause in ihr Bett fallen. Morgens ein lan-

ges, entspannendes Bad nehmen und dann erfrischt und duftend zurück ins Krankenhaus fahren, um Otto zu besuchen.
Auf das Schlimmste gefasst.
Ihre Logentür öffnete sich und ein Saaldiener trug ein silbernes Tablett mit einer Flasche Champagner und einem Kristallkelch herein. Frieda drehte sich nicht einmal um.
»Stellen Sie es auf den Tisch«, zischte sie und wedelte ungeduldig mit ihrer behandschuhten Hand.
Hätte sie sich umgedreht, hätte sie einen großen, stämmigen Mann mit zugeschwollenen Augen gesehen.
Frieda machte sich nicht die Mühe nachzusehen, ob der Mann die Loge wieder verlassen hatte. Warum sollte sie? Deswegen sah sie nicht, dass er immer noch im hinteren Teil ihrer Loge stand. Er hielt sich im Schatten verborgen, beobachtete sie durch die engen Schlitze seiner geschwollenen Augenlider und lauschte aufmerksam der Musik.
Wrangel hatte die Oper genau studiert. Die ganze Woche lang hatte er bei den Proben zugehört. Hoch oben von der Galerie aus, wo er niemanden störte. Zuerst hatte er die Musik überlang und schwülstig gefunden. Aber je intensiver er zugehört hatte, desto mehr hatte er sie schätzen gelernt und jetzt fand er sie sogar ziemlich bewegend.
Gleich kam der Augenblick, auf den er gewartet hatte, der Höhepunkt im Dritten Aufzug, in dem Isolde aus Kummer über ihren toten Geliebten Tristan stirbt. Die Musik, deren Motive sich langsam steigernd herausbildeten, wurde lauter und lauter, bis das ganze Orchester in ein donnerndes Grollen verfiel, als würden riesige Wellen gegen Felsen schlagen.
Stumm zählte er die Schläge, folgte der Musik in seinem Kopf und wartete auf das große Finale, wenn das Orchester fast zu explodieren schien. Höher und höher hinauf ging es und Isoldes Stimme schwebte majestätisch über allem.

Jetzt trat er leise nach vorn, seine weichen Schuhe machten kein Geräusch. Wenn jemand zur Loge der Gräfin hinübergeschaut hätte, hätte er gesehen, wie ein Mann schnell hinter sie glitt, eine Hand über ihren Mund legte, die andere über ihre Brust und sie ohne Anstrengung aus ihrem Stuhl hob. Aber niemand sah hinüber. Alle Blicke waren der Bühne zugewandt, wie Wrangel es vermutet hatte.
Frieda wehrte sich kurz, dann war sie still. Niemand sah, wie sie aus der Loge fiel. Erst als sie auf dem Boden des Parketts aufschlug, reagierten die Zuschauer.
Sie schnappten hörbar nach Luft. Dann drehten sich alle zu ihr um.
Was war passiert?
War sie ausgerutscht? Hatte sie sich absichtlich in die Tiefe gestürzt?
Niemand hatte sie schreien gehört.
Der Grund war, dass Frieda gar nicht geschrien hatte. Was keiner wissen konnte, war, dass die Gräfin, bevor sie auf dem Boden aufschlug, längst ein gebrochenes Genick hatte.

Er sah ein Fleckchen Himmel. Es hatte eine merkwürdige Form. Es sah aus wie eine Insel, eine Wolke, ein Ungeheuer, ein menschliches Gesicht und schließlich wie ein Fenster in eine andere Welt. James konnte hindurchsehen. Engel, ganz in Weiß, schwebten langsam vorbei. Er schloss die Augen und als er sie wieder öffnete, hatte sich das Fleckchen Himmel zu einem Fleck an der Decke verwandelt. Er sah jede Einzelheit. Kein Riss und keine Beule im Anstrich blieben ihm verborgen. Der Fleck hatte eine gelblich braune Farbe, wie von einem alten Leck. Er drehte seinen Kopf zur Seite. Da war noch ein Fenster, durch das man auch in eine andere Welt schaute. Dieses Fenster war jedoch viereckig und gab den Blick auf die Berge frei . . .

Er kämpfte darum, die Kontrolle über seine Sinne wiederzuerlangen.

Du Dummkopf, du siehst Berge, weil du auf halber Höhe von einem bist. Das ist kein Blick in eine andere Welt; es ist einfach nur der Blick aus deiner Schneehöhle.

Aber warum war das Fenster dann viereckig und nicht rund?

James' müdes Gehirn konnte so viele Informationen auf einmal nicht verarbeiten.

Er machte die Augen wieder zu.

Warum fror er nicht? Und warum war er nicht nass? Wieso konnte er mit den Zehen wackeln?

»James?«

Da *war* ein Engel ... nein, kein Engel. Eine Ärztin. In einem weißen Kittel.

Erleichtert lächelte er.

Jetzt erinnerte er sich ...

Die Gesichter der Männer, die ihn im Schnee gefunden hatten. Hannes Oberhauser und die anderen. Und wie er auf eine Bahre gelegt wurde. Wie die Männer auf Skiern den Berg hinunterfuhren und die Bahre zwischen sich hielten. Eine Fahrt im Krankenwagen. Dann das Paradies aus sauberen Laken, Wärme und trockener Baumwolle auf seiner Haut.

»Bist du wach?«, fragte die Ärztin in holprigem Englisch mit starkem Akzent. Sie hatte ein freundliches Gesicht.

»Schon gut«, sagte James auf Deutsch, »Sie können in Ihrer eigenen Sprache reden. Ich verstehe Sie.«

»Sehr gut.« Die Ärztin lächelte. »Weißt du, wo du bist, James?«

»Es ist mir egal, wo ich bin«, sagte James. »Solange ich nur lebe.«

Er sah sich im Krankenzimmer um. Es war Nacht und was er für ein Fenster mit Blick auf die Berge gehalten hatte, war ein Poster an der Wand.

»Es ist ein Wunder«, sagte die Ärztin. »Du musst aus hartem Holz

geschnitzt sein. Wir haben mit Frostbeulen, Erfrierungen, Gott weiß was gerechnet. Aber abgesehen von geringfügigen Verletzungen der Haut, siehst du aus, als wärst du heil geblieben.«
James setzte sich abrupt auf.
»Der andere Junge«, fragte er ängstlich. »Miles Langton-Herring. Ist er in Ordnung?«
Die Ärztin legte ihm beruhigend eine Hand auf den Arm.
»Reg dich nicht auf«, sagte sie. »Er lebt. Sein Bein ist in einem schlimmen Zustand, aber wir haben es gerettet.«
»Gott sei Dank.« Erleichtert sank James zurück in seine Kissen.
»Aber er wird eine Weile im Krankenhaus bleiben müssen«, sagte die Ärztin.
»Aber ich kann gehen?«, wollte James wissen.
»Wir würden dich gern eine Weile zur Beobachtung hierbehalten. Und wir müssen dich behandeln. Kälte kann genauso schlimme Verbrennungen auf der Haut verursachen wie Feuer. Bei uns bist du genau richtig. Wir sind das führende Krankenhaus für plastische Chirurgie in Europa. Unsere Klinik liegt hoch in den Bergen und die Luft ist steril.«
»Ich werde es mir merken«, sagte James. »Das nächste Mal, wenn es mir wieder so schlecht geht, weiß ich gleich, wohin ich gehen muss.«
Die Ärztin lachte und setzte ihre Visite fort. Die anderen Patienten warteten auf sie.
James schloss die Augen und war schnell wieder eingeschlafen.
Lärm weckte ihn auf. Jemand schrie. Er war sich sicher, dass er etwas gehört hatte, aber als er wach war, war das Geräusch verstummt. Hatte er doch nur geträumt?
Er versuchte zu schlucken und zuckte zusammen. Seine Kehle war ausgedörrt und staubtrocken. Es fühlte sich an, als würde man ihn erwürgen. Er hatte höllischen Durst. Die Uhr an der Wand zeigte vier Uhr siebenundzwanzig.

Ein schummriges Nachtlicht beleuchtete einen leeren Krug und ein leeres Glas auf seinem Nachttisch. Seine Kehle schmerzte so sehr, dass er nicht nach einer Krankenschwester hätte rufen können. Außerdem wollte er niemanden wecken. Also stieg er aus dem Bett und schlüpfte barfuß in ein Paar Filzschuhe, die man für ihn bereitgestellt hatte. Er zuckte zusammen, als er aufstand. Seine Beinmuskeln waren steif und seine wunde Haut rieb gegen seinen Pyjama. Aber mit diesen Schmerzen wurde er spielend fertig – immerhin waren sie ein Zeichen dafür, dass er noch am Leben war.

Er warf sich einen Bademantel über und schleppte sich zwischen den Betten den Gang entlang. Dabei rollte er seinen Kopf und seine Schultern, um sie aufzulockern. Er war schon in der Mitte des Krankenzimmers, als er zum ersten Mal die anderen Patienten bewusst wahrnahm. Die meisten trugen dicke Verbände, aber bei einigen entdeckte er auf Gesicht und Händen schreckliche Wunden. James versuchte, nicht hinzustarren, aber aus den Augenwinkeln sah er trotzdem Haut, die von Blasen, Narben und tiefen Schnittwunden bedeckt war oder die auf schreckliche Weise an gekochten Schinken erinnerte. Einigen Männern fehlten Finger, Hände oder Beine. Einer hatte ein Loch mitten im Gesicht, wo seine Nase hätte sein sollen.

James war es peinlich, hier zu sein. Im Vergleich zu denen war mit ihm wirklich alles in Ordnung. Er war ein Schwindler, ein Eindringling. Mit gesenktem Kopf ging er weiter.

Weit und breit war keine Krankenschwester zu sehen. Aber er fand ein Schild, das den Weg zu den Toiletten wies, und er ging in die angegebene Richtung.

Plötzlich hörte er das Schreien wieder. Es drang durch eine halb geöffnete Tür. Er sah nach links und rechts, konnte aber immer noch kein Krankenhauspersonal entdecken. Er machte die Tür weiter auf und ging hinein.

In dem Zimmer standen zwei Betten und die Patienten darin waren nicht voneinander zu unterscheiden. Sie waren von Kopf bis Fuß bandagiert. Alles, was von den Männern unter den Verbänden sichtbar war, waren ihre Augen.
Einer der Patienten bewegte sich schwach, als wollte er sich aufsetzen. Er murmelte und rief, aber es war so undeutlich, dass James ihn nur schwer verstehen konnte. Einen Satz sagte er jedoch immer wieder . . .
»Mein Vetter Jürgen . . .«
Der Mann war im Delirium. Seine Augen waren abwesend in die Ferne gerichtet.
»Sind Sie in Ordnung?«, fragte James. »Können Sie mich hören?«
Die Augen sahen ihn immer noch nicht an.
»Mein Vetter Jürgen . . . Sie werden meinen Vetter Jürgen töten. Eine Donnerkugel. Es wird Donner geben. Es gibt einen mächtigen Knall . . . Schneeblind! Schneeblind!«
»Sie träumen«, sagte James. Er versuchte, dem abgehackten Gebrabbel einen Sinn abzugewinnen. Der Mann schien überzeugt zu sein, dass irgendjemand seinen Vetter Jürgen umbringen wollte. Und da war noch etwas über Donner und Schneeblindheit.
»Machen Sie sich keine Sorgen«, sagte James. »Ich bin sicher, dass es Ihrem Vetter gut geht . . .«
Er warf einen Blick hinüber zu dem anderen Bett und sah, dass der Mann ihn aufmerksam beobachtete. Seine weit geöffneten Augen leuchteten im Halbdunkel und starrten James an.
»Ich werde Hilfe holen«, sagte James. »Keine Sorge.«
Als er sich umdrehte, stand er einem kräftig aussehenden Mann gegenüber. Er hatte die breiten Schultern eines Boxers, war aber übergewichtig und einige seiner Muskeln hatten sich in Fett verwandelt. Er trug einen feuchten Mantel und einen Hut. Er war offenbar gerade von draußen hereingekommen. Im ersten Mo-

ment dachte James, dass er eine Skibrille trug, aber dann sah er, dass seine Augenlider durch Vernarbungen stark angeschwollen waren und schwer über seinen Augäpfeln hingen. Es sah aus, als hätte er zwei große schwarze Augen, ohne jedes Weiß.

»Was hast du hier zu suchen?«, blaffte er auf Deutsch mit russischem Akzent.

»Er hat geschrien«, sagte James. »Ich dachte, er wäre in Schwierigkeiten.«

»Er ist in Ordnung«, sagte der Mann. Er öffnete einen ledernen Aktenkoffer und holte eine Spritze hervor. »Ich werde mich um ihn kümmern. Ich bin sein Diener. Du solltest nicht hier sein.«

»Ich wollte nur helfen«, sagte James.

Der Mann warf einen Blick auf den anderen Patienten und sah dann schnell wieder zu James.

»Geh jetzt«, sagte er. Er hob die Spritze und prüfte ihren Inhalt.

James verließ den Raum. Als er die Tür hinter sich zuzog, starrten ihm zwei Augenpaare nach – das eine hinter geschwollenen Augenlidern, das andere hinter Bandagen.

Der Mann, der geschrien hatte, lag still.

9 Der Mann ohne Gesicht

Es ist meine Schuld, James. Ich hätte mit euch an diesem Nachmittag keine Abfahrt ins Tal versuchen dürfen. Das Wetter war zu schlecht. Wir hätten die Seilbahn nehmen sollen.«

»Es war nicht Ihre Schuld.«

Hannes Oberhauser war mit Mr Merriot in die Klinik gekommen, um James mit seiner Pferdekutsche abzuholen. Er beruhigte das Pferd, als James in den schwankenden Wagen kletterte.

»Wenn jemand schuld ist«, sagte James, »dann ist es Miles Langton-Herring. Wenn ich ihm nicht hinterhergefahren wäre, wäre ich nicht im Krankenhaus gelandet.« James setzte sich auf die Bank gegenüber von Mr Merriot und breitete eine Decke über seine Knie.

»Wenn du ihm nicht hinterhergefahren wärst, wäre er jetzt wahrscheinlich tot«, sagte Mr Merriot und stieß eine Rauchwolke aus seiner Pfeife. Er zündete sie sehr selten an und James fragte sich, ob sie ihm an diesem bitterkalten Morgen ein bisschen Wärme spendete.

»Wer weiß«, sagte James. »Es hilft niemandem, wenn man versucht, einen Schuldigen zu finden. Ich will Miles die Schuld nicht in die Schuhe schieben und Ihnen schon gar nicht, Hannes. Alle anderen sind den Berg sicher runtergekommen und Sie waren es, der den Suchtrupp angeführt hat, der mich und Miles gerettet hat. Also sind wir quitt.«

Hannes lächelte, nahm auf dem Kutschbock Platz und schnalzte mit den Zügeln. Das Pferd zog langsam an und setzte seine Hufe vorsichtig auf die glatte Straße. Der robuste offene Kutschwagen bimmelte und ratterte.

»Trotzdem«, sagte Hannes, als sie losgefahren waren, »fühle ich mich verantwortlich und ich möchte es gern wiedergutmachen, James. Herr Merriot und ich haben darüber gesprochen. Ich möchte dir gern meine Gastfreundschaft anbieten.«

»Wie meinen Sie das?«, fragte James. Sein Atem stieg als weißer Nebel von seinem Mund auf.

»Wie du weißt, waren die Ärzte nicht sehr glücklich darüber, dass sie dich so früh aus der Klinik entlassen mussten –«

»Oh, aber mir geht es gut«, unterbrach James. »Wenn ich dort noch einen Tag länger hätte bleiben müssen, wäre ich –«

»Lass ihn ausreden«, sagte Mr Merriot.

»Sie wollten wissen, ob sich jemand ein paar Tage um dich kümmern kann«, fuhr Hannes fort. »Nur so lange, bis wir alle sicher sind, dass dein Abenteuer keine Nachwirkungen hat.«

»Wie ich schon sagte«, beharrte James, »mit mir ist alles in bester Ordnung.«

»Hannes hat angeboten, dich bei sich aufzunehmen«, sagte Merriot. »Nur für ein paar Tage. Es war der einzige Weg, dich aus den Klauen der Ärzte zu befreien.«

»Ich könnte dir ein paar Skistunden geben«, schlug Hannes vor. »Das heißt, wenn du überhaupt noch mal in den Schnee willst.«

»Ich kann es kaum erwarten«, sagte James. »Aber ich will wirklich niemandem zur Last fallen.«

»Das wirst du nicht.« Hannes lenkte das Pferd die enge Straße hinunter. »Es wird uns eine Freude sein. Meine Frau Helga kann es kaum erwarten, dich kennenzulernen.«

Der Bauernhof der Oberhausers lag auf einem der unteren Hänge des Hahnenkamms. Sie hatten einen Obstgarten und zwanzig Kühe, die im Winter in einem großen Stall untergebracht waren, der mit unter dem Dach des Wohnhauses lag. Dort hatten sie es warm und wärmten im Gegenzug das Haus. Hannes erklärte ihm, dass Helga sich im Sommer um die Kühe kümmerte, während er ein gutes Auskommen hatte als Bergführer für die vielen Wanderer und Kletterer, die in die Gegend kamen.

Das Bauernhaus war in den Berghang hineingebaut und hatte vorn eine erhöhte Veranda, die man über eine Holztreppe erreichte. Es war ganz aus Kiefernholz errichtet und die Konservierungsmittel hatten das Holz beinahe schwarz gefärbt. Um die Tür und die Fenster herum waren hübsche Ornamente geschnitzt und auch die Dachtraufe war durch Holzschmuck verziert. Auf der einen Seite des Hauses unter der Dachschräge waren Holzscheite für den Ofen ordentlich aufgestapelt.

Drinnen war es gemütlich und warm. Zwei Holzöfen heizten den Hauptraum, der vollgestellt war mit bemalten Holzmöbeln. Überall lagen Decken und Teppiche. In einem großen Topf auf dem Herd in der Küche brodelte ein Eintopf und ein köstlicher Duft zog durchs Haus.

Helga war eine fröhliche mollige Frau. Zwei kleine Kinder klammerten sich an ihre Rockzipfel und sie hielt ein winziges Baby im Arm, als sie James begrüßte. Nachdem sie festgestellt hatte, dass James Deutsch sprach, bombardierte sie ihn mit Fragen und machte sich gleichzeitig im Haus zu schaffen.

Auch beim Abendessen stellte sie Fragen über Fragen und langsam taute James auf. Es war, als wäre er zu einem Eisblock erstarrt gewesen, der erst jetzt zu schmelzen begann. Er fühlte, wie seine verkrampften Muskeln sich entspannten, wie sein Atem ruhiger und tiefer wurde und wie sich die Anspannung in seiner Wirbelsäule lockerte.

Seit dem Tod seiner Eltern hatte er niemanden mehr so nah an sich herangelassen wie diese einfachen, freundlichen Menschen. Er fragte sich, ob es daran lag, dass er in einer anderen Sprache redete; fast kam es ihm vor, als wäre er eine andere Person. Er erzählte von seinem Leben, von Tante Charmian, von seinen Freunden, seinen Problemen in der Schule, davon, dass ihm alle seine Hosen zu kurz waren und wie gut ihm das Essen schmeckte. Er plauderte über all die kleinen alltäglichen Dinge, denen er normalerweise keine Beachtung schenkte.

So muss es sein, dachte er. *So muss es sein, wenn man eine Mutter und einen Vater hat.* Er kämpfte mit den Tränen. Was ihm so zusetzte, waren nicht die traurigen oder die schmerzhaften Dinge in seinem Leben und ganz sicher nicht die Augenblicke der Angst . . . Es war ehrliche Freundlichkeit. Es war die Anständigkeit in den Herzen der einfachen Leute.

Nach dem Abendessen spielten sie Karten und schwatzten, bis ihm die Augenlider schwer wurden.

Helga zeigte ihm sein Zimmer. Es lag unter dem Dach auf der Rückseite des Hauses und erinnerte ihn an sein Zimmer in Eton, das auch eine Dachschräge hatte. Aber dieses hier war sehr viel einladender.

Er lächelte, als er unter die frischen, sauberen Laken schlüpfte. Hier würde es ihm gefallen.

Doch kurz bevor der Schlaf ihn übermannte, hörte er wieder die Stimme, die in der Dunkelheit schrie . . .

»Schneeblind! Sie werden meinen Vetter Jürgen töten . . .«

Der Rest der Woche verstrich ohne Zwischenfall. Tagsüber fuhr James Ski und abends aß er mit den Oberhausers und spielte Karten oder ging mit seinen Schulkameraden in der Stadt essen. Im Grunde zog James die Ruhe und Einsamkeit bei den Oberhausers vor. Nie bohrten sie neugierig nach, wenn sie merkten, dass James über irgendetwas nicht reden wollte. Mit den Jungen war es anders. Ständig wollten sie über James' Abenteuer mit Miles reden.

James gab nur knappe Antworten. Er hätte lieber alles vergessen. Er hasste es, im Zentrum der Aufmerksamkeit zu stehen, und fühlte sich in gewisser Weise als Versager. Er war kein Held.

Weit gefehlt.

Die Wahrheit war schlicht und einfach, dass sie sich verirrt hatten, dass Miles sich ein Bein gebrochen hatte und dass James bei dem Versuch, ihn sicher den Berg hinunterzubringen, versagt hatte.

Eines Abends saßen die Jungen in einem Café an der Hinterstadt in Kitzbühel und diskutierten wieder einmal die Ereignisse. Sie tranken cremige heiße Schokolade und alle redeten durcheinander und lachten laut.

»Du hättest das Großmaul Miles da oben lassen sollen«, sagte Teddy Makereth. »Seit er im Krankenhaus liegt, ist es herrlich ruhig.«

Miles war immer noch in der Klinik. Er hatte einen komplizierten Beinbruch. Morgen würden seine Eltern kommen, um ihn nach Hause zu holen.

»Du hättest auch noch sein anderes Bein brechen sollen«, sagte Gordon Latimer.

»So schlimm ist er gar nicht.« James fühlte sich gezwungen, den Jungen zu verteidigen, obwohl er sich auch sehr über ihn geärgert hatte.

»Er glaubt, alles zu wissen. Aber sein Wissen hat nicht ausgereicht, um den richtigen Weg den Berg runter zu finden«, sagte Teddy. »*Wir* sind alle heil runtergekommen, warum er nicht?«

»Sagt es nicht weiter«, flüsterte James, »aber er war betrunken.«

»Nein!?«

»Doch.«

Die Jungen brachen in Gelächter aus und wurden noch lauter. Schon verblassten die Ereignisse und was blieb, waren schlechte Erinnerungen. James konnte nun auch die lustige Seite seines

Abenteuers erkennen. Er hatte noch niemandem erzählt, dass Miles betrunken gewesen war. Er hatte sich vorgestellt, dass der arme Junge genug um die Ohren haben würde. Natürlich wussten seine Saufbrüder Bescheid – schließlich hatten sie den Schnaps mit ihm geteilt. James hatte es bisher für klüger gehalten, nichts über die wahren Umstände ihrer verpatzten Abfahrt zu erzählen. Er vertraute den anderen Jungen jedoch und war sich sicher, dass sie den Lehrern gegenüber nichts ausplaudern würden. Miles dürfte also keine Schwierigkeiten bekommen.

Nachdem sie lärmend das Café verlassen hatten, kamen sie an einem dunklen Bogengang vorbei, der zum Sporthotel führte. Hätten sie einen Blick in die Passage geworfen, hätten sie einen Mann mit Filzhut gesehen, der etwas in ein Notizbuch schrieb. Und hätten sie einen Blick in das Notizbuch geworfen, hätten sie einen exakten Bericht über James' Tagesablauf seit seiner Entlassung aus dem Krankenhaus lesen können. Vorausgesetzt, sie wären in der Lage gewesen, den Code zu entziffern, in dem die Aufzeichnungen verfasst waren.

Auch das kleinste Detail war notiert. Die genaue Zeit, wann James das Haus der Oberhausers am Morgen verlassen hatte, wo und wie lange er Ski gefahren war, was er am Ende jedes Tages machte, mit wem er gesprochen hatte, mit wem er befreundet war, wen er mied. Der Mann hatte nichts übersehen. Und er war die ganze Zeit im Verborgenen geblieben. Immer im Hintergrund. Immer auf Distanz. Auf Beobachtungsposten.

Nur einige wenige Male, als James allein unterwegs gewesen war, hatte er sich ihm genähert. Dabei war der Mann noch wachsamer, noch vorsichtiger gewesen.

Einmal war James einkaufen gegangen, um nach einem Geschenk für seine Tante Charmian zu suchen. Der Mann war ihm dicht auf den Fersen gefolgt und hatte sich nie mehr als ein oder zwei Meter von ihm entfernt. Er hatte darauf gewartet, dass

James in einen weniger belebten Teil der Stadt schlenderte. Aber James war auf der hell erleuchteten Hauptstraße geblieben.
In solchen Nächten verfolgte der Mann James auf Schritt und Tritt. Sogar bis zu den Oberhausers ging er hinter ihm her und beobachtete ihn wie die Katze die Maus. Der Junge sah so unschuldig aus, so sorglos, so ahnungslos. Als gäbe es keine Gefahr, als lauere nichts in der Dunkelheit der Nacht.
Vorerst hatte der Mann nur den Befehl zu beobachten.
Ihm machte das Beobachten nichts aus. Schließlich war es sein Job. Dafür war er ausgebildet worden. Er war geduldig. Er wusste, dass sich das Warten am Ende auszahlen würde. Seine Zeit würde kommen.

An diesem Abend sprach James mit Hannes über den bevorstehenden Abschied. Die Ferien waren fast vorbei und James würde demnächst nach England zurückkehren. Hannes nahm ihm das Versprechen ab, dass er sie wieder besuchen würde, schon bald.
»Das Skifahren liegt dir im Blut, James«, sagte er. »Aber warte nicht bis zum Winter. Die Alpen sind auch im Sommer wunderschön. Und man kann so viel machen: wandern, klettern, schwimmen im Schwarzsee.«
»Es gefällt mir hier sehr gut«, sagte James. »Außerdem würde ich die Berge gern sehen, wenn sie ganz grün sind. Aber ich weiß nicht, ob meine Tante schon Pläne für die Sommerferien hat.«
»Komm uns mit deiner Tante besuchen«, sagte Hannes. »Du bist mir sehr ans Herz gewachsen, seit du bei uns wohnst. Für dich wird es immer ein Bett in Kitzbühel geben. Und wenn du irgendwann einmal meine Hilfe brauchst, dann sag mir einfach nur Bescheid.«
»Das ist sehr nett«, sagte James. »Von Ihnen und von Helga. Ich werde ganz bestimmt eines Tages wiederkommen.«

Am nächsten Morgen wartete Andrew Carlton vor dem Bauernhaus auf James. Sie hatten sich verabredet, um Miles zu verabschieden. Das Wetter hatte umgeschlagen. Es war wärmer und der Schnee begann zu schmelzen. Oben auf den Hängen konnte man immer noch Ski fahren, aber die Saison würde bald vorbei sein. Die Straßen in den Bergen waren jetzt alle passierbar. Deshalb war Andrew mit einem Taxi gekommen, das sie hoch zur Klinik bringen würde.
Der Tag war grau, leichter Regen sorgte dafür, dass es noch schneller taute. Der Schnee in den Tälern verwandelte sich in Matsch, den man zu schmutzigen Haufen am Straßenrand zusammenschob. Von den Autoreifen stob ein feiner Sprühregen in die Luft, als sie die Straßen entlangbrausten.
»Nicht mehr lange und wir sind zurück in der Schule«, sagte Andrew verdrossen. Er schrieb seinen Namen auf die beschlagene Autoscheibe.
»So schlimm wird es schon nicht werden«, sagte James. »Ich freue mich drauf, meine alten Freunde wiederzusehen.«
»Für dich ist das etwas anderes«, sagte Andrew. »Du hast das ganze letzte Halbjahr verpasst. Ein paar von uns sind überhaupt nicht vom Schreibtisch weggekommen.«
»Immerhin wird es Sommer«, sagte James. »Im Sonnenschein sieht alles besser aus. Eton im Winter ist ziemlich trostlos.«
»Das ist es ja gerade«, sagte Andrew. »Jetzt wird es vielleicht Sommer, aber danach kommt der Herbst und dann wieder der Winter und so geht es immer weiter, für immer und ewig. Amen.«
James lachte. »Du hörst dich an wie ein alter Mann. Jungen in unserem Alter sollten nicht so weit in die Zukunft denken.«
»Ich weiß«, sagte Andrew, »aber kannst du dir wirklich die vielen langen Jahre deines Lebens vorstellen, die du in Eton verbringen wirst?«

»Ich bin anders als du«, sagte James. »Ich denke nicht viel weiter als bis zum nächsten Wochenende. Ich versuche, den Tag zu genießen und nicht darüber zu grübeln, was morgen sein wird.«

»Ich wünschte, es wäre so einfach«, sagte Andrew. »Aber leider hat mein Vater schon mein ganzes Leben für mich durchgeplant. Eton, dann Cambridge, hart arbeiten, aber nicht zu hart, damit noch genug Zeit zum Rudern übrig bleibt, vielleicht eine Medaille gewinnen, dann trete ich in unser Familienunternehmen ein, gründe mit einer netten kleinen Frau eine Familie und fange an, die nächste Generation der Carltons auszubrüten, damit alles von vorn beginnen kann.«

»Irgendwie muss das aber auch ein angenehmes Gefühl sein, wenn man weiß, was die Zukunft für einen bereithält«, sagte James. »Meine Zukunft ohne Eltern ist ziemlich ungewiss. Es gibt kein Familienunternehmen. Es gibt niemanden, der wirklich etwas von mir erwartet.«

»Du kannst dein Leben selbst in die Hand nehmen und frei entscheiden«, sagte Andrew.

»Wer weiß schon, was passieren wird?«, erwiderte James. »Denk an all die jungen Männer vor dem Krieg, denen es genauso ging wie dir. Sie dachten, sie wüssten, wie ihr Leben verlaufen wird. Aber dann endeten sie in schlammigen Schützengräben, wo sie in Stücke geschossen wurden.«

Andrew wischte abrupt seinen Namen von der Fensterscheibe. »Wenn man das bedenkt, sieht mein Leben gar nicht so schlecht aus.«

Als sie an der Klinik ankamen, parkte ein großer schwarzer Rolls-Royce auf dem Vorplatz. Daneben stand stolz ein livrierter Fahrer unter einem Regenschirm.

»Das werden Miles' Leute sein«, sagte Andrew, als sie aus dem Taxi stiegen. »Sein Vater schwimmt im Geld.«

In der Klinik brachte man sie zur Sonnenterrasse, wo sie auf Miles warten sollten. Trotz der Kälte und des Nieselregens saßen mehrere Patienten im Rollstuhl draußen. Sie waren in Decken eingewickelt und Schirme schützten sie vor dem Regen. Etwas abseits und mit dem Rücken zu den anderen saß ein Mann mit rasiertem Kopf und starrte hinaus in die vom Nebel umhüllten Berge. Er trug ein Halstuch und weiße Baumwollhandschuhe. Wahrscheinlich verbarg er darunter seine Narben.
Als James auf die Terrasse trat, drehte der Mann sich nach ihm um. An seinem Gesicht waren größere Operationen vorgenommen worden. Um seine Ohren herum und an seinem Hals sah man bläulich violette und gelbe Blutergüsse und hässlichen schwarzen Schorf. Aber die Haut in seinem Gesicht war weich und glatt, sodass es aussah, als würde er eine Maske tragen.
Die Chirurgen hatten sehr gute Arbeit geleistet – wenn James nicht gewusst hätte, dass der Mann irgendwie entstellt gewesen sein musste, hätte er es nie vermutet. Der Mann sah gelangweilt und desinteressiert aus. Selbst seine Augen zeigten keine Gefühlsregung.
Aus Gesichtern kann man eine Menge ablesen und über die Menschen erfahren. Jede Linie darin erzählt eine Geschichte. Und doch war es, als hätte dieser Mann gar kein Gesicht. Man konnte nicht darin lesen.
James drehte sich weg. Es störte ihn, dass der Mann ihn so unverhohlen anstarrte. Als er einen Augenblick später zu ihm hinüberschielte, beobachtete der Mann ihn immer noch. Reglos saß er da. Er hätte eine Schaufensterpuppe sein können, so wenig Leben strahlte er aus.
James war erleichtert, als Miles kam und die unbehagliche Atmosphäre durchbrach. Unbeholfen hüpfte er mit seinen Krücken auf die Terrasse. Seine Eltern begleiteten ihn. Seine Mutter trug einen langen Pelzmantel; sein Vater protzte mit einem glänzenden

Zylinder und einem prächtigen struppigen Backenbart. Hätte *er* den Pelzmantel getragen, hätte er wie ein exotisches wildes Tier ausgesehen.

»James!«, rief Miles mit einem breiten Lächeln. »Ich bin so froh, dich zu sehen.«

Er versuchte, James die Hand zu schütteln, ohne umzufallen. Dann stellte er ihm seine Eltern vor. Seine Mutter machte einen distanzierten Eindruck, aber sein Vater schien ehrlich erfreut, James kennenzulernen, und schüttelte ihm lebhaft die Hand.

»Ich hatte schon befürchtet wegzufahren, ohne dich wiederzusehen«, sagte Miles. »Ich habe dir noch gar nicht richtig dafür danken können, dass du meine Haut gerettet hast. Ich habe mich wie ein Arschloch benommen. Es tut mir leid. Ich hatte eine Heidenangst und wollte es nicht zeigen.«

»Na ja, es *war* ja auch alles ziemlich furchtbar«, sagte James.

»Ach was«, sagte Miles, »du kannst mir nichts vormachen. Du hattest nicht einen Augenblick lang Angst.«

Bevor James protestieren konnte, schlug Mr Langton-Herring ihm auf den Rücken.

»Wenn du zurück in England bist, junger Mann«, sagte er, »musst du uns besuchen kommen. Ich möchte mich gern dafür erkenntlich zeigen, dass du dich um Miles gekümmert hast.«

»Danke«, sagte James. »Aber das ist wirklich nicht nötig.«

Mr Langton-Herring beugte sich vertraulich zu ihm vor.

»Lass mich dir einen Ratschlag geben, mein junger Freund«, sagte er mit einem freundlichen Augenzwinkern. »Du solltest lernen, Lob zu akzeptieren, wenn es dir zugedacht wird, und dich freuen, wenn dir jemand danken will. Niemand mag falsche Bescheidenheit.«

»Ich werde es mir merken«, sagte James.

»Tu das«, sagte Mr Langton-Herring. Dann führte er die kleine Gruppe durch die Klinik zurück zum Haupteingang.

»Wer war der Mann auf der Terrasse?«, fragte James Miles. »Der mit dem rasierten Kopf.«
»Oh, das war Graf von Schlick«, sagte Miles. »Sie haben ihn an dem Tag operiert, als du aus der Klinik entlassen wurdest. Es ist alles gut gegangen, aber er hat schlechte Nachrichten aus Wien bekommen. Seine Frau ist bei irgendeinem Unfall ums Leben gekommen.«
»Armer Kerl«, sagte James.
»Er hatte einen Autounfall«, erklärte Miles. »Ziemlich schlimm verbrannt. Den anderen Fahrer haben sie zur gleichen Zeit operiert. Der hat es aber leider nicht geschafft.«
»Ich glaube, ich habe die beiden gesehen«, sagte James. »Vor der Operation. Sie müssen es gewesen sein. Einer von ihnen fantasierte über seinen Vetter Jürgen.«
Es nieselte immer noch, als sie vor die Tür traten. Man half Miles, in den Rolls-Royce zu steigen. Alle winkten und verabschiedeten sich, dann rollte der Wagen fast lautlos vom Vorplatz. Erst jetzt fiel James ein anderes Auto auf, das versteckt hinter dem Rolls-Royce gestanden hatte, ein schwarzer Lagonda. Der Fahrer hinter dem Steuer säuberte seine Fingernägel mit einem Taschenmesser. Offenbar war Miles nicht der einzige Patient, der heute entlassen wurde.
Als er mit Andrew zurück zum Taxi ging, sah James, wie Graf von Schlick durch die große mit Messing beschlagene Doppeltür aus der Klinik trat. Er trug einen langen schwarzen Astrachanmantel, der fast bis auf den Boden reichte, dazu schwarze Lederhandschuhe und einen schwarzen Fellhut, der seinen kahlen Kopf bedeckte. Wieder starrte er James mit diesem beunruhigenden leeren Blick an.
Ein anderer Mann folgte ihm und murmelte etwas. Es war der Diener mit den geschwollenen Augenlidern. Er fasste den Graf am Ellbogen und half ihm die Treppe hinunter.

Es musste also der Graf gewesen sein, der in dieser Nacht in dem privaten Krankenzimmer über seinen Vetter fantasiert hatte. Jetzt brachte sein Diener ihn nach Hause.
Es war allerdings nicht zu erkennen, ob der Diener ihn stützte oder ob er ihm den Weg wies.
Der Mann in dem Astrachanmantel nahm seinen Blick nicht von James, bis er am Lagonda war. Dann stieg er ein und der Diener schlug die Tür zu. In einem Schwall von Spritzwasser brauste der Wagen über den Hof davon.
»Kennt er dich?«, fragte Andrew, als das Taxi hinter dem Lagonda vom Hof bog.
»Der Graf? Ich glaube, nicht«, sagte James. »Das heißt, ich wollte sagen – nein, er kennt mich nicht. Zumindest kenne ich ihn nicht. Als ich in der Klinik war, habe ich ihn einmal gesehen. Aber das war mitten in der Nacht und er lag im Delirium.«
»Er hat dich jedenfalls ganz schön angestarrt«, sagte Andrew.
»Ja«, sagte James. »Merkwürdig. Ich werde das Gefühl nicht los, dass ich ihn von irgendwoher kenne. Dass ich ihn schon kannte, bevor ich hierhergekommen bin. Ehrlich gesagt, bringt mich das ziemlich durcheinander.«
»Er sieht gruselig aus«, sagte Andrew.
»Ich werde mir keine Gedanken mehr über ihn machen«, sagte James. »Wir werden ihn nie wieder sehen. In ein paar Tagen sind wir zurück in Eton.«
Andrew gab einen erstickten Laut von sich. »Verdammt, James«, knurrte er. »Gerade hatte ich es geschafft, die Schule zu vergessen.«

Teil zwei

Eton

10 Bloody Bentinck

»Ich habe dich seit vier Monaten nicht mehr gesehen, James, und du kommst zurück und siehst älter aus. Älter, aber nicht weiser, möchte ich hinzufügen. Ich erkenne dich kaum wieder.« James' Tischgenosse, Pritpal Nandra, saß am Kamin in seinem Zimmer und wärmte sich die Füße.

»Du hast dich dagegen kein bisschen verändert, Pritpal«, sagte James. Er setzte sich seinem Freund gegenüber. »Außer, dass du vielleicht ein bisschen fetter geworden bist.«

»Lass die Frechheiten«, sagte Pritpal. »Zu deiner Information: Ich habe abgenommen. Ich habe angefangen, Tischtennis zu spielen, und bin auf dem besten Weg, ein Champion zu werden. Endlich gibt es was, in dem ich besser bin als du.«

Es war James' erster Abend, seit er wieder zurück in der Schule war. Er war vor einer Stunde angekommen und gleich in sein Zimmer gegangen, um auszupacken, bevor er seine Hausgenossen begrüßte. Alles war so vertraut und doch irgendwie anders. Er war sich bewusst, dass er weg gewesen war und einen Teil des Schuljahrs verpasst hatte. Ein bisschen was hatte sich verändert. Bei Pritpal hingen neue Bilder an den Wänden und er hatte sich auch ein paar neue Möbel besorgt. Sein Freund hatte sich behaglich in seinem Leben in Eton eingerichtet. Er war hier zu Hause. James fühlte sich ein wenig seltsam, wie ein Außenseiter.

In diesem Augenblick stürmte jedoch James' anderer Tischgenosse, Tommy Chong, laut fluchend ins Zimmer und lamentierte über einen überfreundlichen Hund, der ihn in *Judy's Passage* angegriffen hatte. Bald aßen alle drei Toast und tranken Tee und es war, als wäre James nie weg gewesen.

»Wie ärgerlich, dass du nie einen meiner Briefe, die ich dir nach Mexiko geschickt habe, erhalten hast«, sagte Pritpal.

»Das macht nichts«, sagte James. »Ich glaube, seit Österreich bin ich wieder auf dem neuesten Stand, was den Tratsch angeht. Wisst ihr, wenn man hier ist, in der Schule, kommt einem alles wahnsinnig wichtig vor. Aber wenn man woanders ist, verliert es an Bedeutung.«

»Ah, der große Weltenbummler belächelt uns klägliche provinzielle Stubenhocker«, sagte Pritpal spöttisch.

»So habe ich das nicht gemeint«, entschuldigte sich James. »Ich nehme an, es ist überall das Gleiche. Egal, wo man ist, man wird von den alltäglichen kleinen Dingen in Beschlag genommen.«

»Und ich nehme an, dass du deine Zeit in Mexiko mit Krokodilkämpfen und Schatzsuche verbracht hast.« Pritpal schnaubte.

James zuckte mit den Schultern. Er hatte genug gesagt. »Also, was habe ich Wichtiges verpasst?«, wechselte er das Thema.

»Als Erstes wäre da Roan, das neue Hausmädchen«, sagte Tommy Chong mit einem breiten Grinsen.

Vor Weihnachten war ein Feuer im Haus ausgebrochen und Katey, das damalige Hausmädchen, hatte sich von dem Schock nie erholt. Während James weg war, hatte sie Eton verlassen und Roan hatte ihren Platz eingenommen.

James' Tischgenossen wurden plötzlich lebendig und versuchten, sich gegenseitig mit Lobeshymnen auf Roan zu übertrumpfen.

»Sie ist sehr jung –«

»Ich glaube, sie ist achtzehn –«

»Teddy Makereth sagt, sie ist sechzehn –«

»Viel jünger als Katey –«

»Und außerdem viel hübscher –«

»Alle Jungs sind in sie verliebt –«
»Sie nennt uns alle Darling –«
»Sie ist Irin und kennt alle Volkslieder –«
»Man merkt, dass ihr wirklich was an uns liegt –«
»Schon gut, schon gut.« James hob abwehrend seine Hände. »Ich denke, ich hab's verstanden. Ihr findet sie ganz nett, oder? Das Leben in Codrose ist also perfekt.«
»Das wäre es, wenn es *Bloody* Bentinck nicht gäbe«, flüsterte Tommy.
»Der neue Hausälteste?«, fragte James. »Wenn ich mich recht erinnere, hat er den Job angetreten, kurz bevor ich gegangen bin. Ich glaube, er war streng, aber so schlimm schien er nicht zu sein. Bestimmt kein Vergleich zu *Bloody Bill* Marsden. Er ist der schlimmste Lehrer an der Schule.«
»Warum, glaubst du, wurde Theo Bentinck nach ihm benannt?«, sagte Pritpal. »Es macht ihm sogar noch mehr Spaß als Bloody Bill, uns Jungs zu verprügeln.«
»Vor Weihnachten warst du so damit beschäftigt, den großen Detektiv zu spielen, dass du gar nicht mitbekommen hast, was hier los war«, sagte Tommy. »Bentinck ist schlimmer als seine Vorgänger und er wird von Tag zu Tag noch schlimmer.«
»Ach, kommt schon«, sagte James. »So furchtbar, wie ihr alle tut, kann er gar nicht sein.«
Tommy ließ ein unfreundliches Knurren vernehmen. »Du weißt nicht einmal die Hälfte«, sagte er.
Pritpal warf einen nervösen Blick zur Tür. »Vielleicht hat er sich nicht so viel getraut, als du noch hier warst, James. Du hast es vielleicht noch nicht bemerkt, aber viele Jungs haben Angst vor dir. Sogar die älteren. Du hast einen einschlägigen Ruf.«
»Ich?«, sagte James.
»Ja, du«, sagte Pritpal. »Schau nicht so überrascht. Du kannst auf dich selbst aufpassen. Schon in deinem ersten Jahr hier bist du

mit Schlägern und Betrügern fertig geworden. Aber während du weg warst, hat Bentinck hart durchgegriffen und dafür gesorgt, dass es niemand mehr wagt, sich gegen ihn aufzulehnen.«

»Seht mich nicht so an«, sagte James und hob kapitulierend die Hände. »Ich will keinen Ärger. Davon hatte ich genug. Ich habe vor, mich bedeckt zu halten, nicht aufzufallen und mich anzupassen. Ich freue mich aufs Rudern, auf Cricket, aufs Laufen, auf Fives . . .«

»Nicht zu vergessen: Latein, Chemie, Französisch, Kunst . . .«, sagte Tommy und grinste.

»Ja«, sagte James müde. »Darauf auch.«

»Sag nicht, dass wir dich nicht gewarnt haben«, murmelte Tommy düster. »Nicht aufzufallen, ist nicht so leicht, wie du denkst. Wir alle versuchen, Ärger aus dem Weg zu gehen, aber Bentinck ist ein Genie, wenn es darum geht, uns bei etwas Verbotenem zu erwischen, von dem wir nicht einmal wussten, dass wir es gemacht hatten. Gestern hat er mir eine Tracht Prügel verpasst, weil ich beim Frühstück gelacht habe.«

»Daran ist doch nichts auszusetzen«, sagte James.

»Er hat mich beschuldigt, dass ich über unseren Hausvater lache.«

»Über Codrose? Hast du?«

»Nein, ich habe über einen Witz gelacht, aber ich konnte es nicht beweisen.«

»Und was ist mit Codrose? Weiß er denn nicht, was vor sich geht?«

»Bentinck schleimt sich bei ihm ein«, sagte Pritpal. »Und außerdem ist Codrose mit seinem Vorgehen voll und ganz einverstanden. Das Haus ist ruhig, die Jungs schleichen mit gesenktem Kopf durch die Gänge und haben Angst, bestraft zu werden, wenn sie zu laut atmen. Codrose liebt es, wenn hart durchgegriffen wird und er keine Scherereien mit uns Jungs hat.«

Es klopfte an der Tür und Bentinck höchstpersönlich trat ein. Als hätte er draußen im Korridor gestanden und gelauscht.
James konnte sich kaum daran erinnern, wie der Junge ausgesehen hatte. Seine Tischgenossen hatten ihn zu einem Ungeheuer hochstilisiert, sodass James den eher unauffälligen Jungen, der nun vor ihm stand, überrascht anschaute. Er war von mittlerer Statur und Größe, mit langweiligem braunen Haar und einem Drahtgestell auf der Nase. Über seiner Oberlippe wuchs ein pfirsichfarbener Flaum. Er hatte eine blasse, pickelige Haut, einen kleinen, verkniffenen Mund und ein spitzes Kinn.
Nichts hob ihn aus der Masse hervor. Selbst kleinen Kindern würde er mit seinem harmlosen Gesicht keinen Schrecken einjagen können. Für James war er nur ein anderer Junge.
Trotzdem war es besser, sich nicht mit ihm zu überwerfen.
»Ah, Bond«, sagte er. Die Tradition in Eton wollte es, dass man sich beim Vornamen anredete, aber Bentinck handhabte das offenbar anders.
Wenn er das Spiel so spielen wollte, konnte er das haben.
»Hallo Bentinck«, antwortete James. »Hattest du schöne Ferien?«
»Das geht dich nichts an«, sagte der ältere Junge trocken. Seine Stimme hatte einen kratzenden, nasalen Unterton, fast als wäre er nie richtig im Stimmbruch gewesen.
»Ich war nur höflich«, sagte James. »Ist das ein Verbrechen?«
»Ist es nicht«, sagte Bentinck. »Aber frech zu sein, ist eins.«
»Mir war nicht bewusst, dass ich frech gewesen bin«, sagte James. »Das war bestimmt nicht meine Absicht.«
Bentinck musterte James abschätzend. »Du glaubst, du bist etwas Besonderes, nicht wahr, Bond?«, sagte er. Er ging in die Mitte des Zimmers, als würde es ihm gehören. »Eine Art kleiner Held. Das bedeutet mir gar nichts. Hast du mich verstanden?«
James zuckte mit den Schultern und schwieg.
»Ich habe gehört, dass du dich in Österreich mal wieder produ-

ziert hast«, fuhr Bentinck fort. »Wenn du versuchen solltest, das auch in Codrose zu tun, werde ich dir einen Dämpfer verpassen, den du so schnell nicht vergessen wirst. Hier habe ich das Sagen. Vergiss das nicht.«

»Das werde ich nicht«, sagte James und lächelte Bentinck leutselig an.

»Ich will, dass du mein Zimmer für mich aufräumst.«

»In Ordnung«, sagte James. »Ich komme, wenn ich meinen Tee ausgetrunken habe.«

»Nein.« Bentinck machte kehrt und marschierte aus dem Raum. »Du kommst jetzt sofort.«

Die Tür schlug zu und Pritpal sprang auf. »Lässt du es zu, dass er so mit dir redet, James?«, fragte er und gestikulierte aufgeregt.

»Ja«, sagte James. »Warum nicht? Er ist im Recht. Wir Jüngeren müssen tun, was uns die älteren Jungs befehlen.«

»Er versucht, dir das Gefühl zu geben, dass du klein und unbedeutend bist.«

»Das kann er gern so lange versuchen, wie er will«, sagte James. »Aber gerade jetzt fühle ich mich nicht klein und unbedeutend. Wenn jemand unbedeutend ist, dann er. Er ist derjenige, der seine ganze Energie verschwendet. Es braucht mehr als einen dummen Schuljungen, der sich als Tyrann aufspielt, um mir etwas anzuhaben, Pritpal.«

»Aber wir hatten gehofft . . .«

James stand auf. »Er ist es nicht wert, Pritpal. Die ganze Sache ist langweilig. Mehr nicht. Er kann mir nicht wehtun.«

»Er *wird* dir wehtun«, sagte Tommy. »Das ist eindeutig sein Ziel.«

»Er kann es versuchen«, sagte James. »Aber er wird keinen Erfolg haben.«

Er stellte sich mit dem Rücken vor den Kamin, um noch ein bisschen Wärme in sich aufzusaugen, und machte sich dann auf den Weg zu Bentincks Zimmer.

Es war kalt im Korridor und James zitterte. Er beschloss, noch schnell einen Pullover aus seinem Zimmer zu holen. Er hatte erwartet, dass der Raum leer war, und so rannte er beinahe jemanden um, als er durch die Tür schoss. Abrupt bremste er ab und blieb schwankend stehen, nur wenige Zentimeter von einem Mädchen entfernt.

James war sich sehr wohl bewusst, dass er viel zu nah bei ihr stand. Da sie keine Anstalten machte, sich wegzubewegen, wich er einen Schritt zurück.

»Du musst James Bond sein.« Mit hochgezogenen Augenbrauen musterte sie ihn von oben bis unten. »Ich habe viel von dir gehört.«

»Und du musst Roan sein, das neue Hausmädchen«, sagte James. »Ich habe auch viel von dir gehört.«

Und seine Tischgenossen hatten nicht übertrieben.

Roan war tatsächlich viel hübscher als das frühere Hausmädchen.

Sie war etwa so groß wie James, aber zwei oder drei Jahre älter. Sie hatte welliges schwarzes Haar und eine Haut so weiß und glatt wie eine Marmorstatue. Ihre großen Augen waren dunkel und unergründlich, leuchteten aber so klar wie poliertes Glas. Einen Winkel ihres breiten Mundes hatte sie zu einem leichten Lächeln hochgezogen.

»Du hast also viel über mich gehört?«, sagte sie in irischem Singsang. »Nur Gutes, hoffe ich.«

»Wir sind es nicht gewohnt, junge, hübsche Hausmädchen hier in Eton zu haben.«

»Hör sich das einer an«, sagte Roan kopfschüttelnd und hob beim Kamin einen Eimer mit Asche hoch. »Jung und hübsch bin ich? Nun, ich bin älter als du, Darling. Und was *hübsch* angeht: Du solltest solche Dinge gar nicht denken. Du solltest dich auf deine Schulaufgaben konzentrieren: auf Latein und Cricket.«

»Ich habe mir nichts dabei gedacht«, sagte James. »Ich habe nur die Wahrheit gesagt. Du *bist* hübsch. Genauso wie der Himmel blau ist und Eis kalt.«

»Heute war er nicht sehr blau«, sagte Roan. »Ich würde sagen, er war grau. Aber lassen wir das. Du willst dein Zimmer bestimmt wieder für dich haben.«

»Schon gut«, sagte James. »Ich bleibe nicht. Ich muss etwas erledigen. Wenn du also noch zu tun hast . . .«

»Um ehrlich zu sein«, sagte Roan, während sie eine Kehrschaufel und einen Handfeger vom Boden aufhob, »war ich nicht sicher, ob du dieses Halbjahr wirklich zurückkommen würdest. Ich habe hier drinnen nichts angefasst. Es ist alles so, wie du es verlassen hast, allerdings ein bisschen sauberer. Katey muss kurzsichtig gewesen sein. Sie hat den ganzen Schmutz und Staub nie gesehen. Und ihr Jungs könnt eine ganze Menge Dreck machen.«

Während sie redete, war sie ständig in Bewegung. Geschäftig und lebendig wuselte sie durch den Raum. Ab und zu warf sie einen Blick zu James und sah ihn durchdringend an. Die ganze Kraft ihres Blicks ruhte auf ihm. Als wäre sie ein Wesen aus der Mythologie, das jemanden allein schon durch seine Blicke verzaubern konnte. Ihre Energie schien den ganzen Raum zu füllen und James stand wie angewurzelt da.

Schließlich unterbrach Roan ihre Arbeit und stemmte eine Hand in die Hüfte.

»Worauf starrst du eigentlich?«, fragte sie. James errötete und sah weg. Es war ihm peinlich, dass er seine Augen nicht von ihr hatte abwenden können.

Roan lachte, kam durch das winzige Zimmer auf ihn zu und stupste ihm mit dem Finger auf die Brust.

»Pass auf dich auf, James Bond«, sagte sie. »Ich habe magische Kräfte. Ich bin nämlich eine Hexe. Meine Vorfahren sind auf dem Scheiterhaufen verbrannt worden. Heute verbrennen sie uns

nicht mehr. Sie haben zu viel Angst. Also pass auf oder ich verwandele dich in eine fette, hässliche Kröte.«
Mit diesen Worten schob sie sich an ihm vorbei aus dem Zimmer.
James atmete aus und erst jetzt wurde ihm bewusst, dass er seinen Atem einen Augenblick lang angehalten hatte. Er lächelte über sich selbst. Dieses Halbjahr würde interessant werden.
Als er zwei Minuten später den Gang hinunterging, fragte er sich schon, wann er das Hausmädchen wiedersehen würde.

Zur selben Zeit standen zwei Männer auf der Windsor Bridge und blickten in das rauschende schwarze Wasser der Themse hinunter. Sie lehnten am Geländer und kehrten den vorbeieilenden Autos und Fußgängern den Rücken zu. Sie trugen dunkle Mäntel und ihre Hüte waren gegen die Kälte tief ins Gesicht gezogen.
»Die Zelle in Lissabon ist aufgelöst worden, Kamerad«, sagte der größere der beiden. Der andere Mann kannte ihn nur unter dem Namen Amethyst. »Von jetzt an wird die Operation Schneeblind direkt von Obsidian vom europäischen Hauptquartier aus geleitet.«
»Ich verstehe«, sagte der zweite Mann.
»Alle Details finden Sie auf diesem Zettel«, sagte Amethyst und schob ein Stück Papier über das Brückengeländer. »Wie üblich, müssen Sie die Information verbrennen, sobald Sie sie auswendig gelernt haben.«
»Keine Sorge. Ich habe bisher noch nie einen Fehler gemacht.«
»Nein. Sie sind ein guter Agent, Smaragd.«
»Ich weiß.«
»Sie werden mich erst wiedersehen, wenn Ihre Mission erfolgreich beendet ist«, sagte Amethyst. »Von jetzt an sind Sie auf sich gestellt. Haben Sie alles, was Sie brauchen?«

»So gut wie. In ein paar Tagen bin ich bereit.«
»Brauchen Sie mehr Geld?«
»Im Moment nicht. Später vielleicht.«
»Und der Junge? Sie verstehen, dass es nun von noch größerer Bedeutung ist, dass er stirbt.«
»Ich verstehe«, sagte Smaragd. »Soll ich das vor oder nach der Operation Schneeblind erledigen?«
»Sie werden den richtigen Zeitpunkt schon finden. Vielleicht sollte sein Tod ein Teil der Operation sein. Wir müssen nicht nur seinen Körper, sondern auch seinen Ruf zerstören. Er muss ein Nichts sein, wenn das hier beendet ist. Es wäre von Vorteil, wenn er irgendwie mit Schneeblind in Verbindung gebracht werden könnte.«
»Ich werde sehen, was sich machen lässt«, sagte Smaragd. »Aber wenn sich eine frühere Gelegenheit ergibt, kümmere ich mich schon vorher um ihn. Sie können beruhigt schlafen, Amethyst. Er wird Weihnachten nicht erleben.«
»Gut. Und jetzt . . . Auf Wiedersehen und viel Glück.«
»Ich brauche kein Glück. Auf Können und Geschick kommt es an, mein Freund. Deswegen haben Sie mich ausgewählt. Weil ich der Beste bin.«
»Wir werden sehen. Wenn etwas schiefgeht, wenn Sie keinen Erfolg haben, dann werden Sie es sein, der Weihnachten nicht mehr erlebt, Smaragd. *Do swidanija.*«
»*Do swidanija.*«
Ohne ein weiteres Wort zu wechseln, trennten sich die Männer und gingen in verschiedene Richtungen davon. Jeder war in seine eigenen Gedanken versunken.

11 Umgang mit einem gewöhnlichen Hausmädchen

Zu Beginn des ersten Schulhalbjahrs dachte James oft an Roan, wenn er im Unterricht saß. Das half ihm, die trostlosen Schularbeiten zu vergessen. Aber es sorgte auch dafür, dass ihm seine Tage noch länger vorkamen, weil er es kaum erwarten konnte, einen Blick auf sie zu erhaschen.

Ein kurzer Blick war alles, was er sich erhoffen konnte. Seit ihrem ersten Treffen hatte sie kein Wort mehr mit ihm gesprochen. Jeden Morgen füllte sie seine Waschschüssel, aber bis er richtig wach war, war sie schon wieder weg. Ansonsten war sie im Haus beschäftigt. Manchmal begegnete er ihr auf dem Korridor oder auf der Treppe, dann nickte sie ihm zu und ging schnell an ihm vorbei. Er fragte sich, ob sie ihn absichtlich mied oder ob sie, was wahrscheinlicher war, einfach keinen Gedanken an ihn verschwendete. Für sie war er wahrscheinlich nur ein weiterer Junge.

An einem warmen Mainachmittag, als die Sonne durch die staubigen Fenster seines Klassenzimmers strahlte und über den Tisch kroch, an dem er arbeitete, fasste er einen Entschluss.

Er würde aufhören, an sie zu denken.

Nach Unterrichtsschluss schloss er sich dem Strom der Jungen an, die über South Meadow hinunter zum Fluss liefen. Vor ihm lag das Schloss. Die Mauern leuchteten honiggelb gegen den blauen Himmel. Aber James war der Anblick so vertraut, dass er es kaum wahrnahm. In das aufgeregte Geplapper der anderen

Jungen mischte er sich nicht ein. Er wollte nur hinaus auf den Fluss. Allein. Er wollte seinen Körper trainieren, um seinen Kopf freizubekommen.
Als er bei *Rafts*, dem Bootshaus der Schule, ankam, half ihm Croaker unter den wachsamen Augen von Alf, dem Boss der Bootsleute, sein Boot hinunter zum Fluss zu bringen. Croaker war steinalt, hatte ein rötliches Gesicht, das zur Hälfte von einem riesigen Schnurrbart verdeckt wurde, und wässrige Augen. Er arbeitete seit Jahren hier am Fluss und nicht einmal die älteren Lehrer konnten sich daran erinnern, dass er jemals jünger ausgesehen hätte.
Gemeinsam ließen sie die Gig zu Wasser und Croaker hielt das Boot fest, während James vorsichtig hineinkletterte, darauf bedacht, dass es nicht umkippte. Dann gab Croaker ihm die Ruder und es ging los. Mit gleichmäßigen Zügen ruderte James stromaufwärts zur Boveney-Schleuse.
Er liebte es zu rudern. Es war harte körperliche Arbeit, die jede Faser seines Körpers beanspruchte. Wenn er auf dem Fluss gewesen war, strahlten seine Muskeln immer eine große Wärme aus und sein Rücken und seine Schultern schmerzten angenehm. Da das Wasser in die entgegengesetzte Richtung floss, verstärkte sich noch das Gefühl, dass er eine hohe Geschwindigkeit erreichte.
Er überholte ein paar langsamere Ruderer und musste sich immer wieder umdrehen, um sicherzugehen, dass er auf dem viel befahrenen Fluss mit niemandem zusammenstieß.
Die Schleusen waren sogar noch voller. Ruderboote aller Art und Größe – Skiffs, Gigs, Zweier und Vierer –, die mit unterschiedlich alten und unterschiedlich großen Jungen besetzt waren, stauten sich davor. Das Gedrängel war groß und so blieben Beschimpfungen nicht aus. Aber als James die Schleusen endlich passiert hatte, lag das Wasser still vor ihm. Grüne Weiden zogen

sich auf der einen Seite des Flusses hin und große Häuser mit satten grünen Rasenflächen, die sich bis zum Ufer erstreckten, auf der anderen.
Er fuhr weiter, zog mechanisch an den Rudern. Als er begann, sich steif und verkrampft zu fühlen, drehte er sich um und entdeckte Queens Eyot. Noch etwa fünfhundert Meter und er erreichte die kleine Insel am Ende der Strecke.
Queens Eyot gehörte der Schule und war an warmen Sommertagen ein beliebtes Ausflugsziel.
James steuerte auf einen Anlegeplatz zu und zehn Minuten später saß er bei einer Tasse Tee auf der Veranda des Sommerhauses, das auf der Insel stand, und sah einer Gruppe Jungen beim Softballspielen auf dem Rasen zu.
Nach der Pause fühlte er sich wieder frisch und ausgeruht. Als er in sein Boot stieg, um zu *Rafts* zurückzurudern, überlegte er es sich plötzlich anders. Er wollte weiter stromaufwärts fahren und bis an seine körperlichen Grenzen gehen. In diese Richtung würde weniger los sein auf dem Fluss und er wollte herausfinden, wie schnell er tatsächlich werden konnte. Langsam umrundete er die Insel und zog dann hart an den Skulls. Er lächelte, als die Gig schneller wurde und wie eine Messerklinge durch das Wasser schnitt.
Plötzlich hörte er jemanden vom Ufer aus rufen. James bremste ab und erblickte ein Mädchen in einem schlichten grünen Kleid, das winkte und seinen Namen rief. Er lenkte das Boot in ihre Richtung, und als er näher kam, sah er, dass es Roan war.
»Das sieht nach einer Menge Spaß aus«, sagte sie, als er nah genug herangekommen war.
James zuckte mit den Schultern.
»Möchtest du ein Mädchen auf eine Runde mitnehmen?«, fügte sie mit einem entwaffnenden Lächeln hinzu.
»Ich bin mir nicht sicher, ob das erlaubt ist«, sagte James.

»Nicht sicher, ob es erlaubt ist?«, spottete Roan. »Ich hätte nicht gedacht, dass du ein solcher Einfaltspinsel bist, James Bond. Immer darauf bedacht, sich an die Regeln zu halten und ein braver kleiner Junge zu sein. Hast du Angst, dass du Ärger bekommst?«

»Eigentlich nicht«, sagte James und versuchte, möglichst lässig auszusehen. »Ich habe nur gesagt, dass ich mir nicht sicher bin, ob es erlaubt ist. Ich will nicht, dass *du* Ärger bekommst.«

»Ach, ich kann schon auf mich selbst aufpassen, vielen Dank.«

»Dann klettere herein«, sagte James. »Und sei vorsichtig oder wir kentern.«

Roan bewegte sich geschickt. Anscheinend war sie an Boote gewöhnt. Sie hüpfte leichtfüßig hinein, sodass das Boot kaum schwankte. Sie setzte sich James gegenüber ins Heck und schenkte ihm ein breites, offenes Lächeln.

James fuhr weiter flussaufwärts, weg von den anderen Jungen. Er musste mehr Kraft aufwenden mit einer zusätzlichen Person an Bord, aber bald flog die Gig wieder sanft übers Wasser. Roan lehnte sich zurück, schloss die Augen und ließ sich die Sonne ins Gesicht scheinen.

»Kannst du noch schneller?«, fragte sie. James zog härter an den Skulls.

Nach einer Weile öffnete Roan ihre Augen wieder.

»Es sieht so leicht aus«, sagte sie. »Aber ich weiß, dass es das nicht ist.«

»Was hattest du hier oben überhaupt verloren?«, fragte James.

»Ich war nur spazieren«, sagte Roan. »Heute ist mein freier Nachmittag. Es war ein so schöner Tag und es wäre eine Schande gewesen, ihn zu verschwenden und drinnen zu hocken. Ich bin gerne draußen in der Sonne, aber auch bei Wind und Regen. Du siehst auch eher nach einem Naturburschen aus. Ich wette, du wärst lieber draußen an der frischen Luft, als in einem stickigen Klassenzimmer eingesperrt zu sein und dir anzuhören, warum

die Weltkarte ganz in Rot getaucht ist. Das große britische Königreich. Gott schütze den König.«
»Du magst das britische Königreich nicht?«
»Ich bin Irin, Darling. Was erwartest du?«
»Ich bin halb Schotte, halb Schweizer«, sagte James. »Es ist also nicht meine Schuld. Findest du, ich sollte gegen die Engländer Sturm laufen, weil sie in mein Land eindringen – nun ja, in eins davon?«
»Du steckst voller Überraschungen, nicht wahr?«
»Tu ich das?«
»Du hast etwas an dir ... Als hättest du mehr gesehen, als für einen Jungen in deinem Alter gut ist. Ich frage mich, ob du öfter über das Leben nachdenkst als die anderen Jungen.«
»Ich verbringe nicht viel Zeit damit, mir über die Vergangenheit Gedanken zu machen, wenn es das ist, was du meinst«, sagte James. »Wie du gesagt hast. Ich bin viel lieber draußen und mache Sport, als drinnen zu sitzen und mir den Kopf zu zerbrechen.«
Roan lachte. »Ja, aber früher oder später, Darling, wirst du in der wirklichen Welt leben müssen.«
»Oh, ich verstehe«, sagte James. »Deine Welt ist die wirkliche Welt und meine ist es nicht, stimmt's?«
»Schau dich um«, sagte Roan und ließ ihre Hand ins Wasser gleiten. »Du gehst auf eine sehr privilegierte Schule, James ...«
»Als könnte ich das je vergessen. Aber sie ist nicht weniger wirklich als die Gassen in Dublin oder wo auch immer du herkommst.«
»Tatsächlich?«
»Für einen Pygmäenstamm, der im Kongo lebt, ist deine Welt aber auch nicht sehr wirklich, oder?«, sagte James.
»Ein Punkt für dich.« Roan nickte. »Aber –«
»Für heute ist der Unterricht zu Ende«, unterbrach James sie. »Ich würde also gern auf weitere Vorträge verzichten, vielen Dank.«

Roan starrte ihn eine Weile an, dann brach sie in Gelächter aus und klatschte in die Hände.
»Ich mag dich, James Bond«, sagte sie. »Du hast Courage. Ich sehe, du gehörst nicht zu denen, die kampflos aufgeben.«
»Es ist schon spät.« James versuchte, ein selbstzufriedenes Lächeln zu unterdrücken. »Wir sollten heimfahren. Bevor wir zu Queens Eyot kommen, setze ich dich am Ufer ab. Irgendwo in der Nähe, wo ich dich aufgelesen habe.«
»Warum? Ist es dir peinlich, mit mir gesehen zu werden?«
»Nein, ich dachte bloß . . .«
»Das hatten wir schon, James. Ich möchte in der Stadt abgesetzt werden und wenn du ein Gentleman wärst, würdest du mich bis dahin mitnehmen.«
James seufzte. *Zum Teufel.* Wenn es das war, was die Dame wollte, dann sollte sie es kriegen.
Er erduldete die Pfiffe und den Spott an den Schleusen. Er ignorierte die Rufe von den Ufern. Er ruderte wortlos an anderen Booten voller feixender Jungen vorbei. Und als sie bei *Rafts* ankamen, schenkte er den Blicken, die ihm Croaker, Alf und Charlie zuwarfen, keine Beachtung.
Am Abend jedoch rief Theo Bentinck ihn in die *Library,* in den Aufenthaltsraum der Oberstufenschüler.
»Ich habe gehört, du wurdest am Fluss mit einem Hausmädchen gesehen«, sagte er. Sein kleiner, schmaler Mund presste die Worte mit eisiger Abscheu hervor.
»Es war Roan Power«, sagte James. Er sah die älteren Jungen offen an und streckte den Rücken.
Die anderen Jungen der Library lümmelten sich auf ihren Stühlen und gaben vor, Zeitung zu lesen oder Karten zu spielen. Aber James wusste, dass sie ihn aufmerksam beobachteten.
»Hattest du die Absicht, Schande über unser Haus zu bringen?«
»Nein«, sagte James beiläufig. »Sie war spazieren und bat mich,

sie mit zurück in die Stadt zu nehmen. Mehr nicht. Worin liegt da die Schande?«
»Worin die Schande liegt?«, höhnte Bentinck. Er ging langsam um James herum und untersuchte ihn, als wäre er etwas Ekliges, das jemand weggeworfen hatte. »Ein Eton-Junge, der Umgang mit einem gewöhnlichen Hausmädchen pflegt? Du bist dümmer, als du aussiehst.«
»Umgang?«, sagte James. »Das ist ein hochtrabendes Wort. Ich bin mir nicht sicher, was du mit *Umgang* meinst?«
»Ich meine – wir nehmen keine Bediensteten in unseren Booten mit. Weder sprechen wir mit ihnen noch lassen wir uns gesellschaftlich mit ihnen ein. Wir pflegen keinen Umgang mit ihnen.«
»Du vielleicht nicht«, sagte James. »Ich aber schon. Gibt es eine Regel, die mir das verbietet? Wenn ja, möchte ich gern sehen, wo das geschrieben steht.«
»So etwas muss man nicht aufschreiben«, sagte Bentinck. Sein Lachen klang höhnisch und überlegen. »Das versteht sich von selbst.«
»Für mich nicht«, sagte James.
»Dann stammst du wohl aus keiner besonders guten Familie, nehme ich an«, sagte Bentinck. »Dabei dachte ich, dass selbst du verstanden hast, dass Diener unter uns stehen. Sie sollten ihren Platz kennen. Und nicht wie eine eingebildete Gans im Heck eines Eton-Boots sitzen.«
»Das hat sie nicht getan«, sagte James. Allmählich langweilte Bentinck ihn. »Ich habe sie nur mit zurück zu Rafts genommen.«
»Sodass die Jungen aus den anderen Häusern es sehen konnten«, sagte Bentinck mit erhobener Stimme. »Das werden sie nie vergessen.«
James konnte nicht anders. Er musste lachen. »Glaubst du, dass sich der Ruf von Codrose davon je wieder erholen wird?«, sagte er und warf einen Blick auf die anderen Mitglieder der Library,

die alle versuchten, ernst zu bleiben. »Wahrscheinlich wird es morgen auf der Titelseite der *Times* zu lesen sein – *Codrose-Junge redete mit einem Dienstmädchen*. Mach dich nicht lächerlich, Bentinck.«

Bentinck wurde knallrot und reckte sein Kinn angriffslustig nach vorn.

»Wie kannst du es wagen, so mit mir zu reden«, sagte er.

»Ach, komm schon, Bentinck, glaubst du nicht, dass du übertreibst?«

»Keine Widerworte!«, donnerte Bentinck. »Hier in Codrose habe ich das Sagen. Ich dulde nicht, dass meine Autorität infrage gestellt wird. Du hast eine Tracht Prügel verdient, Bond.«

»Natürlich«, sagte James. »Ich hatte mich schon gefragt, wie lange es dauern wird, bis du darauf kommst.«

»Vielleicht wirst du danach deinen Platz ein bisschen besser kennen.«

»Und wo genau ist mein Platz?«, fragte James.

»Dein Platz ist da, wo ich es dir verdammt noch mal sage!«, schrie Bentinck. Er stolzierte durch den Raum zu einem Schrank und holte einen dünnen Stock hervor, kürzer als ein Wanderstab und mit einem gebogenen Griff.

James wusste, dass es keinen Sinn hatte, weiter zu protestieren. Bentinck war der Boss und er machte die Regeln. James fragte sich, ob es besser gewesen wäre, den Mund zu halten. Aber er vermutete, dass Bentinck von Anfang an vorgehabt hatte, ihn zu verprügeln, und nur nach einem Grund dafür gesucht hatte. James hatte keine Angst vor den Schmerzen, die würde er verkraften – was ihn wütend machte, war, dass Bentnick sich über seinen kleinen Sieg freuen würde, dass es ihm Vergnügen bereiten würde, wenn er James Schmerzen zufügen konnte.

James wusste nur zu gut, dass es Leute auf der Welt gab, die es genossen, anderen wehzutun.

Also gut. Er würde dafür sorgen, dass dieser Sadist so wenig Vergnügen wie möglich aus seiner Bestrafung zog.
Er lehnte sich über den Tisch in der Mitte des Raums und hörte, wie Bentinck hinter ihn trat. Er versuchte, sich zu entspannen. Er wusste, dass der Schmerz größer würde, wenn er sich verkrampfte. In Gedanken verließ er seinen Körper und stellte sich vor, wie er draußen auf dem Fluss war. Was auch immer passieren würde, es würde jemand anderem passieren.
Er hörte ein Knurren, gefolgt von einem Zischen und dann schlug der Stock auf sein Gesäß. Der Knall hallte im Raum wider.
James biss die Zähne zusammen, damit er keinen Laut von sich gab. Der Schmerz war stärker, als er erwartet hatte.
Er musste zugeben, es schmerzte höllisch.
Die Muskeln in seinen Beinen zuckten und krampften und seine Pobacken taten schon jetzt weh. Ein brennender Streifen zeichnete sich darauf ab. Dem ersten Schlag folgte sofort ein zweiter. Bentinck hatte schon öfter Prügel ausgeteilt, er war Experte. Er sorgte dafür, dass der zweite Schlag exakt die Stelle traf, auf der der erste gelandet war.
Zack!
Ein dritter Schlag. Wieder auf dieselbe Stelle.
Der Schmerz strahlte vom rot glühenden Zentrum in all seine Nervenbahnen aus und lief durch seinen ganzen Körper.
Zwischen den letzten drei Schlägen ließ Bentinck ein bisschen Zeit verstreichen, sodass der Schmerz gerade am Abklingen war und der nächste Schlag James deswegen umso heftiger traf.
Schließlich wurde der Schmerz so stark, dass er beinahe unwirklich war und James stellte fest, dass er sich in Gedanken leicht an den Fluss zurückversetzen konnte. Jetzt war er mit Roan zusammen und blickte in ihr lächelndes, glückliches Gesicht. Die Sonne schien über das Wasser und ließ es wie Glassplitter glitzern. Und in Roans Augen funkelte es silbern und golden . . .

Er lächelte. Das Bild von Roans Gesicht reichte aus, damit die letzten Schläge sich anfühlten, als würden sie tausend Meilen weit weg landen.

Endlich war es vorbei.

Bentinck musste ihn besonders hart geschlagen haben. James fühlte, wie Blut an seinen Beinen hinunterlief. Er holte tief Luft und ließ sein Gesicht zu einer undurchdringlichen Maske erstarren. Dann richtete er sich auf und drehte sich um, um seinem Peiniger ins Gesicht zu sehen. Bentinck schwitzte und keuchte.

Die Anstandsregel forderte, dass James sich bei dem Jungen bedankte, aber das würde er nicht tun. Stattdessen starrte er Bentinck so lange direkt in die Augen, bis der ältere Junge wegsehen musste.

Jetzt wandte sich James an die anderen Jungen im Raum, die alle in tödlichem Schweigen zugesehen hatten.

»Gute Nacht«, sagte er mit lauter, klarer und fester Stimme. Dann verließ er hoch erhobenen Hauptes den Raum und bemühte sich, nicht zu hinken.

Draußen stöhnte er auf und ließ sich gegen die Wand sinken, seine Beine zitterten unkontrolliert. Er verzog das Gesicht, als er vorsichtig seinen wunden Körper betastete.

Er wartete einen Moment, bis er sicher war, dass er gehen konnte. Dann humpelte er die Treppe hinunter, den unteren Korridor entlang und die Treppe wieder hinauf in sein Zimmer, wo er sich bäuchlings aufs Bett warf. Eines Tages würde er sich an Bentinck rächen. Wenn die Zeit reif dafür war.

Ein paar Minuten später klopfte Pritpal an der Tür, aber James reagierte nicht und kurz darauf entfernten sich seine Schritte wieder.

Er wollte niemanden sehen. Er wollte alleine sein mit seinen düsteren Gedanken. Doch je länger er grübelte, desto öfter tauchte Roans Bild vor ihm auf, wie sie bei ihm im Boot saß, und vertrieb

schließlich alle dunklen Gedanken. Schließlich stellte James fest, dass Bloody Bentinck ihn keinen Deut kümmerte.
Er schlief ein, bevor er seine Kleidung ablegen konnte, und träumte von dem Mädchen.

12 Eine Einladung und ein Befehl

»Du kommst mir ziemlich nervös vor in letzter Zeit, James. Hast du Hummeln im Hintern?«

»Nein, Sir. Mir geht es gut, Sir.«

»Ja, Sir, nein, Sir, alles in Ordnung, Sir!« Mr Merriot packte seine Bücher nach der Tutorenstunde weg und hielt James zurück. James hatte sich auf seinem Stuhl hin und her bewegt, weil es ihm nach den Prügeln, die er bezogen hatte, immer noch schwerfiel zu sitzen. Es blutete nicht mehr und die Wunde heilte, aber es tat immer noch ziemlich weh und er hatte viele Blutergüsse. Er musste sich in Acht nehmen, wenn er in Bentincks Nähe kam, denn er wusste, dass der Junge nur zu gern die Gelegenheit ergreifen würde, um ihn noch einmal zu verprügeln, sodass die Wunde wieder aufriss.

»Bist du sicher, dass alles in Ordnung ist?«, fragte Merriot. »Kann ich dir helfen?«

»Nein, ich bin sicher, Sir.«

»Du bist in letzter Zeit nicht bei der Sache, nicht wahr?«

»Wahrscheinlich nicht, Sir. Ich versuche es . . .«

Mr Merriot steckte seine kalte Pfeife in den Mund und studierte James' Leistungskarte. Darauf war verzeichnet, wie James in seinen Unterrichtsstunden abschnitt.

»Das hier zeigt einen stetigen Abwärtstrend«, sagte Merriot durch zusammengepresste Lippen. »Wenn du dich nicht am Riemen reißt, müssen wir uns auf heftigen Gegenwind gefasst machen. Wie viele Strafarbeiten hast du bisher?«

»Sechs diesen Monat, Sir, und zwei gelbe Scheine.«
»Hmmm. Nicht gut, gar nicht gut.« Merriot unterschrieb die Leistungskarte und gab sie James zurück. Dann begleitete er ihn zur Tür.
»Ich kann dich nicht wirklich tadeln, James«, sagte er und öffnete die Tür des Studierzimmers. »Es muss schwer sein, sich wieder an das Schulleben zu gewöhnen, nachdem du so lange weg warst, nach dem, was alles . . .« Merriot machte eine Pause und suchte nach dem passenden Wort. »Was alles *passiert* ist.«
Merriot war einer der wenigen Menschen an der Schule, der wusste, was James durchgemacht hatte.
»Ich tue mein Bestes, um dir das Leben hier in Eton zu erleichtern«, fuhr er fort. »Damit du so etwas wie ein normales Leben führen kannst.«
»Ich weiß, Sir«, sagte James. »Aber ich glaube, Latein und Griechisch interessieren mich einfach nicht so. Ich mag die Geschichten, aber . . .«
»Hör sich das einer an«, stieß Merriot hervor, während sie gemeinsam das Gebäude verließen und auf die Straße traten, »er mag die Geschichten. Nun, das ist immerhin ein Anfang. Je blutiger, desto besser, nehme ich an?«
»Vielleicht, Sir«, sagte James und beide lächelten.
Sie gingen nebeneinander die Common Lane hinunter in Richtung High Street. Es tat gut, draußen an der frischen Luft und in der hellen Sonne zu sein. James mochte Mr Merriot. Er war schlau, hatte Humor und sein Unterricht war spannend. Außerdem wusste er, wann er nicht zu viel Druck ausüben durfte. Er versuchte, das Schulleben der Jungen abwechslungsreich und interessant zu gestalten, und sorgte dafür, dass es nicht zu anstrengend wurde. Er war einer der wenigen Lehrer, der zu begreifen schien, dass das Leben aus mehr als nur Schule bestand.
»Bedank dich bei deinem Glücksstern, dass du noch nicht auf der

Welt warst, als die Schule gegründet wurde«, sagte Merriot. »Vor langer Zeit, im Jahr 1440, als unserer guter König Henry die Schule erbauen ließ, hättest du um fünf Uhr morgens zum Beten aufstehen müssen, dann Unterricht um sechs – Latein. Das war alles, was sie unterrichtet haben – Latein. Morgens Latein, nachmittags Latein und abends Latein.«

Sie überquerten die Straße beim Burning Bush, einer schmiedeeisernen Lampe, und als sie am Torbogen zur Upper School stehen blieben, schob sich eine Wolke vor die Sonne. James fror in der plötzlichen Kälte. Der Sommer nahte, aber die Luft war immer noch kalt.

»Und man durfte nur auf Lateinisch reden«, fuhr Merriot fort. »Wehe dem, der beim Englischsprechen erwischt wurde! Er wäre gründlich verprügelt worden. Der Unterricht endete um acht Uhr abends und dann hatten die Schüler eine Stunde zur freien Verfügung.«

James hörte nicht wirklich zu. Etwas auf der anderen Straßenseite hatte seine Aufmerksamkeit erregt. Zwischen Durnford und Hawtrey stand eine Gestalt im Schatten. James hatte sie vorher nicht bemerkt, weil die Schatten, die auf den Gehweg fielen, im hellen Sonnenlicht noch tiefer und schwärzer wirkten. Aber jetzt, wo die Sonne sich versteckt und seine Augen sich an das weniger grelle Licht gewöhnt hatten, konnte er für einen Augenblick deutlich die vertrauten Umrisse eines Mannes ausmachen, der einen Filzhut und einen Mantel trug. Dann war er auch schon wieder ins Dunkel getreten und verschwunden.

James hatte den Mann nur für Sekundenbruchteile gesehen, aber das war lange genug, um beunruhigt zu sein. Er hätte schwören können, dass der Mann ihn beobachtete, und er hatte das nagende Gefühl, dass er ihn früher schon einmal gesehen hatte.

Mr Merriot hielt James immer noch einen Vortrag über Etons Geschichte. »Früher gab es zwei Mahlzeiten am Tag und am Freitag nichts. Da war Fastentag. Und weißt du, wie viele Wochen Ferien sie im Jahr hatten? Sechs! Nicht die luxuriösen sechzehn, die man euch verwöhntem Haufen heutzutage zugesteht. Sechs Wochen im Jahr. Stell dir das mal vor! Drei im Sommer und drei zu Weihnachten. Nach Hause durften die Schüler aber nur im Sommer. Also, Mister Bond, sind Sie nicht froh, dass Sie nicht im fünfzehnten Jahrhundert leben?«

James murmelte ein Ja.

»Ich auch.«

Merriot zwinkerte James zu und schlenderte durch den Torbogen, seine Pfeife wie den Bugspriet eines großen Schiffs vor sich herschiebend.

James drehte sich um und blickte noch einmal zu der Stelle, wo eben noch der Mann gestanden hatte.

Wo hatte er ihn schon mal gesehen? Und warum, um Himmels willen, sollte jemand ihn beobachten? Ihm folgen? Sein Leben war in letzter Zeit ruhig und glücklich verlaufen. Es gab nichts, worüber er sich den Kopf zerbrechen musste, abgesehen von seinen Schulaufgaben und Bentinck. Aber reichte ihm das? Tief in seinem Innern wusste er, dass er das Abenteuer und die Gefahr brauchte, um seinem Leben die richtige Würze zu geben. Erfand sein gelangweiltes Hirn jetzt schon imaginäre Feinde, um ihm ein neues Abenteuer zu verschaffen?

Es gab nur einen Weg, das herauszufinden.

James sah nach rechts und links und rannte über die Straße, hinein in den Schatten zwischen den beiden Gebäuden. Auf der Suche nach dem Mann kämpfte er sich durch das Gewirr der kleinen Gässchen und Gärten hinter der Schulaula. Ohne Erfolg. Schließlich kam er auf der Eton Wick Road wieder heraus und spähte nach allen Seiten. Die Sonne kam wieder zum Vorschein, spiegelte sich in einem Fenster und stach ihm ins Auge.

Da war er.

An der Ecke Keate's Lane.
James rannte hinter dem Mann her, als dieser die Straße überquerte und die Gärten der Queen's School betrat. Er war gezwungen, ein paar Radfahrern auszuweichen, und verlor sein Opfer für einen Moment aus den Augen. Der Mann musste in Jourdelay's Passage abgebogen sein, die von mehreren Lehrerhäusern gesäumt wurde.
Als James die schmale Gasse betrat, war sie jedoch leer. Von dem Mann war weit und breit nichts zu sehen. Er konnte doch nicht schon bis zum anderen Ende gelangt sein? Vielleicht hatte er eins der Gebäude betreten?
James ging langsam weiter. Seine Sinne waren in Alarmbereitschaft, er achtete auf jeden Laut, auf jede Bewegung.
Nichts. Es war nur ein ganz normaler Frühlingstag in Eton.
Es sei denn, der Mann hatte gar nicht diesen Weg genommen.
James machte kehrt. Kurz bevor er wieder am Beginn der Passage ankam, hörte er jemanden hinter sich laufen. Er drehte sich um und sah, wie ein Mann am anderen Ende der Gasse in die High Street hastete.
Er musste sich in einem Türeingang versteckt haben.
Er würde James nicht noch einmal entkommen. Wie der Blitz rannte er hinter ihm her, seine Beine hämmerten über die Steinplatten. Er brach hinaus ins Sonnenlicht auf die High Street und musste abrupt stehen bleiben. Ein großer Kohlenwagen donnerte in einer Wolke aus Staub und Splitt heran. James konnte gerade noch feststellen, dass von dem wegrennenden Mann nichts zu sehen war, als jemand ihn anrempelte und er auf die Straße geschleudert wurde – direkt auf die Fahrbahn vor den Laster.
Mehrere Dinge drangen gleichzeitig in sein Bewusstsein. Ein stechender Schmerz in seinen Knien und Ellbogen, als er auf dem Asphalt landete. Das Quietschen der Reifen und das Fauchen der

Lastwagenbremsen. Der Schrei einer Frau. Der Ruf eines Mannes. Das Dröhnen eines Motors . . .
Aber der schreckliche Zusammenstoß blieb aus. Kein grauenhafter Schlag von heißem Metall auf seinen weichen Körper.
Ein tief verwurzelter animalischer Instinkt in seinem Gehirn hatte ihn schnell und ohne nachzudenken reagieren lassen. Er hatte sich zwischen die Räder des Lasters gerollt und sich flach auf das Pflaster gepresst.
Da lag er nun, mit geschlossenen Augen und angehaltenem Atem. Alle seine Muskeln waren angespannt und seine Nervenenden prickelten, während sie auf den Schmerz warteten, der sicherlich noch kommen würde.
Er öffnete die Augen und drehte den Kopf. Sein Blick fiel auf die Unterseite des rumpelnden und rauchenden Lastwagens. Es war gerade genug Platz, damit er unverletzt darunter liegen konnte.
Vom Gehweg hörte er Rufe.
»Ist er in Ordnung?«
»Können Sie ihn sehen?«
»Was ist passiert?«
James schob sich zur Seite und krabbelte unter dem Wagen hervor.
»Alles in Ordnung«, sagte er. »Ich bin unverletzt.«
Jemand half ihm auf die Beine. Wie durch ein Wunder hatte er nicht einmal eine Schramme abbekommen. Der Lastwagenfahrer kletterte aus seinem Führerhaus, weiß wie ein Blatt Papier, halb verärgert, halb erschrocken.
»Du hast mich zu Tode erschreckt, Junge. Warum musst du mir so einen Streich spielen?«
»Jemand hat mich angerempelt«, sagte James. Er schaute sich um und suchte den Mann, den er verfolgt hatte.
»Lassen Sie ihn in Ruhe, es ist nicht seine Schuld«, sagte eine klei-

ne, rundliche Frau. Sie erntete zustimmendes Gemurmel. Die Umstehenden redeten alle gleichzeitig.
James hörte nicht zu. Er hatte auf der anderen Straßenseite, in der Nähe von Tom Brown's, einen Mann in Mantel und Filzhut entdeckt.
Er versuchte, sich davonzustehlen, versicherte, dass er unverletzt sei und keine Hilfe brauche, schüttelte Hände von sich ab, die versuchten, ihn am Ärmel festzuhalten.
Er entschuldigte sich bei dem Fahrer, lehnte seine Einladung zu einer Tasse Tee ab und schaffte es schließlich, sich loszureißen. Als er endlich die Straße überquert hatte, war der Mann schon am Friseurladen vorbei und marschierte schnellen Schrittes in Richtung Windsor.
»He«, schrie James.
Er wollte gerade losrennen, als jemand ihn am Arm packte und zur Seite zog.
»Bitte!«, rief er verärgert, bereit zuzuschlagen, wenn es nötig war. »Ich brauche keine Hilfe!«
Er blickte in das verwirrte Gesicht von Miles Langton-Herring.
»James«, sagte er und rückte eine Krücke unter seiner Achsel zurecht, »ich bin es.«
James warf schnell einen Blick die Straße hinunter. Der Mann war verschwunden.
Er seufzte. Dieses Mal würde er ihn davonkommen lassen.
»Was ist los, Miles?«, fragte er.
»Ich bin zurück.«
»Das sehe ich.«
»Du scheinst nicht sehr erfreut zu sein, mich zu sehen.«
James schüttelte den Kopf und schenkte Miles ein säuerliches Lächeln. »Es tut mir leid«, sagte er. »Ich hatte es eilig.«
»Du siehst in der Tat ein bisschen gehetzt aus. Wenn ich dich aufhalte . . .«

»Nein, ist schon in Ordnung. Jetzt ist es egal. Wie geht es deinem Bein?«
»Es heilt. Wie du sehen kannst, trage ich immer noch einen Gips – der bleibt mir noch ein paar Wochen erhalten –, aber ich bin auf dem Weg der Besserung. Ich wollte dich nachher sowieso besuchen; jetzt hast du mir einen Weg erspart.«
»Weswegen?«
»Ich habe eine Einladung für dich. Mein Vater möchte, dass du zu einer kleinen Feier zu uns nach Hause kommst.«
»Was für eine Feier?«, fragte James.
»Ich vermute, wir feiern, dass ich noch am Leben bin«, sagte Miles. »Es ist eine Art Party. Wir wohnen nicht weit weg, in Virginia Water. Du wirst also keinen Urlaubsschein brauchen, sondern nur einen Passierschein für den Abend.«
»Ich weiß nicht, Miles.«
Miles sah enttäuscht zu Boden. »Ich weiß, dass du mich nicht besonders magst, James«, sagte er ruhig. »Aber es würde mir sehr viel bedeuten, wenn du kämst. Der Unfall hat mir einen Dämpfer verpasst. Ich habe begriffen, dass ich nicht alles weiß, und vielleicht sollte ich anderen Leuten öfter zuhören.«
James seufzte und legte eine Hand auf Miles' Arm.
»Tut mir leid«, sagte er. »Ich bin undankbar. Natürlich komme ich. Sagst du deinem Vater Bescheid?«
Miles grinste breit. »Guter Junge.«

Am Abend holte James seinen Anzug aus dem Wäscheregal neben der Hintertür von Codrose. Nach der Prügelstrafe hatte er ihn reinigen und bügeln lassen. Er war, in braunes Papier eingeschlagen und mit einer Schnur versehen, zurückgeschickt worden. Als er ihn unter den anderen Päckchen in dem Regal heraussuchte, tauchte Roan auf. Sie sah besorgt aus, von ihrer Fröhlichkeit war nichts zu spüren.

»Ich habe dich gesucht«, sagte sie.
»Ach ja?«
»Bentinck hat dich verprügelt, nicht wahr?«
»Das ist nichts Neues«, sagte James. »Er verprügelt jeden.«
»Bei dir war er aber besonders gnadenlos, James.«
»Es war nicht so schlimm.«
»Ich habe das Blut gesehen«, sagte Roan. »Auf deiner Kleidung. Er hat dich verletzt.«
»Das ist nicht dein Problem«, sagte James verlegen. Aber Roan hatte nicht vor, die Sache auf sich beruhen zu lassen.
»Ich habe den Tratsch gehört, James. Ich weiß, dass es wegen mir war«, sagte sie.
»Eigentlich nicht«, sagte James. »Wenn es nicht wegen dir gewesen wäre, dann wegen was anderem.«
»Trotzdem fühle ich mich verantwortlich.«
James wollte gehen, aber Roan hielt ihn zurück.
»Niemand verlangt von dir, dass du ein Held bist«, sagte sie. »Wenn du zugibst, dass dir etwas wehgetan hat, ist das kein Zeichen von Schwäche. Es ist auch kein Zeichen von Schwäche, wenn du anderen erlaubst, dir zu helfen. Du musst nicht die ganze Welt allein auf deinen Schultern tragen.«
»Du würdest es nicht verstehen«, sagte James.
»Würde ich nicht? Hör zu. Diesen Sonntag mach ich ein Picknick im Park. Warum kommst du nicht mit? Ich geb einen aus. Und mach dir keine Sorgen – ich werde es so deichseln, dass keiner uns sieht. Wir werden Bloody Bentinck keinen Grund für weitere Prügelstrafen liefern. Was sagst du?«
James zuckte mit den Schultern. Roan stemmte ihre Hände in die Hüften, legte den Kopf schief und sah ihn durchdringend an.
»Was sollen wir bloß mit dir machen?«, sagte sie. »Du wirst nicht jeden Tag von einem hübschen Mädchen zu einem Picknick eingeladen.«

»Habe ich eine Wahl?«, fragte James.
»Nein«, sagte Roan. »Das ist keine Einladung, Darling, das ist ein Befehl.«
»In diesem Fall werde ich kommen«, sagte James.
»Guter Junge. Oh, fast hätte ich es vergessen. Das ist für dich.«
Roan gab ihm ein kleines Glasdöschen mit einer weißen Paste.
»Was ist das?«
»Habe ich dir nicht gesagt, dass ich eine Hexe bin?«, antwortete Roan. »Es ist eine Heilsalbe, die ich zusammengemixt habe. Sie wird dir helfen. Aber bitte mich nicht, dass ich sie dir auftrage.«
Roan lachte und ging davon. Als sie weg war, wirkte der Korridor enger, kälter und dunkler.
James ging verwirrt in sein Zimmer zurück.
Das alltägliche Leben zu meistern war komplizierter, als er gedacht hatte. Gefährliche Abenteuer zu bestehen war dagegen ein Kinderspiel. In Mexiko hatte er sich nur den Kopf darüber zerbrechen müssen, wie er am Leben blieb. Er hatte zwar schreckliche Risiken auf sich genommen, aber das war ihm leichtergefallen. Es war etwas ganz anderes, mit anderen Menschen zurechtzukommen. Seine eigenen Gefühle und die von anderen zu verstehen, war um einiges schwieriger. Die Begegnung mit Roan Power war weit aufwühlender gewesen, als beinahe von einem Kohlenlaster überfahren zu werden.
Er hieb auf die Rückenlehne seines Sessels. Warum fühlte er sich so unzulänglich in ihrer Gegenwart? Warum verspürte er den Zwang, grob und ungezogen zu ihr zu sein, obwohl er sie nur zum Lächeln bringen wollte?
Es war nicht so, dass er noch nie Zeit mit Mädchen verbracht hätte. Ganz im Gegenteil. Normalerweise kam er gut mit ihnen klar und fühlte sich ihnen ebenbürtig. Woran lag es, dass er sich in Gegenwart dieses Mädchens so unglaublich nutzlos vorkam?
Er fragte sich, ob es sich so anfühlte, wenn man verliebt war.

»Nein«, sagte er und verbannte diesen Gedanken sofort aus seinem Kopf. *Liebe war etwas für Dummköpfe.*

Bevor er zu Bett ging, schmierte er etwas von Roans Salbe auf seine empfindlichste Stelle, und obwohl er sich dabei lächerlich vorkam, musste er zugeben, dass der Schmerz nachließ.

13 Der Unsichtbare Mann

James saß am offenen Fenster in seinem Zimmer und nutzte das Sonnenlicht. Es war kein besonders großer Raum und durch die Dachschräge wirkte er sogar noch kleiner, aber immerhin war er hell und von hier oben hatte er eine gute Aussicht. In letzter Zeit war ihm so eine Aussicht sehr wichtig. Wie ein Wächter in einem Turm konnte er alles verfolgen, was draußen vor sich ging.

Ab und zu warf er gedankenverloren einen Blick hinunter in Judy's Passage, in den Pfad, der zu Codrose führte. Dann wandte er sich wieder der Arbeit zu, die er in Händen hielt.

Wenn ihn jemand gesehen hätte, hätte er ihn bestimmt ausgelacht.

James Bond war am Nähen.

Er hatte sich von Roan ein Nähkästchen ausgeliehen und war seit dem Frühstück damit beschäftigt.

Mit dem Taschenmesser hatte er sorgfältig die Nähte am Saum der Rockschöße unten an seinem Jackett aufgetrennt und nun bemühte er sich, eine kleine Tasche hineinzunähen.

Nach Lachen war James jedoch nicht zumute. Das hier war eine ernste Angelegenheit.

Er konnte nicht beweisen, dass er verfolgt wurde. Er konnte nicht beweisen, dass jemand ihn vor einen Kohlenlaster gestoßen hatte. Er konnte nicht beweisen, dass es kein Unfall gewesen war. Aber seine Eingeweide sagten ihm, dass etwas nicht stimmte. Und er hatte nicht vor herumzusitzen und zu warten, bis etwas Schlimmes passierte.

Wenn der Mann mit dem Filzhut hinter ihm her war, dann würde er vorbereitet sein.
Er fluchte und sah zum hundertsten Mal aus dem Fenster.
Es war lächerlich. Er konnte ihn nicht immer *den Mann mit dem Filzhut* nennen. Er musste dem Fremden einen Namen geben. Wenn man etwas benannte, war das der erste Schritt, um es zu kontrollieren. Aber wie gab man einem Mann, den man nie richtig gesehen hatte, einen Namen? Einem Mann, den es vielleicht gar nicht gab, einem Mann, der quasi unsichtbar war.
Da hatte er seine Antwort. Von jetzt an würde er ihn *den Unsichtbaren Mann* nennen.
Ja.
James hatte schon ein Geheimfach in einem seiner Schuhabsätze. Dort versteckte er ein Taschenmesser. Wenn es zu einem Kampf kam, war es so gut wie nutzlos, aber es hatte ihm schon mehr als ein Mal seinen Hintern gerettet.
Jetzt hatte er einen anderen Plan.
Als er mit den Näharbeiten fertig war, nahm er eine Rasierklinge aus ihrer Verpackung und steckte sie in die fertige Tasche. Er hielt das Jackett ins Licht, um sein Werk zu begutachten. Er war zufrieden. Die versteckte Rasierklinge war nicht zu sehen und James war sich sicher, dass er nicht Gefahr lief, sich an ihr zu schneiden. Die Rockschöße würden seitlich am Stuhl hinunterhängen, wenn er sich setzte.
Es war die fünfte Geheimtasche, die er heute genäht hatte. In der ersten bewahrte er einen Streichholzbrief und einen Satz Dietriche auf, die ihm sein Freund Red Kelly geschenkt hatte. In der zweiten hatte er einen Bleistiftstummel und ein paar dünne Notizzettel verstaut. In einem anderen Versteck war ein langer Metallstab und in der vierten Tasche verbarg sich eine weitere Rasierklinge.
Nur für den Fall.

Gegenstände im Saum von Jacketts in die Schule hinein- und aus ihr herauszuschmuggeln hatte unter den Jungen in Eton eine lange Tradition. Sehr viel größere Sachen waren auf diese Art und Weise schon transportiert worden.
Zufrieden warf er sich das Jackett über und betrachtete sich im Spiegel.
Niemand würde ahnen, was sich im Saum verbarg. Er lächelte und musste an Zauberkünstler auf der Bühne denken. Auch ihre Jacketts steckten voller Geheimnisse. Er fragte sich, ob er noch irgendwo ein weißes Kaninchen oder eine Taube unterbringen sollte. Oder ein paar aneinandergeknotete Seidentücher . . .
Das wäre vielleicht gar keine so schlechte Idee. Seide war erstaunlich stabil und er könnte die Tücher als Seil verwenden.
James sah auf die Uhr. Das musste bis zum nächsten Mal warten. Er war schon spät dran. Die Änderungen an seinem Jackett hatten mehr Zeit in Anspruch genommen, als er gedacht hatte.
Er packte das Nähkästchen weg und nahm seinen Hut.
Heute Morgen hatte er eine Nachricht von Andrew Carlton erhalten, in der er ihn bat, zu ihrem Versteck in Windsor zu kommen. Die Jungen der Gefährlichen Gesellschaft hatten dort eine kleine Garage angemietet. James hatte das fast vergessen. Seit die Gesellschaft sich aufgelöst hatte, waren sie nicht mehr dort gewesen.
Er verließ das Haus, ging rasch durch Eton und überquerte die Brücke nach Windsor. Es war ein warmer, sonniger Tag und James war froh, dass die Schmerzen nach Bentincks Prügel fast abgeklungen waren. Die Haut spannte zwar noch ein bisschen, aber das beeinträchtigte seine Bewegungen nicht mehr.
Er ging bis zu den kleinen Gassen hinter den Victoria Barracks. Die Garage war in einem alten Stallgebäude. Als James den Innenhof betrat, entdeckte er Andrew, der schon auf ihn wartete.
»Wir wollten es geheim halten, bis er fertig ist«, sagte Andrew,

als er die Vorhängeschlösser an der Garagentür öffnete. »Er ist zwar noch nicht fertig und ich bin mir nicht sicher, ob er je fertig sein wird . . .«
»Der Bentley?«, fragte James, als Andrew die Türen aufzog. Und da war er.
James hatte das Auto letztes Jahr gekauft; mit dem Geld, das er in einem illegalen Casino gewonnen hatte. Es war ein 4,5-Liter-Bentley Blower. Ein PS-starker Zweisitzer, für Rennen gebaut. Als James das Auto erworben hatte, war es ein ziemliches Wrack gewesen und seither war so viel passiert, dass er es völlig vergessen hatte.
Die Jungen der Gefährlichen Gesellschaft hatten ihn jedoch nicht vergessen. Sie waren fleißig gewesen.
»Wir haben jede freie Minute daran gearbeitet«, erklärte Andrew. »Es war Perrys Idee und er war ziemlich niedergeschlagen, als er nach Hause geschickt wurde und nicht mehr mithelfen konnte. Aber auf seine Art hat er trotzdem mitgeholfen. Ich glaube, dass wir ohne ihn nie fertig geworden wären. Er hat mich kurz vor Beginn des Schulhalbjahrs in London besucht, mit einem Stapel Ein-Pfund-Noten in der Tasche. Das Einzige, was noch fehlt, ist die Lackierung.«
Das Auto sah schlammig blaugrau aus.
»Ich finde, die Farbe steht ihm«, sagte James. Er fuhr mit der Hand an der Seite des Autos entlang. »Es zeigt seine Vergangenheit. Wir sollten ihn so lassen, wie er ist.«
»Er gefällt dir also?«
»Er ist wunderschön«, sagte James. »Falls das der richtige Ausdruck für ein solches Kraftpaket ist. Fährt er?«
Andrew zuckte mit den Schultern. »Keiner von uns kann Auto fahren. Aber der Mann aus der Werkstatt, der ihn fahrbereit gemacht hat, hat ihn hierhergefahren.«
»Ich weiß nicht, wie ich euch jemals dafür danken soll.«

»Dass wir mitarbeiten durften, ist Dank genug«, sagte Andrew. »Obwohl ich liebend gern eines Tages eine Runde mit ihm drehen würde.«

»Das wäre mir ein Vergnügen«, sagte James. Er versuchte, nicht die ganze Zeit wie ein Idiot zu grinsen, während er den herrlichen Wagen inspizierte und jedes Detail in Augenschein nahm. Die Arbeit war grob ausgeführt und entsprach nicht dem üblichen hohen Standard eines Bentley, aber irgendwie sah der Wagen dadurch noch leistungsstärker, noch robuster aus. Man sah gleich, dass es sich bei dem Auto nicht um das Spielzeug eines feinen Herrn handelte, sondern um ein Fahrzeug, das man auch benutzte. Die Ledersitze passten nicht zusammen, dafür aber immerhin die Reifen. Die Bedienelemente waren aus Ersatzteilen von anderen Wagen zusammengesucht. Einige waren noch nicht mal von Autos, so wie sie aussahen. Es war eine skurrile Mischung aus Knöpfen, Anzeigen und Hebeln.

James setzte sich auf den Fahrersitz und ließ den Motor an. Der erwachte hustend, fauchend und grollend zum Leben und zerstörte die Stille der umliegenden verschlafenen Weiden. Der Lärm des Motors war Musik in seinen Ohren. Das ganze Auto vibrierte, wie ein Tier, das es kaum abwarten kann, freigelassen zu werden und loszustürmen.

Widerstrebend machte James den Motor aus und die Stille kehrte zurück.

Der Geruch von heißem Öl und Benzin breitete sich in ihrem Versteck aus, aber für James war es das süßeste Parfüm der Welt.

Er stieg aus dem Auto und ging hinüber zu Andrew.

Er wusste nicht, was er sagen sollte, aber sein Gesichtsausdruck sprach Bände.

Eine halbe Stunde später, als er sich zu seiner Verabredung mit Roan im Windsor Great Park auf den Weg machte, dachte er immer noch an das Auto. Roan hatte ihm einen Plan von ihrem Treffpunkt gezeichnet, ein abgelegener Ort zwischen ein paar Bäumen. Sie hatte auch kleine Strichmännchen hineingemalt, die sie beide beim Picknick zeigten. Er konnte es kaum erwarten, sie wiederzusehen.

Als er den breiten, von Bäumen gesäumten Weg entlangging, bekannt als Long Walk, vergaß er die Schule, Bloody Bentinck und den Unsichtbaren Mann.

Der Park war voller Familien, die die Sonne genossen, spazieren gingen, im Gras saßen oder ausritten. Am Waldrand, wo Eichen, Ulmen und Kastanien in vollem Grün standen, sah man Rehe entlangstreifen. Wie schön das Leben doch war.

Er wünschte, er hätte mit dem Bentley herfahren können. Es wäre ein perfekter Tag für eine Spazierfahrt gewesen. Im Geiste sah er sich am Steuer sitzen und um eine Kurve fliegen, der Wind zerzauste seine Haare. Er konnte den kehligen Klang des Motors fast hören.

Er fing an zu laufen und hetzte am Snow Hill vorbei. Oben auf dem Hügel stand eine Statue von König George III. Er war als römischer Kaiser gekleidet, saß auf einem Pferd und blickte hoheitsvoll in Richtung Slough. Der Park war schon immer im Besitz der königlichen Familie gewesen und das spürte man auch. Im Norden sah man die Türme und Türmchen von Schloss Windsor, im Osten das Frogmore Mausoleum, wo Königin Victoria und Prinz Albert begraben lagen, und in der Mitte des Parks stand König George auf seinem Hügel. Er erinnerte sich an Roans Worte, als sie zu ihm gesagt hatte, dass er nicht im wirklichen Leben lebte, und er fragte sich, ob die königliche Familie je aus den Fenstern ihres riesigen Schlosses blickte und darüber nachdachte, wie das Leben für die gewöhnlichen Leute hier draußen war, die jeden Tag ihrer Arbeit nachgingen.

Er folgte der Karte, bis er das Wäldchen gefunden hatte, das

Roan mit einem X markiert hatte. Bald entdeckte er den Pfad, der von den offenen Rasenflächen aus zwischen die Bäume und hinein in den Wald führte.

Gleich darauf sah er Roan. Sie saß mitten auf einer Lichtung auf einer Decke, umgeben von Sonnenstrahlen, die durch die Blätter und Zweige über ihr brachen. Er hielt einen Moment inne, um sie zu betrachten, bevor sie ihn entdeckte.

Sie aß einen Apfel und machte den Eindruck, als wäre sie ganz und gar im Einklang mit der Welt.

James brauchte einen Moment, um sich zu sammeln. Er atmete tief durch und versuchte, lässig zu wirken. Als er überzeugt war, dass er genauso entspannt und unbeschwert wie das Hausmädchen aussah, betrat er die Lichtung.

Doch kaum war er aus dem Schatten getreten, bemerkte er, dass Roan nicht alleine war.

Ein junger Mann war bei ihr. Er saß mit dem Rücken an einen Baumstamm gelehnt, sodass James ihn nicht entdeckt hatte. Jetzt warf er einen Hühnerknochen zur Seite, sprang leichtfüßig auf und ging auf James zu, um ihn zu begrüßen.

»Du musst der berühmte James Bond sein«, sagte er mit einem breiten irischen Akzent, der dem von Roan sehr ähnlich war. Er schlug James auf die Schulter.

James wollte sich seine Enttäuschung nicht anmerken lassen. Er hatte angenommen, dass er und Roan allein sein würden. Auf ihrer Zeichnung waren nur zwei Strichmännchen zu sehen gewesen . . .

Sei kein Dummkopf. Warum sollte sie nicht noch jemanden zum Picknick einladen?

Der junge Mann sah genauso gut aus wie Roan. Seine hübschen blonden Haare fielen in Wellen um seinen Kopf und seine Augen waren so dunkelblau, dass sie schon fast schwarz wirkten. Er trug einen olivgrünen Anzug aus Moleskin mit einer grell oran-

gefarbenen Weste und einen roten Schal, der locker um seinen Hals geschwungen war.
Roan streckte sich auf ihrer Decke aus und legte sich auf den Rücken.
»Das ist mein Kumpel Dandy O'Keefe«, rief sie James zu. »Wir Paddys müssen zusammenhalten, weißt du. Wir sind weit weg von zu Hause.«
»Kommt noch jemand dazu?«, fragte James in einem tapferen Versuch, möglichst gelassen zu wirken.
»Nein, wir bleiben zu dritt«, sagte Roan. Sie schloss ihre Augen und ließ das Sonnenlicht auf ihr Gesicht fallen. »Ich bin Dandy heute Morgen in der Stadt über den Weg gelaufen und er hat sich mehr oder weniger selbst eingeladen.«
»Roan hat mir erzählt, dass du einen Haufen Ärger bekommen hast, als du das letzte Mal mit ihr aus warst«, sagte Dandy. Er griff nach einem frischen Hühnerbein und gab es James. »Ich hoffe, du hast niemandem erzählt, dass du heute hierherkommst, Kumpel.«
Er zwinkerte James zu, der den Kopf schüttelte.
»Es ist unser Geheimnis, nicht wahr?«, sagte Roan.
»Bei mir ist es sicher«, sagte Dandy.
»Dandy ist Gärtner«, sagte Roan. »Er arbeitet auch für die Schule. Er kümmert sich um das Gelände. Unter seinen Händen grünt und blüht alles.«
»Ach was«, sagte Dandy, »heutzutage kommt es auf Dünger und Chemikalien an.«
»In unserer alten Heimat hat Dandy auf einem riesigen Gutshof gearbeitet«, sagte Roan.
»Ich bin hierhergekommen, um möglichst viel Geld zu verdienen«, sagte Dandy. »Aber unter uns: Es wird höllisch lange dauern. Bis ich meine Million habe, werde ich hundert Jahre alt sein und mein Bart wird bis zu den Knöcheln reichen. Dann bin ich zu

alt, um die Million zu genießen. Jetzt komm her und lass uns was essen, ich bin am Verhungern.«
»Du bist immer am Verhungern«, sagte Roan, während sie die Teller verteilte.
James staunte über das üppige Picknick. Es gab Brot, Käse und Schinken, kalte Pastete und Hühnchen, Gurken und hart gekochte Eier. Roan hatte Wasser und Limonade mitgebracht und Bier für Dandy. Er reichte James eine Flasche.
»Das ist ja ein richtiges Festmahl«, sagte James.
»Ich habe mich mit dem Küchenpersonal in Codrose angefreundet«, sagte Roan augenzwinkernd.
»Roan könnte dem König seine Krone abschwatzen«, sagte Dandy.
»Du solltest den Vorratskeller von Codrose sehen«, sagte Roan. »Er quillt über. Und der Hausvater geizt trotzdem mit dem Essen. Du bist ein Codrose-Junge, James. Das Essen gehört von Rechts wegen also dir.«
»Ich habe zwar kein Anrecht darauf«, sagte Dandy und trank einen großen Schluck von seinem Bier, »dafür schmeckt es mir umso besser.«
Dann erzählte Dandy eine lange Geschichte über einen Streit in einem Pub in Virginia Water, die Roan vor Lachen die Tränen in die Augen trieb. Es war lustig, ihn dabeizuhaben, er redete ununterbrochen, machte Witze, erzählte Geschichten, aber trotzdem wünschte James, er wäre nicht mitgekommen. Er wäre gern mit Roan alleine gewesen.
»Dandy hat ständig Ärger«, sagte Roan. »Er trinkt gern Alkohol und kann keinem Streit aus dem Weg gehen.«
»Hör sie dir an, James«, sagte Dandy. »Als könnte sie keiner Fliege etwas zuleide tun. Wenn man sie so reden hört, könnte man meinen, sie ist eine Heilige, aber du kennst sie inzwischen bestimmt gut genug, um zu wissen, dass sie keine Mimose ist. Ich habe ge-

sehen, wie sie mit einem Schlag drei Männer k.o. geschlagen hat.«
»Jetzt übertreibst du aber, Dandy. Es war ein Schlag und ein Tritt.«
»Sie kann knallhart zutreten, James. Leg dich besser nicht mit ihr an.«
Dandy holte ein großes Klappmesser aus seiner Tasche und schnitt sich ein paar Scheiben Käse ab. James' Taschenmesser wirkte dagegen geradezu lächerlich klein. Dandys Messer sah aus wie eine Jagdwaffe, groß und kräftig, mit einer liebevoll geschliffenen Klinge. Plötzlich kamen James all seine Vorbereitungen, das Einnähen der Rasierklingen und Werkzeuge in die Rockschöße, lächerlich vor.
»Wie ich sehe, hat es dir mein Messer angetan, Kumpel«, sagte Dandy. Er aß den Käse direkt von seiner Klinge. »Wieso seid ihr Jungs eigentlich so begierig auf Messer? Fragst du dich vielleicht, ob ich damit umgehen kann?«
»Na ja . . .«
Wortlos warf Dandy sein Messer in die Luft und fing es gekonnt an der Spitze der Klinge wieder auf. Dann warf er es kraftvoll auf James.
James erstarrte.
Aber das Messer flog ungefährlich an seinem Ohr vorbei und bohrte sich mit einem dumpfen Schlag hinter ihm in einen Baum.
Er drehte sich um. Das Messer zitterte leicht.
Roan lachte.
»Er hat nicht einmal gezuckt«, sagte sie. »Du wirst dich noch mehr anstrengen müssen, wenn du ihn aus der Reserve locken willst, Dandy.«
Auch Dandy lachte und ging das Messer holen.
»Mach dir keine Sorgen, James«, sagte Roan. »Bisher hat er noch

nie jemanden getroffen. Es ist ein Partytrick. Er hat erwartet, dass du aufschreist und dich wegduckst.«

»Du hast ein Pokerface«, sagte Dandy. Grummelnd zog er das Messer aus dem Baum, wischte es an seinem Ärmel ab und gab es James.

James fühlte das Gewicht in seiner Hand. Wenn er jemanden wie Dandy an seiner Seite hätte, wäre der Unsichtbare Mann keine Bedrohung mehr.

»Das war ein guter Wurf«, sagte er.

»Vielleicht sollte ich mich einem Zirkus anschließen, was meinst du?«, sagte Dandy und sprang auf seine Hände. Mit dem Kopf nach unten bewegte er sich über die Lichtung. Roan lachte und applaudierte.

James spürte, wie er eifersüchtig wurde. Warum konnte er Roan nicht auch so zum Lachen bringen? Wenn er es jetzt versuchte, würde das jedoch allerhöchstens verzweifelt aussehen. Und er wollte auf keinen Fall den Eindruck erwecken, als müsste er sich anstrengen.

Außerdem waren sie keine Konkurrenz. Dandy war älter. Er war ein Mann. James war nur ein Junge.

Verdammt. Wenn er im Bentley saß, den Motor anwarf und von freien Straßen träumte, fühlte er sich so erwachsen, überglücklich und zu allem bereit.

Er gab Dandy sein Messer zurück, der es in seine Tasche gleiten ließ.

»Ich nehme nicht an, dass sie euch in der Schule das Messerwerfen beibringen«, sagte Dandy.

»Nein«, sagte James. »Aber wir haben ein Korps, in dem wir militärisch ausgebildet werden und auch schießen . . .«

»Klar, und in dem ihr marschiert und salutiert und Stiefel poliert«, sagte Dandy. »Ich kenne die Armee. Ich weiß, wie das Training aussieht, das euch Jungs zu guten Soldaten erziehen soll, damit ihr später in ein fremdes Land einmarschieren und dessen Bewohner erschießen könnt. Damit ihr bereit seid, für König und Vaterland zu sterben.«

»Lass ihn in Ruhe, Dandy«, sagte Roan, »mach dich nicht lustig über den Jungen.«

»Wer macht sich denn lustig über ihn?«, fragte Dandy mit gespielter Entrüstung. »Außerdem ist er alt genug, um sich selbst zu verteidigen. Stimmt doch, oder, Kumpel?«

»Ich denke, schon«, sagte James, obwohl er sich im Augenblick nicht besonders alt fühlte. Er sah weg, um das Gefühlswirrwarr zu verbergen, das sich bestimmt in seinem Gesicht spiegelte.

Und da sah er ihn. Er versteckte sich hinter einem Baum.

Der Unsichtbare Mann.

14 Auf königlichen Befehl

Sofort war James hellwach und auf der Hut. Wie ein Hund, der eine Fährte aufgenommen hat.

»Was ist los?«, fragte Dandy, der ihn beobachtete.

»Wahrscheinlich nichts«, sagte James und spähte in das Dunkel zwischen den Bäumen. »Einen Moment lang habe ich gedacht, ich hätte jemanden gesehen.«

»Das ist ein öffentlicher Park, Kumpel, hier hängen 'ne Menge Leute rum.«

»Nein, so meinte ich das nicht«, sagte James. »Ich weiß, es klingt lächerlich, aber ich glaube, dass mich jemand verfolgt. Mir hinterherspioniert.«

»Du meinst, ein Junge aus der Schule?«

»Nein . . . Ich weiß nicht. Ein Mann.«

»Dir hinterherspionieren? Wer sollte dir denn hinterherspionieren?«

»Wahrscheinlich bilde ich es mir nur ein«, sagte James.

»Lass uns nachschauen und es herausfinden«, sagte Dandy. Er war aufgesprungen, bevor James etwas erwidern konnte. »Wo ist er hin?«

»Da . . . zwischen den Bäumen . . .«

Dandy stapfte in die Richtung, in die James gezeigt hatte. James rannte hinter ihm her und bemühte sich, mit ihm Schritt zu halten.

»Und wonach suchen wir?«, fragte Dandy.

»Nach einem Mann«, antwortete James. »Er trägt einen Filzhut.«

»Das tun die meisten Männer«, sagte Dandy. »Kannst du ihn etwas genauer beschreiben?«
»Eigentlich nicht«, sagte James. »Ich habe ihn nie aus der Nähe gesehen.«
Aus den Augenwinkeln nahm James eine Bewegung in der Ferne wahr. Als er sich umdrehte, sah er eine Gestalt zwischen den Bäumen herumhuschen.
»Da ist er!«, schrie er und rannte los.
James und Dandy hetzten tiefer in den Wald hinein. Der dicke Teppich aus gefallenem Laub dämpfte ihre Schritte zu dumpfen Schlägen. Sie trennten sich und brachen durch das Unterholz. Dabei hielten sie nach der kleinsten Bewegung Ausschau.
Von dem Mann war jedoch keine Spur zu finden und bald wurden sie wieder langsamer.
James ging zu Dandy. Es war dunkel unter den dicht stehenden Bäumen und sehr still. James wollte gerade etwas sagen, als Dandy ihm eine Hand auf den Arm legte.
»Beweg dich nicht«, flüsterte er. »Sei leise ... Vielleicht hören wir ihn.«
Reglos standen sie da und warteten. James lauschte in die tiefe Stille des Waldes hinein. Weder Vögel noch andere wild lebende Tiere schienen hier zu Hause zu sein. Alles, was er hörte, war Dandys Atem.
Er entfernte sich zwei Schritte von ihm und spähte zwischen den grauen Baumstämmen hindurch.
Nichts.
Schließlich schüttelte er den Kopf und drehte sich um.
Dandy hielt sein ausgeklapptes Messer in der Hand. Er hatte etwas Animalisches an sich und James sah ihn in ganz neuem Licht. Es schien, als wäre er einem Geschichtsbuch entsprungen. Jeder Zentimeter seines Körpers zeigte den wilden irischen Krieger, der den Wald nach Beute durchstreift. Roan hatte gesagt, dass er

gerne kämpfte, aber was genau hatte er mit seiner langen Klinge vor?

Eine drückende, erwartungsvolle Stimmung lag über ihnen. Die Luft hing leblos in den Ästen der Bäume. Dandy machte einen Schritt auf James zu.

Da erklang ein Schrei und durchbrach die Stimmung. Ein Mädchen schrie um Hilfe. James' erster Gedanke galt Roan.

»Wer war das?«, sagte er und rannte in die Richtung, aus der der Schrei gekommen war.

Er stieß auf ein Brombeergestrüpp und dann auf dicht wachsende Rhododendronbüsche. Als er sich einen Weg hindurchgekämpft hatte, stand er vor einer Gruppe Eichen, hinter der sich eine breite Hecke erstreckte. Hinter der Hecke stand ein großes, quadratisches rosafarbenes Haus. Um besser sehen zu können, steckte James seinen Kopf durch die Hecke. Zwei kleine Mädchen in gleich aussehenden Schottenröcken spielten auf einem großen, gepflegten Rasen Badminton.

»Hallo«, rief die ältere der beiden ihm zu. Sie hatte dichte lockige Haare und machte ein ernstes Gesicht. »Wir haben unseren Ball verloren. Hast du ihn irgendwo da drüben gesehen?«

»Nein«, sagte James, »aber ich sehe mich mal für dich um.«

Er blickte nach allen Seiten und entdeckte den Ball in den Zweigen eines alten Baums.

»Würdest du ihn für uns herunterholen?« Die Art und Weise, wie sie mit ihm sprach, zeigte, dass sie es gewohnt war, ihren Willen durchzusetzen.

Rasch kletterte er den Baum hoch und warf den Mädchen den Ball zu.

»Ganz herzlichen Dank«, sagte das größere Mädchen. Sie konnte nicht älter als acht Jahre sein, wirkte aber für ihr Alter schon recht erwachsen. »Du bist ein sehr freundlicher Junge.«

»Lilibet schlägt immer viel zu fest«, beschwerte sich ihre jüngere

Schwester. Sie war ein hübsches kleines Ding und nicht so ernst wie ihre große Schwester.

»Kein Problem«, rief James von seinem Ausguck im Baum hinunter.

»Du bist schrecklich gut im Baumhochklettern«, sagte die kleine Schwester.

James zuckte mit den Schultern.

»Ich würde auch gern auf Bäume klettern«, sagte Lilibet. »Aber Crawfie erlaubt es uns nicht.«

»Wer ist Crawfie?«

»Unsere Gouvernante.«

»Na ja, am besten haltet ihr euch nicht immer genau daran, was Crawfie euch sagt.«

Die Mädchen lachten und rannten zu ihrem Spiel zurück. Als James vom Baum sprang und auf dem Boden landete, plumpste er Dandy und Roan direkt vor die Füße, die dort auf ihn gewartet hatten.

Dandy hatte sein Messer weggesteckt.

»Komm mit«, sagte Roan. »Wir sollten heimgehen. Ich will nicht, dass du Ärger bekommst, James.«

Dandy fuhr einen kleinen offenen Lastwagen, an dessen Seite das Wappen von Eton prangte. Er bot Roan und James an, sie zur Schule zurückzufahren. Als er die Sachen vom Picknick auf der Ladefläche verstaut hatte, quetschten sich die drei in die Fahrerkabine. James saß zwischen Dandy und Roan.

»Du hast dir da eine sehr nützliche Freundin an Land gezogen, Kumpel«, sagte Dandy, als sie unterwegs waren.

»Glaubst du?«, sagte James. »Sie war nur ein kleines Mädchen.«

»Nur ein kleines Mädchen, sagt er. Wenn die Dinge nur ein kleines bisschen anders lägen, wäre sie unsere nächste Königin.«

»Wie meinst du das?«, fragte James.

»Hast du wirklich keine Ahnung, mit wem du dich da so freundlich und ungezwungen unterhalten hast?«, fragte Roan.
»Nein, sie kamen mir irgendwie bekannt vor, aber . . .«
»Das waren die königlichen Prinzessinnen Elizabeth und Margaret. Ihr Vater ist der Herzog von York und ihr Onkel ist Edward Albert Christian George Andrew Patrick David Windsor – der Prinz von Wales – dein zukünftiger König.«
»Soll das heißen, das war Windsor Lodge?«
»Genau das.« Dandy lachte und stieß James mit dem Ellbogen in die Seite. »James Bond, auf Befehl Seiner Majestät.«
»Sie schienen ziemlich normal zu sein«, sagte James.
»Lass dich nicht täuschen«, sagte Dandy.
»Jetzt, wo du mit der königlichen Familie befreundet bist«, sagte Roan, »ist unsereins dir bestimmt nicht mehr fein und mächtig genug.«
»Red keinen Unsinn«, sagte James. »Ich glaube nicht, dass ich je wieder jemanden aus der königlichen Familie treffen werde.«

»Aber wer, um Himmels willen, sollte dich töten wollen?«
»Wenn ich diese Frage beantworten könnte, wäre ich einen Schritt weiter und wüsste vielleicht, was los ist.«
James saß mit Pritpal und Tommy in seinem Zimmer. Sie aßen Toast mit Anchovis und hörten Musik aus Tommys Radio; Al Bowlly sang »The Very Thought Of You«. Vorher hatte James für Theo Bentinck Tee und Toast zubereiten müssen. Dabei war ein Stück von einem frischen Laib Brot übrig geblieben und Bentinck hatte James befohlen, es wegzuwerfen. James hatte es jedoch mitgenommen, um es für sich und seine Freunde zu toasten.
»Wenn ich dich nicht so gut kennen würde, James«, sagte Tommy, »würde ich denken, du hast das erfunden.«
»Wenn es nur so wäre«, sagte James. »Am Anfang dachte ich, ich bilde mir das nur ein. Aber jetzt nicht mehr.«

»Auf die Gefahr hin, dass ich mich wiederhole«, sagte Pritpal. »Warum sollte dich jemand töten wollen?«

»Und auf die Gefahr hin, dass *ich* mich wiederhole«, sagte James. »Ich habe keine Ahnung.«

»Das war keine rhetorische Frage«, sagte Pritpal. »Wir müssen die Situation analysieren. Lasst uns scharf nachdenken und alle Möglichkeiten durchspielen. Welche Gründe könnte jemand haben, dich umzubringen?«

»Ich verstehe, worauf du hinauswillst«, sagte James. »Okay . . . Es könnte jemand sein, den ich früher einmal verärgert habe – davon laufen viele rum. Es könnte etwas sein, was ich getan habe, etwas, was ich weiß, etwas . . . Verdammt, Pritpal, es könnte alles sein!«

»Ist in Österreich etwas vorgefallen?«

»Abgesehen davon, dass ich von einem Berg runtergefallen bin, nicht viel.«

»Hast du irgendjemanden getroffen, der merkwürdig war?«

»Nein . . . außer du zählst Graf von Schlick dazu.«

»Der Name klingt ziemlich merkwürdig«, schnaubte Tommy. »Wer ist das?«

»Er war Patient in der Klinik, in die sie mich gebracht haben«, sagte James. »Ich habe ihn nur erwähnt, weil er mir im Gedächtnis geblieben ist.«

»Warum ist er dir im Gedächtnis geblieben?«

»Es war nachts. Er hatte starke Schmerzen und lag im Delirium. Er schrie, dass jemand seinen Vetter töten will.«

»Aha – du bist also nicht der Einzige, der in Gefahr ist«, sagte Pritpal in gespieltem Ernst. »Das Leben des Vetters von Graf Schlick steht auch auf dem Spiel.«

»Ich hätte mir nicht viel dabei gedacht«, sagte James, »wenn sein Diener nicht hereingekommen wäre. Ein Widerling und ein Schlägertyp. Er hatte etwas Bedrohliches an sich. Später, als ich noch einmal ins Krankenhaus gefahren bin, um mich von Miles Langton-Herring zu verabschieden, habe ich den Grafen wiedergesehen. Dieses Mal waren seine Bandagen abgenommen und er hat mich angesehen, als . . .«

»Als?«, unterbrach ihn Tommy.

»Als würde er mich kennen.«

»Nun ja, tut er doch auch«, sagte Pritpal. »Er hat dich ja in dieser einen Nacht kennengelernt.«

»Ach, ich kann es nicht erklären«, sagte James. »Irgendwie war die ganze Sache merkwürdig.«

»Und danach hast du angefangen, den Unsichtbaren Mann zu sehen?«

»Nein«, sagte James. »Ich bin mir ziemlich sicher, dass ich ihn zum ersten Mal auf dem Weg nach Kitzbühel gesehen habe.«

»Also können die beiden Ereignisse nichts miteinander zu tun haben«, stellte Pritpal fest.

»Wahrscheinlich nicht«, sagte James. »Hätte ich nicht diesen Unfall mit Miles gehabt, wäre ich nie im Krankenhaus gelandet. Ich hätte nie gehört, wie der Graf über seinen Vetter fantasiert.«

»Wer ist sein Vetter?«, fragte Tommy.

»Er heißt Jürgen«, sagte James. »Das ist alles, was ich weiß.«

»Ach, mein armer Vetter Jürgen«, jammerte Tommy mit fürchterlichem deutschen Akzent. »Sie werden ihn in Stücke reißen!«

James und Pritpal lachten über Tommys halb chinesische, halb deutsche Aussprache und sie lachten immer noch, als die Tür aufging und Theo Bentinck ins Zimmer marschiert kam.

»Was gibt es hier zu lachen?«

»Ist Lachen jetzt ein Verbrechen?«, fragte James.

»Kommt drauf an, worüber ihr lacht«, sagte Bentinck.

»Du kannst sicher sein, dass wir nicht über dich gelacht haben«, sagte James.

Bentinck sah sich angewidert in James' Zimmer um, seinen klei-

nen Mund fest zusammengepresst. Seine Augen wurden groß, als sein Blick an den Resten des Brotlaibs hängen blieb.
»Das ist mein Brot«, sagte er.
»Du wolltest es wegschmeißen, falls du dich erinnerst«, sagte James.
»Darum geht es nicht«, sagte Bentinck. »Es wurde gestohlen.«
»Nein, wurde es nicht.«
»Wer hat es genommen?«
»Du weißt ganz genau, wer es genommen hat«, sagte James. »Ich habe abgeräumt und –«
»Sei still«, sagte Bentinck. »Mit dir habe ich nicht geredet.« Er wandte sich an Tommy: »Hast du es genommen?«
»Nein«, sagte Tommy kleinlaut und Bentinck drehte sich zu Pritpal um. »Wie ist es mit dir?«
Pritpal war sich nicht sicher, was er sagen sollte. Er sah zu James.
»Lass sie in Ruhe«, sagte James. »Ich habe es genommen.«
Aber Bentinck sah immer noch Pritpal an. »Hast du es gegessen?«, fragte er.
Pritpal hielt immer noch ein Stückchen Toast in seiner Hand, also konnte er wohl kaum verneinen. Er nickte.
»Du hast mein gestohlenes Brot gegessen.«
»Es wurde nicht gestohlen«, sagte James. »Du wolltest es wegschmeißen, und da ich Verschwendung nicht mag, habe ich es mitgenommen.«
»Ich glaube, ihr seid alle drei schuldig«, sagte Bentinck und ignorierte James.
James wurde rot vor Zorn im Gesicht und sprang auf.
»Wenn du unbedingt jemanden bestrafen willst, dann bestraf mich«, rief er hitzig.
»Nein«, sagte Bentinck. Er genoss die Situation. »Das werde ich nicht tun. Ihr drei seid Tischgenossen. Von jetzt an werde ich euch alle drei zur Verantwortung ziehen, wenn einer von euch

sich danebenbenimmt. Hast du das verstanden, James Bond? Wenn *du* irgendetwas Falsches tust, werde ich einen dieser beiden verprügeln.«

»Aber das ist nicht fair«, sagte James.

»Ach nein?« Bentinck grinste. »Hier in Haus Codrose versuchen wir, unsere Schüler zu Teamgeist und gegenseitiger Verantwortung zu erziehen. Von jetzt an bist du für diese beiden verantwortlich. Du magst vielleicht glauben, dass du hart im Nehmen bist und weitere Prügel dir nichts anhaben können. Aber mal sehen, wie diese zwei Einfaltspinsel die Schläge wegstecken werden. Du, Nandra, kommst in die Library und holst dir deine Bestrafung ab.«

James war so wütend, dass er nicht wusste, was er sagen sollte. Und als Bentinck mit dem Finger auf den wie versteinert dastehenden Pritpal zeigte, explodierte er. Er schob sich zwischen die beiden und schubste Bentinck hinaus auf den Flur.

»Finger weg von Pritpal«, sagte er.

»Dafür werde ich alle beide verprügeln«, sagte Bentinck.

James hob seine Faust, aber Tommy hielt ihn zurück.

»Nicht«, sagte er und ging aus dem Raum. »Du machst alles nur noch schlimmer.«

Zitternd vor Wut blieb James zurück. Alles, was er tun konnte, war, hinter Tommy und Pritpal herzusehen, als sie Bentnick in die Library folgten.

15 Ehrengast

»'n ganz schöner Schuppen«, sagte der Taxifahrer, als sie auf der langen Kiesauffahrt um eine Kurve bogen und das Haus der Familie von Miles Langton-Herring zum ersten Mal vor ihnen auftauchte.

Es war in der Tat ein ganz schöner Schuppen. Ein neu gebautes Herrenhaus im Tudor-Stil. Es war riesig und weitläufig, mit zwei langen Seitenflügeln, einem steilen Dach mit roten Ziegeln, unzähligen kunstvoll gearbeiteten Schornsteinen, allen Arten von Anbauten und einer Garage, in der vier Fahrzeuge Platz hatten. Licht drang aus den im Rautenmuster verbleiten Fenstern und Musik und Stimmengewirr waren zu hören.

Rolls-Royce, Daimler und Bentley – nur noble Autos warteten in einer langen Schlange vor dem Haupteingang, um Gäste abzusetzen, und jede Minute kamen noch mehr hinzu.

»Ich steige hier aus«, sagte James.

Das Haus stand auf einem Grundstück an der Südseite vom Great Park. James hätte mit dem Bus fahren können, aber weil er spät dran war, hatte er sich den Luxus eines Taxis geleistet. Seit dem Vorfall mit dem Brot hatte Bentinck ihm das Leben zur Hölle gemacht. James war um ihn herumgeschwänzelt wie ein gehorsamer Hund, um Pritpal und Tommy aus der Sache herauszuhalten. Heute Abend hatte Bentinck ihm absichtlich immer neue Aufträge erteilt, weil er wusste, dass James ausgehen wollte.

Es sah aus, als wäre die Party schon in vollem Gange.

James bezahlte den Taxifahrer und ging an der Autoschlange

vorbei zum Haupteingang des Hauses, wo zwei uniformierte Lakaien die Gäste in Empfang nahmen. James reihte sich hinter einem Mann ein, der einen glänzenden Zylinder trug, und einer Frau, die mit Pelzen und Diamanten behängt war.

Er hatte nicht gewusst, was ihn erwarten würde. Nach Miles' Beschreibung hatte er angenommen, dass es sich um eine Party handelte, zu der der engste Familienkreis und ein paar Freunde eingeladen waren. Dazu vielleicht ein kaltes Büfett und Getränke und ein bisschen Musik von einem Grammofon.

Er hätte nicht falscher liegen können. Das hier war kein kleiner Empfang, sondern ein großer Ball. Wenigstens trug James seine Schuluniform mit Zylinder, sodass er nicht völlig fehl am Platz wirkte zwischen den Männern in Abendgarderobe und den Frauen in ihren besten Kleidern.

Er sah sich in der Eingangshalle um. In der Mitte stand das größte Blumenarrangement, das er je gesehen hatte. Daneben spielte ein Streichquartett, das in dem Partylärm kaum zu hören war. An den holzvertäfelten Wänden hingen Ölgemälde. Zwei Treppen führten ins obere Stockwerk.

James folgte einer kleinen Gruppe in den nächsten Raum. Er nannte dem Butler an der Tür seinen Namen – der hatte ihn offenbar schon erwartet – und trat dann in einen großen Ballsaal voller Menschen.

Am hinteren Ende spielte ein Jazz-Orchester und ein paar mutige Gäste tanzten. Die meisten standen jedoch einfach beisammen und unterhielten sich laut. James kämpfte sich in den angrenzenden Raum vor, der sich als Esszimmer entpuppte. Dort war tatsächlich ein kaltes Büfett aufgebaut, aber es war viel größer als alles, was James je gesehen hatte.

Der Tisch brach fast zusammen unter dem Gewicht riesiger Fleischberge. Dazu gab es ganze Lachse, Hummer, Wildvögel, Schüsseln mit gewürztem Reis, Kartoffeln, alle möglichen Arten

von Salaten sowie Käse, Früchte und riesige glänzende Cremetorten und Schokoladenkuchen.
James ging weiter auf Erkundungstour. Im nächsten Raum befand sich die Bibliothek, in der alte Männer mit großen Bäuchen und kahlen Köpfen Zigarre rauchten und Brandy tranken. Dann kam ein Billardzimmer, danach ein konventionelles Wohnzimmer, dann ein Musikzimmer und danach ein weiteres, kleineres Wohnzimmer. Schließlich gelangte James wieder zurück zur Eingangshalle.
Er fragte sich zum wiederholten Mal, was er eigentlich hier sollte, und blickte sehnsüchtig zur offenen Eingangstür. Er war der jüngste Gast auf der Party und fühlte sich zwischen den Herzögen, Herzoginnen und Millionären völlig fehl am Platz. Niemand würde ihn vermissen, wenn er nach Hause ging. Mr Langton-Herring würde nicht einmal bemerken, ob er angekommen war oder nicht.
Gerade hatte er sich entschlossen, noch eine letzte Runde zu drehen, bevor er die Party wieder verließ, als er eine vertraute Stimme vernahm, die nach ihm rief. Miles kam ungelenk auf Krücken die Treppe heruntergehumpelt.
»James.« Er hüpfte die letzten Stufen herunter und schüttelte James herzlich die Hand. »Ich bin so froh, dass du gekommen bist. Vater wird sich freuen.«
»Bist du sicher? Mir scheint, er hat ein paar sehr viel wichtigere Gäste hier als mich.«
»Er liebt Partys«, sagte Miles. »Das Haus ist erst vor Kurzem fertig geworden und er ergreift jede Gelegenheit, es vorzuzeigen. Hattest du schon etwas zu essen?«
»Noch nicht.«
»Oh, du musst aber unbedingt zugreifen. Es gibt wirklich gutes Rindfleisch von unserem Hof in Hereford. Es ist so zart, du kannst es mit einer Gabel zerteilen.«

James lächelte. Es war merkwürdig, aber er freute sich tatsächlich, diesen Jungen wiederzusehen, der ihm in der Vergangenheit nur Ärger gemacht hatte. Aber in der Not frisst der Teufel Fliegen. Während sie ins Esszimmer gingen und sich die Teller vollluden, zählte Miles ihm immer weiter die Herrlichkeiten des Büfetts auf. In Haus Codrose servierte man den Jungen das grauenhafteste Essen in ganz Eton. Und obwohl sie das ausgleichen konnten, indem sie sich ein paar Sachen zum Tee kauften, war James nie wirklich zufrieden. Er musste zugeben, dass dieses Büfett eine willkommene Abwechslung bot.

Er und Miles setzten sich mit ihrem Essen auf die Treppe und unterhielten sich über dies und jenes und im Großen und Ganzen über nichts Besonderes. Vielleicht würde die Party doch nicht so langweilig werden, wie James befürchtet hatte.

Dann gingen sie in den Ballsaal, um der Band zuzuhören.

»Wie geht es eigentlich deinem Bein?«, fragte James.

»Ganz gut. Der Gips kommt in zwei Wochen runter. Aber für mich fällt das Tanzen heute Abend aus.«

»Für mich auch«, sagte James. Er wich einem jungen Mann in einer ausgebeulten Hose aus, der ein verdutztes Mädchen über die Tanzfläche führte. Eine Gruppe von Gästen teilte sich, um den Tänzern Platz zu machen, und James sah Miles' Vater, der fast gleichzeitig James entdeckte.

James war wieder erstaunt, wie sehr der Mann mit seinem buschigen Schnurrbart und Backenbart und der nicht zu bändigenden Haarmähne einem wilden, behaarten Tier glich.

»Aha, der Mann der Stunde«, sagte Mr Langton-Herring und klatschte in die Hände. »Ich habe gerade nach dir gesucht, Bond. Man hat mir gesagt, dass du wohlbehalten eingetroffen bist, aber du warst wie vom Erdboden verschluckt. Folge mir!«

Mit diesen Worten bahnte sich Mr Langton-Herring einen Weg zur Bühne, wobei er seine Gäste gutmütig anraunzte, damit sie

Platz machten. James und Miles folgten ihm und so überquerten sie die Tanzfläche wie in einer kleinen Prozession.
Als Mr Langton-Herring in Hörweite der Band war, brüllte er, dass sie aufhören sollten. Der Bandleader spielte das Lied schnell zu Ende und Mr Langton-Herring stieg auf die Bühne. Um Ruhe bittend, hob er seine Hände und langsam wurde es still im Saal.
James sah sich um. Aus den anderen Räumen strömten noch mehr Gäste herbei und alle Augen waren auf die Bühne gerichtet.
»Es tut mir leid, aber es ist Zeit für eine Ansprache«, dröhnte Langton-Herring über die Tanzfläche. Aus dem Publikum war ein theatralisches Stöhnen zu vernehmen. »Eine wichtige Lektion, die wir im Leben zu lernen haben, ist, dass wir für unsere Vergnügen bezahlen müssen«, sagte er. »Und eure Bezahlung heute Abend besteht darin, dass ihr dem alten Windbeutel Langton-Herring zuhören müsst, während er eine seiner berühmt-berüchtigten Reden schwingt!«
Jetzt wurde James klar, woher Miles seine Geschwätzigkeit hatte. Allerdings besaß er nicht den Charme seines Vaters.
»Heute ist ein ganz besonderer Abend für mich«, fuhr Langton-Herring fort. »Ich habe nämlich nicht nur einen, sondern *zwei* Ehrengäste und ich möchte zu beiden ein paar kurze Worte sagen. Eigentlich würde ich gern viele lange Worte über sie sagen, aber ich habe Angst, dass ich dann erschossen werde.«
Gelächter wogte durch das Publikum.
»Mein erster Ehrengast ist ein Mann, den ihr alle kennt und den ihr eines Tages noch besser kennenlernen werdet. Er ist mein Nachbar und es ist mir eine große Ehre, ihn einen Freund nennen zu dürfen. Aber für euch, ihr ungebärdiger Pöbel, ist er Eure Hoheit, der Prinz von Wales, euer zukünftiger König Edward.«
Raunen erfüllte den Raum. Rufe erschallten, »Hurra« und »Gott schütze den König«, und Applaus brandete auf.

»Wie ich bereits sagte, es ist mir eine große Ehre, ihn heute Abend hier begrüßen zu dürfen. Erhebt also alle eure Gläser ... auf den Prinzen!«

»Auf den Prinzen!«, erklang es laut und zweihundert Champagnergläser wurden hochgehoben.

»Mein zweiter Ehrengast ist jemand, den ihr nicht kennt«, fuhr Langton-Herring fort, als er sich der Aufmerksamkeit aller Anwesenden wieder sicher war. »Obwohl ich davon ausgehe, dass wir auch von *ihm* große Dinge erwarten dürfen. Er ist noch ein Junge. Ein Schulkamerad meines Sohns. Ein Junge namens James Bond. Wo bist du, James? Komm hoch zu mir, Bursche.«

Miles schob James nach vorne, und ehe er sichs versah, stand er auf der Bühne. Mehr denn je wünschte er sich, er wäre heute Abend nicht hierhergekommen. Er hasste es, im Mittelpunkt zu stehen.

Er schaute über die Reihen grinsender Gesichter hinweg.

Mr Langton-Herring legte einen Arm um seine Schultern. »Einigen von euch ist die Geschichte vielleicht schon zu Ohren gekommen«, sagte er, »und die meisten von euch werden gesehen haben, wie der arme Miles auf seinen Krücken herumhüpft. Er hatte einen schlimmen Unfall in den Bergen in Österreich und sein Freund, James Bond, hat ihm das Leben gerettet. Er hat ihn den Berg hinuntergebracht und dabei sein eigenes Leben riskiert. Es ist nur ihm zu verdanken, dass Miles heute Abend hier bei uns ist. Bitte hebt eure Gläser zu einem zweiten Toast ... auf James Bond ...«

James hoffte, dass er nicht rot wurde. Er fühlte sich furchtbar unwohl, als alle ihre Gläser in seine Richtung hoben und »Auf James Bond!« riefen, bevor sie tranken.

Alle, bis auf einen Mann. Er stach aus der Menge hervor, weil er vollkommen unbeweglich dastand. Er starrte James einfach nur an, aus leeren, leblosen Augen. Und James starrte zurück.

Es war Graf von Schlick.
Was, zum Teufel, hatte er hier zu suchen?
James bemerkte, dass Langton-Herring immer noch redete, und er zwang sich, seinen Blick von dem Mann mit dem undurchdringlichen Gesicht in der Menge abzuwenden und wieder seinen Gastgeber anzusehen.
»Miles hat mir gesagt, dass du keine Uhr besitzt, James«, sagte der gerade. »Deswegen möchte ich dir das hier als kleines Zeichen unserer Dankbarkeit schenken.«
Langton-Herring gab James einen Samtbeutel, in dem eine wunderschöne Uhr lag.
»Es ist eine Taucheruhr. Das Neueste vom Neuesten«, sagte Langton-Herring, als James die Uhr betrachtete. »Eine Mido Multifort, die erste automatische wasserdichte und stoßfeste Uhr auf dem Markt. Ich garantiere dir, du wirst der einzige Junge in Eton sein, der solch eine Uhr am Handgelenk hat.«
»Die ist wirklich etwas ganz Besonderes«, sagte James und drehte die Uhr in seinen Händen. Sie sah einfach und stabil aus und hatte ein braunes Lederarmband.
»Sie ist bis zu einer Tiefe von dreißig Metern wasserdicht«, sagte Langton-Herring. »Das sollte dir reichen, oder?«
»Das wäre nicht nötig gewesen«, sagte James.
»Oh doch.« Langton-Herring grinste. »Das ist das Mindeste, was ich tun kann. Miles hat mir erzählt, dass du ziemlich sportlich bist und ein leidenschaftlicher Schwimmer. Los, probier sie an.«
James legte die Uhr um. Sie war wie für ihn gemacht. Für einen Augenblick vergaß er alles um sich herum, und als er wieder aufblickte, stellte er fest, dass die anderen Gäste ihn nicht länger ansahen, sondern dass die Party wieder in vollem Gange war. Graf von Schlick war nicht mehr zu sehen.
James redete noch ein paar Minuten mit Miles und seinem Vater auf der Bühne. Als er schließlich die Treppe nach unten auf die

Tanzfläche ging, stellten sich ihm zwei hübsche Mädchen in den Weg.

»Das sind Tillie und Maya«, stellte Miles die beiden vor. »Sie sind Freundinnen einer Cousine oder Cousinen einer Freundin – ich kann mir nie merken, wie herum es ist. Sie sind mit Mrs Dudley Ward gekommen. Ich glaube, sie möchten dich kennenlernen.«

James schüttelte ihnen die Hand. Sie starrten ihn bewundernd an.

»Bist du berühmt?«, fragte Tillie, die Ältere der beiden.

»Eigentlich nicht«, sagte James.

»Du bist ein Held«, sagte Maya.

»Nein, bin ich nicht«, sagte James und ging weiter. Als er über die Schulter nach hinten blickte, stellte er fest, dass die beiden Mädchen ihm folgten.

»Es scheint, als hättest du Fans«, sagte Miles.

»Sag mal«, wollte James wissen. »Ich dachte, ich hätte vorhin Graf von Schlick gesehen. Habe ich mich getäuscht?«

»Nein, er ist tatsächlich hier«, sagte Miles. »Du weißt ja, dass er mit mir in der Klinik war, und es hat sich herausgestellt, dass er den Prinzen von Wales kennt. Ich glaube, sie sind verwandt – die von Schlicks stammen ursprünglich aus Deutschland, genau wie unsere königliche Familie.«

»Wie meinst du das?«, fragte Maya, die plötzlich neben Miles aufgetaucht war. »Unsere königliche Familie ist nicht deutsch, sondern englisch.«

»Königin Victoria war aus dem Haus Hannover«, erklärte Miles. »Und die Hannoveraner waren deutsche Könige, die 1714 den Thron von Großbritannien bestiegen. Dann, als Königin Victoria Prinz Albert heiratete, wurde sie eine Sachsen-Coburg und Gotha. Während des Krieges machte es sich aber nicht gut, dass die britische Königsfamilie einen deutschen Namen trug. Deshalb änderte Victorias Enkel George den Familiennamen in Windsor, nach der Stadt. Die Mitglieder der königlichen Familie sind jetzt alle Windsors und ich glaube nicht, dass sie die Namensänderung wieder rückgängig machen werden.«

»Das wusste ich nicht«, sagte Maya.

»Ich wusste es«, sagte Tillie.

»Du gibst nur an«, sagte Maya.

Als die beiden Mädchen zu streiten begannen, ergriff James die Gelegenheit und machte sich aus dem Staub, um nach einer Toilette zu suchen.

Das Haus hatte jedoch so viele Zimmer, dass James nicht wusste, wo er mit der Suche beginnen sollte. Eine Tür, die aussah, als könnte dahinter eine Toilette liegen, führte zu einer Bedienstetentreppe, hinter einer anderen verbarg sich ein Wandschrank voller Jagdgegenstände. Als James sich umdrehte, verstellte ihm ein junger Mann mit einem breiten Grinsen und einem kleinen Notizblock den Weg.

»Hallo«, sagte er, »ich bin Parker Liautaud, europäischer Korrespondent des *Time Magazine*. Ich würde dir gern ein paar Fragen stellen über dein letztes Abenteuer in Österreich.«

»Mir wäre es lieber, Sie würden mir keine Fragen stellen«, sagte James. »Ich will nicht auffallen.«

»Ich bin mir sicher, dass unsere Leser sehr daran interessiert wären, was du zu sagen hast. Es ist eine ziemlich aufregende Geschichte.«

James sah sich nach einer Fluchtmöglichkeit um und sein Blick fiel auf einen aggressiv aussehenden Mann mit geschwollenen Augenlidern: von Schlicks Diener. Langsam kam er den Flur herunter.

James wandte sich an den jungen Reporter. »Die Leute übertreiben«, sagte er. »Ich habe nichts zu sagen.«

Der Schlägertyp kam näher.

»Nur ein kurzes Statement?«

»Sprechen Sie mit Miles«, sagte James hitzig. Er stürzte durch die nächstgelegene Tür und schlug sie laut hinter sich zu. Dann wartete er einen Moment und behielt den Türknauf im Auge, bis er sich sicher war, dass weder der Reporter noch der Schlägertyp ihm folgten.

Der Raum lag im Halbdunkel und James hatte angenommen, dass er leer war. Aber als er sich umdrehte, sah er zwei Personen im schummerigen Licht einer Tischleuchte nebeneinander auf dem Sofa sitzen. Beide starrten ihn an.

Er erkannte einen von ihnen sofort: Es war der Prinz von Wales. Es war seltsam, gleich drei Mitglieder der königlichen Familie innerhalb einer Woche zu treffen. Neben ihm saß eine ältere Frau mit dunklen Haaren und einem schmalen, wachen Gesicht. Höflich standen sie auf und ein seltsam peinlicher Moment entstand.

»Es tut mir leid«, sagte James. »Ich wusste nicht, dass jemand hier ist.« Bei dem Raum schien es sich um ein Herrenzimmer zu handeln.

»Hast du dich verlaufen?«, fragte die Frau, offenbar eine Amerikanerin. »Das passiert leicht in einem so großen Haus.«

»Ich suche nach . . .« James war es plötzlich peinlich zu sagen, wonach er gesucht hatte. Schickte es sich in Gegenwart des Thronerben, über solche Dinge zu sprechen?

»Ich suche nach jemandem«, murmelte er.

»Du bist der junge Bursche, über den Langton-Herring gesprochen hat, nicht wahr?«, sagte der Prinz.

»Ja, das ist richtig, Sir.«

»Wie geht es dir?«

James ging hinüber zum Prinzen und schüttelte ihm die Hand. Dann stellte Edward ihm die Frau als Mrs Wallis Simpson vor.

»Es scheint, als wären wir beide hier die Ehrengäste«, sagte Edward. »Ich habe gehört, du hast Miles geholfen, stimmt das?«

»Ja, Sir.«

»Ausgezeichnet, ja. Gut gemacht. Und du bist auch in Eton, nicht wahr?«
»Das stimmt, Sir, das bin ich.«
»Ja, ausgezeichnet. Was für eine Geschichte.«
Edward machte einen freundlichen Eindruck und er schien sich wirklich gern mit James zu unterhalten. Mrs Simpson dagegen setzte sich wieder und zeigte kein Interesse an ihm. James vermutete, dass sie wahrscheinlich eine von diesen Erwachsenen war, die Kinder nicht mochten.
»Ausgezeichnete Schule, Eton«, sagte Edward. Er klopfte auf seine Taschen und vergrub dann seine Hände tief darin, als wäre er nicht sicher, was er mit ihnen anfangen sollte.
»Ja, Sir, sie ist ganz okay.«
»Unter uns gesagt« – Edward beugte sich zu James und zwinkerte ihm zu – »und ich sollte dir das eigentlich nicht sagen, aber mein Vater, der König, wird das College zu den Feierlichkeiten am vierten Juni besuchen.«
»Wirklich, Sir? Das wusste ich nicht.«
»Nein, nein. Bisher, äh, ist das auch noch gar nicht offiziell. Ich gebe dir ein paar Insider-Informationen. Ich bin sicher, du kannst sie für dich behalten. Die königliche Familie war immer eng mit Eton verbunden.«
»Ja. Am vierten Juni feiern wir den Geburtstag von König George III.«, sagte James. »Er war ein großer Wohltäter der Schule.«
»Ja.«
James fiel auf, dass er wie ein Idiot vor sich hin plapperte, aber er konnte nicht aufhören.
»König George wird uns also besuchen?«, fuhr er fort. »Ich meine natürlich unseren jetzigen König George.«
»Natürlich«, sagte Edward. »Dem alten König würde es schwerfallen, euch zu besuchen, weil er . . . weil er tot ist.«
»Ja«, sagte James. Er war sich nicht sicher, ob das ein Witz gewe-

sen sein sollte. Edward wirkte einen Moment lang ernst, dann breitete sich ein Lächeln auf seinem Gesicht aus. James lachte.
»Sie veranstalten ein Essen zu seinen Ehren«, fügte Edward hinzu.
»Ah, verstehe.«
»Man muss sich vor all diesen Essen zu Ehren von irgendjemandem in Acht nehmen«, sagte Edward und starrte aus dem Fenster. »Oft sind sie recht schwer verdaulich. Man muss aufpassen, dass man nicht zu dick wird. Ein schwieriges Unterfangen.«
»Das kann ich mir vorstellen, Sir, ja.«
»Mein Vater sagt immer, dass ich mehr essen soll«, erzählte Edward.
Mrs Simpson ließ vom Sofa ein kurzes Lachen hören, das Edward wieder daran erinnerte, dass auch sie im Raum war.
»Kann ich Ihnen etwas bringen, meine Teure?«, fragte er.
Mrs Simpson legte die Zeitschrift, in der sie gelesen hatte, zur Seite und stand auf.
»Ich wollte eigentlich gerade gehen«, sagte sie. »Diese Party ist furchtbar langweilig, aber ich vermute, dass man nicht darum herumkommt, sich einmal blicken zu lassen.« Sie lächelte ein gezwungenes Lächeln und verließ den Raum.
James wurde bewusst, dass sie jetzt nur noch zu zweit waren, und er wusste nicht, was er sagen sollte. Er holte tief Luft und wollte sich gerade höflich verabschieden, als es an der Tür klopfte und drei Männer eintraten.
Zwei von ihnen hatte er noch nie gesehen, aber der dritte war Graf von Schlick.
Mit seinem schrecklich ausdruckslosen, undurchdringlichen Gesicht sah er James an und James fühlte, wie ein eisiges Frösteln durch seinen Körper lief.

16 »Du musst noch viel lernen?«

James wusste nicht, was er tun sollte. Einerseits verspürte er das Verlangen, vor dem Grafen wegzulaufen, andererseits wollte er unbedingt bleiben, um mehr über ihn herauszufinden. Am Ende wurde ihm die Entscheidung durch den Prinzen abgenommen, der James den Männern vorstellte.

Die ersten beiden, Viscount Lymington und »Chips« Channon, hatten Langton-Herrings Rede gehört und wussten immerhin, wer James war. Sie gaben sich Mühe, etwas Positives über ihn zu sagen. Schließlich machte Edward James mit dem Grafen bekannt.

»Von Schlick ist aus Österreich«, erklärte er unnötigerweise, als sie sich die Hand schüttelten. »Kennst du das Land?«

»Nur durch meine letzte Reise«, sagte James. »Mit Miles, zum Skifahren«, fügte er hinzu, als der Prinz ihn verständnislos ansah.

»Ach ja, natürlich.«

»Deutschland kenne ich besser«, fuhr James fort. »Als ich jünger war, sind wir oft dort gewesen.«

»Ein unglaubliches Land, dieses Deutschland. Wie schade, dass wir in Streit geraten sind«, sagte der Prinz.

»In der Tat«, fügte »Chips« Channon hinzu. »Der Krieg war in vielerlei Hinsicht unnötig.«

»Ja«, sagte James. »Er war eine Schande.«

Eine Schande? Was sagte er da bloß? Der Krieg war verdammt noch mal schlimmer gewesen als nur eine *Schande*. Er war eine Tragödie. Ein Desaster. Millionen junger Menschen waren umgekommen. Und wofür?

»Wir müssen dafür sorgen, dass so etwas nicht wieder passiert«, sagte Viscount Lymington, ein Mann mit reptilienartigen Zügen und den ersten Anzeichen einer Glatze.
»Ja«, sagte Edward. »Der Krieg hat großen Schaden angerichtet. Aber ich bin sehr froh, dass Deutschland endlich wieder auf die Beine kommt. Dieser Mann, Hitler, leistet hervorragende Arbeit, habe ich gehört.«
»Das weiß ich nicht, Sir«, sagte James.
»Du bist noch zu jung«, sagte Channon. »Aber lass es dir von mir gesagt sein. Ich habe gesehen, was er bewirkt. Die Industrie funktioniert wieder, die Leute blicken voller Zuversicht in die Zukunft.«
»Es ist ziemlich aufregend, in der Tat«, sagte Edward. »England fliegt uns um die Ohren und Deutschland erhebt sich kraftvoll aus der Asche. Ich glaube, über kurz oder lang werden wir auch in England einen Diktator brauchen, und wenn auch nur, um mit den Kommunisten fertig zu werden.«
Der Prinz kicherte leise und sah etwas verlegen drein.
»Du gehst jetzt besser, James«, murmelte er. »Ich muss mit diesen Gentlemen reden.«
James verabschiedete sich von Viscount Lymington und »Chips« Channon und schüttelte dann noch einmal dem Grafen die Hand, der immer noch dünne Lederhandschuhe trug.
Der Graf flüsterte »Guten Abend«, wobei er eine Hand schützend vor den Hals legte, der offenbar bei dem Feuer verletzt worden war. »Es freut mich, dich kennengelernt zu haben.«
»Eigentlich kennen wir uns schon«, sagte James.
James sah, wie eine Gefühlsregung in den Augen des Mannes aufflackerte. Aber es war unmöglich zu sagen, welcher Art sie war.
»Aus der Klinik«, erklärte James. »In Österreich.«
»Ah«, sagte von Schlick. Das Licht in seinen Augen erlosch und die ausdruckslose Miene kehrte zurück.

»Ich war dort mit Miles.«
»Natürlich warst du da«, zischte von Schlick.
James entschloss sich, aufs Ganze zu gehen. Er fühlte sich furchtbar unwohl in der Gegenwart des Mannes, aber er brauchte Antworten auf seine Fragen.
»In der Nacht vor Ihrer Operation, Sir«, fuhr er fort, »haben Sie in Ihrem Zimmer laut geschrien. Anscheinend ging es Ihnen nicht gut. Ich bin aufgewacht und in Ihr Zimmer gekommen, um zu sehen, was los ist.«
»Ich erinnere mich nicht«, sagte der Graf unfreundlich.
Aber James ließ sich nicht so leicht einschüchtern. »Sie haben geschrien, dass jemand ihren Vetter Jürgen umbringen will«, sagte er. »Daran erinnere ich mich noch sehr gut. Geht es ihm gut? Ihrem Vetter, meine ich. Sie sahen sehr besorgt aus.«
»Ich muss geträumt haben«, flüsterte der Graf. »Das ist Unsinn. Man hatte mir starke Schmerzmittel gegeben.«
»Also geht es ihm gut?«
»Ich kann dir versichern«, sagte der Graf nun heftiger, »dass ich keinen Vetter namens George habe.«
»Es tut mir leid, dass ich davon angefangen habe«, sagte James. »Jedenfalls bin ich froh, dass die Operation so gut geglückt ist.«
Die hässlichen Narben und blauen Flecken am Hinterkopf des Mannes hatten sich zurückgebildet, bildeten aber immer noch einen starken Kontrast zu dem glatten, fast zu perfekten Gesicht.
Der Graf dankte James, der einige hastige Abschiedsworte murmelte und sich dann erleichtert aus dem Raum stahl.

Später, im Taxi zurück nach Eton, ließ James sich die Begegnung noch einmal durch den Kopf gehen. Etwas war komisch gewesen und er wollte sich erinnern, was es war, solange die Erinnerung daran noch frisch war. Irgendwas hatte der Graf gesagt. Irgendwas, das nicht ganz richtig gewesen war. Aber James war zu nervös gewesen, um im Gespräch darauf zu reagieren. Was war es gewesen?

Etwas über seinen Vetter Jürgen?

Ja, das war es.

Der Graf hatte gesagt, er hätte keinen Vetter namens *George*. Warum hatte er die englische Form *George* benutzt, wo James den Vetter doch auf Deutsch *Jürgen* genannt hatte?

Vielleicht hatte er höflich sein wollen, indem er die Sprache seiner Gastgeber benutzte.

Egal, wie oft James die Szene in seinem Kopf durchspielte, er wurde nicht schlau daraus. Es fiel ihm schwer, einen klaren Gedanken zu fassen und sich auf eine Sache zu konzentrieren. Heute Abend war so viel passiert, dass er Mühe hatte, alles zu verarbeiten. Es war ein unwirkliches Erlebnis gewesen.

Es gab jedoch handfeste Beweise, dass er alles nicht nur geträumt hatte.

Er zog seinen Ärmel hoch und betrachtete seine neue Armbanduhr.

Er hatte nicht das Gefühl, dass er sie verdient hatte, aber sie sah trotzdem sehr gut aus.

Ein paar Tage später trottete James nach einem besonders zähen Cricket-Spiel im Upper Club gerade über die Fifteen Arch Bridge, als Dandy in seinem Laster neben ihm hielt und das Fenster herunterkurbelte.

»Hast du was vor, Kumpel?«, fragte er.

»Eigentlich nicht«, sagte James. »Ich muss eine Latein-Interpretation schreiben, aber das kann warten.«

»Hast du Lust auf eine kleine Spritztour? Ich könnte ein bisschen Gesellschaft brauchen.«

James wurde aus Dandy nicht schlau. Hinter seiner Freundlichkeit verbarg sich etwas Wildes und Unvorhersehbares. Aber er hatte James sofort geholfen, als er den Unsichtbaren Mann im Windsor Park entdeckt hatte. Er konnte ein nützlicher Verbündeter sein.

»Warum nicht?« James kletterte in den Wagen und setzte sich auf einen alten, abgewetzten Sitz. Landluft vermischte sich mit dem Geruch von Öl und Benzin.

»Wo fahren wir hin?«, fragte er, als Dandy wieder losgefahren war und sie die Straße nach Slough hinaufratterten.

»Ich muss eine Bestellung abholen«, sagte Dandy. »Ich kann es auch allein machen, aber mit zwei zusätzlichen Händen geht's leichter.«

»Was für eine Bestellung?«, fragte James. Er betrachtete die Muster, die das Sonnenlicht durch die Blätter der vorbeiziehenden Bäume auf die Straße zeichnete.

»Oh, nur Zeug für den Boden«, sagte Dandy. »Unkrautvernichtungsmittel, Dünger, nichts Aufregendes, fürchte ich. Es stecken eine Menge Arbeit und eine Menge Chemikalien in den Cricket-Feldern, damit sie so schön aussehen, wie sie aussehen. Außerdem muss ich eine Tonne mit Schnittblumen für den vierten Juni in der Kapelle abliefern. Dieses Jahr werden die Feierlichkeiten besonders prunkvoll begangen. Was hast du so gemacht seit unserem Abenteuer im Park? Noch mehr Spione gesichtet?«

»Nein.« James lachte. »Glaubst du mir etwa nicht?«

»Oh doch, ich glaube dir. Genauso wie ich an Kobolde und Goldschätze am Ende jedes Regenbogens glaube.«

James lachte wieder. »Wahrscheinlich sieht es tatsächlich ein bisschen weit hergeholt aus.«

Er entschloss sich, das Thema zu wechseln.

»In letzter Zeit war mein Leben fast zu normal«, sagte er. »Obwohl ich am Samstag auf einer großen Party war.«

»Du Glücklicher.«

James erzählte Dandy alles über seinen Abend im Haus Langton-Herring und Dandy hörte ihm interessiert und amüsiert zu.
»Sieh an«, sagte er nach einer Weile, »jetzt hast du mal gesehen, wie die andere Hälfte lebt.«
»Da hast du wahrscheinlich recht.«
»Aber findest du das gerecht, Jimmy? Während dein Langton-Herring im Geld schwimmt und Räume voll feinem Essen und Champagner besitzt, sind alle andern in diesem Land damit beschäftigt, das Nötigste zum Leben zusammenzukratzen.«
»Ich weiß nicht«, sagte James. »Was ist die Alternative? Alles einfach weggeben?«
»Das wird nie passieren«, sagte Dandy. »Niemand wird je freiwillig sein Vermögen weggeben. Manchmal muss man es sich einfach nehmen.«
»Du klingst gefährlich nach einem Kommunisten«, sagte James und lachte.
»Vielleicht bin ich einer, Kumpel«, sagte Dandy. »Aber diesem Land muss man mal kräftig in den Arsch treten.«
»Glaubst du?«
»Die Franzosen haben es richtig gemacht. *Vive la révolution!*«
»Und was sollen wir deiner Meinung nach tun?«, fragte James. »König George köpfen oder an die Wand stellen, so wie den Zaren?«
Dandy lächelte und nickte. »Vielleicht. Glaubst du, dass sich in diesem verdammten Land etwas ändern wird, solange es einen König gibt?«
»Muss sich denn etwas ändern?«, fragte James.
»Mein Gott, ja«, sagte Dandy.
»Was ist mit den kleinen Prinzessinnen, denen wir beim letzten Mal begegnet sind?«, wollte James wissen. »Würdest du sie auch köpfen?«
»Es geht nicht um einzelne Schicksale, Kumpel. Im großen Plan,

im Sturm der Geschichte zählen zwei kleine Mädchen nicht viel. Du darfst das große Ganze nicht aus den Augen verlieren.«

«Ich glaube trotzdem nicht, dass sich so etwas jemals rechtfertigen lässt«, sagte James.

»Manchmal musst du das Richtige aus den falschen Gründen tun«, sagte Dandy. »Oder das Falsche aus den richtigen Gründen, wenn du weißt, was ich meine.«

»Ich bin mir nicht sicher«, sagte James. Die Unterhaltung faszinierte ihn und er hätte sie gern weitergeführt, aber Dandy verstummte und sagte nichts mehr, bis sie an ihrem Ziel eintrafen: mehrere Scheunen und hässliche Betonschuppen am Rande von Slough.

Dandy fuhr durch das Tor, parkte den Laster im Hof und gab James ein Blatt Papier.

»Hier ist die Bestellung«, sagte er. »Ich gehe ins Lager und hole die Sachen; du bringst den Zettel rein und lässt ihn abzeichnen. Wir brauchen nicht zu bezahlen; das läuft direkt übers College. Wir müssen nur den Laster beladen.«

James ging quer über den schlammigen Hof und betrat das Büro.

Ein Mann mit einer roten Trinkernase und wässrigen Augen saß hinter dem Tresen, las die *Racing Post* und rauchte eine Zigarette. James gab ihm die Liste und er warf einen Blick darauf.

»Dünger, Unkrautvernichtungsmittel, Schwefelpulver, Silberfarbe. Ist alles da und wartet drauf, abgeholt zu werden.« Er leckte sich über die Lippen, unterschrieb die Liste und stempelte sie ab. Dann gab er James die Empfangsbestätigung, damit dieser unterschrieb.

»Eton lässt also jetzt die Jungs die Arbeit tun, wie ich sehe?«

»Ich helfe nur einem Freund«, sagte James.

»Nun, von einigen Säcken solltest du dich lieber fernhalten, mein Sohn. Vieles davon ist übles Zeug. Das ist das Problem mit Pflanzen und Blumen. Wenn du willst, dass sie hübsch und frisch und farbenfroh aussehen, muss man sie heutzutage anscheinend mit allen möglichen Arten von Giften und Chemikalien behandeln. Kaliumchlorat, Kaliumpermanganat, Schwefelpulver ... Ich weiß ja nicht – wahrscheinlich kennst du das alles aus dem Chemieunterricht, aber meine Vorstellung von Gärtnerei ist das nicht. Andererseits will ich mich nicht beschweren – schließlich ist es mein Lebensunterhalt.«

Als James das Büro verließ, luden Dandy und ein anderer Mann gerade die letzten Säcke auf die Ladefläche des Lasters. Er kletterte in die Fahrerkabine und wartete auf Dandy, der kurz darauf kam und den Wagen startete.

»Das ist eine ganz schöne Menge«, sagte James, als sie zurück nach Eton fuhren.

»Ich muss viel Boden versorgen«, sagte Dandy. »Das halbe Land hier in der Gegend gehört der Schule.«

»Ich nehme an, wenn du den König erschossen hast, wirst du die Schule in Brand stecken«, sagte James.

»Vielleicht«, sagte Dandy.

»Ich bin sicher, du würdest genügend Jungen finden, die dir gerne dabei helfen.«

Sie lachten, aber dann sah Dandy James mit ernstem Gesicht an.

»Du bist scharf auf unsere Roan, nicht wahr, James?«

»Wie meinst du das?«

»Glaub nicht, ich hätte es nicht bemerkt, Kumpel.«

»Was bemerkt?«

»Ich habe gesehen, wie du sie im Park angesehen hast, wie ein liebeskrankes Mondkalb.«

»Habe ich nicht«, protestierte James.

»Hast du nicht? Lass dir einen Rat geben, James. Du kannst nicht vorsichtig genug sein bei ihr. Sie hat dir vermutlich erzählt, dass sie eine Hexe ist. Besser, du glaubst ihr das. Nimm dich vor ihr in

Acht. Halt dich von ihr fern. Ein Mädchen kann dir größere Schmerzen zufügen als eine Kugel.«

James traf zufällig auf Pritpal, als er Haus Codrose betrat. Er hatte seine beiden Tischgenossen, seit Bentinck sie wegen des Vorfalls mit dem Brot bestraft hatte, kaum zu Gesicht bekommen. Sie schienen ihn zu meiden und James ergriff die Gelegenheit, um Pritpal danach zu fragen.

»Wir haben uns darauf gefreut, dass du wiederkommst«, sagte Pritpal traurig. »Wir dachten, du wärst unser Retter, unser Ritter in glänzender Rüstung, aber stattdessen hast du alles nur noch schlimmer gemacht.«

»Das ist nicht fair«, sagte James. »Es ist nicht meine Schuld, dass Bentinck ein verdammter Sadist ist.«

»Du magst Ärger, James«, sagte Pritpal. »Du brauchst Aufregung in deinem Leben und Gefahr, aber wir nicht. Und jetzt macht deine Liebe zur Gefahr uns allen das Leben schwer.«

»Du willst also nichts mehr mit mir zu tun haben?«

Pritpal konnte ihm nicht in die Augen sehen. Er kratzte sich an der Nase und starrte zu Boden.

»Mir ist es noch nie im Leben so schlecht gegangen«, sagte er. »Ich habe die Schule gemocht. Das Leben hat Spaß gemacht. Aber jetzt ist alles anders. Ich habe Angst davor, am Morgen aufzuwachen und einem neuen Tag ins Gesicht sehen zu müssen. Einem neuen Tag, an dem ich ängstlich herumschleichen muss, einem neuen Tag, an dem ich vorgeben muss, dass ich Sport mag, einem neuen Tag, an dem ich mich anpassen und Bentinck gefallen muss.«

»Wenn es etwas gäbe, was ich tun könnte«, protestierte James, »würde ich es tun. Aber *was* kann ich tun?«

»Ich weiß es nicht«, sagte Pritpal. »Ich wünschte, ich wüsste es. Aber ich glaube, es ist das Beste, wenn du in der nächsten Zeit nichts tust. Gar nichts.«

Er schlich mit gesenktem Kopf davon. In diesem Moment tauchte Bentinck auf. Er marschierte den Korridor hinunter und hatte zwei andere Jungen der Library im Schlepptau. Pritpal zuckte zusammen und drückte sich an die Wand, damit er Bentinck nicht im Weg stand.

Als Bentinck näher kam, stellte James fest, dass er steif und gerade dastand, wie in Habachtstellung.

Er hasste sich selbst dafür. Und er hasste Bentinck, der dafür sorgte, dass er sich so fühlte. Aber er ließ die Jungen vorbeiziehen, ohne etwas zu tun oder zu sagen.

Resigniert machte er sich auf den Weg in sein Zimmer. Dabei kam er an dem Korridor vorbei, der zu Roans Zimmer führte, und er traf eine schnelle Entscheidung. Er blickte sich um, um sicherzugehen, dass niemand ihn sah, und dann klopfte er an ihre Tür.

»Wer ist da?«

»James Bond.«

Sofort öffnete sich die Tür und Roans Gesicht erschien im Türrahmen. Ihre dunklen Augen glänzten.

»Und was kann ich für dich tun, junger Mann?«, fragte sie. Um ihre vollen Lippen spielte der Anflug eines Lächelns. »Einfach so an die Tür eines Mädchens zu klopfen.«

»Ich brauche jemanden, mit dem ich reden kann«, sagte James.

»Und du willst mit mir reden?«

James zuckte mit den Schultern.

»Dann komm rein, du verrückter Kerl.«

James betrat das Zimmer und setzte sich auf einen harten Holzstuhl am Fenster. Der Raum ähnelte seinem, aber Roan hatte versucht, ihm durch ein paar persönliche Gegenstände eine eigene Note zu geben: ein Bild von Irland an der Wand, ein Patchworkquilt auf dem Bett, ein kleiner gewebter Teppich auf dem Boden.

»Was ist los mit dir?«, fragte sie und setzte sich aufs Bett.

»Ich bin verwirrt und ich habe sonst niemanden, mit dem ich darüber reden könnte.«
»Was ist mit deinen Freunden?«
»Sie meiden mich wie die Pest. Sie glauben, ich bringe ihnen nur Ärger.«
»Und ist das so?«
»Es geht um Bentinck. Er hat das ganze Haus in Angst und Schrecken versetzt.«
»Ach, wegen dem musst du dir keine Sorgen machen. Er hält dich für eine Bedrohung und hat Angst vor dir.«
»Er lässt es an meinen Freunden aus. Sie können ihm nichts entgegensetzen.«
»Und tun sie dir leid oder tust du dir selbst leid?«
»Na ja . . .« James seufzte. »Beides.«
»Manchmal ist die Welt gemein, Darling. Keiner von uns kennt den besten Weg, um mit ihr fertig zu werden. Und du, du bist nur ein Junge, man kann von dir nicht erwarten, dass du immer weißt, was du tun musst.«
»Ich dachte immer, ich wüsste es.«
»Du wirst erwachsen, James. Du stellst gerade fest, dass die Dinge nicht so einfach sind, wie du dachtest. Du bist in deinem Leben viel gelaufen. Das sehe ich. Und wenn du läufst, sind die Dinge einfach. Erst wenn du anhältst, werden sie kompliziert. Warum, glaubst du, stürzen sich Männer in ihre Arbeit, ziehen fröhlich in den Krieg, versuchen, den Nordpol zu erreichen oder den höchsten Berg zu bezwingen? Sie fliehen vor dem wirklichen Leben, James, mit all seinen Problemen. Problemen, die sich nicht durch Weglaufen oder Kämpfen lösen lassen.«
»Das ist der einzige Weg, den ich kenne«, sagte James.
»Du musst noch viel lernen, nicht wahr, Darling? Oh, ich sage nicht, dass du nicht tiefgründig bist. Denn ich weiß, dass unter deiner kühlen Oberfläche eine Menge vor sich geht. Du bist sehr

viel erwachsener und interessanter als die meisten Jungen deines Alters. Aber du stellst dich der Welt immer noch lieber mit deinen Fäusten als mit deinem Verstand oder deinem Herzen. Du musst lernen, dein Herz zu benutzen, denn wenn du das nicht tust, wird es schwach. Und ein schwaches Herz bricht leicht. Wenn jemand dich verletzen will, dann zielt er mit seinen Pfeilen auf dein Herz.«

James war bewusst, wie nah er Roan in dem kleinen Raum war. Er verspürte den mächtigen Drang, sich vorzubeugen und sie zu küssen. Doch da fielen ihm Dandys Worte wieder ein. Was hatte er damit bezweckt? Wollte er James von Roan fernhalten, damit er selbst sie für sich haben konnte? Und welche Gefühle hegte Roan für den Iren?

»Ich habe Dandy heute getroffen«, sagte er beiläufig.

»Ach ja?«

»Kennst du ihn von früher?«, fragte James. »Ich meine, aus der Zeit, bevor du nach Eton gekommen bist?«

Roan sprang vom Bett auf.

»Komm, du musst in dein Zimmer gehen, James. Es ist zu gefährlich, wenn du hierbleibst. Wenn Bentinck wüsste, dass du wieder *Umgang mit einem gewöhnlichen Zimmermädchen hast,* würde er dich bestimmt verprügeln und alle anderen Jungen im Haus auch. Wahrscheinlich würde er sogar versuchen, mir eine Tracht Prügel zu verpassen. Das wäre dann aber das Letzte, was er auf dieser Erde getan hätte.«

James hatte schon den Türknauf in der Hand, als Roan ihn noch einmal zurückhielt.

»Nimm dich vor Dandy in Acht«, sagte sie.

»Genau das hat er auch über dich gesagt«, antwortete James. Er verließ Roans Zimmer verwirrter, als er es betreten hatte.

17 Chemie ist kein langweiliges Fach

James stand in einer ungestümen Bande Eton-Jungen Schlange, um von der alten Frau auf der Barnespool Bridge, die dort jedes Jahr ihren Stand aufmachte, Blumen zu kaufen. Das war eins der Rituale zu den Feierlichkeiten am vierten Juni.

James erinnerte sich an letztes Jahr. Da hatte ihm sein Freund Mark Goodenough diesen Tag ruiniert, weil er versucht hatte, sich umzubringen, als er erfuhr, dass sein Vater ermordet worden war. Er betete, dass der Tag heute anders verlaufen würde. Als er seine Blume bezahlte und sie ins Knopfloch am Revers seiner Jacke steckte, dachte er darüber nach, wie leicht er sich in die immer gleiche Routine in Eton eingefunden hatte, wie schnell er die merkwürdigen Traditionen akzeptiert hatte. Er fühlte sich schon wie ein alter Hase. Das hier war jetzt seine Welt, sein Leben für die nächsten vier Jahre.

Er sah zu, wie drei Pops, wie die Aufsichtsschüler in Eton genannt wurden, in ihren grellbunten Westen vorbeistolzierten und sich den jüngeren Schülern gegenüber wie Herren aufspielten. Er freute sich auf die Zeit, wenn er zu ihnen gehören würde. Bis dahin würde er aber noch zahllose andere Eton-Rituale über sich ergehen lassen müssen.

Und dann? Es gab keine väterlichen Fußstapfen, in die er treten konnte, keine elterlichen Erwartungen, die er erfüllen musste. Seine Zukunft war ein Buch mit leeren Seiten und er konnte hineinschreiben, was immer er wollte.

Natürlich war da noch Tante Charmian, die sich seit dem Tod sei-

ner Eltern um ihn kümmerte. Allerdings führte sie ein recht unkonventionelles Leben und hatte nie versucht, James in eine bestimmte Richtung zu lenken oder seine Zukunft für ihn zu planen. Nicht, dass es ihr egal war, was aus ihm wurde, aber sie hatte ihn immer dazu ermutigt, seinen Mann zu stehen.
Nachher würde er seine Tante treffen. Genau wie letztes Jahr kam sie nach Eton. James warf einen Blick auf seine brandneue Armbanduhr. Bald würde sie hier sein. Er war am Burning Bush mit ihr verabredet. Der kunstvoll verzierte Laternenpfosten war zu einem praktischen Treffpunkt in Eton geworden.
Als er über die High Street zurückging, kamen ihm Pritpal und Tommy entgegen. Man sah ihnen an, dass sie sich nicht wohl in ihrer Haut fühlten.
Sie begrüßten einander und James versicherte ihnen, dass er ihnen nicht böse war, weil sie ihn gemieden hatten.
»Ich weiß, wie hart es für euch sein muss«, sagte er. »Und es tut mir leid, wenn ich alles nur noch schlimmer gemacht habe. Ich verspreche, dass ich mich darum kümmere. Und in der Zwischenzeit werde ich mein Bestes tun und keinen Ärger machen. Ihr werdet einen neuen James Bond kennenlernen. Eure Freundschaft bedeutet mir sehr viel und ich will nicht, dass sie in die Brüche geht.«
Pritpal lächelte verlegen. »Ist schon in Ordnung, James«, sagte er kleinlaut. »Als ich dich gestern getroffen habe, ging es mir besonders schlecht. Es ist nicht fair, dir die Schuld zu geben.«
»Trotzdem«, sagte James, »in Zukunft werde ich viel vernünftiger sein. Ich werde ein Musterschüler sein. Keine Abenteuer mehr.«
Tommy lachte. »Fällt mir schwer, das zu glauben.«
»Wart's ab«, sagte James und setzte seinen Weg die High Street hoch fort. Er war jedoch noch keine zehn Schritte weit gekommen, als er plötzlich wie angewurzelt stehen blieb.
Auf einmal waren alle Versprechen, die er seinen Freunden gegeben hatte, nur noch Schall und Rauch.

Vor Spottiswoode's stand eine Person, die er kannte. Sie sah sich die Auslagen im Schaufenster des Ladens an. Eine Frau. Sie kehrte ihm den Rücken zu, aber es war ein Rücken, den er nie vergessen würde.

Nein, sie konnte es nicht sein. Bestimmt träumte er.

Er trat in den Schatten eines Gebäudes und wartete darauf, dass die Frau sich umdrehte, damit er sich vergewissern konnte, dass er recht hatte.

Er sah sie genauer an, kein Detail entging ihm. Die robusten schwarzen Schuhe, die grauen Strümpfe und der graue Rock mit dem dazu passenden Jackett, dessen Nähte über dem untersetzten, muskulösen bäuerlichen Körper beinahe zu platzen drohten. Der bullige Kopf saß wie ein Felsbrocken auf den breiten Schultern. Das kurz geschnittene Haar war grau, wie der Rest von ihr ... Oberst Sedova. Im russischen Geheimdienst auch als Babuschka, Großmütterchen, bekannt.

Es konnte niemand anders sein.

Nur der Hut war neu. Ein lächerliches rundes, formloses Gebilde mit angesteckten Blumen, das auf dem soliden grauen Sockel völlig fehl am Platz aussah.

Los ... Dreh dich um. Lass mich dich anschauen.

Lärmende Eltern und Touristen liefen festlich gestimmt den Bürgersteig entlang und rauschten an Spottiswoode's vorbei. Als sie weitergezogen waren, war die graue Gestalt verschwunden.

James fluchte und schlug sich mit der Faust gegen die Stirn. Es konnte nicht Sedova gewesen sein. Was hatte sie in Eton zu suchen? Das letzte Mal, als er sie gesehen hatte, war sie nach einem Blutbad durch einen Tunnel in London geflohen. James hatte ihren Plan, eine riesige Dechiffriermaschine zu bauen, durchkreuzt. Damals hätte er sie erschießen können, aber er hatte es sich anders überlegt und sie laufen lassen. Für seinen Geschmack hatte es an diesem Tag schon genug Tote gegeben.

War das ein schrecklicher Fehler gewesen?
Was ging hier vor sich?
Aus den dunklen, verborgenen Tiefen seines Gehirns löste sich ein Wirrwarr aus undeutlichen Gedanken. Wenn er doch nur schlau daraus werden würde. Es war, als passierte etwas Wichtiges in einem Raum, aber er stand auf der anderen Seite vor verschlossener Tür, und egal, wie heftig er auf die Tür einschlug, er konnte nicht hineingelangen.
In dem Raum war eine merkwürdige Mischung aus Leuten versammelt. Der Unsichtbare Mann, Theo Bentinck, Dandy O'Keefe, Roan Power, Graf von Schlick, Prinz Edward und nun auch noch Sedova.
Eine ziemlich sonderbare Gesellschaft.
Er war so in Gedanken versunken, dass er nicht merkte, wie ihm jemand zuwinkte, bis er sie beinahe umrannte.
»James. Wo bist du mit deinen Gedanken?«
Es war Charmian, die kopfschüttelnd vor der Schulbibliothek stand.
James grinste und begrüßte sie. Als er ihr einen Kuss auf beide Wangen gab, waren alle dunklen Gedanken mit einem Mal wie weggewischt. Charmian trug ein einfaches tailliertes dunkelgraues Kostüm. Dazu hatte sie einen Männerhut aufgesetzt und schräg ins Gesicht gezogen. Sie hätte sich kaum deutlicher von den anderen Müttern und Tanten abheben können, die alle die Gelegenheit ergriffen hatten, ihre neuesten Sommerkleider und ihren teuersten Schmuck vorzuführen.
»Und sieh mal, wen wir hier haben«, sagte Charmian.
Zwischen all den Menschen hatte James das Mädchen, das geduldig neben Charmian wartete, gar nicht bemerkt.
Sie war ungefähr sechzehn Jahre alt, hübsch und selbstsicher. Aber ihre Augen blickten traurig und abwesend.
Erschrocken stellte James fest, dass es Mark Goodenoughs

Schwester Amy war. Letzten Sommer hatten sie zusammen auf Sardinien viele Abenteuer bestanden. James hatte sie aus den Händen eines verrückten italienischen Grafen befreit.
»Amy«, sagte er. Ein Lächeln erschien auf ihrem Gesicht, als er ihr einen flüchtigen Kuss auf die Wange drückte.
Sie hatte sich verändert, war älter geworden, mehr Frau als Mädchen.
James fühlte sich ein wenig unbehaglich in seiner Haut. Nach dem Sommer hatten sie sich nicht mehr gesehen; in seinem Leben war zu viel passiert. Am Anfang hatten sie sich ein paar Briefe geschrieben, aber dann war der Kontakt eingeschlafen. Vielleicht lag es daran, dass sie sich in einer Zeit voller Gefahren und Angst kennengelernt hatten. Die Erlebnisse, die sie verbanden, waren so intensiv gewesen, dass sie in der wirklichen Welt keinen Bestand mehr hatten, und so war es ihnen schwergefallen, eine normale Beziehung aufrechtzuerhalten.
»Was machst du denn hier?«, fragte James.
»Ich habe einen Vetter«, sagte Amy und verzog das Gesicht. Sogar ihre Stimme hatte sich verändert, sie klang tiefer, erwachsener. »Einen schrecklichen kleinen Jungen namens Philip. Na ja, ich nenne ihn der Einfachheit halber Vetter. Eigentlich ist er ein Vetter von einem Vetter oder irgend so was. Seine Eltern sind in Indien und konnten heute nicht herkommen. Da drüben ist er, mit meiner Tante und meinem Onkel.«
Sie nickte zu einem schmächtigen Schüler hinüber, der sich mit einem gut gekleideten Herrn und einer Dame unterhielt.
»Eigentlich war er nur ein günstiger Vorwand«, fuhr Amy fort. »In Wahrheit wollte ich dich sehen. Ich habe Charmian angerufen und sie hat mir gesagt, wo ihr verabredet seid.«
»Es ist schön, dich zu sehen«, sagte James und er hoffte, es klang nicht gezwungen oder falsch. »Sind das die Verwandten, bei denen du jetzt lebst?«

»Ja«, sagte sie. »Du und ich, wir sitzen jetzt im selben Boot.« Amy sah weg. Eine Wolke hatte sich wieder über ihr Gesicht gelegt und der traurige, abwesende Ausdruck war in ihre Augen zurückgekehrt.

»Ich bin nicht mehr hier gewesen, seit Mark die Schule verlassen hat«, sagte sie leise. »Es kommt mir vor, als wäre es ein anderes Leben.«

»Wie geht es Mark?«, fragte James. Er hatte ein schlechtes Gewissen, weil er seinem Freund überhaupt nicht geschrieben hatte.

»Es geht ihm viel besser«, sagte Amy. »Wir haben beide eine ziemlich schlimme Zeit durchgemacht. Manchmal holt uns die Vergangenheit noch ein, aber der Schmerz lässt langsam nach.« Sie wandte sich wieder James zu. »Ich nehme an, du weißt, wie sich das anfühlt.«

»Ja«, sagte James. Manchmal träumte er noch von seiner Mutter und seinem Vater, und wenn er niedergeschlagen war, fragte er sich, wie sein Leben aussehen würde, wenn seine Eltern nicht bei einem Kletterunfall ums Leben gekommen wären.

Amys Verwandte kamen zu ihnen herüber und alle stellten sich gegenseitig vor. Man beschloss, gemeinsam die Schule zu besichtigen, und Philip übernahm die Führung.

Am vierten Juni war Tag der offenen Tür in Eton, Gelegenheit für die Jungen, ihren Familien zu zeigen, wie sie hier lebten, und für Außenstehende, einen Blick aus nächster Nähe auf die Jungen zu werfen.

»Was wollt ihr sehen?«, fragte Philip, während er die Gruppe die Common Lane hinunterführte.

»Alles«, sagte Amys Onkel Peter, ein leicht übergewichtiger, gut gelaunter Engländer aus dem Norden. »Ich habe schon so viel über die Schule gehört, bin aber noch nie hier gewesen. Ich will alles sehen. Es öffnet einem die Augen, wenn man diese gut erzogenen Jungen beobachtet, wie sie, ausstaffiert wie kleine Leichenbestatter, durch die Gegend laufen.«

»Ein paar Sehenswürdigkeiten kann ich euch leider erst später zeigen«, sagte Philip. »Heute stattet der König der Schule einen Besuch ab und um elf Uhr beginnt ein Gottesdienst in der Kapelle.«

»Oh, mein Bedarf an Kirchen ist gedeckt«, sagte Onkel Peter. »Lieber würde ich mir anschauen, wo ihr arbeitet und studiert.«

Dann begann Philip mit seinem Rundgang. James und Amy ließen sich zurückfallen. Allmählich entspannte sich James in ihrer Gegenwart und bald hatten sie die anderen vergessen und unterhielten sich sorglos miteinander.

Philip war sehr gewissenhaft. Sie besichtigten Haus Warre, die Turnhalle, die Fives-Plätze, die Kunsträume und dann marschierten sie den ganzen Weg hinüber bis zur Musikschule und zu den neuen Gebäuden für die Naturwissenschaften.

Als sie einen der Chemieräume betraten, trafen sie auf ein paar ältere Jungen, die gerade im Beisein eines nervösen Lehrers, der sie beaufsichtigte, einen Versuch vorführten.

»Manche glauben, dass Chemie langweilig ist«, sagte einer der Jungen. »Aber wir sind anderer Meinung: Chemie ist *nicht* langweilig. Man kann sehr spannende Experimente machen und alle möglichen interessanten Dinge lernen, zum Beispiel, wie man Explosionen zustande bringt!«

Er nickte einem seiner Klassenkameraden zu, der einen Klumpen aus irgendetwas Weißem mit einer Zange packte und in einen Glaskolben fallen ließ.

Es gab einen Knall und einen Blitz und ein paar Mütter schrien auf. Dann wurde zaghaft applaudiert. Philip zog Amy am Arm.

»Komm mit«, sagte er. »Das sehen wir uns genauer an.«

Amy versuchte zu protestieren, aber Philip war hartnäckig. Sie warf James einen verzweifelten Blick zu und er wollte ihr gerade folgen, als er eine vertraute Stimme neben sich hörte.

»Ist das deine Freundin?«
Es war Roan. Sie trug ein helles Sommerkleid und einen hübschen weißen Hut.
»Sie ist nicht meine Freundin«, sagte James. »Sie ist nur eine Bekannte.«
»Sie ist sehr hübsch.«
»Schon möglich.«
»Findest du sie genauso hübsch wie mich?«
»Das ist eine Fangfrage«, sagte James. »Und ich werde sie nicht beantworten.«
»Ganz wie du willst«, sagte Roan. »Hast du einen schönen Tag?«
»Schon möglich.«
»Ich finde es wunderbar, wenn so viele Leute den Tag genießen«, sagte Roan.
»Änderst du deine Meinung über die Schule?«, fragte James.
»Nicht über die Schule«, sagte Roan. »Über die Leute. Ich dachte, alle wären hochnäsig und versnobt. Manche sind das auch, aber nicht alle. Du bist es nicht.«
Noch nie hatte James sie so erlebt. Sonst war sie immer so lebendig und vergnügt, aber heute war ihre Stimmung düster.
»Hast du Dandy heute schon irgendwo gesehen?«, fragte sie.
»Nein. Warum?«
»Ach, nur so.«
»Und du?«, fragte James.
»Er hilft bei den Vorbereitungen für den Besuch des Königs. Er muss die Kapelle herrichten.« Roan sah hinüber zu den Jungen, die noch eine kleine Explosion vorführten. Sie schien mit sich zu kämpfen. Schließlich redete sie weiter, ohne James anzusehen.
»Dandy hat mir aufgetragen, ich soll dir ausrichten, dass er Gesellschaft brauchen könnte. Zwei zusätzliche Hände . . . Ich glaube, er hat Spaß gemacht.«

»Wahrscheinlich«, sagte James. »Ich habe ihm gestern Nachmittag geholfen. Heute habe ich keine Zeit.«
»Das sehe ich«, sagte Roan. »Mit deiner hübschen Freundin.«
»Ich habe dir gesagt«, erwiderte James, »dass sie nicht meine Freundin ist.«
Plötzlich packte Roan ihn am Ellbogen und sah ihn beschwörend an.
»Bleib bei ihr, James. Genieß den Tag. Geh mit ihr zum Fluss. Glaub nicht, dass du ganz allein die Welt retten musst.«
»Soweit ich sehe, muss die Welt im Augenblick nicht gerettet werden«, sagte James.
»Nein.« Roan lachte, aber ihr Lachen erstarb schnell. »Gott, was für ein schöner Tag«, sagte sie. Dann riss sie ihre Augen von ihm los und lief davon.
James schüttelte den Kopf. Am liebsten wäre er ihr gefolgt, um bei ihr zu sein. Aber er wusste, dass das nicht ging. Er musste bei Charmian und Amy bleiben.
Amy . . .
Er hatte sie immer sehr gerngehabt, aber sie hatte in ihm nie dieselben Gefühle wachgerufen wie Roan: Er war glücklich, unglücklich, aufgeregt und ängstlich, alles zugleich. Wenn Roan ihn mit ihren großen schwarzen Hexenaugen ansah, bekam er weiche Knie.
Ein plötzlicher Knall holte ihn in die Wirklichkeit zurück. Er war sehr viel lauter als die anderen gewesen. Die Jungen, die das Experiment machten, blickten glücklich in die Runde und genossen die schockierte Reaktion der Zuschauer.
Offenbar sah sich der verantwortliche Lehrer genötigt, ein paar erklärende Worte dazwischenzuschieben, damit nicht der Eindruck entstand, dass hier ein paar Jungen Blödsinn machten und aus Jux und Dollerei Sachen in die Luft sprengten.
»Sie wären überrascht, wie einfach es ist, eine Explosion hervor-

zurufen«, sagte er in typischer Lehrermanier, die dafür sorgte, dass lustige Dinge automatisch langweilig wurden. »Viele Elemente reagieren heftig, wenn sie mit Luft oder Wasser in Verbindung kommen, und natürlich mit Hitze. Wenn Sie die richtigen Elemente zusammenmixen, können Sie eine weitaus spektakulärere Explosion hervorrufen als die, die wir Ihnen heute hier vorgeführt haben. Ich beabsichtige nicht, Ihnen die genaue Formel zu geben, aber wenn Sie eine wirklich große Bombe herstellen wollten, bräuchten Sie dafür nur etwas Kaliumpermanganat und Kaliumchlorat. Beide sind in gewöhnlichen, überall erhältlichen Produkten zu finden, zum Beispiel in Unkrautvernichtungsmitteln und Dünger –«

James drängelte sich durch die Menge nach vorne zum Labortisch, an dem der Lehrer stand.

»Was haben Sie gerade gesagt?«

»Ähm, ich sprach über Bomben. Warum? Interessieren Sie sich für Chemie?«

»Was haben Sie über Unkrautvernichtungsmittel gesagt?«

»Nur dass Sie, wenn Sie wüssten, wie es geht, eine ziemlich üble Bombe aus Kaliumpermanganat und –«

»Schwefelpulver?«, sagte James.

»Ja, das würden Sie brauchen.«

»Salpeter?«

»Ja.«

»Silberfarbe?«

»Silberfarbe? Ich bin nicht sicher, was – oh nein, warten Sie eine Minute, ja, Silberfarbe enthält Aluminiumpulver . . . Sie sind ein ziemlicher Experte, wie ich sehe. Ich hoffe, Sie planen nicht, jemanden in die Luft zu sprengen.«

»Ich nicht«, sagte James und drängelte sich zurück durch die Menschenmenge. »Aber ich kenne jemanden, der das vorhat!«

18 Eine Höllenmaschine

Es war, als hätte sich ein rostiges Zahnrad in James' Gehirn gelöst. Jetzt drehte es sich und plötzlich griff alles ineinander. Dandy plante, den König zu ermorden. Er hatte es James geradezu unter die Nase gerieben. Er hatte ihn von Anfang an verspottet.

Was für ein Idiot er doch gewesen war. Warum hatte er es nicht früher begriffen? Er fühlte sich wie jemand, der in Ägypten herumlief und die Pyramiden nicht finden konnte, obwohl er sie die ganze Zeit direkt vor Augen hatte.

Miles hatte ihm erzählt, dass Graf von Schlick mit der britischen Königsfamilie verwandt war. Dann hatte Amy ihm erklärt, dass ein Vetter nicht unbedingt ein Vetter ersten Grades sein musste.

»Sie werden meinen Vetter Jürgen töten . . .«

Graf Schlicks Vetter Jürgen *war König George.*

Irgendwie wusste der Graf über die Verschwörung Bescheid. Hatte er vielleicht versucht, den Prinzen vor der Gefahr zu warnen? Das würde erklären, warum von Schlick sich so gewunden hatte, als James ihn ausfragen wollte.

Aber wenn sie von der Gefahr wussten, warum war der König dann heute überhaupt hier?

Er hatte jetzt keine Zeit, darüber nachzudenken. In blinder Panik warf James einen Blick auf seine Uhr. Aber die Zeiger ergaben keinen Sinn. Er atmete tief durch und versuchte, sein rasendes Herz zu beruhigen.

Er sah noch einmal hin.

Es war Viertel vor elf. Er hatte fünfzehn Minuten Zeit, bevor der Gottesdienst in der Kapelle beginnen würde.

Wo waren Charmian und die anderen?

Da. Am anderen Ende des Raums. Sie sahen sich ein paar Molche und Frösche in einem Aquarium an. Er wollte gerade zu ihnen gehen, als er etwas Graues aufblitzen sah.

Diesmal gab es keinen Zweifel. Es *war* Babuschka. Sie ging langsam durch den Raum und suchte offenbar nach etwas – oder nach jemandem. Ein paar Schritte hinter ihr ging der Unsichtbare Mann, sein unverwechselbarer Filzhut verdeckte sein Gesicht.

Sie waren alle daran beteiligt. Es war eine riesige kommunistische Verschwörung.

James musste schnell denken und schnell handeln.

Er konnte nicht zu Charmian gelangen, ohne dass Sedova auf ihn aufmerksam wurde.

Er drehte sich um und rannte auf demselben Weg, auf dem er gekommen war, aus dem Raum. Er preschte an der Lower Chapel vorbei und als er auf die South Meadow Lane stieß, bog er nach rechts ab und rannte weiter, die Keate's Lane hinunter bis zur High Street. Die Menschen, die ihm im Weg standen, schubste er grob zur Seite. Irgendwo musste doch ein Polizist zu finden sein. Dabei gab es nur ein Problem. Selbst wenn er einen finden würde, würde er genug Zeit haben, um ihn davon zu überzeugen, dass er etwas unternehmen musste? Würde er ihm überhaupt glauben? *Würde ihm irgendjemand glauben?*

Er rannte weiter. Wenn Dandy eine Bombe gebaut hatte, die schwer genug war, um die Kapelle in die Luft zu jagen, musste sie ziemlich groß sein. Der einzige Ort, an dem er sie verstecken konnte, war die Krypta unter der Kapelle.

Verdammt. Irgendwo musste doch ein Polizist sein. Er war schon fast an der Aula und die Zeit rann ihm durch die Finger.

Er stieß mit einer Gruppe zusammen, die um die Ecke zur Bibliothek bog. Als er sich durch den Pulk hindurchgekämpft hatte, stolperte er direkt in eine Schar Jungen, die auf dem Bürgersteig standen und miteinander schwatzten.

Er hörte nicht auf ihre verärgerten Rufe und wollte gerade die Straße überqueren, um zum Burning Bush zu laufen, als ihn jemand am Ärmel packte und zurückriss.

»Bond! Was, zum Teufel, ist in dich gefahren?«

»Lass mich los, Bentinck!«

»Du verhältst dich wie ein Hooligan.«

»Ich habe jetzt keine Zeit für diesen Quatsch«, schrie James. Er schubste Bentinck zur Seite und schlug ihm dabei die Brille von der Nase. Bentinck taumelte rückwärts gegen einen anderen Jungen, der ihn auffing.

»Dafür wirst du bezahlen!«, stieß Bentinck wütend hervor. Er näherte sich James mit ausgestrecktem Finger.

»Spar dir das!«, schnauzte James ihn an, aber Bentinck packte ihn am Kragen und ließ nicht los.

Ohne nachzudenken, stieß James sein Knie zwischen Bentincks Beine und zog es ruckartig hoch. Bentinck rang nach Luft und ließ ihn sofort los.

James drehte sich um und rannte in einen Polizisten hinein.

Gott sei Dank.

»Was ist hier los?«, fragte der Polizist. »Ihr Jungen solltet es besser wissen und euch nicht in der Öffentlichkeit prügeln.«

»Es ist ein Notfall«, sagte James.

»Was für ein Notfall?«

»Jemand will den König umbringen, Sie müssen mitkommen.«

Der Polizist starrte James einen Moment lang an und brach in schallendes Gelächter aus.

»Sehr gut«, sagte er. »Beinahe wäre ich dir auf den Leim gegangen. Eines Tages werdet ihr Jungs mit euren Streichen zu weit gehen.«

»Das ist kein Streich«, sagte James. »Es ist eine kommunistische Verschwörung. Sie werden König George ermorden.«

»Na klar, und ich werde zum Mond fliegen«, sagte der Polizist.

James sah sich verzweifelt um. Der Polizist war nicht der Einzige, der lachte. James stand mitten in einem Kreis von brüllenden und johlenden Jungen.

»Es stimmt«, sagte er. »Sie müssen mir glauben.« Aber der Polizist ging schon wieder seiner Wege und Bentinck hatte sich mittlerweile erholt. Gleich würde er wieder auf James losgehen und diesmal noch wütender als zuvor.

James fluchte, durchbrach den Kreis der Jungen und sprintete über die Straße in Richtung Schulhof.

Er rannte durch den Torbogen und wandte sich nach rechts. Fast stieß er mit zwei Eltern zusammen, die die Gedenktafeln an der Mauer studierten.

Er entschuldigte sich und lief langsamer weiter. Im Hof warteten mehrere Würdenträger darauf, in die Kapelle hineingelassen zu werden. Mittendrin entdeckte James die kleine bärtige Gestalt des Königs. Er konnte es nicht riskieren, die Aufmerksamkeit auf sich zu ziehen. Wenn jemand ihn entdeckte, würde man ihn hinauswerfen.

Zielstrebig lief er die Kolonnaden unterhalb der Upper School entlang, sodass alle Welt glauben musste, er gehörte hierher. Dann trat er durch die alte Tür am anderen Ende.

Ein Student stand Wache an der breiten Holztreppe, die hinauf zum Vorraum der Kapelle führte.

»Du kannst hier nicht hoch«, sagte er zu James.

»Der Direktor will dich sprechen«, sagte James bestimmt.

»Der Direktor? Warum?«

»Woher, zum Teufel, soll ich das wissen?«, sagte James. »Aber er hat mich geschickt, um dir Bescheid zu sagen, und er hat gesagt, es wäre dringend. Ich übernehme hier für dich.«

Der Student zögerte, aber als James ihn anblaffte, dass er sich beeilen sollte, stürzte er verwirrt davon.
James erklomm die Treppe zum Vorraum und traf auf eine Gruppe Frauen, die damit beschäftigt war, letzte Hand an ein paar große Blumenarrangements zu legen.
»Wie komme ich zur Krypta?«, fragte er eine von ihnen. Sie nickte zu dem kleinen Andachtsraum für die Kirchendiener hinüber, von dem aus sich eine Wendeltreppe nach unten wand.
James eilte durch den Vorraum und lief die Treppe hinunter. Dann stand er in der schmalen, engen und dunklen Krypta. Ein Teil davon war durch eine Backsteinmauer abgetrennt worden, aber erst vor Kurzem hatte jemand ein Stück dieser Mauer wieder eingerissen.
James sah durch die Öffnung hindurch. Der dahinterliegende Teil der Krypta verlief der Länge nach unter der Kapelle entlang und stand voller alter Särge. Nichts rührte sich. Aber auf dem Boden, neben der Öffnung, lag ein Kirchendiener. Er bewegte sich nicht. James kletterte durch das Loch, um ihn sich näher anzusehen. Er hatte gerade genug Zeit, um festzustellen, dass sich unter dem Körper des Mannes eine dunkle Blutlache bildete, als es einen fürchterlichen Knall gab, gefolgt von einem grellen Blitz, und er nach hinten geschleudert wurde.
Er schlug hart gegen die Wand. Sein Kopf ruckte nach hinten und stieß gegen das Mauerwerk. Um ihn herum wurde alles schwarz.

»Was war das?«
»Wahrscheinlich wieder eine Explosion im Chemiesaal.«
»Hast du James gesehen?«
»Nein. Hier draußen ist er nicht.«
Charmian und Amy warteten auf der South Meadow Lane.
»Er muss sich irgendwohin abgesetzt haben«, sagte Charmian. »Du weißt ja, wie Jungen sind.«
»Ich habe gesehen, wie er mit einem Mädchen gesprochen hat«,

sagte Amy. »Ich wollte ihn nicht stören. Dann war ich mit Ihnen am Aquarium, und als ich wieder nach ihm gesehen habe, war er weg.«

»Das ist letztes Jahr auch passiert«, sagte Charmian. »Er war einfach verschwunden. Eine Ewigkeit lang.«

Amy sah enttäuscht aus. Charmian legte eine Hand auf ihren Arm.

»Mach dir keine Sorgen. Er taucht wieder auf«, sagte sie. »Das tut er immer.«

James' Kopf schmerzte höllisch.

Das war gut.

Es bedeutete, dass er noch am Leben war.

Seine Augen waren geschlossen. Es wäre zu anstrengend gewesen, sie zu öffnen. Wenn er ganz still hielt, müsste er dem, was auf ihn wartete, vielleicht nie ins Gesicht sehen.

Er saß auf einem Stuhl, sein Kopf hing nach vorn auf die Brust, und wenn er nicht an den Stuhl gefesselt gewesen wäre, würde er auf den Boden fallen.

Um seine Brust waren Seile geschlungen und seine Hände waren hinter dem Rücken gefesselt. Seine Knöchel waren an die Stuhlbeine gekettet.

Er hätte sich nicht bewegen können, selbst wenn er gewollt hätte.

»Ich weiß, dass du wach bist.«

Dandys Stimme.

James' Kopf flog zur Seite und er verspürte einen brennenden Schmerz auf der Wange. Dandy musste ihn geschlagen haben.

Widerwillig öffnete James die Augen. Das Licht war gedämpft, aber es bereitete ihm trotzdem die schlimmsten Kopfschmerzen seines Lebens.

Dandy stand lächelnd vor ihm.

»So ist es besser«, sagte er. Dann fügte er missbilligend hinzu: »Jesus Maria, du hast dir aber Zeit gelassen, Kumpel. Ich dachte schon, du würdest die Party verpassen.«

James sah sich in der Krypta um. Eine große Stahltrommel klemmte zwischen zwei Särgen. Eine lange Zündschnur führte von ihr weg, schlängelte sich einmal durch die Krypta und kehrte wieder an ihren Ausgangspunkt zurück.

Das war also die Bombe. Sie sah so langweilig und gewöhnlich aus. Aus ihrer Größe konnte man allerdings schließen, dass sie stark genug war, um das gesamte Gebäude zum Einsturz zu bringen.

»Ja«, sagte Dandy, »das ist sie, meine Brenda. *Eine Höllenmaschine*. Brenda ist bereit, die dort oben alle in die Hölle zu schicken. Das meiste Zeug, das ich gebraucht habe, habe ich gestern mit dir geholt. Mottenkugeln, ein bisschen Mehl, ein bisschen Zucker und den anderen Kleinkram hatte ich schon vorher besorgt. Es wird einen ziemlichen Knall geben.«

»Was willst du damit erreichen?«, fragte James.

»Zunächst mal werden wir einen König los. Er wird hier direkt über uns sitzen, im westlichen Teil der Kapelle. Solange der alte Georgie an der Macht ist, wird das Arbeitervolk in diesem Land niemals aufbegehren und die Kontrolle übernehmen. Revolution, James, ist der einzige Weg, um die Dinge zu ändern. Ein kurzer, schmerzhafter Schock.«

»Und ich?«, fragte James. »Wie hänge ich damit zusammen?«

»Du bist ein Feind des Volkes.«

»Was?« Es war so lächerlich, dass James beinahe losgeprustet hätte.

»Ich hatte von Anfang an den Befehl, dich aus dem Weg zu räumen, James«, sagte Dandy, während er die Zündschnur überprüfte. »Befehl von ganz oben.«

Von Sedova?

Sie hatte James offenbar nie vergeben, dass er ihre Pläne in London durchkreuzt hatte. Er wünschte sich von ganzem Herzen, dass er sie nicht hätte entwischen lassen. Sie musste die ganze Zeit ein Komplott gegen ihn geschmiedet haben, um sich zu rächen.

»Ich habe dich vor den Laster gestoßen«, sagte Dandy. »Aber du hast einen Schutzengel.«

»Und im Park?«, fragte James. »Du wolltest mich erstechen, nicht wahr?«

»Der Gedanke ist mir gekommen, aber die Prinzessinnen haben dich gerettet. Und dann hatte ich eine bessere Idee. Nämlich, dich hierherzubringen und euch alle zusammen in die Luft zu jagen. Sprich dein Gebet, Kumpel, denn die Prinzessinnen werden dir diesmal nicht helfen, und *du* wirst ihrem Großvater nicht helfen können.«

Dandy beendete seine Arbeit, stand auf und wischte sich die Hände an seiner Hose ab. Dann überprüfte er die Seile, mit denen er James gefesselt hatte.

»Sie werden sehr zufrieden sein, weil alles so wunderbar geklappt hat«, sagte er. »Es wird zwar nicht viel von dir übrig bleiben, Kumpel, aber wenn die Bombe hochgegangen ist, werde ich ein paar Briefe an die Zeitungen schicken. Darin wird stehen, wie der Kommunismus die Macht in Europa übernehmen wird und wie du mir dabei geholfen hast, die Bombe zu basteln.«

»Sei kein Idiot«, spottete James. »Keiner wird dir das glauben.«

»Ach nein? Warum, meinst du, habe ich dich mit nach Slough genommen und dafür gesorgt, dass du beim Abholen der Chemikalien gesehen wirst? Du wirst der Schurke in dem Stück sein, ein tollpatschiger Schurke, der bei seiner eigenen Explosion ums Leben gekommen ist. Ein Märtyrer für die Sache. Wie fühlt sich das an? Du wirst uns helfen, dass die roten Fahnen wehen.«

»Jeder weiß, dass ich kein Kommunist bin«, sagte James. »Ich bin nicht der Typ dafür.«

»Ich sag dir, was für ein Typ du bist, Kumpel«, sagte Dandy rau. »Du bist der unzufriedene Typ, der ein schwieriges Leben hat – Eltern tot, keine Vaterfigur –, der in der Schule schikaniert wird und der sich nach Rache sehnt.«

»Nein«, sagte James. »So ist es nicht.«

»Komm schon. Ein solcher Junge kann leicht von den falschen *Typen* beeinflusst werden. Jeder weiß, dass du hinter Roan her bist. Alle konnten sehen, dass du ein Auge auf sie geworfen hast. Aus Liebe tun manche Menschen verrückte Dinge.«

»Sie ist also deine Komplizin?«

»Tut mir leid, Kumpel, so ist es.«

»Warum hast du mich dann vor ihr gewarnt und wolltest, dass ich mich von ihr fernhalte?«, fragte James.

»Sie ist nicht so hartherzig wie ich«, sagte Dandy und zog sein Messer. »Ich hatte Angst, sie würde dich zu sehr ins Herz schließen. Aber heute hat sie bewiesen, was sie von dir hält, indem sie dich hierhergeschickt hat. Nun, wir leben und lernen, wir lieben und lernen. Außer in deinem Fall: Du wirst nicht länger leben. Die Lehre kommt also zu spät, um dich zu retten. Na ja, mach dir nichts draus. Du wolltest doch immer ein Held sein, nicht wahr? Jetzt wirst du einer. Allerdings nicht in Großbritannien. Du wirst ein Held in der Sowjetunion sein. Sie werden dir wahrscheinlich ein Denkmal errichten.« Er kniff James in die Wange.

»Armer James Bond, er starb für die falsche Sache.«

»Wieso warst du so sicher, dass ich kommen würde?«

»Es war fast zu leicht. Ein kleiner Anschubser von Roan hat ausgereicht. Wir wissen alles über dich, James. Du bist ein Einzelgänger und glaubst, du kannst alles allein lösen. Das hier ist aber ein Spiel unter Männern, Kumpel, und du bist nur ein Junge. Und das Gleiche gilt für Roan. Hast du wirklich geglaubt, du hättest neben einem richtigen Mann wie mir eine Chance bei ihr?«

»Du bist dir deiner Sache ziemlich sicher, nicht wahr?«, sagte James. »Aber was ist, wenn ich einen Polizisten mitgebracht habe? Was dann?«

»Dann wäre er genauso tot wie der Mann da drüben«, sagte Dandy. Er warf sein Messer durch die Krypta und James hörte, wie es in einem der Särge stecken blieb.

»Es ist ein großer Vorteil, dass die Bullen in diesem Land keine Waffen tragen dürfen«, sagte Dandy. »Leuten wie mir macht es das Leben sehr viel leichter. So, ich habe schon viel zu lange mit dir gequatscht.«

Dandy sah auf seine Uhr.

»Fünf nach elf«, sagte er. »Jetzt sollten sich alle oben gemütlich niedergelassen haben. Ich werde die Lunte anzünden und dich allein lassen, wenn es dir recht ist. Ich will mir das Feuerwerk von einem günstigen Standort aus ansehen. Es dauert zehn Minuten. Nach meinen Berechungen werden die Grenadier Guards hier um Viertel nach elf vorbeimarschieren, wie viele kleine Zinnsoldaten. Sie werden ihre roten Uniformen tragen und ihre Bärenfellmützen und sie werden den Union Jack vor sich hertragen und die Menge wird ihnen zujubeln und dann – BUMM! – werden die Überreste dieser Kapelle, das Symbol der besten Schule Englands, auf ihre Köpfe regnen. An diesen Tag wird man sich noch Jahrhunderte später erinnern, James. Man wird sich an *dich* erinnern, man wird sich an *mich* erinnern. Wir werden unsere Namen mit Blut in die Geschichtsbücher schreiben. Mach's gut und vielen Dank für deine Hilfe, Kumpel.«

Dandy zwinkerte James zu und band einen Knebel um seinen Mund. Dann holte er ein paar Streichhölzer heraus, entzündete eines an der rauen Steinmauer und steckte das Ende der Zündschnur in Brand. James hörte, wie er zu dem Sarg ging, in dem sein Messer steckte, und es herauszog. Gleich darauf lachte er kurz auf und kletterte durch das Loch in der Wand.

Sofort begann James, sich zu bewegen.

Während er Dandy zugehört hatte, war er nicht untätig gewesen. Er hatte sich einen Plan zurechtgelegt. Jetzt musste er einen klaren Kopf behalten und vorsichtig und methodisch vorgehen. Angst würde ihm dabei nicht helfen.

Er hatte weniger als zehn Minuten, um sich zu befreien und die Zündschnur zu kappen.

War das genug Zeit?

Es musste reichen. Er hatte keine andere Wahl.

Er durchdachte seine Situation. Seine Beine waren an die Stuhlbeine gekettet und die Kette hatte ein Vorhängeschloss. Seine Hände waren mit einer Schnur hinter seinem Rücken gefesselt. Ein dickeres Seil war um seinen Oberkörper und eine Steinsäule hinter ihm gebunden. Die Knoten waren fest und fachmännisch geknüpft, aber James konnte noch seine Finger bewegen. Er streckte sie nach unten und bekam die Rückseite seines Jacketts zu fassen. Er schloss die Augen und konzentrierte sich. Mit den Fingern zog er den schweren Stoff nach oben.

Zentimeter für Zentimeter, quälend langsam.

Er hatte Angst, die Rockschöße loszulassen und von vorn anfangen zu müssen, aber dann fühlte er endlich etwas Hartes zwischen seinen Fingern. Es war eine der Rasierklingen. Behutsam holte er sie aus ihrer kleinen Tasche. Dann krümmte er seine Finger und begann, am Seil zu arbeiten.

Zschschsch . . .

Die ganze Zeit hörte er das Zischen der Zündschnur. Die Flamme wanderte gemächlich über den Boden der Krypta, funkelte und rauchte.

Er arbeitete schnell, ließ die Klinge vor- und zurückgleiten und wünschte sich, er könnte sehen, wie sie das Seil beschädigte –

wenn sie es überhaupt beschädigte. Dann fühlte er, wie der Druck ein bisschen nachließ. Er hatte einen Strang durchtrennt. Es funktionierte! Allerdings kam er nur langsam voran.

Zschschsch …

Er warf einen Blick auf die Zündschnur und versuchte zu berechnen, wie viel Zeit ihm noch blieb.

Nicht mehr viel, wie es aussah.

Ein weiterer Strang löste sich, dann noch einer, und dann endlich waren seine Handgelenke frei. Nun musste er seine Hände irgendwie nach vorn zwängen. Doch die Seile um seine Brust und seine Oberarme waren sehr stramm gebunden.

Schwierig, aber nicht unmöglich.

Er bewegte sich hin und her und hielt dabei die wertvolle Rasierklinge fest.

Da!

Er konnte seine Hände sehen. Sie waren voller Schnittwunden und bluteten. Er musste sich mit der Rasierklinge verletzt haben, ohne es zu merken.

Kümmere dich nicht darum! Mach weiter, James.

Zschschsch …

Er säbelte an den Seilen um seine Brust, schnitt durch die äußeren Schichten. Die gedrehten Hanfstränge fransten aus und rollten sich auf.

Schneller … Mach schneller …

Ein plötzliches Aufflackern der Zündschnur ließ ihn kurz aufsehen. Nur noch wenige Zentimeter, dann würde die Flamme die Bombe erreichen.

Er versuchte, noch schneller zu arbeiten, und plötzlich entglitt ihm die Klinge. Panik! Sie rutschte aus seinen blutigen Fingern und fiel nach unten.

Ihm stockte der Atem.

Er wagte es kaum, nach unten zu blicken.

Doch er hatte Glück gehabt. Die Rasierklinge lag sicher in seinem Schoß. Er riss sie hoch und machte sich wieder an die Arbeit.

Zschschsch . . .

Eins der Seile fiel, sauber durchtrennt, zu Boden. Das war alles, was James brauchte. Er fühlte, wie die Enge um seine Brust sich lockerte. Er drehte seinen Oberkörper hin und her, ruckelte mit seinen Schultern und schaffte es endlich, auch die anderen Seile abzuschütteln. Sie glitten hinunter auf seine Hüften und er konnte seine Arme befreien.

Jetzt waren nur noch seine Knöchel gefesselt.

Doch da war noch das Vorhängeschloss.

Er blickte zur Zündschnur. Die Flamme hatte die Bombe fast erreicht.

Hastig berechnete er die Entfernung . . .

Wenn er schnell war . . .

Aber was, wenn er sich irrte?

Wenn er sich irrte, würde er kaum etwas davon mitkriegen, denn dann würde er sofort hoch in die Luft gesprengt werden.

Zschschsch . . .

Mit einem wütenden Schrei warf er sich mitsamt dem Stuhl nach vorn und streckte seine Hände aus.

Er fiel mit dem Gesicht auf den Boden, seine Hände landeten direkt auf der brennenden Lunte. Er ignorierte den Schmerz, ergriff mit einer Hand das immer noch glimmende Ende der Zündschnur und zog mit aller Kraft daran.

Die Lunte löste sich von der Stahltrommel. Die Flamme war erstickt.

Keuchend lag James auf dem Boden. Sein Gesicht hatte er gegen den kalten Stein gepresst und er wagte kaum zu glauben, dass er es geschafft hatte.

Aber es war noch nicht vorbei.

Dandy war immer noch irgendwo da draußen.

19 »Keine Bewegung, sonst schneide ich dir die Kehle durch!«

James zog den Satz Dietriche aus dem Versteck in den Rockschößen. In weniger als einer Minute hatte er das Vorhängeschloss geknackt. Red Kelly war ein guter Lehrer gewesen. Er befreite seine Knöchel, stand auf und untersuchte seine Verletzungen. Er hatte eine Beule am Hinterkopf und da, wo Dandy ihn geschlagen hatte, brannte seine Wange immer noch. Seine Knie und seine Knöchel waren von dem Sturz auf den Boden aufgeschrammt und seine Hände waren zerschnitten und bluteten. Seine linke Hand, mit der er die brennende Zündschnur gepackt hatte, war angesengt. Er verband sie mit einem Taschentuch. Das war nicht perfekt, würde aber für den Moment ausreichen. Er hatte keine Zeit, Florence Nightingale zu spielen. Er musste verhindern, dass Dandy abhaute.

Er steckte die Dietriche und die Rasierklinge in seine Tasche. Die Klinge wäre nutzlos, wenn es zu einem Kampf kam, aber er hatte noch den Metallstab. Er angelte ihn aus dem Rockschoß und ließ ihn in seinen linken Ärmel gleiten. Das stumpfe Ende hielt er fest in seiner verbundenen Faust. So war der Stab nicht zu sehen, aber wenn er ihn brauchte, konnte er ihn einfach mit der rechten Hand herausziehen, wie ein Schwert aus der Scheide.

Er war bereit. Er rannte die Treppe hinauf ins Tageslicht.

Aus der Kapelle drangen Musik und Gesang.

Der Vorraum war leer. James eilte zurück zur Treppe. Der Student stand wieder auf seinem Posten.

»Noch eine Nachricht vom Direktor«, rief James, als er an ihm vorbeirannte. »Niemand, *absolut niemand* darf ohne Erlaubnis hinunter in die Krypta. Hast du das verstanden?«

»Ja, aber –«

James wartete die Antwort nicht ab. Er war schon draußen und rannte, so schnell er konnte, zum Torbogen. Er warf einen kurzen Blick auf seine Armbanduhr; die Bombe hätte vor einer Minute hochgehen sollen. Er wusste nicht, wie genau die Bombe eingestellt war, aber er vermutete, dass Dandy keine Lust haben würde, nachzusehen und dabei zu riskieren, dass er sich selbst in die Luft jagte.

Er raste zur High Street, wo sich eine riesige Menschenmenge versammelt hatte.

Wie sollte er Dandy hier finden?

Denk nach, James, denk nach . . .

Dandy hatte gesagt, er würde sich das »Feuerwerk ansehen«, was bedeutete, er musste in Sichtweite der Kapelle bleiben. Die Kapelle war das größte Gebäude weit und breit und daher von fast überall zu sehen. Aber wenn Dandy auch den Schaden sehen wollte, den seine Bombe anrichtete, dann musste er in der Nähe des Schulhofs bleiben.

James wünschte, er wäre nicht auf die Straße hinausgestürmt. Wenn Dandy den Torbogen beobachtete, hatte er ihn gesehen.

Oder doch nicht?

James sah sich um; die High Street war vollgestopft mit gleich gekleideten Jungen.

Manchmal hatte eine Schuluniform eben doch Vorteile.

Er schloss sich einer Gruppe an, die die Straße überquerte.

Der Verkehr wurde umgeleitet und in der Ferne hörte er Trommelschläge.

Natürlich. Die Parade! Er sah das Ende der ersten Blaskapelle die Slough Road hochmarschieren. Eine zweite Kapelle näherte sich

von Windsor aus. Deswegen waren die Straßen voller als sonst. Selbst für einen vierten Juni war viel los. Die Leute drängelten sich, um den besten Blick zu erhaschen. Wenn die Bombe explodiert wäre, hätte es ein riesiges Blutbad gegeben.
Es hätte Steine und Schutt auf die Straße geregnet.
Das hieß, dass Dandy sich irgendwo untergestellt hatte und sich nicht im Freien aufhielt.
Wo war die beste Stelle?
James dachte an den Unsichtbaren Mann, der sich vor ein paar Wochen in der engen Gasse zwischen Durnford und Hawtrey versteckt hatte.
Das leuchtete ein. Dort hätte James sich versteckt. Wenn er es schaffte, sich zur Rückseite der Gebäude vorzuarbeiten, konnte er von hinten durch die Gasse kommen.
Aber er musste sich beeilen. Inzwischen musste Dandy festgestellt haben, dass irgendwas schiefgegangen war.
James lief um die Bibliothek herum und zwischen mehreren Gebäuden hindurch, bis er die Rückseite der Aula gefunden hatte. Dann wurde er langsamer. Er hatte das hintere Ende der engen Gasse erreicht. Nach dem hellen Sonnenlicht auf der High Street kam es ihm hier sehr dunkel vor.
Er spähte um die Ecke. Ein Mann stand am vorderen Ende, rauchte eine Zigarette und sah in die andere Richtung. Der Gasse hatte er den Rücken zugewandt.
James grinste.
Hab ich dich!
Aber was jetzt?
Er würde Dandy kaum allein festnehmen können. Vor allem, weil Dandy mit einem Messer bewaffnet war, und alles, was James hatte, war der dünne Metallstab in seinem Ärmel.
Idiot! Fast wäre er wieder in eine gefährliche Situation geschlittert, ohne vorher gründlich nachzudenken.

Während er sich noch fragte, was er jetzt tun sollte, warf der Mann seine Zigarette auf den Boden, trat sie aus und drehte sich um. In diesem Moment fiel ein Sonnenstrahl auf sein Gesicht.

Es war nicht Dandy.

Aber wo war er dann?

Seine Frage wurde sofort beantwortet. Eine kräftige Hand legte sich über seinen Mund und eine zweite presste eine lange, kalte Klinge an seinen Hals.

Dandy musste James gesehen haben und war ihm bis hierher gefolgt.

»Keine Bewegung, sonst schneide ich dir die Kehle durch!«

James stand stocksteif und wagte kaum zu atmen. Dandys Atem konnte er dagegen heiß in seinem Nacken spüren. Er bemerkte, dass Dandy zitterte und sein Körper sich feucht anfühlte.

So überlegen er auch in der Krypta getan hatte, der Mann hatte Angst.

»Wie bist du rausgekommen?«, zischte Dandy in sein Ohr. »Sag es mir – aber ich warne dich, wenn du schreist oder auch nur einen Laut von dir gibst, schneide ich dir die Zunge raus.«

Dandy nahm die Hand von James' Mund.

»Jemand ist gekommen«, log James. »Ein anderer Kirchendiener. Er hat gesehen, wie ich in die Krypta runtergegangen bin. Er hat die Bombe entschärft. Sie wissen alles über dich.«

»Ach ja? Ich glaube dir nicht, Kumpel, aber es macht sowieso keinen Unterschied. Den König habe ich dieses Mal nicht erwischt, aber du bist der Nächste auf der Liste und dich erwische ich.«

Dandy legte seine freie Hand zurück an James Kopf, um ihn festzuhalten. Dabei lockerte er für nur einen Moment die Hand, die das Messer hielt.

Das war genau, was James brauchte. Er überlegte nicht lange. Dandy hatte ihm diese winzige Chance gegeben und sie konnte seine letzte sein.

Er stieß seinen linken Ellbogen fest nach hinten und ließ den Metallstab seinen Ärmel hochgleiten, sodass das Ende darüber hinausragte.
Wie weit, wusste er nicht – er betete bloß, dass es weit genug war, um Schaden anzurichten.
Dandy knurrte und beschimpfte James. Als er seinen Arm hob, um das Messer wieder an James' Kehle zu bringen, knurrte er noch einmal und hustete. James fühlte, wie er am ganzen Körper zitterte.
Dandy hatte offenbar bemerkt, dass James ihm nicht nur seinen Ellbogen in die Rippen gerammt hatte. Er war schwerer verletzt, als er gedacht hatte.
Wieder ergriff James die Gelegenheit beim Schopf. Er biss fest in Dandys Faust und zwang ihn, das Messer fallen zu lassen. Dann riss er sich los und sprang zur Seite.
Dandy versuchte, ihn festzuhalten, bekam aber nur seine Rockschöße zu fassen. Er schrie auf, als die zweite versteckte Rasierklinge ihm tief in die Finger schnitt.
James war frei.
Er drehte sich nicht um, sondern rannte so schnell wie noch nie in seinem Leben. Er kannte den Weg – hier hatte er auch den Unsichtbaren Mann verfolgt.
Er rannte hinter Keate's vorbei und auf die Eton Wick Road, wo er schlitternd stehen blieb, als ein vorbeifahrendes Auto ihn anhupte. Jetzt warf er schnell einen Blick zurück. Keine Spur von Dandy.
In der Menge wäre er in Sicherheit.
Er rannte weiter bis zur High Street, wo gerade die zweite Blaskapelle vorbeimarschierte. Becken schlugen aufeinander, die Blechbläser schmetterten, die Trommeln donnerten. Die Jubelrufe der Zuschauer verstärkten noch den ohrenbetäubenden Lärm.

James zwängte sich zwischen den Menschen auf dem Bürgersteig durch und wandte sich Richtung Windsor. Er lief an Spottiswoode's vorbei, und als er die Eingangstür von Haus Hodgson passierte, traf ihn etwas Hartes in die Seite.
Er wirbelte herum, um sich zu verteidigen, aber es war nur ein kleiner Junge, der eine Flagge schwenkte.
Doch als er sich wieder umdrehte, versperrte ihm jemand den Weg.
Der Mann mit dem Filzhut.
Seine rechte Hand war tief in seiner Jackentasche vergraben und er starrte James direkt in die Augen.
Zum ersten Mal konnte James den Mann aus der Nähe betrachten.
Er hatte nichts Besonderes an sich. Sein Gesicht war hart und hager, mit dicken schwarzen Augenbrauen und schmalen Lippen. Blaugraue Bartstoppel hoben sich von seiner blassen Haut ab. Ein leichter Ausschlag bedeckte seinen Hals um seinen Hemdkragen herum.
»Halt«, sagte er barsch.
Aber James war nicht in der Stimmung, irgendwelche Befehle entgegenzunehmen. Er versetzte dem Mann einen kräftigen Stoß, sodass er mitten in die Blaskapelle flog.
Sofort gab es ein heilloses Durcheinander und das war alles, was James brauchte, um abzuhauen. Er stellte fest, dass er sich genau an der Stelle befand, wo Dandy schon einmal versucht hatte, ihn umzubringen. Der Eingang zur Jourdelay's Passage war demnach ganz in der Nähe.
Ja. Da war er. Er tauchte unter und rannte los.
Er hatte die Gasse schon halb durchquert, als jemand ihm entgegenkam.
Es war Dandy. In der linken Hand hielt er sein Messer, seine rechte hatte er in seiner Tasche vergraben und auf seinem Bauch

breitete sich ein dunkler Fleck aus. Blut tröpfelte auf die Pflastersteine und er sah blass und fiebrig aus.
Er grinste, als er James entdeckte. Ein schreckliches, krankhaftes Grinsen. Wie auf einem Totenkopf.
Er hob sein Messer. James wusste, dass Dandy mit rechts ein ausgezeichneter Messerwerfer war.
Wie gut war er mit der Linken?
James wollte nicht abwarten, um das herauszufinden.
Er machte auf dem Absatz kehrt.
Und stellte fest, dass er in der Falle saß.
Von der anderen Seite kam der Unsichtbare Mann auf ihn zu. Langsam schlich er durch die Gasse, leichtfüßig wie eine Katze. Seinen Hut hatte er fest auf den Kopf gedrückt, seine ausdruckslosen Augen waren auf James geheftet. Das war ein Mann, der seinen Job machte. Weder empfand er Befriedigung noch waren Hass oder Wut im Spiel.
Er holte eine kurze schwarze Pistole aus der Tasche.
James wirbelte herum und ließ sich zu Boden fallen, gerade als Dandy sein Messer warf. Ein einzelner Schuss löste sich, er war kaum zu hören im Lärm der Blaskapelle.
James lag auf dem Boden, angespannt und zitternd. Es war unmöglich, dass sowohl das Messer als auch die Kugel ihn verfehlt hatten, und doch spürte er nichts. Angst konnte im Körper so viel Adrenalin freisetzen, dass manchmal alle Schmerzen betäubt wurden. Aber irgendetwas hätte er doch bestimmt gespürt?
Nun, wenn sie ihn nicht getroffen hatten, dann war es nur eine Frage von Augenblicken, bis sie es wieder versuchten. Er rollte sich zusammen, seinen Kopf zwischen den Armen verborgen, seine Augen fest geschlossen, und wartete auf den zweiten Schuss.
Aber der Schuss kam nicht.

Stattdessen hörte er jemanden rennen. Langsam bewegte er sich wieder und öffnete die Augen.
Dandy lag reglos mit weit geöffneten Armen auf dem Boden. In seiner Stirn war ein sauberes Einschussloch und um ihn herum breitete sich rasch eine Blutlache aus.
Bevor James reagieren konnte, bevor er überhaupt verarbeiten konnte, was er sah, wurde er von zwei starken Armen hochgerissen.
»Beweg dich«, herrschte ihn eine Stimme an. Jemand drehte ihm die Arme auf den Rücken und führte ihn im Polizeigriff aus der Passage heraus. Zwei weitere Männer legten eine Decke über den Toten. Einer von ihnen war der Mann mit der Zigarette, den er vorhin für Dandy gehalten hatte.
Der Mann zog James mehr, als dass er ihn führte, sodass James' Absätze über die Pflastersteine schleiften. Er versuchte, sich zu wehren, aber der Griff war fest und fachmännisch.
Ein schwarzes Auto bremste scharf vor der Queen's School, die Türen flogen auf und James wurde auf den Rücksitz gestoßen. Gleich darauf fuhren sie los, rasten die Eton Wick Road hinunter und aus der Stadt hinaus. Der Fahrer lenkte den Wagen in halsbrecherischem Tempo durch die engen Straßen und schrammte einmal an einer Backsteinmauer entlang. Er fluchte, fuhr aber nicht langsamer.
Der Unsichtbare Mann hatte neben dem Fahrer Platz genommen, während James mit dem Mann, der ihn aus der Passage abgeführt hatte, auf dem Rücksitz saß. Er war groß, hatte ein kantiges Kinn und die kräftige Figur eines Gardisten. Seine Augen hielt er starr geradeaus gerichtet. Er wirkte so lebendig wie eine Schaufensterpuppe.
James überlegte, ob er die Tür öffnen und aus dem Wagen springen sollte, aber er wusste, dass es keinen Sinn hatte. Diese Männer waren viel zu gut organisiert.

Immerhin war er noch am Leben. Er zweifelte nicht daran, dass sie ihn schon längst getötet hätten, wenn sie gewollt hätten. Stattdessen hatte der Unsichtbare Mann Dandy erschossen. James spürte mehr Neugier als Angst.
Wer waren diese Männer und was wollten sie von ihm?
Der Unsichtbare Mann zündete sich eine Zigarette an und öffnete das Fenster, um den Rauch hinauszulassen. Dann drehte er sich um und sah James mit blassen Augen unter dicken Augenbrauen an. »Wir müssen reden«, sagte er. James war sich nicht sicher, was er erwartet hatte – irgendeinen ausländischen Akzent, vielleicht russisch, aber sicher nicht den sanften schottischen Dialekt, der über die Lippen des Mannes kam.
»In Jourdelay's Passage«, fuhr der Mann fort, »mit dem Gärtner O'Keefe. War es das, wonach es aussah?«
»Wonach sah es aus?«, fragte James.
»Es sah aus, als wollte er dich umbringen.«
»Das wollte er«, sagte James.
»Warum?«
»Soll das heißen, Sie wissen es nicht?«
»Beantworte nur die Fragen.«
James dachte einen Moment nach und entschloss sich dann, die Wahrheit zu sagen. Er beschrieb in groben Zügen, was heute Morgen passiert war.
Während er redete, war es still im Auto. Die Stimmung war angespannt.
Als James fertig war, flüsterte der Unsichtbare Mann dem Fahrer etwas zu und der nickte. Danach war es wieder still. Ein paar Meilen außerhalb der Stadt bogen sie von der Hauptstraße in eine kurze, von Bäumen gesäumte Auffahrt ab. Am Ende der Auffahrt stand ein altes, efeuumranktes rotes Backsteinhaus. Es sah ein bisschen vernachlässigt aus; die Fenster waren dunkel, die Blumenbeete und der Rasen von Unkraut überwuchert. Das Auto

fuhr auf die Rückseite des Gebäudes und parkte neben der Küchentür. Der Unsichtbare Mann sprang heraus. Der Fahrer hupte drei Mal und ein korpulenter Mann in Hemdsärmeln trat aus dem Haus. Er warf einen kurzen Blick ins Auto, musterte James, öffnete dann die Tür und gab ihm zu verstehen, dass er aussteigen sollte.

Kaum war James draußen, setzte das Auto mit voller Geschwindigkeit zurück und verschwand.

James folgte den beiden Männern ins Haus, die sich dabei hastig unterhielten.

Die Küche, die sie betraten, war leer. Ein Wasserkessel stand auf dem Herd, ein paar Dinge, um Tee zuzubereiten, und ein halb volles Paket Kekse lagen herum, aber das war alles.

Sie gingen durch die Küche und gelangten in einen dunklen, bedrückend wirkenden Flur mit poliertem Parkettboden. Der Mann in Hemdsärmeln klopfte zweimal an eine Tür und betrat den Raum, ohne auf Antwort zu warten. Der Unsichtbare Mann eilte ans andere Ende des Korridors, hob einen Telefonhörer ab und bellte ein paar knappe Befehle. James konnte nur ein paar merkwürdige Wortfetzen auffangen.

»... die Krypta ... nein, es war der Ire ... um Gottes willen, haltet es unter Verschluss ... nein, stellt sicher, dass alle die Kapelle verlassen haben, bevor ihr euch dem Ding nähert ...«

Der Mann in Hemdsärmeln tauchte wieder auf.

»Komm rein«, sagte er und führte James in ein Wohnzimmer. Ein älterer Mann saß am Erkerfenster und sah hinunter in den Garten. Pfeifengeruch erfüllte den Raum.

James sah ein paar alte Apfelbäume im hohen Gras, an einem lehnte ein rostiges altes Fahrrad. Eine Fliege summte gegen das Fenster und versuchte, nach draußen zu gelangen.

Der Raum macht einen düsteren, unbewohnten Eindruck. Es gab ein paar Möbelstücke, die nicht zusammenpassten: zwei Holzstühle, ein unbequem aussehender Sessel und ein mottenzerfressenes altes Sofa. Auf einem Kartentisch an der Wand waren Papiere ausgebreitet.

Der Mann am Fenster stand auf. James erkannte ihn sofort. Sein erster Gedanke war, dass Mr Merriot seine Pfeife normalerweise nicht anzündete.

»Du musst die Geheimnistuerei entschuldigen, James«, sagte er und rieb über seine krumme Nase, »aber wir können nicht vorsichtig genug sein.«

Er lächelte James aufmunternd zu, aber seine Augen sahen besorgt aus.

»Ich nehme an, du erwartest ein paar Antworten«, fügte er hinzu.

20 Schattenkrieg

James setzte sich auf einen der harten Holzstühle. Sein Verstand raste, bemüht, das Erlebte zu verarbeiten. Aber er wurde aus den spärlichen Informationen nicht schlau, also gab er schließlich auf.

Heute war zu viel passiert. Er würde Mr Merriot erklären lassen, was, zum Teufel, hier los war.

»Ich weiß gar nicht, wo ich anfangen soll«, sagte Merriot und setzte sich James gegenüber in den Sessel. Er nickte dem Mann in Hemdsärmeln zu, worauf dieser den Raum verließ. Offenbar hatte Merriot hier das Sagen.

»Ich hoffe, sie haben dir nicht wehgetan.«

James zuckte mit den Schultern.

»Es war zu deiner eigenen Sicherheit. Wir wussten nicht, wer sich sonst noch in der Gegend herumtreibt.«

»Der Mann, der mich hergebracht hat«, sagte James, »der Mann mit dem Filzhut, wer ist das?«

»Sein Name ist Dan Nevin«, sagte Merriot. »Captain Dan Nevin. Er hat dich beobachtet.«

»Warum?«

»Um sicherzugehen, dass dir nichts passiert. Und wie sich herausgestellt hat, war das gut so. Er beschattet dich, seit du aus Mexiko zurück bist.«

»Aber warum, Sir?«

»Weil ich ihn darum gebeten habe«, sagte Merriot und zog übertrieben an seiner Pfeife. Er wirkte nervös und unruhig, als wäre

es ihm unangenehm, auf diese Art und Weise mit James zu reden.
»Ist er Polizist?«
»Nicht ganz. Hast du schon mal vom Special Intelligence Service gehört?«
»Vom SIS?«, sagte James. »Ja. Das sind sozusagen Spione, nicht wahr?«
»*Sozusagen Spione*. Das ist die einfachste Art zu beschreiben, was sie beim SIS tun, ja.«
»Wollen Sie damit sagen, dass diese Männer für den SIS arbeiten, Sir?«
»Ja.«
»Vielleicht sollten Sie von Anfang an erzählen«, sagte James. »Ich finde das alles ziemlich verwirrend.«
»Das überrascht mich nicht.« Merriot nahm seine Pfeife aus dem Mund und betrachtete sie. Sie war ausgegangen.
»Ich habe es noch nie geschafft, dass dieses schreckliche Ding lange brennt«, sagte er. Er klopfte den Tabak heraus und legte die Pfeife auf die Armlehne seines Sessels. »Aber ich dachte, das wäre genau das, was ein Lehrer tut. Pfeife rauchen.«
»Wollen Sie damit sagen, dass Sie auch ein Spion sind, Sir?«, fragte James.
»Ein Spion *war*. Ich habe mich mehr oder weniger zur Ruhe gesetzt, aber auf die ein oder andere Art und Weise arbeite ich immer noch für den SIS.«
»Ich dachte, Sie arbeiten für das Eton College, Sir«, sagte James.
»Das tue ich auch. Das tue ich auch. Ich arbeite für beide.«
»Ist das erlaubt?«
»*Ist das erlaubt,* fragt er. Ich bin einer höheren Autorität unterstellt als dem Schulleiter«, sagte Merriot. »Für mich hat alles vor dem Krieg begonnen. Die Briten hatten damals kein besonders gut organisiertes Spionagenetzwerk, aber jeder Dummkopf

konnte sehen, dass sich in Europa etwas zusammenbraute, und deswegen wollte die Regierung die Deutschen und besonders deren Kriegsflotte im Auge behalten. Unser Geheimdienst wuchs schnell und wurde mehrmals umstrukturiert, bevor er endgültig aufgeteilt wurde. Die Armee wurde damit beauftragt, fremde Spione auf britischem Boden zu enttarnen, und die Marine bekam den Auftrag, in Übersee zu spionieren. Diese beiden Divisionen werden als *Directorate of Military Intelligence* Sektion 5 und 6 geführt, besser bekannt als MI5 und MI6. Ich wurde vom MI6 – Marinegeheimdienst, Übersee – angeheuert, als ich noch auf die Universität ging, weil ich gut Deutsch sprach und ein sportlicher Typ war. Der Chef der Abteilung, ›C‹, schickte mich zum Studium nach Hamburg.«

»›C‹, Sir?«

»Das war der Codename von Captain Sir George Mansfield Smith-Cumming, dem Direktor des MI6.«

»Und warum hat er Sie nach Hamburg geschickt?«

»Hamburg ist eine der größten deutschen Hafenstädte und ich sollte meine Ohren offenhalten und die Schiffsbewegungen beobachten. Als der Krieg ausbrach, blieb ich dort, bis es zu heiß wurde, dann habe ich mich zurückgezogen. Zu dieser Zeit hatten wir einen großen Bedarf an Spionen, aber nur wenige erfahrene Männer. Ich wurde beauftragt, unsere Jungs zu rekrutieren und auszubilden, sie auf ihre Mission vorzubreiten und dergleichen mehr.« Merriot machte eine Pause, grübelte nach und sagte dann: »Wie das Schicksal so spielt, kannte ich deinen Onkel.«

»Onkel Max?«, sagte James.

»Onkel Max. Ja. Ich bin froh, dass er lange genug gelebt hat, um Onkel zu werden. Bei den meisten war das nicht der Fall. Die Ausfallquote war entsetzlich hoch. Damals lernten wir alle noch, weißt du? Wir haben durch Ausprobieren gelernt. Aber wir haben schnell gelernt. Dein Onkel Max war einer der Besten. Natürlich konnte keiner von uns darüber reden, was wir taten. Den größten Teil seiner Geheimnisse hat dein Onkel mit ins Grab genommen.«

»Er hat mir ein bisschen davon erzählt, was er erlebt hat«, sagte James.

»Ein tapferer Mann«, sagte Merriot. »Nach dem Krieg wurden unsere Missionen natürlich zurückgefahren«, fuhr er fort, »aber es war nur zu klar, dass wir einen dauerhaften organisierten Geheimdienst brauchten. Die Bemühungen des SIS zielen seitdem zum größten Teil auf Russland. Die Bedrohung durch den Bolschewismus ist sehr real.«

»Und Sie sind immer noch dabei, Sir?«

»Das Wichtigste, was wir im Krieg gelernt haben«, sagte Merriot, »ist, dass wir immer einen Geheimdienst und Nachrichtenoffiziere brauchen werden. Männer wie ich sind jetzt über das ganze Land verstreut. Sie sitzen in Schulen, in Universitäten, in der Armee, in der Wirtschaft und in der Regierung. Wir halten ständig Ausschau nach jungen Männern und Frauen, von denen wir glauben, dass sie unserem Land gute Dienste leisten könnten.«

»Als Spione?«, fragte James.

»Nenn es, wie du willst«, sagte Merriot. »Spione, Agenten, Nachrichtenoffiziere. Ich habe meine Beziehungen spielen lassen, damit du nach Eton geschickt wurdest. Ich wollte dich in meiner Nähe wissen, um ein Auge auf dich zu haben. Dein Onkel war ein guter Mann, einer der besten. Ich hatte gehofft, dass sein Neffe vielleicht aus demselben Holz geschnitzt ist.«

»Was war mit meinem Vater?«

»Auch ihn habe ich gekannt. Er hat dem Geheimdienst nie offiziell angehört. Aber nach dem Krieg konnte er uns als Waffenhändler einige Informationen beschaffen.«

»Sie haben mich also von Anfang an beobachtet?«, fragte James.

»Ja, ich habe dich beobachtet, James, und deine Fortschritte verfolgt. Du bist ein bemerkenswerter Junge. Du hast außergewöhnlich viel durchgemacht. Die meisten erwachsenen Männer hätten längst aufgegeben, von einem Jungen ganz zu schweigen. Deine Abenteuer waren ... ach, lassen wird das, ich muss dir das alles ja nicht erzählen. Seit du in Eton bist, habe ich mehrere lange und schwierige Gespräche mit dem Direktor geführt. Erst mit Dr. Alington und seit Kurzem mit Claude Elliot. Es gab Zeiten, in denen sie es für besser hielten, dass du das College heimlich, still und leise wieder verlässt. Aber ich habe darauf bestanden, dass du bleibst.«

»Wissen die alles über Sie?«

»Sie wissen genug.«

»Und Dandys Komplott? Wussten Sie davon?«

»Nun ...« Merriot stand auf, streckte sich und begann, auf und ab zu gehen. Die Wände waren kahl, nur hier und da sah man helle Flecken, an denen früher Bilder gehangen haben mussten. An einer Wand stand ein Bücherregal mit ein paar vergessenen Bänden. Merriot starrte auf die Titel, ohne sie wahrzunehmen.

»Wir haben geheime Informationen in Lissabon abgefangen«, sagte er, ohne James anzusehen. »Besser gesagt: Wir sind darüber gestolpert. Wir haben viele Informanten vor Ort. In Lissabon gibt es keine Gesetze; die Stadt ist Knotenpunkt mehrerer internationaler Spionagenetzwerke. In einem der sowjetischen Netzwerke gab es Ärger. Ein paar Agenten sind ums Leben gekommen. Wir wissen nicht genau, was passiert ist, aber in dem Durcheinander haben wir es geschafft, eine verschlüsselte Botschaft abzufangen, die nach Moskau gesendet wurde. Wir konnten nicht alles entschlüsseln, aber wir haben den Code so weit geknackt, dass wir wussten, es ging um eine Verschwörung. Es musste sich um etwas Großes handeln, aber wir waren nicht hundertprozentig sicher, wie der Plan genau aussah. Heute haben wir es herausgefunden.«

»Ich verstehe immer noch nicht, Sir«, sagte James, »warum Captain Nevin mir gefolgt ist.«
»In einem Teil der Botschaft, den wir entschlüsseln konnten«, sagte Merriot, »tauchte ein Name auf. Dein Name. James Bond.«
»Ich?«
»Ja. Wir wussten nicht, was das zu bedeuten hatte. Wir wissen es immer noch nicht. Hast du eine Erklärung dafür, warum sie dich in das Attentat verwickeln wollten?«
»Nein, Sir«, sagte James. »Außer dass es vielleicht eine Verbindung gibt zu meiner Begegnung mit Oberst Sedova im letzten Jahr.«
»Hm.«
»Seit wann wissen Sie über Dandy Bescheid?«, fragte James.
»Seit zwanzig Minuten, seit Nevin mir erzählt hat, dass er ihn erschossen hat«, sagte Merriot.
»Sie hatten keine Ahnung, dass er an der Verschwörung beteiligt war?«
Ein Schatten legte sich über Merriots Gesicht. »Leider nicht. Er war kein bekannter Sowjetagent. Wir sind dabei, seine Vergangenheit zu überprüfen.«
»Aber wenn Sie mich beobachtet haben . . .«, sagte James.
»In letzter Zeit ging es um größere Fische als O'Keefe, James«, sagte Merriot. »Um ein paar gefährliche Haie.«
»Oberst Sedova«, sagte James.
»In der Tat, Babuschka. Wir waren so damit beschäftigt, sie und ihre OGPU-Verbrecher zu beobachten, dass wir unser eigentliches Ziel aus den Augen verloren hatten. Das ist unverzeihlich. Und Dandy O'Keefe war schlau. Er hat Sedovas Leute nicht ein einziges Mal kontaktiert. In dem Trubel heute Morgen hat Nevin dich verloren und sich entschieden, bei Sedova zu bleiben.«
James nickte. Das erklärte, warum er die beiden zusammen im Chemielabor gesehen hatte.

»Um ehrlich zu sein: Es war ein heilloses Durcheinander«, sagte Merriot, »und es hätte fast in einer Tragödie geendet. Es ist von größter Wichtigkeit, dass niemand davon erfährt. Außerdem müssen wir sicherstellen, dass so etwas wie heute nie wieder passiert.«

»Wie?«, fragte James.

»Wir müssen die anderen Mitglieder der Zelle, für die Dandy O'Keefe gearbeitet hat, ausschalten. Wir müssen die Befehlskette bis nach oben verfolgen und sie aus ihren Löchern locken. Was wir mit Sicherheit sagen können, ist, dass sie nicht direkt Sedova zugearbeitet haben. Aber das heißt, dass dort draußen eine Gruppe von sehr gefährlichen Leuten herumläuft, über die wir nichts wissen. Und hier kommst du ins Spiel.«

»Ich, Sir? Was soll ich tun?«

»Erzähl mir alles über das Hausmädchen, Roan Power.«

»Was wollen Sie wissen?«

»Sie hat mit Dandy zusammengearbeitet, oder?«

James seufzte und sah auf seine Füße.

»Ja«, sagte er nur.

»Sie ist unser einziger Anhaltspunkt, jetzt, wo Dandy tot ist«, sagte Merriot. »Und es ist sehr wichtig, dass sie nicht herausfindet, was passiert ist. Sie wird sich natürlich denken können, dass etwas schiefgegangen ist. Schließlich ist die Bombe nicht explodiert. Aber sie weiß nicht, dass Dandy tot ist. Wir müssen dafür sorgen, dass das so bleibt.«

»Werden Sie sie verhaften?«, fragte James.

»Noch nicht«, sagte Merriot. »Wir müssen herausfinden, was sie als Nächstes tun wird. Wenn sie abhaut, führt sie uns vielleicht zu einem ranghöheren Mitglied ihrer Zelle. Wenn wir allerdings vorher irgendwelche Informationen aus ihr herausbekommen könnten, wäre das sehr nützlich. Wir hoffen, dass sie abwartet, bis sie etwas von Dandy hört, bevor sie den nächsten Schritt unternimmt. Hier kannst du uns helfen. Wir müssen sie mit ein paar Falschinformationen versorgen.«

»Sie meinen Lügen?«, sagte James. »Sie wollen, dass ich sie belüge?«

»Ja. Wir können sie benutzen, James. Durch sie können wir das ganze Nest säubern.«

»Ich bin mir nicht sicher, ob ich daran beteiligt sein möchte«, sagte James.

»Ich habe Verständnis für deine Gefühle«, sagte Merriot, »aber es ist wichtig, dass *du* verstehst, womit wir es hier zu tun haben. Die Kommunisten haben ihre russische Königsfamilie ermordet und Tausende ihrer russischen Mitbürger. Sie kennen kein Pardon und gehen rücksichtslos gegen jeden vor, der nicht so denkt wie sie. Sie wollen einen Flächenbrand in ganz Europa entfachen. Ständig schmieden sie Verschwörungen, um unsere Demokratien zu untergraben. Sie sind fanatisch und unbarmherzig. Wir müssen uns gegen sie schützen. Immer wieder ist davon die Rede, dass die Deutschen unsere Feinde seien, dass früher oder später ein weiterer schrecklicher Krieg gegen sie ausbrechen wird. Manche glauben, dass Hitler vorhat, das deutsche Kaiserreich wiederherzustellen und ganz Europa unter seine Herrschaft zu bringen. Aber es gibt auch Stimmen, die sagen, dass der wirkliche Feind Russland ist und dass – sollte es wieder Krieg geben – wir ihn gegen Russland führen werden. Eins von beiden wird es sein, James – entweder werden wir uns mit den Sowjets gegen die Deutschen verbünden oder mit den Deutschen gegen die Sowjets. Doch in Wahrheit sind wir schon längst im Krieg, in einem geheimen Krieg, in einem Schattenkrieg. Und es ist ein schmutziger Krieg, in dem eigene Regeln gelten. Wir werden ihn nie gewinnen können, denn er wird ewig dauern. Ein Verbündeter von heute ist morgen vielleicht schon unser Feind – wir spionieren die Deutschen aus, die Sowjets, die Amerikaner, die Franzosen und und und . . . und sie spionieren uns aus. Nein, diesen Krieg werden wir nie gewinnen, aber von Zeit zu Zeit können wir eine Schlacht gewinnen. Jetzt haben wir die Chance dazu. Wenn wir das Mädchen benutzen.«

»Was genau soll ich tun?«

Merriot sah auf seine Uhr.

»Erst mal nichts. Alles ist so schnell gegangen, dass sie uns überrumpelt haben. Wir sind noch dabei, einen Plan auszuarbeiten. Es ist jetzt Viertel vor zwölf. Wann hast du deine Tante zuletzt gesehen?«

»Vor ungefähr eineinhalb Stunden.«

»Gut. Wir haben uns eine Geschichte für dich ausgedacht. Einer meiner Männer hat deiner Tante erzählt, dass du dich mit einem anderen Jungen geprügelt hast und dass ich dir in meinem Zimmer die Leviten lese. Das wird sowohl deine Abwesenheit als auch dein ramponiertes Äußeres erklären. Übrigens werden wir noch deine Schnittwunden verarzten, bevor du gehst. Du wirst dich mit deiner Tante zum Mittagessen treffen. Sie wartet unten am Fluss auf dich, im Shippe Inn. Solltest du zufällig Roan begegnen – möglicherweise wird sie nach dir suchen –, dann sagst du ihr, dass du eine Nachricht von Dandy für sie hast, aber dass du sie ihr erst später geben kannst, wenn nicht mehr so viele Leute da sind. Um halb sechs wirst du mich auf Agar's Plough treffen und ich werde dir sagen, wie es weitergeht. Bis dahin haben wir uns eine Geschichte ausgedacht, die du ihr erzählen kannst.«

»Aber, Sir, ich bin mir nicht sicher, ob ich . . .«

»Geh jetzt«, sagte Merriot. »Denk darüber nach, was ich gesagt habe. Wir unterhalten uns später. Und sei vorsichtig. Dandy und Roan sind aus dem gleichen Holz geschnitzt. Sie sind verschlagen, diese Iren, eine gefährliche Mischung aus Sentimentalität und Gewalt.«

»Aber weswegen, um Himmels willen, hast du dich geprügelt, James? Du siehst aus, als hätte man dich mit dem Rücken zuerst durch eine Hecke geschleift.«
James saß mit Charmian und Amy im Shippe Inn beim Mittagessen. Sie waren über seine Geschichte sichtlich amüsiert. James war jedoch alles andere als zum Lachen zumute. Er hatte jegliches Gefühl für die Realität verloren. Er versuchte immer noch, dem Ganzen einen Sinn abzugewinnen.
»Und wer war der Junge?«, wollte Amy wissen, während sie ihren Löffel in die Hühnersuppe tauchte.
»Sein Name ist ... Löffler«, sagte James. »Er hat etwas Unanständiges über dich gesagt«, fügte er hinzu und sah Amy an.
»Oh, du hast dich also geprügelt, um meine Ehre zu retten?« Amy lachte. »Wie romantisch.«
»Schon möglich«, sagte James. Er hasste es, die beiden anzulügen. »Es tut mir sehr leid, dass ich euch so lange allein gelassen habe.«
»Wenigstens bist du heil zurück«, sagte Charmian. »Und jetzt können wir den Rest des Tages genießen.«
James versuchte es. Er versuchte, so zu tun, als wäre er ein ganz normaler Schuljunge, der einen ganz normalen vierten Juni feierte. Sie sahen sich die Bootsparade an. Sie sahen bei einem Cricket-Spiel zu. Sie tranken Tee auf dem Rasen. Sie unterhielten sich. Aber dabei kam James sich vor, als würde er sich durch einen Tagtraum bewegen. Die Hälfte der Zeit wusste er nicht einmal, worüber er redete. Noch vor wenigen Stunden hatte er eine Bombe entschärft und um sein Leben gekämpft. Wenn seine Wunden nicht so wehtun würden, hätte er glauben können, nichts davon sei wirklich passiert.
Er hatte dem König das Leben gerettet und er konnte es niemandem erzählen.
Es wurde fünf Uhr. Für Charmian wurde es Zeit, nach Hause zu

fahren. James gab ihr einen Kuss zum Abschied und winkte ihr nach, als sie zum Bahnhof ging.

Dann war Amy an der Reihe, sich zu verabschieden. Sie hatte bemerkt, dass etwas nicht stimmte, aber sie sagte kein Wort.

Sie versprachen einander, in Kontakt zu bleiben, aber ihre Verabschiedung war steif und förmlich.

Er beobachtete, wie sie zu ihrer eigenen Tante und zu ihrem Onkel ging, die auf sie warteten. Auf halbem Weg machte sie plötzlich kehrt und lief zu ihm zurück.

Sie küsste ihn und umklammerte seine Hände.

»Es war schön, dich wiederzusehen«, sagte sie. »Ich denke immer an dich.«

Und dann war sie weg und James stand allein auf dem Bürgersteig.

Nicht zum ersten Mal spürte er, wie einsam man war, wenn man Geheimnisse hatte.

21 Die Männer mit den grauen Hüten

In Eton war immer noch viel los – das würde sich bis zum Feuerwerk nicht ändern –, aber das Cricket-Turnier war vorbei und die Spielfelder lagen verlassen da. Nur ein paar Jungen waren übrig geblieben und spielten irgendein erfundenes Spiel auf dem Rasen. James und Mr Merriot spazierten unter einer Reihe riesiger Ulmen am Upper Club entlang und waren in ihre Unterhaltung vertieft.

»Ich wusste, dass Nevin mir gefolgt ist«, sagte James. »Ich habe ihn ein paarmal gesehen.«

Merriot lächelte. »Ja. Ich habe mich nicht in dir getäuscht. Das Blut deines Onkels fließt durch deine Adern, ich weiß es. Du bist ein guter Beobachter, dir entgeht nichts, nicht wahr?«

»Ist er mir den ganzen Weg bis nach Österreich gefolgt?«

»Den ganzen Weg. Ich bin mit euch Jungen nicht ganz zufällig nach Kitzbühel gefahren, James. Ich war geschäftlich dort, Nachforschungen anstellen . . .«

»Geschäftlich?«, fragte James. »Sie meinen geheime Geschäfte? Hatte es mit der Bombenverschwörung zu tun?«

»Nein, nein, nein. Es ging um eine viel geringere Bedrohung von ganz anderer Seite. Ich glaube nicht, dass viel dabei herauskommen wird, aber mir ist es lieber, wenn ich trotzdem ein Auge darauf habe. Ich wollte übrigens nicht den Eindruck erwecken, dass wir uns nur vor den Russen vorsehen müssen. Auch Hitler könnte sehr lästig werden. Wir wissen, dass die Nazis alles versuchen, um in Österreich einzumarschieren; sie wollen alle deutschsprachigen Völker vereinen. Im Februar gab es deswegen Ärger in Österreich und es ist zu befürchten, dass die Nazis wieder etwas versuchen. Kitzbühel liegt nah an der deutschen Grenze und wir haben ein paar Leute in der Gegend. Sie hatten vermehrte deutsche Aktivitäten gemeldet. Aber darüber musst du nicht Bescheid wissen, es betrifft dich nicht.«

»Es betrifft mich nicht?«, fragte James verärgert.

»Überhaupt nicht«, sagte Merriot erstaunt. »Es hat nichts mit dem zu tun, was die Kommunisten vorhaben.«

»Sie haben uns alle in ein Gebiet mitgenommen, in dem Sie Ihrer Spionagearbeit nachgegangen sind, und Sie sagen, es betrifft mich nicht?«

»Ich wusste, dass es ungefährlich war, James«, sagte Merriot. »Es ging nur darum, Informationen zu sammeln.«

»Und wie oft haben Sie das vorher schon gemacht?«, fragte James.

»Wie meinst du das?«

»Wie oft haben Sie uns Jungs als Deckung oder sogar als Schlimmeres benutzt?«, fragte James, der seine aufsteigende Wut zu unterdrücken versuchte. »Wussten Sie zum Beispiel über Lord Hellebore Bescheid? Die Millennaria? Fairburn und seine Nemesis-Maschine . . .?«

Merriot steckte seine Pfeife in den Mund und sah weg.

»Ich hatte einen Verdacht«, sagte er ruhig. »Gewisse Befürchtungen.«

»Sie haben mich benutzt?«

»Du warst nützlich, James, ich gebe es zu. Mehr als nützlich. Aber ich hätte dich niemals wissentlich in eine gefährliche Situation gebracht . . . bis jetzt.«

»Sie wollen, dass ich Roan für Sie ausspioniere?«

»Ja. Sie hat jetzt niemanden mehr, an den sie sich wenden könnte. Gewinn ihr Vertrauen. Wir brauchen Namen, Kontakte, Daten . . .«

»Ich weiß nicht, ob ich das tun kann.«
»Sie gehört nicht zu deinen Freunden«, sagte Merriot. Plötzlich klang seine Stimme hart wie Stahl. »Sie hat dich diesem Henker ausgeliefert, O'Keefe.«
»Vielleicht hat sie nur für etwas gekämpft, an das sie glaubt«, erwiderte James.
»Und hätte dein Tod die Welt zu einem besseren Ort gemacht? Hm?«
James verstummte. Die Sonne schien immer noch hell auf den Rasen und ließ die Blätter der Ulmen intensiv grün erstrahlen. Hinter ihnen zeichneten sich die alten Gebäude der Schule honiggelb gegen den hellblauen Himmel ab. Der Wind trug den Duft von Blumen und frisch gemähtem Gras zu ihnen und in der Ferne thronten die Türme und Türmchen von Windsor Castle über der Landschaft, die königliche Flagge flatterte im Wind.
»Das ist es, wofür *wir* kämpfen«, sagte Merriot mt einer weit ausholenden Geste. »Das ist es, woran *wir* glauben. Cricket, Fußball, Teezeit, die königliche Familie, das Parlament, Schulen wie diese, Rudern auf dem Fluss, Konzertsäle, Bier und Kuchen, Lachen und menschlicher Anstand. Schau dir diese Ulmen an; jemand hat sie vor langer Zeit gepflanzt, in der Hoffnung, dass die Kinder seiner Kinder in ihrem Schatten sitzen werden. Sie sind in die Höhe und in die Breite gewachsen. Generationen von Gärtnern haben sich um sie gekümmert. Und sie werden hier noch stehen, lange nachdem es uns nicht mehr gibt. In hundert Jahren werden Jungen wie du im Sommer ihren Schatten genießen und sich im Frühling daran erfreuen, wenn sie die ersten Blätter bekommen. Aber es gibt ein paar Leute, die diese Ulmen fällen würden. Sie würden sagen: ›Wenn wir nicht alle ihren Schatten genießen können, dann sollte keiner unter ihnen sitzen dürfen.‹ Es gibt Leute, die ein großes Feuer entfachen und alles zerstören würden. Das ist aber nicht die Art, wie wir die Dinge angehen – so

macht man es in der Revolution. Wir Engländer wurschteln uns lieber aufs Geratewohl durch.«

»Aber so einfach, wie Sie es darstellen, ist es nicht, Sir, oder?«, sagte James.

»Ach nein?«

»Nevin hat Dandy O'Keefe eine Kugel in die Stirn geschossen. Wie passt das mit Rudern auf dem Fluss und Teezeit zusammen? Nur damit wir das alles genießen können, liefert sich irgendjemand irgendwo schmutzige Kämpfe und verhält sich genauso schlimm wie Dandy O'Keefe.«

»Lass uns nicht vergessen, James«, sagte Merriot mit hartem Unterton, »dass Nevin Dandy nur erschossen hat, weil er dich töten wollte.«

»Ich weiß, Sir«, sagte James. »Und ich bin froh, dass er es getan hat. Dandy war ein Killer, aber trotzdem hat einiges von dem, was er gesagt hat, einen Sinn ergeben.«

»Wenn der Kommunismus einen Sinn ergeben würde«, sagte Merriot, »dann müssten die Sowjets bestimmt nicht so viele Leute umbringen und so viel Leid und menschliches Elend verursachen, um ihre Sache durchzusetzen.«

»Aber wenn wir lügen, betrügen und töten, Sir«, wandte James ein, »sind wir dann nicht genauso böse wie sie?«

»So einfach ist das nicht«, blaffte Merriot. In seiner Stimme schwang für einen kurzen Augenblick echte Wut mit. Dann entspannte er sich und fuhr in freundlicherem Ton fort: »Ich verstehe deine Bedenken, James. In unserem Land *gibt* es Ungerechtigkeit. Die einen sind sehr reich und die anderen sind sehr arm. Die Dinge werden sich ändern. Aber sie werden sich langsam ändern. Wir wollen keine blutige Revolution, in der Leute an die Wand gestellt und erschossen werden. Wie viele Menschen wären ums Leben gekommen, wenn Dandys Bombe hochgegangen wäre? Hmm? Nicht nur der König. Sondern auch all die anderen

Männer, Frauen und Kinder. Die Kommunisten kümmern sich nicht um das Individuum, um dich oder mich oder irgendjemand anderen. Für sie gibt es nur die Masse, das Proletariat, das Volk als Ganzes.«

»Aber handeln Sie nicht auf genau die gleiche Art und Weise, Sir?«

Merriot hielt überrascht inne.

»Nein, absolut nicht«, sagte er.

»Sie arbeiten auch zum Wohle aller, oder?«, sagte James. »Zum Wohle des Landes, des englischen Königreichs. Das hat doch bestimmt manchmal zur Folge, dass Sie auf einzelne Menschen keine Rücksicht nehmen können. Sie benutzen dieselben Entschuldigungen wie Dandy. Um etwas Gutes zu erreichen, muss man manchmal Böses tun. Und Sie wollen, dass ich da mitmache. Sie wollen, dass ich Roan belüge, um sie in die Falle zu locken. Sie wollen, dass ich vergesse, dass sie ein menschliches Wesen ist. Ist das die englische Art?«

James war aufgewühlt. Tief in seinem Innern wusste er, dass es nicht daran lag, weil er an das, was Dandy gesagt hatte, glaubte, es waren vielmehr seine Gefühle für Roan – trotz allem, was sie getan hatte.

»Wenn du jung bist«, sagte Merriot, »scheint die Welt so einfach und geradlinig zu sein. Es gibt richtig und falsch. In den Cowboyfilmen tragen die Guten weiße Hüte und die Bösen schwarze. Wenn du älter wirst, wirst du feststellen, dass die Welt komplizierter ist. Es gibt auch Männer mit grauen Hüten.«

»Und welche Hutfarbe soll *ich* Ihrer Meinung nach tragen, Sir?«

»James, beantworte mir nur eine Frage.«

»Ja, Sir?«

»Wäre es dir lieber, die Bombe wäre explodiert?«

»Nein«, sagte James leise.

»Das ist die einzige Frage, die du dir stellen musst. Überlass den

Rest den Erwachsenen. Das ist kein Spiel. Wir könnten eine geistreiche Diskussion über Politik führen, aber die Wirklichkeit ist eine Kapelle voller unschuldiger, zu Atomen zerbombter Menschen.«

James sah hinüber zu dem kunstvoll verzierten Dach der Kapelle und versuchte, sich vorzustellen, wie die Landschaft ohne sie aussehen würde.

»Was soll ich tun?«, fragte er leise.

Kaum hatte James Codrose betreten, traf er auf Roan. Sie trieb sich in der Eingangshalle herum und gab vor, beschäftigt zu sein. Er wurde das Gefühl nicht los, dass sie auf ihn gewartet hatte. Sie versuchte, ihre Nervosität mit ihrer üblichen kessen Fröhlichkeit und Energie zu überspielen.

Es dauerte nicht lange, bis sie ihn nach Dandy fragte. Sie wollte wissen, ob er ihn gesehen hatte. Es sollte möglichst beiläufig klingen, aber James merkte, dass es alles andere als beiläufig war.

Bevor er antwortete, wog er im Stillen ab, ob er das Täuschungsmanöver würde durchziehen können.

»Ja, ich habe ihn gesehen«, sagte er, wie man ihm aufgetragen hatte, mit möglichst neutraler Stimme. »In der Kapelle.«

»In der Kapelle?«

»In der Krypta.«

Roan legte eine Hand auf ihren Mund und wartete darauf, dass er weiterredete.

»Hier können wir nicht reden«, sagte James. »Bei den Fives-Feldern – ich gehe vor und du kommst in fünf Minuten nach.«

Roan packte ihn am Arm.

»James, du musst mir sagen, was passiert ist. Geht es ihm gut?«

»Ich werde es dir gleich erzählen. Hier können wir nicht reden.«

Er machte sich von ihr los und ging schnell nach draußen in Judy's Passage, bevor sie noch etwas sagen konnte.

Sein Herz hämmerte; kalter Schweiß lag auf seiner Haut unter seiner klebrigen Kleidung. Er hatte das Gespräch mit Roan hinausgezögert, weil er plötzlich wieder verwirrt war. Als er Merriot verlassen hatte, war er sicher gewesen, dass er das Richtige tat. Aber jetzt, wo er sie gesehen hatte, waren ihm wieder Zweifel gekommen. In ihrer Gegenwart konnte er nicht mehr klar denken.

Die Straßen waren menschenleer; alle anderen waren auf dem Weg hinunter zum Flussufer, um sich das Feuerwerk anzusehen. Die Fives-Plätze befanden sich an der nördlichen Ecke des Schulgeländes, neben dem *School Field*, und James zählte darauf, dass sie leer waren.

Die Spielfelder waren einem Wandabschnitt der Kapelle nachgebaut, wo das Spiel früher zwischen zwei Strebepfeilern ausgetragen wurde. Generationen von Jungen hatten sich dort beim Fives die Bälle über die Steinmauer zugespielt. Fives ähnelte dem Squash, nur dass die Bälle nicht mit Schlägern, sondern mit schweren Handschuhen geschlagen wurden. Schließlich war das Spiel so beliebt gewesen, dass die Schule viele Nachbauten des Original-Spielfelds errichten ließ, damit den Jungen ausreichend Plätze zur Verfügung standen.

Als James dort ankam, spielte allerdings niemand mehr, und die tief stehende Sonne tauchte die Plätze in dunkle Schatten. Kein Geräusch war zu hören. Auf andere wirkte diese Stille vielleicht beruhigend, aber nicht auf James. Er wünschte, er hätte einen Ball, um ihn, so hart er konnte, gegen eine der Backsteinmauern zu schmettern.

Er wartete eine ganze Weile, die Schatten wurden länger. Halb hoffte er, dass Roan nicht kommen würde, dass sie weglief und nie wieder zurückkehrte. Halb wollte er nichts sehnlicher, als sie wiedersehen.

Dann hörte er das Klacken ihrer Schuhe und kurz darauf war sie da. Sie sah klein und noch nervöser aus als vorhin. James hasste das Gefühl, dass er sie in der Hand hatte.

»Ich bin so schnell gekommen, wie ich konnte«, sagte sie. »Ich musste noch eine Besorgung für die Hausdame machen.«

»Ist man dir gefolgt?«, fragte James.

»Gefolgt? Ich glaube, nicht«, sagte Roan. »Ich habe nicht wirklich darauf geachtet. Wie viel weißt du, James?«

»Dandy hat mir alles erzählt.«

»Oh Gott. Aber was ist passiert? Ich muss es wissen. Ich werde noch verrückt.«

»Ich bin zur Kapelle gegangen«, sagte James, »in die Krypta. Dort habe ich ihn getroffen. Ich wusste, was er vorhatte.«

»Aber er hat es nicht getan.«

»Nein«, sagte James. »Ich glaube, er hat nach einer Entschuldigung gesucht, um es nicht zu tun. Ich habe es ihm ausgeredet. Der Gedanke, all diese Menschen zu töten . . .«

»Aber wo ist er?«

»Er hat mir das Versprechen abgenommen, mit niemandem darüber zu reden, wenn er es nicht selbst tut. Ich habe ihm auch schwören müssen, dass ich mich um dich kümmere und dir helfe, damit du nicht in Schwierigkeiten kommst.« James hätte fast selbst geglaubt, was er da erzählte, und er wünschte sich von ganzem Herzen, es wäre die Wahrheit.

»Ich verstehe das nicht«, sagte Roan. »Wo ist er jetzt? Wo ist er hingegangen?«

James sah sie an; Angst stand in ihre großen schwarzen Augen geschrieben.

»Er wollte es mir nicht sagen«, sagte er. »Wahrscheinlich dachte er, dass es so sicherer wäre. Alles, was er gesagt hat, war –«

»Was? Was hat er gesagt?«, fiel Roan ihm verzweifelt ins Wort.

»Sei still und ich sage es dir«, sagte James verärgert.

»Es tut mir leid. Aber ich habe solche Angst. Als er mir das erste

Mal erzählt hat, was wir tun würden, fand ich es furchtbar. Furchtbar, aber notwendig.«

»All diese Menschen umzubringen?«, fragte James.

»Das war nicht der ursprüngliche Plan«, sagte Roan. »Ursprünglich sollte es nur ein Mann sein. Nur der König. Als ich herausgefunden hatte, dass wir die Kapelle in die Luft sprengen würden . . .«

»Nun, Dandy ging es anscheinend genauso«, sagte James. Er dachte daran, wie es wirklich gewesen war, als er dem kaltblütigen Killer in der Krypta gegenübergestanden hatte. »Er hat es sich anders überlegt. Er hat gesagt, er würde sich verstecken und dich holen kommen, wenn er sicher sein kann, dass es ungefährlich ist.«

»Mich holen kommen?«, spottete Roan. »Was glaubt er, wer er ist? Erwartet er, dass ich hier wie ein Mauerblümchen herumsitze und auf ihn warte?«

»Ja«, sagte James. »Da war er sehr deutlich.«

»Dieser Mann denkt immer nur an sich selbst.« Plötzlich fiel ihr etwas ein und die Angst kehrte in ihr Gesicht zurück. »Was ist mit der Bombe?«, flüsterte sie beinahe lautlos.

»Er hat sie reingebracht, ohne dass es jemand bemerkt hat«, sagte James. »Genauso muss er sie auch wieder rausgebracht haben. Ich habe keine Polizei gesehen. Alles ist wie immer.«

»Ich weiß«, sagte Roan. »Ich habe gedacht, ich träume.«

James leckte sich über die Lippen und atmete tief durch. Es war Zeit für den nächsten Schritt.

»Wenn ich dir helfen soll, Roan«, sagte er, »musst du mir alles sagen. Wie bist du hierhergekommen? Wie sah euer Fluchtplan aus? Was hattet ihr als Nächstes vor?«

»Ich kann dir nichts sagen, James.«

»Du musst.«

»Es würde dich in zu große Gefahr bringen.«

James lachte kurz und trocken auf.

»Mich in Gefahr bringen?«, sagte er bitter. »Noch heute Morgen hattest du vor, mich zu töten. Dandy hat dich geschickt, um sicherzugehen, dass ich zur Kapelle komme, nicht wahr? Damit er mich mit dem König und allen anderen in die Luft jagen kann.«
»Aber ich habe versucht, dich zu warnen, James«, sagte Roan. »Ich wollte nicht, dass du gehst, das wollte ich wirklich nicht. Erinnerst du dich nicht? Warum, glaubst du, habe ich all diese Dinge zu dir gesagt, wenn ich gewollt hätte, dass du hingehst?«
»Aber du hast mich nicht aufgehalten.«
»Ich konnte nicht. Ich mag dich, James, ich mag dich sehr, aber ich habe Angst. Ich habe Angst vor Dandy. Ich wollte ihn nicht verärgern. Er kann gewalttätig werden, James. Und ich habe Angst vor den Leuten, die uns für diesen Job angeheuert haben. Sie sind sehr mächtig und sehr gefährlich. Ich will dich da nicht noch tiefer mit reinziehen.«
»Ach ja? Ich stecke doch schon mittendrin, oder?«, sagte James. »Und ich weiß nicht einmal, warum. Du musst es mir erklären.«
»Ich weiß es nicht, ehrlich, ich weiß es nicht«, sagte Roan. »Du musst mir glauben. Wir haben nur Befehle ausgeführt. Und jetzt, wo wir versagt haben, werden sie wahrscheinlich hinter uns her sein. Sie mögen keine Versager.«
»Deswegen musst du mir sagen, wer sie sind, damit ich dir helfen kann«, sagte James.
Roan berührte sein Gesicht mit den Fingerspitzen und lächelte traurig.
»Du bist sehr süß, Darling, aber du bist nur ein Junge. Was kannst du schon tun?«
»Ich bin vielleicht nur ein Junge, aber ich bin alles, was du noch hast, jetzt, wo Dandy weg ist«, sagte James. »Und du bist alles, was ich habe. Sie wollen mich umbringen, und vielleicht, nur vielleicht, bist du die einzige Person, die das verhindern kann. Außer . . .«
»Außer was?«, fragte Roan vorsichtig.

»Außer, ich gehe einfach zur Polizei und erzähle ihnen alles.«
»Nein.« Roan ergriff James mit beiden Händen und sah ihm tief in die Augen. »Du musst mir versprechen, dass du das nicht tust, Darling. Es wäre mein Ende.«
Dann legte sie die Arme um ihn und küsste ihn auf den Mund. Ihre Haut war kalt, aber ihr Atem war heiß. James konnte Orangen und irgendetwas Scharfes riechen.
Sie legte ihre Lippen an sein Ohr.
»Der Codename der Operation ist Schneeblind«, sagte sie. »Mein Codename ist Diamant, Dandy ist Smaragd, der Mann, dem wir Bericht erstatten, heißt Amethyst. Amethyst arbeitet für Rubin. Rubin leitet die Zelle in Portugal. Sein richtiger Name ist Ferreira, Martinho Ferreira.«
»Und an wen erstattet Ferreira Bericht?«, fragte James. »Wer ist der nächsthöhere Verantwortliche?«
»Ich kenne nur seinen Codenamen – Obsidian«, sagte Roan. »Er sitzt nicht in Portugal. Ich erzähle dir später mehr, Darling. Ich habe schon zu viel gesagt.«
»Sagst du mir noch eine Sache?«, fragte James.
»Was?«
»Wusstest du von Anfang an, schon bei unserer ersten Begegnung, dass ich Teil der Verschwörung bin?«
»Es war von langer Hand geplant«, sagte Roan. »Als Katey, das Hausmädchen, Codrose verließ, haben sie es geschafft, mich hier unterzubringen. Wir mussten in der Nähe von Windsor und dem König sein. Als wir herausfanden, dass er heute die Schule besuchen würde, wurde das Datum festgelegt.«
»Du hast meine Frage nicht beantwortet.«
»Sie haben mir gesagt, dass ich mich mit dir anfreunden soll, das war alles.«
»Du hast also die ganze Zeit so getan, als würdest du mich mögen?«

»Nein. Ich mochte dich schon, als ich dich das erste Mal gesehen habe, Darling. Du hast etwas an dir. Du wirst immer einen besondern Platz in meinem Herzen haben.«

James sah weg. Jetzt hatte er verstanden, was es bedeutete, wenn man einen Schattenkrieg führte. In Gedanken stellte er sich zwei Menschen vor, die sich gegenüberstanden und die sich höflich miteinander unterhielten, während ihre Schatten wie Dämonen an der Wand gegeneinander kämpften. Er lebte in einer Welt aus Halbwahrheiten und Halblügen. Er wusste nicht mehr, wem er noch vertrauen konnte, wem er noch glauben konnte. Niemand schien das zu sein, was er vorgab, und niemand sagte die ganze Wahrheit. Nicht mal er selbst.

Er hasste Merriot dafür, dass er ihn in diese Situation gebracht hatte. Aber so sehr er es auch versuchte, er schaffte es nicht, Roan zu hassen.

In dieser Nacht lag James wach im Bett und fand keinen Schlaf. Morgen früh würde er Merriot alles berichten, was Roan ihm erzählt hatte. Doch sein Verstand schlug Purzelbäume. Zu viel war heute passiert und nicht alles ergab einen Sinn.

Schneeblind.

So hieß die Operation, hatte Roan gesagt. Und nachts in der Klinik hatte Graf von Schlick dasselbe gerufen.

Schneeblind.

Wie passte der Graf ins Bild? Damals hatte es ausgesehen, als hätte er große Angst. Warum hatte er den Prinzen dann nicht vor der Verschwörung gegen dessen Vater gewarnt? Und wie hatte er überhaupt von der Operation Schneeblind erfahren? Es war wie ein Seil mit losem Ende, das nirgendwo hinführte.

Vielleicht konnte Merriot es ihm erklären. James war sich allerdings sicher, dass er ihm nicht alles sagte.

Es war zu viel für James, so sehr er auch versuchte, das alles zu

verstehen. Er konnte sich einfach nicht konzentrieren. Seine Gedanken wanderten wie verrückt hin und her und einer kam immer wieder zurück und vertrieb alle anderen aus seinem Kopf.
Heute Morgen hatte er dem König das Leben gerettet.
In einer normalen Welt hätte eine jubelnde Menge ihn auf Schultern die Straße hinuntergetragen, aber stattdessen konnte er es niemandem erzählen. Es musste für immer ein Geheimnis bleiben. Merriot hatte ihm eine zu schwere Last aufgebürdet.
Welch eine Ironie, dass die einzige Person, abgesehen von Merriot, die auch nur die leiseste Ahnung davon hatte, was er durchgemacht hatte, ausgerechnet Roan war. Und ihr konnte er nicht sagen, was wirklich passiert ist, weil er sie belügen musste, um sie in eine Falle zu locken.
Sie war nur ein verängstigtes Mädchen, kaum älter als er selbst.
Er wollte wegrennen und sich verstecken. Er wollte auf jemanden einschlagen. Er wollte von den Dächern hinunterschreien. Er wollte bei Roan sein. Er wollte, dass sie ihn mochte und dass sie ihm vertraute.
Er wusste nicht, was er wollte.
Er wünschte, seine Mutter und sein Vater wären hier, um ihn in den Arm zu nehmen und ihm zu sagen, dass alles gut werden würde.
Aber sie konnten ihn nicht aus dieser bösen Geschichte befreien.
Niemand konnte das.
Er zog die Vorhänge zur Seite und schaute im Mondlicht auf seine neue Uhr.
Es war fast elf Uhr.
Er würde tun, was er in solchen Situationen immer tat.
Die Zeit zum Nachdenken war vorbei.
Es war Zeit zu handeln.
Er begann, sich anzuziehen.

22 Ein kaltblütiger Killer

James klopfte nicht an. Er wollte keinen Lärm machen. Stattdessen öffnete er die Tür, so leise er konnte, und glitt hinein. Roan war da, sie saß im Nachthemd an ihrem Frisiertisch und bürstete sich die Haare. Es sah aus, als hätte sie geweint. Als sie James sah, weiteten sich ihre Augen und sie sog scharf die Luft ein, aber dann entspannte sie sich. Sie öffnete den Mund, um etwas zu sagen, aber James bedeutete ihr, leise zu sein.

»Zieh dich an«, flüsterte er und schloss die Tür hinter sich.

»Warum? Was ist los?«, fragte Roan.

»Ich habe dich angelogen«, sagte James.

»Wie meinst du das?« Vorsicht verhärtete den Blick ihrer dunklen Augen, die im Halbdunkel ihres Zimmers wie Juweln funkelten.

»Dandy ist tot«, sagte James leise.

»Nein.«

»Ich kann nicht sagen, dass es mir leidtut«, sagte James, »aber ich werde nicht zulassen, dass das auch dir passiert.«

Roan stand auf und kam zu ihm herüber. Sie sah wie verwandelt aus. Sie erinnerte ihn an ein wildes Tier.

»Was erzählst du da?«, zischte sie.

»Ich habe die Bombe entschärft und Dandy war hinter mir her«, sagte James. Er bemühte sich weiter, leise zu sprechen. »Ein Mann namens Dan Nevin hat ihn erschossen. Nevin arbeitet für den SIS. Sie sind hinter dir her. Sie wissen alles.«

»Du lügst.«

»Ich wünschte, es wäre so. Sie wollten, dass ich dich ausspioniere, um alles herauszufinden, was du weißt, aber ich kann das nicht tun.«

»Dandy ist tot?« Tränen traten in Roans Augen. »Er kann nicht tot sein. Er war so voller Leben.«

»Um Himmels willen«, sagte James. »Heb dir dein Heulen für später auf. Jetzt musst du erst mal weg von hier. Zieh dich an, nimm deinen Geldbeutel mit und alles, was du für eine Reise brauchst. Aber lass deinen Koffer hier – vielleicht beobachten sie dich.«

»Du erwartest von mir, dass ich mit nichts anderem als den Kleidern, die ich am Leib trage, ganz alleine weglaufe?«

»Nein«, sagte James. »Ich komme mit dir. Ich habe einen Plan.«

»Du? Was kannst du schon tun?«

»Hör auf, Fragen zu stellen, und mach, was man dir sagt«, fauchte James sie an. »Je länger du zögerst, desto wahrscheinlicher ist es, dass ich kalte Füße kriege. Mir gefällt das alles nicht. Aber ich habe mich entschieden. Wenn du meine Hilfe nicht willst, dann lasse ich dich in Ruhe.«

»Nein. Ich komme.«

»Hast du einen eigenen Schlüssel?«

»Ich habe einen für die Hintertür.«

»Gut. Wenn du gehst, lass die Tür offen. Sobald ich mich davon überzeugt habe, dass die Luft rein ist, komme ich nach. Lauf zur Beggar's Bridge. Ich treffe dich dort, sobald ich kann. Du musst sehr vorsichtig sein. Pass auf, dass dir niemand folgt. Nimm nicht den direkten Weg. Gib dich erst zu erkennen, wenn du sicher bist, dass ich es bin. Wenn ich nicht innerhalb der nächsten halben Stunde da bin, ist etwas schiefgegangen. Dann kommst du hierher zurück und wir versuchen es morgen Nacht wieder.«

»James, warum tust du das?«

»Wenn du das wirklich fragen musst, dann mache ich einen großen Fehler.«

Zehn Minuten später verließ James Haus Codrose durch die Hintertür. Er wartete einen Augenblick, bis er sicher sein konnte, dass niemand in der Nähe war, und eilte los. Es war natürlich möglich, dass Nevin oder einer seiner Männer ihn von einem dunklen Fenster aus beobachtete, aber er hielt es für unwahrscheinlich. Sie mussten annehmen, dass James in Sicherheit unter seiner Bettdecke lag. Trotzdem entschloss er sich, einen Umweg über Windsor zu machen.
Er musste sich jedoch nicht nur vor Nevins Team in Acht nehmen. Wenn ein Lehrer ihn um diese Zeit erwischte, käme er in Schwierigkeiten. Er trug normale Kleidung, aber sollte man ihn anhalten und genauer ansehen, könnte man ihn trotzdem erkennen.
Er lief durch die Gassen und Gärten, die zwischen der Common Lane und der Eton Wick Road lagen. Er kannte diese Gegend mittlerweile besser als seine Westentasche und er hatte das Gefühl, als würde er sich blind zurechtfinden. Eine Mischung aus Angst und Erregung erfüllte ihn. Er war dabei, Merriot zu verraten, er war dabei, sein Land zu verraten, und er war dabei, einem Mädchen zu helfen, das geplant hatte, ihn zu töten. Sein Leben würde nie wieder so sein wie vorher.
Er ließ alles hinter sich. Alle Freunde, die er in Eton gewonnen hatte: Pritpal und Tommy, Andrew Carlton und die Jungen der Gefährlichen Gesellschaft. Er würde nie mehr zurückkehren können. Er würde nie mehr die Bootsparade zum vierten Juni ansehen oder einen Ausgangsschein bekommen oder beim Field Game mitspielen – für ihn gab es keine weißen Scheine mehr, keine gelben Scheine, keine Zeugnisse . . .
Die Rituale, die er so mühsam gelernt hatte, der Slang, die Traditionen, all das hatte keine Bedeutung mehr.
Es war Zeitverschwendung gewesen.
Er blieb stehen.

Es war noch nicht zu spät. Noch konnte er umkehren.
Er musste das nicht tun.
Er konnte Roan einfach sich selbst überlassen. Er schuldete ihr nichts. War sie es wirklich wert, dass er sein Leben für sie wegwarf?
»Bond?«
James fuhr herum. Jemand hatte sich ihm genähert, ohne dass er es bemerkt hatte.
Es war Theo Bentinck.
»Was machst du um diese Zeit hier draußen?«
»Dasselbe könnte ich dich fragen«, sagte James. Er hatte jetzt wirklich keine Lust, sich mit Bentinck abzugeben. Er gehörte zu einer anderen Welt. James wollte nichts mit diesem kleinen, herumstolzierenden Wichtigtuer zu tun haben.
»Ich mache meine eigenen Regeln«, sagte Bentinck hochmütig.
»Ich weiß«, sagte James.
»Codrose lässt mir freie Hand«, sagte Bentinck, »solange ich für Zucht und Ordnung im Haus sorge.«
Der Atem des Jungen roch nach Bier.
»Du warst im Pub«, sagte James.
»Na und?«
»Geh heim nach Codrose«, sagte James mit kalter, unbarmherziger Stimme, »und vergiss, dass du mich gesehen hast.«
Bentinck packte James am Kragen.
»Dich nehme ich mit, du aufmüpfiger Bursche.«
James war wütend. Das merkte er selbst. Er war wütend und verwirrt. Vielleicht war es das, was Bentinck fühlte? Vielleicht hatte ihn das in einen brutalen Kerl verwandelt? Vielleicht hatte Bentinck ein schreckliches Problem in seinem Leben, mit dem er nicht fertig wurde, und rächte sich dafür an den anderen Jungen?
Aber im Augenblick interessierte James das alles nicht. Zu viel

Wut hatte sich in ihm angestaut. Er wollte jemandem wehtun. Wenn dieser Jemand Bentinck war, sollte es ihm nur recht sein. James sah in das Allerweltsgesicht mit dem schmalen Mund und dem spitzen Kinn.

Vielleicht hatte Bentinck auch gar keine Entschuldigung. Vielleicht war er einfach nur ein Sadist, jemand, dem es Spaß machte, anderen wehzutun. James konnte das nicht verstehen. Auch er hatte anderen Menschen Schmerzen zugefügt, aber immer nur in Notwehr, und er hatte nie Gefallen daran gefunden.

Diesmal war es jedoch anders. Obwohl die Wut in seinem Innern kochte, würde er das, was er gleich tun würde, kaltblütig tun.

»Ich werde es genießen, wenn ich dir eine Tracht Prügel verpasse«, sagte Bentinck.

»Nein, wirst du nicht«, sagte James.

»Oh doch, das werde ich«, sagte Bentinck. »Ich werde es mehr als alles andere in meinem Leben genießen. Ich werde dich fertigmachen.«

»Nein«, sagte James. »Was ich gemeint habe, war – du wirst mich nicht schlagen. Ich bin mir sicher, dass du es genießen würdest, aber es wird nicht passieren.«

»Ach nein?«, sagte Bentinck.

»Nicht heute Nacht«, sagte James.

Bentinck hielt James immer noch am Kragen fest; er drückte ihn fest um James' Hals zusammen. James machte der Schmerz nichts aus.

»Und wenn ich fertig bin mit dir, Bond«, sagte Bentinck, »knöpfe ich mir diese beiden kleinen ausländischen Kaffer vor, die sich hinter deinem Rockzipfel verstecken.«

»Nein«, sagte James. »Damit ist jetzt Schluss.« Und dann, bevor Bentinck wusste, wie ihm geschah, rammte James ihm seinen Arm mit voller Wucht in den Magen. Bentinck stöhnte auf und krümmte sich vor Schmerzen, ließ James' Kragen aber nicht los. James wartete ruhig, bis Bentinck wieder durchatmen konnte.

»Das wirst du für den Rest deines erbärmlichen kleinen Lebens bereuen«, stieß Bentinck schließlich hervor.

»Tatsächlich?«, sagte James und verpasste Bentinck einen Handkantenschlag ins Genick. Bentinck ließ ihn los und ging mit einem leisen Schrei in die Knie, seine Brille fiel auf den Boden. James hatte ihn allerdings nicht so stark getroffen, wie er gehofft hatte, denn Bentinck stand sofort wieder auf und ging mit beiden Händen auf ihn los. Er packte James mit der einen Hand an seiner Jacke und mit der anderen an den Haaren, dann drückte er ihn gegen eine Wand. Er stieß James mit dem Kopf ein paarmal gegen die Steinmauer und holte schließlich zu einem kräftigen Schlag aus. James versuchte, sich zu ducken, aber Bentincks Faust traf direkt auf seinen harten Schädel. James taumelte und sah einen weißen Blitz. Doch Bentinck hatte es viel schlimmer erwischt. Er schrie auf vor Schmerz und umklammerte mit der linken Hand seine rechte. Wahrscheinlich hatte er sich die Finger gebrochen.

James' Gegenangriff war gnadenlos, böse und unerbittlich. Eine Serie von Schlägen prasselte auf Bentinck nieder. Vor allem auf seinen Bauch und seine Nieren. Dann, als er schon zu benommen war, um sich noch zu verteidigen, drosch James auf sein Gesicht ein. Dabei achtete er darauf, dass er nicht seine Fäuste benutzte, damit er sich nicht wie Bentinck die Knochen brach. Stattdessen schlug er mit dem Handrücken zu, mit den Handkanten und sogar mit der offenen Hand.

Es war, als stünde er neben sich und beobachtete, was er tat. Es sah erschreckend professionell und methodisch aus, wie er Bentinck zusammenschlug. Der ältere Junge schluchzte und flehte James an aufzuhören. Aber James machte weiter, bis Bentincks Gesicht blutüberströmt war.

Dann gab er ihm einen Tritt, sodass er zu Boden ging, und setzte einen Fuß auf dessen Kehle.
»Aufhören, lieber Gott, bitte aufhören.« Bentinck schluchzte durch gebrochene Zähne und blutige Lippen. »Du bringst mich um.«
Ein Gedanke durchzuckte James.
Ja. Töte ihn.
Und dann kehrte er in seinen Körper zurück, schockiert und ängstlich zugleich. Er sah hinunter auf den wimmernden Jungen zu seinen Füßen. Ihm war übel.
»Ich *sollte* dich umbringen«, fauchte er wütend. »Für das ganze Leid, das du anderen zugefügt hast. Für die ganzen Prügel, die du ausgeteilt hast. Damit ist jetzt Schluss. Hast du mich verstanden? Schluss. Du wirst mir hier und jetzt versprechen, dass du nie wieder in deinem Leben einen anderen Jungen schlagen wirst.«
»Ich schwöre«, sagte Bentinck. »Beim Leben meiner Mutter. Lass mich nur in Ruhe.«
»Wenn mir zu Ohren kommt, dass du dein Wort gebrochen hast, Bentinck«, sagte James, »dann werde ich dich wirklich umbringen. Hast du verstanden?«
Er kniete sich hin und hob Bentincks Gesicht an, um ihm fest in die geschwollenen Augen – eins war fast ganz geschlossen – zu blicken.
»Ich habe verstanden«, sagte Bentinck und James sah die nackte Angst in seinem Blick.
»Geh auf dein Zimmer«, sagte James und reichte ihm seine unbeschädigte Brille. »Und erzähl keinem, dass du mich heute Abend gesehen hast. Du wirst kein Wort darüber verlieren, wer dich so zugerichtet hat. Erzähl allen, es war ein einheimischer Junge, wenn du willst, sag, dass du unter einen Bus geraten bist, es ist mir egal, was für eine Geschichte du erfindest. Aber du wirst nie mit jemandem darüber sprechen. Ist das klar?«

»Voll und ganz«, sagte Bentinck.
»Und vergiss nicht«, sagte James. »Pritpal Nandra und Tommy Chong sind meine Freunde. Niemand tut meinen Freunden weh.«
James blickte ihm nach, als Bentinck wortlos davonhumpelte.
James' Brust hob und senkte sich heftig, sein Atem ging flach und schnell. Traurigkeit hüllte ihn langsam ein und bald rollten Tränen über seine Wangen. Die ganze Angst, die Anspannung und die Unsicherheit des Tages bahnten sich ihren Weg. Er fühlte sich schrecklich wegen dem, was er Bentinck angetan hatte. Er wusste, dass es nicht richtig gewesen war, alles an dem Jungen auszulassen. Er war kein bisschen besser als ein Tyrann. Er hätte Bentinck einschüchtern können, ohne ihn so schwer zu verletzen. Und er war verstört über das, was er gefühlt hatte, als er den Jungen verprügelt hatte. Er war ganz ruhig gewesen, fast glücklich.
Er war nicht besser als Dandy.
Er war nicht besser als irgendein gewalttätiger Kerl, der glaubte, er könnte die Welt durch eine Bombe zu einem besseren Ort machen.
Am Ende hatte Bentinck recht: James würde für den Rest seines Lebens bereuen, was er getan hatte.

Roan wartete an der Beggar's Bridge, über die die Slough Road in der Nähe des Upper Club führte. Sie kauerte verborgen im nassen Gras. Die halbe Stunde war fast vorbei und sie fragte sich, ob James noch kommen würde.
James Bond. Was für ein außergewöhnlicher Junge. Er steckte voller Überraschungen. Immer wenn sie dachte, jetzt könnte sie ihn richtig einschätzen, zog er etwas Neues aus dem Hut.
Sie hörte, wie ein starker Motor aufheulte. Ein Auto kam näher und hielt an. Sie verkrampfte sich, bereit wegzurennen. Sie

konnte schnell laufen und keiner würde sie einholen. Außerdem hatte sie die Dunkelheit auf ihrer Seite, und wenn es sein musste, würde sie kämpfen.
In ihrer Handtasche steckte eine Pistole. Eine russische TT-33.
Dann hörte sie eine Stimme.
»Roan?« Es war James. Er lehnte über dem Brückengeländer.
Sie lächelte ihm zu.
»Beeil dich«, sagte er. »Die Luft ist rein.«
Roan kletterte schnell die Böschung hinauf und entdeckte einen großen, leicht ramponiert aussehenden Bentley Blower auf der Straße. Der Motor lief. James saß schon wieder hinterm Steuer.
»Du machst Witze, Darling«, sagte sie.
»Steig ein«, sagte James. »Uns bleibt nicht viel Zeit.«
James Bond. Voller Überraschungen.
»Wo fahren wir hin?«, fragte sie und setzte sich auf den Beifahrersitz.
»London«, sagte James. »Ich habe Vorkehrungen getroffen.«
»Und was dann?«
»Das hängt von dir ab, Roan.«

Teil drei

Auf der Flucht

23 Blondes Gift

»James Bond. Ich dachte, ich würde dich nie wiedersehen. Ich hätte wissen müssen, dass du m-mitten in einem verrückten Abenteuer auf m-meiner Türschwelle auftauchst, du Pirat!«
James lächelte seinem alten Freund Perry Mandeville zu und stellte ihm Roan vor. Perry stieß einen Pfiff aus.
»Du bist also die berühmte Roan Power«, sagte er und musterte sie anerkennend. »Ich habe viel von dir gehört, bevor sie m-mich aus Eton rausgeworfen haben.«
»Du warst in Eton?«
»Ich fürchte, ja. Hat James dir nicht alles über m-mich erzählt?«
»Nein, gar nichts.«
James mischte sich ein. »Perry, je weniger sie über dich weiß, desto besser, und je weniger du über sie weißt, auch.«
»Ah, das klingt ja sehr geheimnisvoll. Das war von dem großen James Bond ja zu erwarten. Du bist schrecklich, James, ein absolutes M-Monster! Ich will gar nicht wissen, was du jetzt wieder im Schilde führst. Aber kommt doch erst m-mal rein. Ich habe alle Bediensteten ins Bett geschickt, sodass wir ungestört sind.«
Die Mandevilles lebten in einem großen Herrenhaus mit klassischer weißer Fassade am Rand vom Regent's Park in London. James ließ Perry vorausgehen und hielt Roan am Ellbogen zurück. Leise erklärte er ihr: »Perrys Familie ist auf ihrem Landsitz. Er nimmt ein hohes Risiko auf sich, um uns zu verstecken. Tu also nichts, was ihn in Gefahr bringen könnte.«
Die Stimmung während der Fahrt hierher war angespannt gewe-

sen, aber es war nichts passiert. James war schnell gefahren und hatte sich erst ein bisschen entspannt, als sie die geschäftigeren und anonymeren Straßen von West-London erreicht hatten. Sie hatten die Great West Road durch Shepherd's Bush genommen, um in die Stadt zu kommen. Dann waren sie die Bayswater Road entlanggefahren, am Hyde Park und an Marble Arch vorbei, dann die Baker Street hoch zum Park.

James hatte Roan nur gesagt, dass er einen Freund angerufen hätte, der ganz zufällig zu Hause wäre und ihnen helfen könnte.

Drinnen war das Haus genauso prächtig wie von außen. Roan pfiff durch die Zähne, als sie sich in der riesigen mit Marmorfliesen ausgelegten Eingangshalle umsah.

»Sie leben sehr stilvoll, Mister Mandeville«, sagte sie und James hoffte, dass sie keinen Kommentar über die ungerechte Verteilung von Reichtum und Privilegien abgeben würde.

Glücklicherweise sagte sie nichts mehr.

»Na ja. Ich bin nicht besonders oft hier. Sie haben mich ins niedliche Schottland verbannt. Meine Leute haben wohl gedacht, dass ein hartes, strenges schottisches Regiment mich zur Vernunft bringen und mir meine wilde Lebensart austreiben würde.«

»Und, hat es geklappt?«, fragte James.

»Kein bisschen«, sagte Perry. »Ich bin diese Woche nur hier, weil ich schwänze.«

Fünf Minuten später saßen alle drei lachend in der Küche beisammen. Perry machte Rührei. Die Küche war warm und gemütlich. Glänzende Kupfertöpfe und -pfannen hingen neben einem riesigen eisernen Herd von der Decke.

»Du hast ganze Arbeit geleistet, als du den Wagen wieder flottgem-macht hast«, sagte Perry.

»Das war nicht ich«, sagte James. »Das ist Andrew Carlton und den anderen zu verdanken.«

»Was hast du m-mit dem Wagen jetzt vor?«
»Ich werde ihn dir geben«, sagte James. »Ich hätte gerne, dass du ihn für eine Weile aus dem Verkehr ziehst, bis du sicher bist, dass die Polizei nicht auftaucht und unangenehme Fragen stellt. Dann kannst du ihn benutzen, bis ich wieder da bin. Das ist das Mindeste, was ich tun kann.«
»In zwei Wochen habe ich Geburtstag«, sagte Perry. »Dann darf ich offiziell Auto fahren.«
»Na bitte.«
»Ich werde ihn hüten wie m-meinen Augapfel«, sagte Perry. Er verteilte das Rührei auf Toastscheiben. »Aber was m-meinst du m-mit *bis ich wieder da bin*? Von *wo* wieder da?«
»Ich muss Roan so schnell wie möglich außer Landes bringen«, sagte James. »Ich habe keine Ahnung, wann unser Verschwinden in Eton auffällt und wie schnell sie begreifen, dass Roan und ich zusammen sind. Aber es ist sehr wahrscheinlich, dass sie die Polizei heute Abend verständigen.«
Perry warf einen Blick auf die Küchenuhr.
»Ein Zug, der euch direkt zur Fähre nach Dover bringt, fährt um vier ab Charing Cross«, sagte er.
James sah Roan an.
Sie nickte.
Perry stand auf und ging durch den Raum bis zur Treppe, die nach oben führte.
»Ich habe was für euch«, sagte er, als er hinausging.
Roan ergriff James' Hand.
»Danke«, sagte sie.
»Ich nehme an, du hast einen Pass«, sagte James.
»Ich habe drei«, sagte Roan. »Einen auf den Namen Roan Power, einen, den ich in Dublin auf den Namen Violet Mackintosh habe fälschen lassen, und einen, den mir Amethyst in Lissabon gegeben hat. Es ist ein englischer Pass auf den Namen Isabel

Downing. Gut gemacht, aber das Foto ist ziemlich scheußlich. Ich sehe aus wie eine alte Hexe.«

»Nimm den«, sagte James. »Ich muss mich daran gewöhnen, dich bis auf Weiteres Isabel zu nennen, bis wir in Sicherheit sind.«

»Und wie soll ich dich nennen?«

»Ich reise mit dem einzigen Pass, den ich habe. Ich komme mir vor wie ein Anfänger, weil ich nur diesen einen besitze. Du kannst mich Bond nennen. James Bond.«

Ein paar Minuten später kam Perry zurück und setzte sich wieder zu ihnen an den Tisch.

»Ich habe eine Tasche m-mit ein paar von m-meinen alten Sachen gepackt«, sagte er, »und eine andere für dich, Roan. Nur ein bisschen altes Zeug von m-meiner M-Mutter. Ich glaube nicht, dass sie es vermissen wird. Es wird ziemlich grässlich an dir aussehen, fürchte ich. Am besten, du vergräbst es bei der erstbesten Gelegenheit in einem tiefen Loch. Vielleicht kannst du dir etwas in Frankreich kaufen? Den letzten Pariser Chic!«

»Vielleicht mache ich das«, sagte Roan.

»Und ich nehme nicht an, dass einer von euch beiden Geld hat, oder?«

»Ich habe ein paar Pfund«, sagte James, während Roan mit den Schultern zuckte.

»In meinem Fall nur ein paar Shilling«, sagte sie. »Sie zahlen den Hausmädchen in Eton nicht gerade ein Vermögen.«

»Das dachte ich m-mir schon«, sagte Perry. Er ließ einen braunen Umschlag auf den Tisch fallen. »Hier habt ihr ein bisschen Geld für die Reise.«

»Perry, das kann ich nicht annehmen«, sagte James. »Du hast schon genug für uns getan.«

»M-mit ein paar Pfund wirst du nicht weit kommen, James«, sagte Perry. »Hier drin sind fünfzig. Betrachte es als ein Darlehen. Ich nehme den Bentley als Sicherheit. Wenn ich m-mein Geld nicht

wiedersehen sollte, behalte ich den Wagen. Das wäre ein ziemlich gutes Geschäft.«
»Abgemacht«, sagte James. »Aber woher, um Himmels willen, hast du fünfzig Pfund in bar?«
»Was glaubst du, warum ich hier bin, James? Ich würde Ascot um nichts in der W-Welt verpassen wollen. Ich hatte einen todsicheren Tipp auf einen Gaul. Es gibt keine Pferderennen in Schottland. Die Schotten sind ein m-miserabler Haufen. Es ist m-mir lieber, du nimmst das Geld – ich würde es sowieso nur wieder verspielen.«

Die drei waren viel zu aufgeregt zum Schlafen. Sie blieben in der Küche, tranken Kaffee, lachten und schwatzten, als würde es die Welt da draußen gar nicht geben und als wäre die Zeit stehen geblieben.
Einen kurzen magischen Augenblick lang, als Perry lustige Geschichten über seine Heldentaten im letzten halben Jahr erzählte, vergaß James seine Probleme. Er erinnerte sich an Abende, die er mit Perry verbracht hatte, als sie auf den Dächern von Eton herumhingen und redeten. Redeten über . . .?
Ja, worüber hatten sie eigentlich geredet?
Über nichts Weltbewegendes, das war sicher. Sie waren einfach Jungen gewesen, die Spaß miteinander hatten.
Würde es für James je wieder eine solch unbeschwerte Zeit geben?
Er fragte sich, ob das Leben eines Erwachsenen so aussah – kurze Momente, angefüllt mit einfachen Freuden, mit angenehmen Gesprächen in guter Gesellschaft, aber getrennt durch lange Zeiten, in denen Anspannung, Angst und wirre Gefühle den Ton angaben.
Schließlich stand Roan auf und streckte sich.
»Ich glaube, ich sollte mich fertig machen«, sagte sie. »Ich zieh

ein paar von den Klamotten deiner Mutter an und richte mich her.«
Perry ging mit ihr mit, um ihr alles zu zeigen, und James verschränkte seine Arme auf dem Tisch und legte seinen Kopf darauf.
Er schloss die Augen und war sofort eingeschlafen.
Er hatte keine Ahnung, wie lange er geschlafen hatte, als Perry ihn wachrüttelte.
»Hältst du noch durch, alter Junge?«, fragte sein Freund.
»Ja«, sagte James und rieb sich die Schläfen.
Perry lehnte sich an den warmen Ofen.
»Du bist sicher, dass du weißt, was du tust?«, fragte er.
»Natürlich nicht«, sagte James. »Ich weiß, dass es verrückt ist, Perry. Eines Tages werde ich dir alles erzählen. Aber jetzt ist es besser, wenn ich den Mund halte.«
»Sie ist sehr hübsch«, sagte Perry. »Schon viele M-Männer haben wegen einer schönen Frau den Verstand verloren. Ich habe das Gefühl, dass sie dich in was reinreißt.«
»Ich weiß nicht, wer hier wen reinreißt«, sagte James.
»Sieht aus, als säßen wir nun beide im selben Boot«, sagte Perry. »Danach kannst du nicht m-mehr nach Eton zurück.«
»Nein«, sage James. »Wie ist es oben in Fettes?«
»Kalt und schottisch.«
»Bin ich eigentlich ein Idiot, Perry?«, fragte James.
»Du?« Perry dachte darüber nach. »Kein Idiot, James, ein Irrer.«
Sie lachten und dann sah Perry James besorgt an. »Sei vorsichtig«, sagte er.
»Ich war noch nie vorsichtig in meinem Leben«, sagte James. »Und ich werde auch jetzt nicht damit anfangen.«

James schrieb einen kurzen Brief an seine Tante Charmian, in dem er ihr mitteilte, dass es ihm gut ging und dass sie sich keine

Sorgen zu machen brauchte. Er sagte ihr aber nicht, wohin er ging oder wer bei ihm war. Er schloss den Brief mit dem Versprechen, ihr wieder zu schreiben, sobald er konnte. Er verschloss den Umschlag und gab ihn Perry, damit er den Brief aufgab, sobald er weg war. Er hasste es, ihr das anzutun, doch es gab keine andere Möglichkeit.

Er ging nach oben, zog einen von Perrys alten Anzügen an und setzte sich einen Hut von Perrys Vaters auf. Von Weitem konnte er für einen jungen Mann auf Besuch in der Stadt durchgehen, aber von Nahem war deutlich zu sehen, dass er nur ein Schuljunge war. Dann nahm er den Koffer und ging nach unten in die Eingangshalle, wo Roan schon auf ihn wartete.

Im ersten Moment erkannte James sie nicht. Sie sah aus, als wäre sie eine von Mrs Mandevilles Freundinnen. Als er feststellte, dass sie es war, musste er lachen. Sie trug ein hübsches marineblaues Kleid, einen Mantel, einen Hut und eine strenge Brille. Und ihr Haar war blond.

»Ist das eine Perücke?«, sagte er.

»Gefällt sie dir?«, fragte Roan. »Amtheyst hat sie mir gegeben. Für den Fall, dass ich einmal eine Verkleidung brauche.«

»Du siehst komisch aus«, sagte James. »Ich werde eine Weile brauchen, bis ich mich daran gewöhnt habe – auch an die Brille.«

»Es ist nur einfaches Fensterglas«, sagte sie, »aber sie lässt *mich* einfach aussehen. Ich hasse es allerdings, einfach und unattraktiv auszusehen, James. Ich will mein ganzes Leben jung und hübsch bleiben.«

Perry kam durch die Eingangstür.

»Um die Ecke wartet ein Taxi«, sagte er. »Ich dachte, es wäre b-besser, wenn der Fahrer nicht weiß, aus welchem Haus ihr gekommen seid.«

»Sehr gut«, sagte James. Rasch umarmte er seinen Freund. Als er sich von ihm löste, ließ Perry etwas in seine Tasche gleiten.

»Was ist das?«, fragte James.
»M-mein Pass.«
»Wie meinst du das?«
»Es ist ziemlich klar, dass es um was Ernstes geht, James. Wir haben ein paar Schwierigkeiten zusammen gemeistert und ich wünschte, ich könnte auch jetzt m-mit dir kommen. Aber ich fürchte, wenn ich noch m-mehr Ärger mache, wird m-mein alter Herr m-mich enterben und m-mich verstoßen und dann würde ich als Bettler auf der Straße enden.«
»Ich kann deinen Pass nicht annehmen, Perry.«
»Warum nicht? Bis zu den Ferien brauche ich ihn nicht. Du kannst ihn m-mir aus Frankreich zurückschicken. Das wird nie jemand erfahren.«
»Aber Perry . . .«
»Sie werden m-möglicherweise die Häfen überwachen, James. Namen überprüfen. Nach Jungen suchen, die weggelaufen sind. Selbst wenn sie es nicht tun, wirst du nicht wollen, dass irgendwer registriert, James Bond ist heute M-Morgen durch Dover gegangen. Verwisch deine Spur, alter Junge.«
»Aber ich sehe dir überhaupt nicht ähnlich«, wandte James ein.
»Das werden sie merken, wenn sie das Bild ansehen.«
»Der Typ auf dem Foto sieht überhaupt nicht aus wie ich«, sagte Perry. »Ich habe den Pass, seit ich zwölf bin, als sie m-mich für den Sommer zu einer Tante nach Kenia geschickt haben. Ich wage zu behaupten, dass du dich seit deinem zwölften Lebensjahr auch ein bisschen verändert hast. Das Einzige, woran du denken m-musst, ist, dass du dich wie ein fast Siebzehnjähriger verhalten musst. Aber das sollte kein Problem für dich sein. Geh jetzt, bevor ich m-meine M-Meinung ändere und die Polizei rufe.«

Im Handumdrehen hatten James und Roan Charing Cross erreicht. Sie setzten sich getrennt in den Zug nach Dover. Auf dem Bahnhof schien alles normal zu sein, aber sie wollten kein Risiko eingehen und verabredeten, nicht mehr miteinander zu sprechen, bis sie wohlbehalten auf der Fähre angekommen waren.

Während der Zug durch die trostlosen grauen Vororte von Süd-London und dann aufs offene Land hinaus durch Kent fuhr, gab James vor, Zeitung zu lesen. Sie hätte auch in griechischer Sprache sein können, er bekam sowieso nichts vom Inhalt mit. Roan hingegen starrte gedankenverloren aus dem Fenster.

Als sie sich Dover näherten, zog James Perrys Pass heraus und musste grinsen, als er sah, wie dämlich Perry mit zwölf ausgesehen hatte. Er wurde jedoch schnell wieder ernst, als er sich daran erinnerte, dass nun er auf diesem Foto zu erkennen sein sollte. Er versuchte, den dämlichen Gesichtsausdruck des jungen Perry Mandeville nachzuahmen, und beschloss schließlich, sich nicht weiter abzumühen, weil er damit wahrscheinlich noch mehr Aufmerksamkeit auf sich zog.

Wie zu erwarten, warf der Beamte in Dover, nachdem er den Namen überprüft hatte, kaum einen Blick auf den Pass, bevor er James auf die Fähre durchwinkte. Er wartete nervös an der Gangway, um sicherzugehen, dass auch Roan an Bord gelangte, und ging dann weiter, um sich ein Frühstück zu besorgen.

Bis hierher waren sie ohne Probleme gekommen. Das bedeutete, dass noch niemand wusste, dass sie Eton verlassen hatten.

Aber wenn sie in Frankreich ankommen würden, war ihr Verschwinden bestimmt schon bemerkt worden. Sie mussten ihren nächsten Schritt sorgfältig vorbereiten.

Nach einem düsteren Morgen wurde der Tag schön und sonnig. Der Ärmelkanal, der unangenehm rau sein konnte, war glatt wie ein Mühlteich und die Fähre dampfte sanft vorwärts. James schlenderte über Deck, um sich ein bisschen zu bewegen, und

als er Roan, ein Buch lesend, in einem Stuhl auf dem Achterdeck entdeckte, drehte er noch eine Runde, um sicherzugehen, dass niemand sie beobachtete.
Als er zurückkam, stand Roan, wie verabredet, an der Reling. Er schlenderte wie zufällig auf den Platz neben ihr und beobachtete die schäumenden Wellen hinter ihnen.
Roan hatte eine Sonnenbrille aufgesetzt. Um ihre blonde Perücke hatte sie ein Tuch gebunden, damit sie nicht verrutschte.
»So weit, so gut«, sagte sie, ohne James anzusehen.
»In Frankreich könnte es schwieriger werden«, sagte James.
»Wir werden es schaffen«, sagte Roan. »Bis jetzt hatten wir Glück, aber lass es uns nicht herausfordern. Nachdem wir miteinander geredet haben, sollten wir uns wieder trennen und uns am Bahnhof in Calais treffen.«
»Und was dann?«, fragte James.
»Vielleicht Paris«, sagte Roan. »Aber du musst nicht mit mir kommen, James, wenn ich erst mal außer Landes bin.«
»Ich will aber mit dir kommen.«
»Was willst du in Paris tun, Darling? Die fünfzig Pfund werden nicht ewig reichen.«
»Was wirst *du* tun?«, fragte James.
»Ich habe nicht viel weiter gedacht, nur an die Flucht«, sagte Roan, »aber ich kann überall Arbeit finden.«
»Du darfst auf keinen Fall versuchen, deine Leute zu kontaktieren«, sagte James. »Ich will nicht, dass du wieder in dein altes Leben zurückfällst. Es ist besser, wenn du sie erst gar nicht um Hilfe bittest. Ich hasse es, dich daran zu hindern, andere Leute in die Luft zu sprengen.«
»Keine Angst, Darling, ich habe meine Lektion gelernt«, sagte Roan. »Außerdem sind meine Tage als nützlicher Agent vorbei. Nach dem, was passiert ist, wird ihr einziger Gedanke sein, wie sie mich fassen und für immer zum Schweigen bringen können.

Sie würden mich eher umbringen, als mich in die Hände deiner Regierung fallen zu lassen.«

»Das ist ja toll«, sagte James. »Wir laufen nicht nur vor den britischen Behörden davon, sondern auch vor dem sowjetischen Geheimdienst. Ich schätze, unsere Überlebenschancen sind gleich null.«

»Es gibt bestimmt jemanden, der uns beschützt, Darling, mach dir keine Sorgen. Bist du sicher, dass du niemanden in Europa kennst, der uns helfen könnte? Hast du nicht noch anderswo nützliche Freunde wie Perry M-Mandeville versteckt?«

»Doch, es gibt noch jemanden«, sagte James. »Es ist ein weiter Weg, aber das ist das Beste, was mir einfällt.«

»Wer ist dieser Jemand?«

»Ein Mann, den ich mal in Österreich getroffen habe. Er hat gesagt, dass ich immer zu ihm kommen kann, wenn ich Hilfe brauche.«

»Hat er einen Namen?«

»Hannes Oberhauser. Er ist Bergführer. Wir könnten für eine Weile bei ihm bleiben. Dort wären wir weit ab vom Schuss.«

»In den Bergen, hast du gesagt?«

»Ja, in Tirol, so weit weg von allem, wie nur möglich.«

»Wo in Tirol?«

»In der Nähe einer kleinen Stadt namens Kitzbühel.«

Roan dachte eine Weile darüber nach, während sie einer Schar Seemöwen zusah, die hinter der Fähre herflatterten und ins Wasser eintauchten. Schließlich berührte sie für einen Sekundenbruchteil James' Hand, die immer noch auf der Reling lag.

»So machen wir es«, sagte sie und entfernte sich.

24 Die Marseillaise

An der französischen Passkontrolle musste James ein paar Minuten lang angespannt warten. Ein *douanier* kontrollierte langwierig die Papiere und schrieb Details aus James' Pass ab. Dabei sah er mit seinen wässrigen Augen ständig von seinen Notizen auf zu James, bemerkte jedoch nicht, dass das Foto von jemand ganz anderem stammte. Schließlich drückte er seine Zigarette aus, die die ganze Zeit auf seiner Unterlippe gehangen hatte, und stempelte den Pass mit hektischen Bewegungen, bevor er ihn James zurückgab.

James war vor Roan an der Reihe, und als er die Kontrolle passiert hatte, konnte er nicht widerstehen und wartete auf sie, obwohl sie verabredet hatten, sich erst im Bahnhof zu treffen. Er saß auf einer Bank in einem schmalen Vorraum am Ende des Zollschuppens und versuchte, wie ein entspannter junger Mann von Welt auszusehen, der ein bisschen Ruhe und Frieden genoss, statt wie ein ängstlicher Junge, der darauf wartete, einem feindlichen Spion bei der Flucht zu helfen.

Und dann war sie endlich da. Hüpfend kam sie auf ihn zu und schwang dabei ihre Handtasche. Sie lächelte breit, und als sie an James vorbeiging, zwinkerte sie ihm zu, bevor sie ihre Sonnenbrille aufsetzte. Sie summte eine fröhliche Melodie und James erkannte, dass es die Marseillaise war.

Er sah hinter ihr her, wie sie nach draußen ging und vom grellen Licht der Sonne verschluckt wurde.

In seinem Hinterkopf hörte er Perrys warnende Worte, aber er

verdrängte sie. Er hatte sich zu diesem Abenteuer entschlossen und er würde es durchziehen, was immer auch passierte.
Er stand auf und trug seinen Koffer hinaus in die warme französische Luft.
Als er im Bahnhof ankam, sah er Roan in der Schlange am Fahrkartenschalter stehen. Er hatte ihr ein bisschen von dem Geld gegeben. Der Plan war, dass sie sich beide unabhängig voneinander ein Ticket nach Kitzbühel kauften.
James hielt sich im Hintergrund und beobachtete das Treiben im Bahnhof, wobei er ein Auge auf Roan hatte. Obwohl sie ohne Zwischenfälle bis hierher gekommen waren, konnte es sein, dass jemand sie beobachtete.
In den letzten Wochen hatte er ausreichend Gelegenheit gehabt, sich im Ausspähen verdächtiger Aktivitäten zu üben. Er war sich einigermaßen sicher, dass er jemanden, der nicht hierher gehörte, entdecken würde. Zwei- oder dreimal ließ er seinen Blick umherschweifen. Dann schlenderte er zu einem Zeitungsstand hinüber und kaufte eine Europakarte und eine französische Zeitung. Er tat so, als würde er die Zeitung lesen. Als Nächstes ging er zu den Toiletten und sah sich um. Danach bewegte er sich langsam am Rand der Bahnhofshalle entlang und musterte sorgfältig die Männer und Frauen im Café und im Blumenladen.
Er konnte nichts Ungewöhnliches entdecken und wollte sich gerade in der Schlange am Fahrkartenschalter einreihen, als ihm jemand auffiel, den er vorher nicht bemerkt hatte.
Er konnte nicht genau sagen, was es war, aber irgendetwas stimmte nicht an ihm. Der Mann hatte etwas Aufmerksames, Wachsames an sich. Er stand im Dunkeln unter der Bahnhofsuhr, dicht an der Wand. Wie James hielt er eine Zeitung in der Hand und wie James las er sie nicht wirklich.
James schlich näher, hielt sich zwischen den anderen Reisenden verborgen. Er blieb neben dem Mann stehen, sorgte jedoch da-

für, dass der ihn nicht sehen konnte. Solange der Mann den Kopf nicht drehte, würde er ihn nicht entdecken. James war nah genug, um dessen Gesicht eingehend studieren zu können. Der Mann hatte den harten, selbstbewussten Blick eines Polizisten oder Soldaten. Seine Augen suchten die Bahnhofshalle ab, er hielt eindeutig Ausschau nach jemandem.

Plötzlich nickte der Mann. Eine winzige, fast unmerkliche Bewegung seines Kopfes. James folgte seinem Blick und entdeckte eine vertraute Gestalt in Grau.

Oberst Sedova. Babuschka.

Sie war hier. Schlich um den Zeitungsstand herum.

James war schon wieder losgegangen, denselben Weg zurück, den er gekommen war, weg von dem Mann unter der Uhr und zur gegenüberliegenden Seite der Bahnhofshalle, auf Sedova zu. Eine laute und aufgeregte Gruppe junger Priester ging quer durch die Halle in Richtung Fahrkartenschalter und James schloss sich ihnen mit gesenktem Kopf an.

Eine alte Frau mit einem Schlapphut verließ mit ihrer Fahrkarte in Händen die Schlange. Jetzt war Roan an der Reihe.

Gerade als sie ihren Mund öffnete, um ihre Fahrkarte zu kaufen, packte James sie am Ellbogen.

»Sag nichts«, zischte er und zog sie weg. Er spürte, wie sie sich verkrampfte, aber sie gab keinen Laut von sich und wehrte sich nicht. Rasch führte James sie zu den Bahnsteigen.

»Geh einfach weiter«, sagte er und warf einen Blick auf die Anzeigetafel. Der Zug, der auf Bahnsteig drei wartete, fuhr nach Paris und ging in fünf Minuten.

»Hier entlang«, sagte er und zog Roan zum Bahnsteig.

»Ich habe keine Fahrkarte«, protestierte sie. »Bist du sicher, dass das unser Zug ist?«

»Mach dir keine Sorgen wegen der Fahrkarten«, sagte James und zog sie noch schneller hinter sich her.

»Was ist los, James?«
»Man ist uns auf den Fersen.«
»Wer?« Roan wollte sich seinem Griff entziehen.
»Sieh dich nicht um«, sagte er. Sie hasteten über den Bahnsteig. Die letzten Passagiere stiegen ein. Dampfwolken hüllten den Zug ein und die Schaffner riefen ihre Kommandos.
»En voiture!«
James riss eine Tür auf und schubste Roan die Stufen hoch.
Er warf einen Blick zurück auf den Bahnsteig. Babuschka und der Mann mit der Zeitung drängelten sich am anderen Ende durch die vielen Menschen. Ein Pfiff ertönte. Der Zug ließ ein metallenes Stöhnen erklingen, als könnte er es nicht abwarten, endlich loszufahren.
James zögerte einen Moment und schwang sich dann zu Roan in den Zug. Sofort zog er das Fenster hinunter und lehnte sich hinaus. Ihre Verfolger stiegen vier Wagen hinter ihnen in den Zug. Wenn sie noch länger gewartet hätten, hätten sie den Zug verpasst.
Nun gut.
»James, bist du sicher, dass das unser Zug ist?«, fragte Roan. Sie sah wütend und verwirrt aus.
»Das ist egal«, sagte James. »Komm mit.«
Er ging durch das Abteil zum Korridor auf der anderen Seite. Ein dicker Mann kämpfte mit seinem wulstigen Koffer. James öffnete das Fenster in der Tür und sah auf die Schienen hinunter.
»Sobald der Zug anfährt, springen wir raus«, sagte er. »Schaffst du das?«
»Natürlich schaffe ich das«, sagte Roan und lächelte schief. »Sie haben viele Tricks auf Lager, nicht wahr, Mister Bond?«
Es gab einen Ruck und der Zug fuhr an. Die Wagen zitterten, die Räder quietschten. James sah Roan an.
»Fertig?«

»Nach dir?«
James stieß die Tür auf, warf den Koffer hinaus und sprang hinterher auf die Schienen. Er blickte zurück zum Zug, der immer schneller wurde. Einen frostigen Moment lang dachte er, dass Roan ihm vielleicht nicht folgen würde, aber dann purzelte ihr Koffer heraus und gleich darauf sprang sie leichtfüßig aus dem Zug. Er rannte zu ihr und fing sie auf, als sie stolperte. Dann nahmen sie ihr Gepäck hoch und eilten über die Schienen zum gegenüberliegenden Bahnsteig, wo ein anderer Zug wartete. Sie öffneten eine Tür und warfen ihre Koffer hinein, bevor sie sich selbst hochzogen. Sie krabbelten durch das Abteil und verließen den Zug auf der anderen Seite.
»Geh weiter«, sagte James. »Wir werden nicht riskieren, einen Zug zu nehmen. Lass uns von hier verschwinden. Wenn wir in Sicherheit sind, werden wir unsere nächsten Schritte planen.«
Sie eilten den Bahnsteig hinunter und gingen durch den Bahnhof zurück auf die Straße.
»Das war knapp«, sagte James. »Wir dürfen nicht unvorsichtig sein.«
Sie machten sich auf den Weg zur Busstation und stiegen in einen Bus, der ungefähr in die richtige Richtung fuhr. Sobald sie Calais hinter sich gelassen hatten und durch offenes Land fuhren, stiegen sie an einer menschenleeren Bushaltestelle aus.
Sie blickten hinter dem Bus her, wie er die Straße hinunterrumpelte. Bald waren sie allein. Lerchen schossen durch den blauen Himmel. Grüne Kartoffel- und Rübenfelder breiteten sich um sie herum aus.
»Was nun?«, fragte Roan.
»Wir laufen«, sagte James und hakte sich bei ihr unter. Er warf einen Blick auf Roan. Sie wirkte verdrossen.
»Kopf hoch«, sagte er. »Wir haben es geschafft. Wir sind noch mal davongekommen.«

»Aber was jetzt?«

»Ganz Frankreich liegt vor uns«, sagte James, »ganz Europa, die ganze Welt. Wir müssen nicht in Kitzbühel bleiben; wir können einfach ewig weiterreisen, wenn wir wollen. Wir sind frei, Roan. Keine Schule mehr. Keine Erwachsenen mehr, die uns sagen, was wir tun sollen. Keine Zeugnisse mehr oder Lateinübersetzungen, keine Pops mehr, keine Library, keine Prügel. Nur du und ich zusammen auf der Straße.«

Roan lachte. James fing an, die Marseillaise zu singen, die sie vorher gesummt hatte, und sie fiel mit ein. Arm in Arm marschierten sie die Straße hinunter und sangen aus vollem Hals.

In einem kleinen Dorf kauften sie sich Brot und Käse und aßen auf einem kleinen Hügel zu Mittag.

»Ich fühle mich fast wie zu Hause«, sagte Roan und blickte über das Land. »Die Landschaft erinnert mich an Irland.«

»Wo bist du aufgewachsen?«, fragte James.

»Ich bin in Holycross geboren, im County Tipperary, im Westen. Es ist ein winziger Ort, wo alle am nächsten Tag Bescheid wissen, wenn du geniest hast. Ich wollte immer weg. Mein Vater war Bierkutscher. Er hat mit seinem großen alten Pferd und seinem Wagen alle Pubs in der Gegend mit Bier beliefert. Wir waren elf Geschwister, fünf Brüder und sechs Schwestern. Zwei meiner Schwestern sind jung gestorben und einer meiner Brüder auch. Wir anderen sind nie besonders gut miteinander ausgekommen, wenn du die Wahrheit wissen willst. Wir haben uns immer um die Aufmerksamkeit unserer Eltern gestritten. Aber meinen ältesten Bruder, Johnnie, habe ich geliebt. Für mich war er wie ein erwachsener Mann. Er sah immer so groß und hübsch aus und er hat mich beschützt, wenn die anderen Kinder mich schikaniert haben. Als er alt genug war, ist er nach Limerick gegangen, um Arbeit zu finden. Er hat bei einem Drucker gearbeitet, aber als der Bürgerkrieg ausbrach, geriet er 1922 in die Auseinandersetzungen um die Unabhängigkeit Irlands. Die neue Regierung dachte, er wäre ein IRA-Mann und damit gegen die Abspaltung Nordirlands, und ließ ihn erschießen. Er hatte für niemanden gekämpft, er war nur zur falschen Zeit am falschen Ort. Gott, ich vermisse ihn immer noch. Ich war damals erst sechs Jahre alt. Danach war ich furchtbar unglücklich.«

»Was ist dann passiert?«, fragte James. »Wie bist du in Eton gelandet?«

»Das habe ich Dandy zu verdanken«, sagte Roan. »Mein Leben änderte sich, als er eines Tages auf der Flucht vor der Polizei in Holycross auftauchte. Er hielt sich in einer alten Scheune versteckt und ich habe ihm etwas zu essen gebracht. Ich war erst sechzehn und er war fünfundzwanzig. Er erinnerte mich stark an meinen toten Bruder Johnnie.«

»Warum war er auf der Flucht?«, fragte James.

»Er war ein Rebell«, sagte Roan, »und er war wild. Er war ein Roter, eher ein Anarchist als ein Kommunist. Er hatte schon das Haus eines reichen Mannes in Belfast in die Luft gesprengt. Er glaubte, dass die IRA unrecht hatte. Seiner Meinung nach sollten sie für die Armen, gegen die Reichen kämpfen. Das wäre der wahre Krieg. Er füllte meinen Kopf mit Ideen und mein Herz mit Leidenschaft. Schließlich bin ich mit ihm durchgebrannt. Wir sind in Dublin gestrandet und dort haben wir alle möglichen Leute getroffen. Kommunisten, Stückeschreiber, Kriminelle, IRA-Männer – was hatten wir für eine gute Zeit! Wir schmiedeten den Plan, das Parlament in die Luft zu jagen, aber jemand hat uns verpfiffen und wir mussten Irland so schnell wie möglich verlassen. Wir gingen nach Spanien und dann nach Portugal. Dort haben wir uns einer Gruppe von Roten angeschlossen. Wir nahmen an geheimen Treffen teil, wir lasen Bücher und Pamphlete, wir lernten, wie es in der Welt wirklich zugeht. Dann tauchte eines Tages Amethyst auf. Er hatte viel von uns gehört. Er arbeitete für eine streng geheime kommunistische Zelle und erzählte uns, dass sie etwas Spektakuläres planten, etwas, das wirklich was bewirken würde.«

»Operation Schneeblind?«, fragte James.

»Ja. Es war so streng geheim, dass wir mit keinem darüber reden durften. Amethyst und Rubin haben uns auf die Operation vorbereitet und dann wurde ich im Januar nach Eton geschickt.«

James schwieg lange. Er fragte sich nicht zum ersten Mal, in was er da hineingeraten war.

»Ich nehme an, ihr habt eure Namen geändert«, sagte er schließlich. »Du und Dandy.«

»Möglicherweise.«

»Der SIS wusste nichts über dich. Wie hieß Dandy in Wirklichkeit?«

»Na ja, jetzt, wo er tot ist, kann es ihm nicht mehr schaden, denke ich. Sein richtiger Name war Sean Cullinan.«

»Und du?«

»Hm. Ich weiß es und du musst es herausfinden.«

»Glaubst du nicht, Roan«, sagte James, bemüht, ruhig zu bleiben, »dass du mir etwas schuldig bist, nach allem, was ich für dich getan habe?«

Roan küsste ihn.

»Ich bin wie eine Märchenfigur, Darling«, sagte sie. »Nur wenn du meinen richtigen Namen herausfindest, kannst du mich besiegen.«

»Ich will dich nicht besiegen«, blaffte James wütend. »Ich will nur wissen, wer du wirklich bist, Roan . . . oder wie auch immer du heißt.«

»Sei nicht böse auf mich, Darling«, sagte Roan. »Ich habe dir gesagt, dass ich eine Hexe bin.«

Bevor James noch etwas sagen konnte, hatte Roan ihren Koffer gepackt und ging den Hügel hinunter in Richtung Straße.

25 Bei Freunden angekommen

James ratterte durch das Inntal, im gleichen Zug wie vor vielen Wochen, als er schon einmal in Kitzbühel eingetroffen war. Diesmal aber hatte er Roan bei sich und er war auf der Flucht. Sie waren schon tagelang unterwegs. Erst von Calais in Richtung Südosten nach Amiens, dann weiter durch die Picardie nach Reims, dann südlich nach Nancy. Sie waren in der Nähe von Basel über die Grenze in die Schweiz gefahren und von dort aus direkt nach Kitzbühel unterwegs. Sie waren mit dem Zug, mit dem Bus und zu Fuß vorwärtsgekommen. Von Zeit zu Zeit hatte ein Bauer sie in seinem ramponierten Laster oder in seinem Pferdewagen mitgenommen. Sie hatten sogar Fahrräder gekauft und waren einen Teil der Strecke geradelt. Einige Nächte hatten sie unter freiem Himmel auf den Feldern geschlafen, andere hatten sie in Bauernhöfen verbracht, ab und zu hatten sie sich ein billiges Hotel genommen und einmal hatten sie einen ganz besonderen Abend verbracht. An Roans neunzehntem Geburtstag hatten sie sich in Reims ein schönes Hotel geleistet und ein teures Abendessen. Sie hatten Rucksäcke gekauft und neue Sachen zum Anziehen und fühlten sich auf der Straße zu Hause. Es waren die herrlichsten Ferien, die James jemals gemacht hatte, denn sie gingen nie zu Ende.

Das einzige Problem war, dass das Geld in dem braunen Umschlag jeden Tag ein bisschen weniger wurde. Früher oder später würde das richtige Leben sie einholen.

Die Landschaft sah ganz anders aus als bei James' letztem Besuch. Auf den höchsten Gipfeln lag immer noch Schnee, doch unten im Tal erstrahlte das Gras in saftigem Grün, überall blühten Blumen und die Bäume standen in vollem Laub. Das Land sprühte vor frischem Leben und kostete das warme, sonnige Wetter aus, bevor es wieder kalt wurde. Kühe mit zotteligem Fell standen auf den Weiden, Vögel zwitscherten von den Dächern und überall gingen Männer und Frauen in Tiroler Tracht fröhlich ihrer Arbeit nach.

James' Haut war dunkel geworden, fast nussbraun. Er war schlank und durchtrainiert und fühlte sich wohl in seiner abgetragenen, staubigen Kleidung. Alles, was er auf der Welt besaß, passte in seinen Rucksack. Und das war gut so. Was brauchte er sonst?

Er war kein Schuljunge mehr; er war zu einem jungen Mann herangewachsen. Er saß neben Roan, die aus dem Fenster sah und die vorbeirasende Landschaft betrachtete. Wenn sie mit dem Zug oder im Bus unterwegs waren, waren sie immer besonders vorsichtig und redeten nur wenig miteinander, für den Fall, dass jemand ihren ausländischen Akzent hörte und sich fragte, wer dieses junge Pärchen sein könnte.

Als sie sich ihrem Ziel näherten, wurde James immer nervöser. Am sorglosesten war er auf den Landstraßen in Frankreich gewesen, als er in der Sonne marschiert und mit Roan geschwatzt hatte. Jetzt kam das Ende unaufhaltsam näher. Sie hatten Kitzbühel immer vor Augen gehabt. Aber richtig darüber gesprochen, wie es weitergehen würde, wenn sie dort angekommen waren, hatten sie nie.

Auch etwas anderes bereitete ihm Sorgen. Ein nagender Zweifel, den er bisher weit von sich geschoben hatte. Aber jetzt, wo er sich dem Ausgangspunkt näherte, dem Ort, an dem alles angefangen hatte, konnte er nicht anders, als darüber nachdenken. Er dachte immer wieder an die merkwürdige Nacht in der Klinik zurück, in der er durch die Schreie des Grafen geweckt worden war.

»Sie werden meinen Vetter Jürgen töten . . .«

Es war eins der Puzzlestücke gewesen, das ihm geholfen hatte, Dandys Plan zu durchschauen.

Aber je mehr er darüber nachdachte, desto weniger Sinn ergab das Ganze.

Von Schlick war auf der Party bei den Langton-Herrings in Windsor gewesen. Er hatte mit dem Prinzen von Wales gesprochen. Aber als James ihn nach der Nacht in der Klinik gefragt hatte, hatte er alles bestritten. Das war zwar verständlich – der Mann hatte im Delirium gelegen und vielleicht alles vergessen. Aber warum hatte er behauptet, er hätte keinen Vetter namens George? Es war natürlich möglich, dass er nicht wollte, dass ein neugieriger Schuljunge über ihn tratschte. Aber wenn er über eine Verschwörung gegen König George Bescheid gewusst *hatte*, warum hatte er dem Prinzen dann nichts gesagt?

Warum hatte niemand den König gewarnt?

Eine Möglichkeit war, dass sie zwar über die Verschwörung informiert waren, jedoch keine Einzelheiten kannten.

Aber man hätte doch bestimmt den SIS informiert, oder?

James war am Morgen des vierten Juni der Einzige gewesen, der gewusst hatte, was vor sich ging. Merriot, Nevin und die anderen hatten nichts von der Verschwörung gewusst, obwohl sie direkt vor ihrer Nase stattfand.

Eine andere Möglichkeit war, dass der Graf in jener Nacht unter dem Einfluss von Morphium fantasiert hatte. In Wirklichkeit wusste er vielleicht nichts von der Verschwörung und James hatte die falschen Schlüsse gezogen.

Nein. Er hatte eindeutig *Schneeblind* gerufen. *Schneeblind,* den Namen von Roans und Dandys Verschwörung.

James hatte Roan gefragt, aber sie hatte ihm nur unklare Antworten gegeben. Sie wusste nichts über den Grafen. Ihre Kontaktpersonen waren alle in Lissabon gewesen. Sie hatte keine Ahnung, wie dieses unbedeutende Mitglied des österreichischen Adels Wind von der Verschwörung bekommen haben könnte. Aber gleichzeitig hatte Roan ihn über viele Dinge im Unklaren gelassen. Trotz seines sanften Drängens hatte sie ihm nichts mehr wirklich Wichtiges über die Verschwörung und die darin verstrickten Personen erzählt – abgesehen davon, dass sie Amethyst einen Namen gegeben hatte: Wladimir Wrangel.

Schließlich hatte James aufgegeben. In Wahrheit wollte er auch gar nicht mehr darüber wissen. Er wollte das alles hinter sich lassen. Er hatte den König gerettet und das war genug. Schneeblind, Amethyst, Graf von Schlick, sie alle waren Teil seines alten Lebens.

Er ermahnte sich gerade selbst, sich nicht zu viele Sorgen zu machen, als sie den Bahnhof von Jenbach verließen und ein Mann in ihr Abteil trat. Er trug einen wuchtigen Rucksack bei sich, um den ein Kletterseil gewickelt war. Er war Mitte zwanzig und hatte die Statur eines Soldaten. Gekleidet war er wie zum Bergwandern, mit Strümpfen, festen Stiefeln, einer Lodenjacke und einem weichen Filzhut. Er hatte etwas unverkennbar Englisches an sich und James beobachtete ihn aus den Augenwinkeln.

James hatte in der Schweiz eine englische Zeitung gekauft. Weder über ihn noch über Roan hatte etwas dringestanden, aber das musste nicht heißen, dass sein Verschwinden nicht bemerkt worden war. Er warf Roan einen einstudierten Blick zu, der ihr bedeutete, vorsichtig zu sein.

Als der Mann die Arme nach oben reckte, um seinen Rucksack im Gepäcknetz zu verstauen, öffnete sich seine Jacke und James sah etwas, das ihm den Atem stocken ließ.

»Kommen Sie mit, lassen Sie uns ein bisschen frische Luft schnappen«, sagte er zu Roan auf Deutsch. Sie verstand die Sprache zwar

nicht, aber als er aufstand und sie anlächelte, begriff sie sofort und folgte ihm gehorsam aus dem Abteil in den Gang.
»Was hast du eben gesagt?«, fragte Roan, als sie außer Hörweite waren.
»Ich habe gesagt, lass uns frische Luft schnappen.«
»Du könntest als echter Deutscher durchgehen.«
»Genau das hatte ich beabsichtigt«, sagte James. »Ich weiß nicht, wer der Mann ist, der gerade zugestiegen ist, aber er trägt eine Enfield No. 2 Mark 1, den Revolver der britischen Streitkräfte, in einem Schulterhalfter bei sich.«
Roan erblasste. »Machst du Witze?«
»Leider nicht.«
»Glaubst du, er ist hinter uns her?« Roan sah nervös zurück zu ihrem Abteil.
»Ich weiß es nicht«, sagte James. »Wenn das der Fall ist, ist das eine ziemlich tollpatschige Vorgehensweise. Aber ich habe nicht vor, hierzubleiben und es herauszufinden. Wir müssen an der nächsten Station aussteigen und uns von dort aus weiter durchschlagen.«
»Und wir sind dem Ziel schon so nah«, sagte Roan müde. »Ich hatte gerade angefangen zu glauben, dass wir mit heiler Haut ankommen werden.«
»Wir werden es schaffen«, sagte James und legte beruhigend eine Hand auf ihren Arm. »Jetzt sollten wir aber keine Aufmerksamkeit auf uns lenken.«
Sie setzten sich wieder auf ihre Plätze, bis der Zug in Wörgl hielt. Dann nahmen sie ihr Gepäck und stiegen aus.
Erleichtert stellte James fest, dass der Mann ihnen nicht folgte. Bis nach Kitzbühel waren es immer noch etwa dreißig Kilometer, sodass sie schließlich beschlossen, für den Rest der Strecke ein Taxi zu nehmen. Es war Luxus, aber bisher waren sie mit ihrem Geld sehr vorsichtig umgegangen und nun waren sie hundemü-

de von der ewigen Reiserei. Alles, was sie jetzt wollten, war, endlich anzukommen.

Unterwegs blickte Roan aus dem Fenster.

»Ich dachte, wir würden Schnee sehen«, sagte sie. »Ich liebe Schnee, wenn er gerade frisch auf die Erde gefallen ist, so sauber und rein und weiß. Was nutzt ein Berg ohne Schnee? Er ist nur ein großer hässlicher Steinklotz.«

»Es gibt hier keinen Schnee«, sagte James. »Nicht im Sommer. Diese Berge sind dafür nicht hoch genug.«

»Das Mindeste, was du hättest tun können, wäre, ein bisschen Schnee für mich zu organisieren.«

James bat den Fahrer, sie am Stadtrand unterhalb der Hütte der Oberhausers abzusetzen. Er wollte den letzten Teil des Weges zu Fuß zurücklegen. Einerseits wollte er nicht, dass der Fahrer wusste, wohin sie gingen, andererseits brauchte er ein bisschen Zeit zum Nachdenken.

Er war davon ausgegangen, dass Hannes Oberhauser sie mit offenen Armen empfangen würde. Aber was, wenn er sich irrte? Was, wenn er zu viel in Oberhausers Angebot hineininterpretiert hatte? Was, wenn Hannes nur höflich gewesen war? Wenn er nur das gesagt hatte, was jeder wie selbstverständlich zu einem Gast sagte? ›Oh ja, komm uns wieder mal besuchen, wann immer du willst, du bist jederzeit willkommen . . .‹

Wie dem auch sei, jetzt gab es kein Zurück mehr.

Die Dämmerung brach herein und ein dunkelblaues Licht legte sich über das Tal. Sie konnten das Läuten der Kuhglocken hören und ganz in der Nähe plätscherte ein Bach. Zwischen Apfelbäumen waren zwei Zelte aufgestellt und das dunkle Holz der Hütte dahinter sah fast schwarz aus. James fühlte, wie sich sein Magen nervös zusammenkrampfte.

Er zögerte und sah zurück ins Tal hinunter nach Kitzbühel.

»Soll ich hier auf dich warten?«, fragte Roan. »Nur für den Fall, dass du einen Fehler gemacht hast. Wenn du mich in den nächsten zehn Minuten nicht hineinrufst, mache ich mich aus dem Staub.«

»Würdest du zurechtkommen?«

»Zerbrich dir wegen mir nicht deinen hübschen kleinen Kopf, James Bond. Ich kann auf mich selbst aufpassen.«

»Danke«, sagte James.

»Sei nicht dumm«, sagte Roan. »Ich habe dir zu danken. Was auch immer geschieht, ich bin froh, dass ich diese Zeit mit dir verbracht habe. Ich kann dir sagen, es ist sehr viel besser, frei zu sein, als in irgendeinem gottverlassenen britischen Gefängnis zu sitzen.«

Sie umarmte ihn kurz und stieß ihn dann von sich. »Los, geh«, sagte sie. »Geh zu deinem Freund.«

James ging hoch zur Hütte. Seine Kehle war trocken, als er an dem gedrehten Seil zog, das an der Tür hing.

Drinnen schepperte die Klingel und wenig später wurde die Tür geöffnet.

Kaum hatte James Hannes Oberhauser erblickt, wusste er, dass alles in Ordnung sein würde. All seine Zweifel, Ängste und Sorgen lösten sich in Luft auf. Plötzlich fühlte er sich wieder wie ein Junge.

Wie ein Junge, der nach Hause kam.

»James?«, sagte Hannes. Ein Stirnrunzeln legte sein gebräuntes freundliches Gesicht in Falten. »Was machst du denn hier? Du siehst bekümmert aus. Ist alles in Ordnung?«

James senkte den Kopf und kämpfte mit den Tränen.

»Jetzt schon«, sagte er.

Eine halbe Stunde später half James Hannes, die Kühe für die Nacht in den Stall zu bringen. Die großen struppigen Tiere bewegten sich langsam, muhten und käuten wieder, während sie sich anschubsten, um einen Platz zu finden.

James hatte Hannes eine bestimmte Version der Wahrheit erzählt. Eine Version, die ein paar wichtige Details ausließ, die aber keine Lüge war. Er hatte erzählt, dass er sich verliebt hatte und weggelaufen war.

Hannes war sanft und verständnisvoll gewesen, hatte James nicht gedrängt, sondern ihm Zeit gelassen zu erzählen, aber er hatte auch deutlich seine Meinung gesagt.

»Ich weiß über einiges, was du im letzten Jahr durchgemacht hast, Bescheid«, sagte er. »Ich weiß, wie hart es für dich gewesen sein muss. Eine große Last für die Schultern eines Jungen. Ich verstehe, dass du die Flucht ergriffen hast. Aber du bist noch jung, James. Das Mädchen ist alt genug, um für sich selbst zu entscheiden. Du bist noch ein Junge.«

»Wenn die Zeit reif ist, werde ich zurückgehen«, sagte James. »Aber jetzt muss ich mich vor der Welt verstecken.«

Hannes lächelte.

»Ich mag dich sehr, James«, sagte er. »Ich kümmere mich gern um dich, aber ich muss deiner Tante Bescheid sagen.«

»Jetzt noch nicht«, sagte James. »Später.«

»Sie wird sich große Sorgen machen.«

»Ich habe ihr aus Frankreich einen Brief geschickt«, sagte James. »Ich werde ihr noch mal schreiben und sie wissen lassen, dass ich in Sicherheit bin, dass es mir gut geht und dass für mich gesorgt wird.«

James hatte Charmian tatsächlich einen Brief geschrieben. Er hatte ihn in einen Umschlag gesteckt, den aber an Perry adressiert, der ihn in London oder Schottland abschicken sollte, sodass niemand erfahren würde, wo James wirklich war. Er würde dasselbe noch einmal von Kitzbühel aus machen.

»Ich brauche nur ein bisschen Zeit, um ein paar Dinge in meinem

Kopf klarzukriegen«, sagte er. »Mir wäre es lieber, wenn niemand weiß, wo ich mich im Augenblick aufhalte.«

»Hast du etwas ausgefressen, James?

»Nein.«

»Und das Mädchen?«

Hier log James das einzige Mal. Er erzählte Hannes, dass Roan auf der Flucht war, aber nicht vor dem Geheimdienst, sondern vor der Polizei.

»Sie wurde beim Stehlen erwischt«, sagte er. »Ich will nicht, dass sie in Schwierigkeiten gerät.«

Hannes lachte leise in sich hinein.

»Es ist die altbekannte Geschichte«, sagte er. »Sie handelt von einem Jungen, der sein Leben wegen einem Mädchen wegwirft.«

»Ich bin wahrscheinlich wirklich ein ziemlicher Dummkopf«, sagte James.

»Fehler macht man am besten, wenn man jung ist«, sagte Hannes. »Und wenn man noch lernen kann. Wir sollten Dummköpfe sein, bevor wir zu alt dafür werden. Dafür ist die Jugend da. Aber du hast dir das Leben schwer gemacht, James.«

»Ich weiß«, sagte James. »Aber jetzt bin ich hier und das dürfte alles ein bisschen leichter machen.«

Hannes lächelte ihn traurig an. »Du kannst von der Schule wegrennen, James, du kannst vor der Polizei wegrennen, aber vor dir selbst weglaufen kannst du nicht. Früher oder später wird dich die Welt wieder einholen.«

»Ich weiß«, sagte James. »Und wenn es so weit ist, möchte ich darauf vorbereitet sein.«

Wie sich herausstellte, waren James und Roan nicht die einzigen Gäste auf der Hütte. Die Oberhausers verdienten sich ein bisschen dazu, indem sie die Camper versorgten, die auf ihrem Grundstück zelteten. Helga hatte einen großen Topf mit scharfem Gulasch gekocht, mit Kartoffeln und frischem Gemüse. Die Gäste am Esstisch leerten den Topf im Handumdrehen; in die letzten Reste der Soße tunkten sie Brotstücke.

James betrachtete die Runde. Roan plapperte munter drauflos und betörte jeden. Wenn sie ihren ganzen Charme einsetzte, war sie wie ein heller, leuchtender Stern, und wie eine Motte von der Flamme wurde man magisch von ihr angezogen. Neben ihr saß ein Engländer mittleren Alters namens Mike Nicholson. Er war Künstler und kam in die Alpen, um die Berge, die Blumen und Pflanzen, die dort wuchsen, zu zeichnen. James machte sich keine Sorgen, dass er etwas wissen könnte, da er schon seit dem Frühjahr auf Reisen war und anscheinend wenig Kontakt mit zu Hause hatte. Er war klein und rundlich und trug einen gepflegten schwarzen Bart und eine Brille. Im ersten Augenblick hatte James ihn für mürrisch und schlecht gelaunt gehalten, aber bald entdeckte er, dass er einen Sinn für schwarzen Humor hatte und eine angenehme Gesellschaft war. Die zwei anderen Camper, Luca und Bernard, machten zusammen Kletterurlaub, bevor sie im Herbst an der Universität in Genf ihr Studium beginnen würden. Sie waren begeisterte Bergsteiger, und als James ihnen erzählte, dass er früher, als er noch jünger gewesen war, ein bisschen geklettert war, boten sie ihm an, ihn mitzunehmen.

Der Raum war voller Gelächter, Wärme und fröhlicher Stimmung. Das Essen war reichlich und gut, das Bier floss in Strömen und sie unterhielten sich vergnügt. James hatte das überwältigende Gefühl, dass er bei Freunden angekommen war.

Roan sah zu ihm herüber und lächelte.

Er freute sich darauf, dass er sich nun endlich entspannen könnte – doch es gelang ihm nicht. Was war, wenn es hier versteckte Gefahren gab, die er nicht sah?

Was, wenn er blind dafür war?

Schneeblind.

26 Der Geruch des Todes

»Mir ist langweilig, Darling, lass uns spazieren gehen.« Roan saß auf der Veranda in einem Korbstuhl, der von der Decke baumelte, und schwang vor und zurück. Mit einem Fuß gab sie sich immer wieder Schwung, den anderen hatte sie unter sich gezogen.

»Gern«, sagte James. Er konnte sich nicht daran erinnern, dass er eine solche Zeit verbracht hatte, seit er in Eton war. Um nichts musste man sich Sorgen machen. Nie war er so sorglos gewesen. Aber er konnte sich auch nicht daran erinnern, dass er sich jemals so leer gefühlt hatte. Die drei Wochen, die sie hier waren, fühlten sich an wie drei Jahre.

An diesem Nachmittag schien die Leere noch drückender zu sein als sonst und eine dunkle, düstere Stimmung hatte sich in James ausgebreitet. Er musste zugeben, dass auch er sich langweilte. Nach all den Schwierigkeiten, der Angst, der Anspannung und der Aufregung auf dem Weg hierher war er auf dieses leichte Leben nicht vorbereitet gewesen. Er fühlte plötzlich den bitteren Schmerz des Bedauerns, der sich in Wut steigerte. Und diese Wut richtete er auf Roan.

Es war ihre Schuld.

Sie hatte ihn hierhergebracht.

Nein. So darfst du nicht denken, James. Das führt zu nichts.

Stell dich den Tatsachen. Alles war seine Idee gewesen. Er hatte diesen Weg gewählt. Wie üblich, war er in etwas hineingeraten, ohne sich ernsthaft Gedanken über die Konsequenzen zu machen. Und nun saß er hier fest. In der Zwischenzeit war ein Spa-

ziergang die beste Abwechslung, die sich ihnen bot. Körperliche Anstrengung hatte ihm schon immer geholfen, dunkle Gedanken abzuschütteln, die ihn in Momenten der Schwäche überfielen.
Er stand auf, streckte sich und trat von der Veranda ins Sonnenlicht. Die Sicht über das Tal war klar und die Geräusche der Bergwelt waren meilenweit zu hören.
Kuhglocken.
Wenn er in der richtigen Stimmung war, konnte er sie romantisch finden, aber jetzt gingen sie ihm auf die Nerven.
»Komm mit, wenn du willst«, sagte er zu Roan, die immer noch faul in ihrem Stuhl herumlümmelte.
»Ich hatte irgendwie gehofft, du würdest es mir ausreden«, sagte sie mit einem durchtriebenen Lächeln, »oder etwas Spannenderes vorschlagen, was wir tun könnten.«
Was konnten sie sonst noch unternehmen? Seit ihrer Ankunft waren sie ständig unterwegs gewesen. Sie waren im Schwarzsee geschwommen oder durch die Täler mit dem Rad gefahren und hatten all die kleinen Bauernhöfe und Dörfer erkundet. Es schien, als wäre immer irgendwo etwas los – ein Fest, eine Hochzeit oder eine Party mit Musik und Tanz. Manchmal half James bei der Arbeit auf dem Hof, schlug Holz oder arbeitete im Gemüsegarten. Die Kinder hatten ihm gezeigt, wie man Kühe melkte, und er hatte Helga dabei zugesehen, wie sie in der Molkerei Käse herstellte. Dann gab es natürlich noch die Berge. Sie waren auf den unteren Wegen marschiert, waren mit der Seilbahn hochgefahren und über die Gipfel gewandert und hatten den eindrucksvollen Blick genossen. Ein paarmal war James mit Hannes und den Studenten zu einer Klettertour zum Wilden Kaiser aufgebrochen, während Roan einen Einkaufsbummel gemacht hatte oder mit Mike Nicholson, der anscheinend Gefallen an ihr gefunden hatte, zeichnen gewesen war. Aber sie lebten in einer Seifenblase. Als er Roan das erste Mal getroffen hatte, hatte sie

ihm vorgeworfen, dass er nicht in der wirklichen Welt lebte. Nun, das hier war sicher ein unwirklicheres Leben als das in Eton. Er musste nur einen Blick auf die Berge werfen oder den Kuhglocken lauschen, um zu wissen, dass er hier nicht zu Hause war. Es war, als wäre er in die Haut eines anderen Jungen geschlüpft. Jetzt hatte er alles, was er sich immer erträumt hatte. Er hatte Sicherheit, eine Familie, ein Mädchen in seinen Armen . . .

Aber egal, wie er es auch betrachtete, er musste zugeben, dass er sich langweilte.

Hatte er sich wirklich von dem gemütlichen Traum an der Nase herumführen lassen, den Rest seines Lebens hier mit Hannes und seiner Familie zu verbringen? Vielleicht als Gehilfe auf dem Bauernhof oder als Bergführer oder sogar als Skilehrer?

»Komm schon«, sagte er und schüttelte seine düsteren Gedanken ab. »Wer als Erster am Tor ist.«

Er lief los und hörte, wie Roan hinter ihm herrannte. Sie hatte ihn bald eingeholt und Seite an Seite erreichten sie das Tor am Obstgarten. James hüpfte darüber, aber Roan streckte ihm die Zunge raus, öffnete das Tor und ging einfach hindurch.

»James Bond«, sagte sie. »Du schaffst mich. Du musst immer in Bewegung sein, oder?«

»Du bist nur faul, Roan.«

Sie gingen den Weg hinunter nach Kitzbühel.

»Wo willst du hin?«, fragte James und hob einen Stock auf.

»Weißt du«, sagte Roan, »wir müssen das wirklich nicht tun, wenn du lieber etwas anderes machen möchtest?«

»Jetzt sind wir schon unterwegs«, sagte James. »Bis zum Abendessen sind es noch ein paar Stunden. Wir sollten das Beste daraus machen.«

Eine Wolke schob sich vor die Sonne und tauchte die beiden plötzlich in kühlen Schatten. Roan griff nach James' Arm und drückte ihn fast ängstlich.

»Ich hasse es, wenn die Sonne verschwindet«, sagte sie. »Es ist, als wäre jemand gestorben.«
»Sei nicht albern«, sagte James. »Es ist doch nur eine Wolke.«
Roan wurde nachdenklich. Sie blieb stehen und ließ James' Arm los.
»Lass uns zurückgehen«, sagte sie. »Ich habe es mir anders überlegt.«
»Du überlegst es dir alle fünf Minuten anders«, sagte James.
Roan sah ins Tal hinunter. »Ich wünschte, Dandy wäre hier«, sagte sie nach einer Weile. »Er hat die Berge immer geliebt.«
James fühlte sich schuldig. Roan sprach sonst nie über Dandy. Es war ein Thema, das sie vorsorglich mieden.
»Er hat immer gewusst, was als Nächstes zu tun war«, fuhr sie fort. »Er hat immer schnell entschieden, und wenn er einmal eine Entscheidung getroffen hatte, hielt er daran fest. Natürlich hatte er nicht immer recht. Manchmal hat ihm seine Dickköpfigkeit Ärger eingebracht. Aber er hätte gewusst, was jetzt zu tun ist.«
»Es ist nicht so schwierig«, sagte James, »zu entscheiden, ob wir einen Spaziergang machen oder nicht. Aber hier rumzustehen und darüber zu sprechen ist noch langweiliger, als rumzusitzen und nichts zu tun.«
»Er hat nie die Letzte Ölung bekommen«, sagte Roan.
»Was?«
»Als sie ihn umgebracht haben, war kein Priester dabei. Er ist als Sünder gestorben.«
»Ich nehme an, dass Gott sich schon vor langer Zeit eine Meinung über Dandy gebildet hatte«, sagte James.
Roan warf James einen wütenden Blick zu und ihm wurde bewusst, dass er das Falsche gesagt hatte. Roans Lächeln war verblasst. Ihre dunklen Augen blickten sorgenvoll.
»Ist er dir denn völlig egal?«, fragte sie.
»Nein«, sagte James. »Aber ich weiß nicht, was ich von ihm halten

soll. Er hat versucht, mich umzubringen, wenn du dich erinnerst.«

Roan schwieg einen Moment, ihre Brust hob und senkte sich. Schließlich kehrte ihr Lächeln zurück, zumindest sah es so aus.

»Komm«, sagte sie. »Lass uns gehen.«

Sie stolzierte davon, ohne einen Blick zurückzuwerfen, um zu sehen, ob James ihr folgte. Er schüttelte den Kopf und dann rannte er los, um sie einzuholen.

»Also, wo gehen wir hin?«, fragte er.

»Zu der kleinen Kapelle oberhalb von St. Johann.«

»Das ist meilenweit weg«, sagte James.

»Ist es zu weit für deine kleinen Beine?«, spöttelte Roan.

»Nein«, sagte James. »Ich habe an dich gedacht.«

»Kümmere dich nicht um mich, James Bond, ich kann selbst auf mich aufpassen, vielen Dank.«

Sie rannte lachend davon und er jagte hinter ihr her.

Sie nahmen die Straße, die aus Kitzbühel hinausführte, und überquerten die Kitzbüheler Ache über eine Brücke am Ortsrand. Auf der anderen Seite des Flusses führte ein Pfad an den unteren Hängen des Kitzbüheler Horns entlang. Dieser Weg war angenehmer als der, der direkt an der Straße verlief. Sie gingen schnell und zielstrebig. Zuerst schien es, als hätte Roan ihre alte Energie wiedergefunden, sie plapperte drauflos wie ein Wasserfall, sprang von einem Thema zum nächsten, wie es ihr gerade einfiel. James kam kaum zu Wort. Als würde sie drauflosschwatzen, um jede Stille zu vermeiden. Die Themen, die sie wählte, waren unwichtig. Sie redete über die Blumen – Mike Nicholson hatte ihr die Namen vieler Arten beigebracht. Sie redete über Mike und äffte ihn gekonnt nach. Sie redete über die Kühe, über ihre Schuhe, über Mode und die Kleider, die die Mädchen im Dorf trugen. Sie redete über ihre Kindheit in Irland, über Filme, die ihr gefallen hatten, über die Musik, zu

der sie gern tanzte ... Aber irgendwann geriet sie ins Stocken. Ihr fiel nichts mehr ein.
Als sie schließlich die Kapelle in der Ferne sahen, waren sie schon seit fast zwei Stunden unterwegs und es würde noch eine halbe Stunde dauern, bis sie ihr Ziel erreicht hatten. Roan war mittlerweile in ein nervöses Schweigen verfallen. James fragte sich, ob sie immer noch an Dandy dachte. Er versuchte, mit ihr zu reden und sie aufzuheitern, aber sie war mürrisch geworden und knabberte an ihren abgebissenen Fingernägeln. Vielleicht war sie einfach müde von dem langen Spaziergang. Was auch immer in ihrem Kopf vorging, sie behielt es für sich.
Die kleine Kapelle stand in der Nähe eines kleinen Waldstücks am nördlichen Hang des Kitzbüheler Horns. Wie die meisten Gebäude war sie aus Holz gebaut. Sie hatte ein spitzes Dach.
»Wer als Erster bei der Tür ist?«, sagte James in einem letzten Versuch, sie aus ihrer düsteren Laune herauszureißen. Aber Roan hielt ihn zurück. Sie legte eine Hand auf seinen Arm. Dann küsste sie ihn.
»Wofür war das?«, sagte James.
»Nur so«, sagte Roan. »Für alles.«
»Warum blickt man bei Mädchen nie durch?«, sagte James.
»Bei uns blickt man sehr wohl durch. Jungs verstehen uns nur nicht immer.«
»Wenn du es sagst«, erwiderte James.
Roan küsste ihn noch einmal und umarmte ihn. »James«, flüsterte sie ihm ins Ohr.
»Was?«
»Ich weiß, dass du mir geholfen hast, weil du etwas für mich empfindest.«
»Ja.«
»Aber hast du mir auch geholfen, weil du vielleicht auch ein klein bisschen an das glaubst, woran ich glaube?«

James wusste nicht, was er sagen sollte, und zögerte zu lange mit seiner Antwort.
Roan seufzte. Sie wandte sich von ihm ab und ging mit schnellen Schritten auf die Kapelle zu. James lief hinter ihr her.
»Es tut mir leid«, sagte er, als er sie eingeholt hatte.
»Ist schon gut«, sagte Roan. »Ich bin diejenige, der es leidtun sollte.« Und James sah, dass sie Tränen in den Augen hatte.
»Was wollen wir jetzt hier machen?«, versuchte James das Thema zu wechseln. »Ich muss gestehen, alte Kirchen haben mich nie wirklich interessiert.«
»Das ist egal«, sagte Roan traurig. »Jetzt ist alles egal.«
»Ich verstehe nicht, was du meinst«, sagte James. Genau in diesem Moment kamen zwei Männer aus der Kirche.
James wusste sofort, dass etwas nicht stimmte. Die beiden waren keine Wanderer oder Touristen und sie waren ganz bestimmt nicht zur Messe hier. Sie trugen Sonnenbrillen, dunkle Anzüge und Hüte und einer hatte einen langen schwarzen Ledermantel an. Sie blieben kurz stehen und musterten James. Dann nickte einer der beiden und sie kamen schnell näher.
James sah Roan fragend an, aber sie erwiderte seinen Blick nicht. Plötzlich zog der Mann im Ledermantel eine Luger hervor und richtete sie auf James' Bauch. James war zu überrascht und schockiert, um auch nur an Flucht zu denken, und zu kämpfen wäre sinnlos. Stattdessen spürte er, wie sich Schwere und Verzweiflung in ihm breit machten und er fühlte sich schrecklich müde.
Der Mann drehte ihm die Arme auf den Rücken und führte ihn um die Kirche herum, wo zwei gleichaussehende schwarze Mercedes-Benz-Limousinen versteckt zwischen den Bäumen standen.
James wurde auf den Rücksitz der einen gestoßen und der Mann im Ledermantel setzte sich neben ihn. Roan stieg mit dem anderen Mann in das zweite Auto.

Hinter dem Steuer saß ein Fahrer und auch auf dem Beifahrersitz saß jemand. Der Mann auf dem Beifahrersitz sagte etwas auf Russisch und der Fahrer ließ den Motor an.
Als sie losfuhren, sah James nach hinten, ob Roans Auto ihnen folgte, aber der Mann im Ledermantel schlug ihm ins Gesicht.
»Sieh nach vorne«, sagte er.
Die Situation erinnerte ihn an die Fahrt mit Nevin zu dem geheimen Haus und er dachte an die Überraschung, die ihn dort erwartet hatte. Alles schien sich zu wiederholen. Er war sich sicher, dass seine Welt schon bald wieder kopfstehen würde und dass er sich einer ganz neuen Wirklichkeit stellen müsste. Eins war jedoch klar. Roan hatte ihn verraten. Sie hatte ihn belogen und ihn absichtlich in diese Falle gelockt, um ihn auszuliefern an . . .
Wer waren diese Leute eigentlich?
Als sie langsam und vorsichtig den steilen Wanderweg zur Straße unterhalb der Kirche hinunterrumpelten, zog der Mann im Mantel Vorhänge vor die Seitenfenster. James konnte immer noch durch die Frontscheibe hinaussehen, aber die Landschaft, die ihm eben noch malerisch und schön vorgekommen war, war ihm plötzlich verhasst. Die wenigen Bauern, an denen sie vorüberfuhren, starrten die Autos mit ausdruckslosen desinteressierten Gesichtern an.
Er hasste sie. Er hasste das ganze verdammte Land.
Der Mann im Ledermantel zündete sich eine streng riechende türkische Zigarette an. Der Qualm konnte durch die zugezogenen Vorhänge nicht entweichen und füllte das Auto mit dickem, stickigem Rauch. James wurde übel.
Der Mann auf dem Beifahrersitz öffnete sein Fenster einen Spaltbreit und sagte etwas zu dem Fahrer, der lachte. Dann drehte er sich um und James erlebte zum zweiten Mal am heutigen Tag eine Überraschung.

Er kannte ihn.
Die aufgedunsenen, zugeschwollenen Augen des Mannes waren unverkennbar. James hatte ihn zuletzt im Haus von Langton-Herring zusammen mit Graf von Schlick gesehen.
Aber das ergab überhaupt keinen Sinn. Von Schlick war Österreicher und kein Russe. Natürlich hieß das nicht, dass er kein Kommunist sein konnte, aber irgendetwas ging hier vor sich, das James noch nicht durchschaut hatte.
Immerhin war er noch am Leben. Wenn sie ihn hätten töten wollen, hätten sie das sicherlich schon getan.

Als sie die Straße erreicht hatten, fuhren sie zurück nach Kitzbühel und dann weiter nach Süden. Kurz hinter Jochberg verließen sie die Hauptstraße und wurden langsamer. Die Straße stieg an und sie mussten mehrere enge Haarnadelkurven nehmen. Sie fuhren also wieder in die Berge.
Es dauerte noch einmal zwanzig Minuten, bis sie ihr Ziel erreichten, und es wurde schon dunkel. James konnte nur Mauern aus massiven grauen Steinblöcken und ein riesiges schwarzes Holztor erkennen. Er hörte Rufe und schwere Eisenschlösser wurden geöffnet. Die Torflügel schwangen zurück und der Wagen fuhr über eine Kieseinfahrt hindurch. Von den hohen Gebäuden ringsum hallten die Motorengeräusche wider. Sie waren in eine Art Hof hineingefahren. Das Auto hielt an und er hörte, wie das Tor hinter ihnen geschlossen wurde.
Dann schubste man ihn wortlos aus dem Auto.
Das Erste, was James auffiel, war der Gestank. Es roch ekelhaft nach einem verstopften Abfluss oder nach verfaultem Essen und James legte schützend eine Hand über Mund und Nase.
Er stand im Hof eines alten Schlosses hoch in den Bergen. Obwohl es Anfang Juli war, lag eine kalte, düstere Atmosphäre über dem Ort. Die Gebäude waren hoch und eckig, mit winzigen Fens-

tern. Moos und Flechten wuchsen auf den klammen Mauern. Über dem Schloss thronte bedrohlich der Berggipfel.
Das zweite Auto fuhr heran und parkte in der Nähe. James erblickte Roan, die hastig zwischen zwei Männern in ein Nebengebäude lief, ihre Haare leuchteten wie ein heller silberner Strahl in der Dunkelheit.
Der Mann im Mantel hatte fast die ganze Fahrt über geraucht, mit dem Stummel seiner Zigarette hatte er jedes Mal eine neue angezündet. Jetzt ließ er seine letzte halb gerauchte Zigarette fallen und trat sie aus. James hatte den Qualm bis eben gehasst, aber jetzt fand er ihn erträglicher als den schlimmen Abflussgestank, der den Hof füllte. Es war der Geruch des Todes.
Schlösser rasselten und dann öffnete sich quietschend eine große Tür am Ende einer Treppe. Ein Mann kam heraus und sah James an.
Es war Graf von Schlick.
Er trug einen langen schwarzen Astrachanmantel und einen schwarzen Fellhut, dazu immer noch eine Krawatte um den Hals und Lederhandschuhe an den Händen. Wie immer spannte sich die glatte Haut wie eine Maske über seinem ausdruckslosen Gesicht, das keine Gemütsregung zeigte.
»James Bond«, sagte er. Seine Stimme war genauso glatt und nichtssagend wie sein Gesicht. »Willkommen auf Schloss Donnerspitze. Ich bin sicher, dass du keinen angenehmen Aufenthalt haben wirst.«
»Danke«, sagte James. Sein ruhiges Äußeres täuschte darüber hinweg, dass sein Gehirn wie verrückt arbeitete. Der Graf flüsterte nicht mehr. James war sich sicher, dass er die dröhnende Stimme von irgendwoher kannte, doch sie gehörte zu einem anderen Gesicht.
»Ich entschuldige mich für den Geruch«, sagte der Graf. »Meine Männer kümmern sich bereits darum. Irgendwo ist ein Rohr ver-

stopft oder irgendeine unglückliche Kreatur ist in die Mauern gekrochen und dort verendet.«

Der Mann kam auf James zu und blieb nur wenige Zentimeter vor ihm stehen.

»Du erkennst mich tatsächlich nicht wieder, oder?«, sagte er. »Zuerst wollte ich es nicht glauben. Die Operation war effektiver, als ich es mir je hätte träumen lassen. *Dein* Gesicht werde ich jedoch nie vergessen. Es hat sich in meine Erinnerung eingebrannt.«

Diese Stimme. So vertraut. Flach und monoton, ohne Höhen und Tiefen.

Wo hatte er sie schon einmal gehört?

»Etwas hat mich all die schmerzhaften Operationen ertragen und mich immer weitermachen lassen«, fuhr der Mann fort. »Der Gedanke, dass wir uns eines Tages wiedersehen werden und ich das beenden könnte, was ich in Loch Silverfin begonnen habe.«

»Silverfin?«, sagte James. »Aber dann . . .«

»Vielleicht hast du angenommen, dass ich in dem Feuer ums Leben gekommen bin. Fast wäre das auch geschehen, aber ich habe es geschafft zu entkommen. Allerdings nicht ohne schreckliche Verletzungen.«

Es war, als würde man mit einer Puppe sprechen – die Stimme klang mechanisch und die Gesichtszüge bewegten sich kaum, der Mund öffnete sich nur einen kleinen Spaltbreit und die Augen, die nie zwinkerten, zeigten keinerlei Regung.

»Doktor Perseus Friend«, sagte James.

»Ja. Wir haben uns eine Menge zu erzählen. Vielleicht möchtest du reinkommen und wir reden ein bisschen, bevor du stirbst.«

27 Den Schein wahren

Die große Eingangshalle war lang und sehr hoch, als wäre sie nicht für Menschen, sondern für einen märchenhaften Riesen gebaut worden. Die Wände waren aus grauem Stein und sie streckten sich weit nach oben in den Schatten, wo das steile, überhängende Dach von dicken Holzbalken getragen wurde. Trotz der hochsommerlichen Wärme war es kalt hier drinnen. Daran konnten auch die wenigen Holzscheite, die in dem riesigen Kamin vor sich hin glommen, nicht viel ändern.

James fühlte sich zurückversetzt ins letzte Jahr und in ein anderes düsteres Schloss, damals im Westen von Schottland. Schloss Hellebore. Dort war James Dr. Friend zum ersten Mal begegnet. Er hatte für Lord Hellebore gearbeitet, einen Wahnsinnigen, der versucht hatte, ein Medikament zu entwickeln, das normale Soldaten in superstarke Kampfmaschinen verwandeln würde. Dr. Perseus Friend war Hellebores leitender Wissenschaftler gewesen und James hatte geholfen, das Labor zu zerstören. Er erinnerte sich lebhaft an den Moment, in dem Friend in das brennende Gebäude zurückgerannt war, um seine Arbeit zu retten, und er hatte gedacht, dass er diesen Mann zum letzten Mal in seinem Leben gesehen hätte.

Wie falsch er damit gelegen hatte.

Denn hier war er; er saß am Kopfende eines langen Tischs, der aus großen dunklen Holzplanken gefertigt war, und trank aus einem Glas mit Eiswasser.

An den Wänden hingen düstere Porträts, verblasste und zerschlissene Flaggen und merkwürdige Waffen. James nahm an, dass die Porträts Mitglieder der Familie von Schlick zeigten. Doch warum gab Dr. Friend sich als Graf aus? Und wie hing er mit Roans Plan, König George zu ermorden, zusammen? James hatte vermutet, dass der Graf irgendwie daran beteiligt war, aber er hatte ihn nie direkt mit Roan in Verbindung gebracht.

Es ergab keinen Sinn. Friend hatte früher für die Russen gearbeitet, aber er war in den Westen geflohen. Arbeitete er wieder für sie? Oder ging etwas viel Komplizierteres vor sich? James hatte das Gefühl, wenn er nur lang genug wartete, würde er Antworten auf all seine Fragen bekommen.

Seit er hier war, hatte er allein am Tisch gesessen, bewacht von zwei bewaffneten Männern. Dann war Friend schließlich hereingekommen. Er hatte James kaum eines Blickes gewürdigt. Seitdem saß er ruhig am anderen Ende des langen Tischs und nippte an seinem Wasser. Sein glattes Gesicht zeigte keine Regung und bis jetzt hatte er noch kein Wort gesagt.

Jetzt, endlich, wandte sich Dr. Friend James zu und sah ihn mit seinen blassen, unbeweglichen Augen an. James erinnerte sich, dass er früher eine Brille getragen hatte.

»Während ich all die langen Wochen und Monate in verschiedenen europäischen Krankenhäusern lag und unbeschreibliche Schmerzen in meinem Körper wüteten«, sagte er, »habe ich mich gefragt . . .« Er hielt inne und trank noch einen Schluck. Dabei sog er das Wasser laut zwischen seine dünnen Lippen. »Ich habe mich gefragt, was ich zu dir sagen würde, sollte ich dich je wiedersehen. Ich habe ein paar Sätze einstudiert . . . ›*Ah, James Bond, so treffen wir uns wieder, aber diesmal wird es anders ausgehen.*‹ So etwas in der Art. Aber es klang immer falsch. Es war alles – wie heißt es noch gleich – *abgedroschen*. Ich hörte mich an wie der billige Bösewicht in einem melodramatischen amerikanischen Film. Ich war immer noch damit beschäftigt, mir zu überlegen, was ich zu dir sagen würde, als du in mein Zimmer in der Klinik gestolpert kamst, und ich war zu schockiert und überrascht, um überhaupt etwas zu sagen. Nicht, dass ich nicht etwas hätte sagen *können,* aber ich wollte mich nicht verraten. Also war ich still. Manchmal ist es das Beste, wenn man nichts sagt, wenn man den Mund hält.« Das monotone Dröhnen seiner Stimme, dazu sein unbewegliches, wachsartiges Gesicht ließen Friend wie eine bewegliche Schaufensterpuppe aussehen und nicht wie einen lebenden, atmenden Mann.

»Ich nehme an, du möchtest wissen, was ich hier tue, warum ich mich als Graf von Schlick ausgebe«, fuhr er fort, »und wie ich hierhergekommen bin und was hier vor sich geht. Während wir auf die Damen warten, werde ich es dir erzählen. Es wird mich amüsieren. Als ich ins Feuer gelaufen bin, wusste ich sofort, es ist vorbei. Das Labor war verbrannt und mir war klar, dass, wenn ich es nicht gleich wieder nach draußen schaffen würde, das Feuer auch mich verbrennen würde. Heruntergefallene Balken blockierten die Tür, durch die ich hineingelangt war. Aber der Weg zur Seeseite war frei; die Türen dort waren schon ganz heruntergebrannt. Ich hatte gerade noch Zeit, meine Medikamententasche zu greifen, und dann bin ich wie ein menschlicher Feuerball aus diesem Höllenloch hinausgestürmt. Ich bin in den See gesprungen. Das Wasser hat meine brennende Kleidung gelöscht, aber Teile meines Körpers waren schon schlimm verbrannt. Ich bin geschwommen. Ich musste. Denn ich wusste, die Aale würden mich angreifen. Ich zog eine Blutspur hinter mir her durchs Wasser und Stücke von verbranntem Fleisch lösten sich von meinem Körper. Glücklicherweise hielten der Lärm und der Tumult, die Hitze und der ins Wasser stürzende Brandschutt die Aale fern, aber ein paar mutige knabberten schon an meiner Haut. Irgendwie habe ich es auf die andere Seite des Sees geschafft; dort, fernab vom Schloss, bin ich ans Ufer geklettert. Dann bin ich ein großes Risiko eingegangen. Ich habe mir selbst den letzten Rest des noch nicht erprobten Serums gespritzt. Es waren nur noch ein paar Ampullen übrig, die ich in meiner Tasche gerettet hatte. Aber ich wusste, dass es meine einzige Überlebenschance war. Es gab mir die Kraft und die Energie weiterzumachen und es beschleunigte den Heilungsprozess. Ich bin in den Wald gekrochen und habe mich zu dem Haus von einem von Hellebores Angestellten, einem Piloten, durchgeschlagen. Er war immer ein loyaler und gut bezahlter Mann gewesen. Ich habe ihm, so gut ich konnte, gezeigt, wie er meine Wunden versorgen musste, und ich habe ihm eine Menge Geld geboten, damit er mich mit Hellebores Flugzeug wegbrachte. Im Schutz der Dunkelheit flogen wir los, zuerst nach Island, dann nach Norwegen, dann in die Schweiz. Ich habe mich mit regelmäßigen Spritzen über Wasser gehalten. Was für eine Ironie, dass wir es ausgerechnet mit diesem letzten Rest geschafft hatten, das Medikament zu perfektionieren. Es wäre ein enormer Segen für die medizinische Wissenschaft gewesen. Mir half es, meine Haut zu heilen. Aber die Wunden waren sehr schlimm. Sehr tief. Als wir in der Schweiz angekommen waren, habe ich mich in ein Krankenhaus einweisen lassen, und so begannen die Monate voller schmerzhafter Behandlungen. Aber wie ich schon sagte, es war nicht nur das Serum, das mich antrieb weiterzumachen, sondern auch der Gedanke an Rache. Rache an dir und Rache an deinem Land.«

»Also sind Sie zu den Russen übergewechselt?«, fragte James.

Friend trank noch einen Schluck Eiswasser und starrte James an.

»Es ist ärgerlich«, sagte er, »dass meine Pläne nun schon zum zweiten Mal von jemandem durchkreuzt worden sind, der so dumm ist wie du.« Er stand auf und sah zur Tür hinter James.

»Ah«, sagte er. »Hier kommen die Damen.«

James drehte sich um. Als Erste betrat Roan den Raum. Sie trug ein einfaches weißes Kleid, das er vorher noch nie an ihr gesehen hatte, und sie hatte ihre blonde Perücke abgenommen. Anscheinend hatte sie sich sehr viel Mühe mit ihrem Äußeren gegeben, denn sie trug zum ersten Mal, seit er sie kannte, Make-up. Es ließ sie viel älter aussehen. Sie blickte stur geradeaus und würdigte James keines Blickes.

Hinter ihr tauchte noch eine junge Frau auf. Der Mann mit den geschwollenen Augenlidern schob sie in einem Rollstuhl herein. Auch sie war hübsch, aber sie wirkte sehr müde. Müde und noch etwas anderes. Ihr Kopf hing zur Seite und sie konnte ihre Augen kaum offen halten. Ihr Mund stand offen. Ihre Haut war blass und glänzte. Als sie an den Tisch gefahren wurde, bewegte sich ihr Kopf in James' Richtung und ihre Blicke kreuzten sich. Einen Augenblick lang erwachte etwas in ihr zum Leben und James erkannte ein kurzes Aufflackern von Intelligenz. Sie warf James einen bittenden Blick zu, der so schnell wieder verschwunden war, dass James kaum Zeit hatte, ihn zu bemerken. Dann sank ihr Kinn auf die Brust und ihre Gesichtszüge erschlafften.

»Guten Abend, ihr beiden«, sagte Dr. Friend, als Roan sich setzte und die andere Frau an ihren Platz geschoben wurde.

»Und du wirst dich auch zu uns gesellen, hoffe ich, Wladimir?«

»Da«, sagte der Mann mit den geschwollenen Augenlidern und setzte sich neben Roan.

»Ich glaube, ihr wurdet einander noch nicht richtig vorgestellt, James«, sagte Dr. Friend. »Das ist mein Partner Wladimir Wrangel, auch bekannt als Agent Amethyst.«

Wrangel warf James einen säuerlichen Blick zu. Dr. Friend fuhr mit der Vorstellungsrunde fort.

»Die wunderschöne Roan, Agent Diamant, kennst du«, sagte er. »Und die andere Schönheit ist Liesl Haas. Sie war die Geliebte des echten Grafen und ich habe beschlossen, sie hierzubehalten, um den Schein zu wahren. Wenn sie nicht so starke Betäubungsmittel bekäme, würde ich behaupten, dass sie diesen Ort aufhellt. Aber so könnte sie genauso gut tot sein.«

Das erklärte alles. Die junge Frau stand unter Drogen. Es versprach ein lustiger Abend zu werden.

Ein gedämpfter Knall war in der Ferne zu hören, gefolgt von einem widerhallenden Krachen.

»Ah«, sagte Dr. Friend, »wo wir gerade darüber gesprochen haben, den Schein zu wahren, das ist unsere Kanone. Ein General namens Franz von Schlick hat sie 1683, nachdem die Belagerung von Wien beendet war, von den Türken erbeutet. Seitdem wird sie immer, wenn ein von Schlick im Schloss anwesend ist, zur vollen Stunde abgefeuert, vom Morgengrauen bis zur Abenddämmerung. Es ist eine charmante Familientradition. Ein Freudenfest für Sieg und Freiheit. Daher hat das Schloss seinen Namen. *Donnerspitze.*«

Er klatschte in die Hände und zwei uniformierte Diener brachten Teller mit kalter Suppe herein.

»Ich nehme nur noch kalte Gerichte zu mir«, erklärte Dr. Friend. »Ich kann nichts Heißes in meiner Nähe ertragen. Kaltes Wasser. Kaltes Essen. Dieses kalte Schloss ist ganz nach meinem Geschmack.« Laut schlürfte er die Suppe von seinem Löffel. »Mh, das ist gut«, sagte er und schaute zu Roan. »Ich habe James gerade meine Krankengeschichte erzählt.«

Roan murmelte etwas, ohne den Kopf zu heben.

»Ja, die Ärzte waren verwundert, wie schnell meine Haut verheilt ist und wie gut sie die Transplantate angenommen hat«, sagte Friend. »Was sie nicht wussten, war, dass ich mir immer noch heimlich das Silverfin-Serum gespritzt habe. Jetzt ist das Serum aufgebraucht, aber ich lebe noch. Das Ganze war nicht billig. Doch ich habe rechtzeitig vorgesorgt und einiges an Kapital in Form von Goldmünzen beiseitegeschafft. Ich habe sie Lord Hellebore vor den Augen weggestohlen. Ich hielt es für das Beste,

Vorkehrungen zu treffen. Er war ein rücksichtsloser Mann und man konnte ihm nicht trauen.«

»Ganz im Gegensatz zu Ihnen, nehme ich an«, sagte James.

»Ich vermute, du bist sarkastisch«, sagte Friend. »Bitte bemüh dich nicht. Ich habe diesen Sinn für Humor noch nie verstanden. Ein Mann sollte sagen, was er meint, und Punkt.«

»In Ordnung«, sagte James. »Ich sage es rundheraus. Sie sind eine Schlange.«

»Jetzt fängst du schon wieder damit an«, sagte Friend. »Ich bin keine Schlange. Ich bin ein Mann. Ein sehr schlauer Mann. Schlauer als Hellebore. In vielerlei Hinsicht war er ein großartiger Wissenschaftler, aber in vielerlei Hinsicht lag er auch völlig falsch. Das Silverfin-Experiment war aus militärischer Sicht reine Zeitverschwendung. Wir dachten wie verrückt in die falsche Richtung. Wir brauchen keine stärkeren Soldaten. Männer sind billig und leicht zu beschaffen. Wir können einfach mehr von ihnen züchten. Die Zukunft der Kriegskunst liegt in der Waffentechnologie und in den Fortschritten der geheimdienstlichen Aufklärung. Ich mag dieses Wort, *Aufklärung*. Ich bin immer ein aufgeklärter Mann gewesen. Und das habe ich genutzt, um meine Zukunft zu sichern.«

Darum geht es also, dachte James. Dr. Friend war ein Angeber. Er versuchte, James zu beweisen, was für ein schlauer Mistkerl er doch war. James hatte schon genügend Verrückte getroffen, die dachten, sie wären Genies. Er hatte die Nase voll von ihnen. Er bekam Bauchweh von ihnen.

Oder war das die Suppe?

Er schluckte mühsam. Obwohl er hungrig war, hatte er Schwierigkeiten, die wässrige Brühe in seinem Teller hinunterzuwürgen. Sie war kalt und grau und undefinierbare Klumpen schwammen darin herum. Schließlich schob er den halb vollen Teller von sich. In Anwesenheit dieser Leute brauchte er nicht höflich zu

sein. Er fragte sich, ob er den Teller angewidert auf den Boden ausleeren sollte.
»Ich habe Wrangel in der Schweiz getroffen«, sagte Dr. Friend. »Wrangel ist ein Spion. Er ist zu mir gekommen, weil er von einem Mann gehört hat, der fließend Russisch, Deutsch und Englisch spricht. Einem Mann, der England sehr gut kennt. Einem Mann, der für die Russen gearbeitet hat. Einem Mann, der sehr schlau und ehrgeizig ist. Also habe ich seine Vorgesetzten getroffen. Ich bin bis zur obersten Spitze gegangen und wir haben einen Plan geschmiedet. Als es mir gut genug ging, wurde ich zum Leiter einer geheimen Einheit bestimmt und wir haben Operation Schneeblind ins Rollen gebracht.«
»Sie sind also Obsidian?«, fragte James.
Dr. Friend nickte.
Die beiden Bediensteten servierten den nächsten Gang. Kalter Schinken mit rohem Krautsalat, Zwiebeln und hart gekochten Eiern, dazu kalte Nudeln. Es sah genauso unappetitlich aus wie die Suppe.
»Ich habe Wrangel und sein Team nach Lissabon geschickt«, dröhnte Dr. Friend weiter, »wo sie Roan und Dandy rekrutiert haben. Die beiden waren perfekt für unsere Pläne. Neues Blut, frisch auf dem Kontinent angekommen, darauf aus, der kommunistischen Sache zu dienen, jung genug und dumm genug, um nicht zu viele Fragen zu stellen. Revolutionäre mit Leib und Seele, von ihrem Eifer verblendet.«
»Was meinen Sie mit *verblendet?«,* fragte Roan. Sie wollte gerade ihre Gabel zum Mund führen und hielt in der Bewegung inne.
»Hast du wirklich geglaubt, meine Liebe, dass Englands Arbeiter sich erheben und ihre Bosse stürzen, wenn du König George umbringst? Hast du wirklich geglaubt, das wäre der erste Schritt auf dem Weg zu deinem kommunistischen Utopia? Die Engländer sind Schafsköpfe. Sie sind konservativ und sentimental und sie

beten die Tradition an. Sie lieben ihre königliche Familie mehr als sich selbst.«

»Warum haben Sie uns dann mit diesem Auftrag losgeschickt?« Roan war so aufgewühlt, dass ihre Stimme vor Erregung brach.

»Ich habe vorhin gesagt, dass ich keinen Sinn für Humor habe«, sagte Dr. Friend. »Aber ich sehe durchaus, dass wir uns nun in einer eher komischen Situation befinden.«

»Warum?«, krächzte Roan.

»Auf meiner Fahne gibt es keinen sowjetischen Hammer und keine Sichel, meine Liebe«, sagte Dr. Friend. »Meine Fahne trägt ein Hakenkreuz.«

Roan warf ihre Gabel auf den Tisch, sodass es laut klapperte.

»Was wollen Sie damit sagen?«

»Ist das nicht offensichtlich?«, sagte James bitter. »Du hast für die falsche Seite gearbeitet. Er ist ein Nazi.«

»Das kann nicht sein«, sagte Roan.

»Es ist aber so«, sagte Dr. Friend. »Lissabon steht allen offen, es ist ein chaotischer Morast aus Doppelagenten, Dreifachagenten, Opportunisten und Betrügern. Selbst einige der Agenten haben vergessen, für wen sie wirklich arbeiten. Wrangels Team hat die kommunistische Zelle schnell identifiziert und zerstört. Der kommunistische Chefspion, Martinho Ferreira, wurde beseitigt und unser eigener Mann, Cristo Oracabessa, hat seinen Platz eingenommen. Roan, du hast geglaubt, dass du es mit Kommunisten zu tun hast. Dem ist aber nicht so. Du hast es mit Nazis zu tun. Als die Russen bemerkt haben, was vor sich ging, war es schon zu spät. Du warst mit Dandy in England und euer einziger Kontaktmann war Wrangel, Agent Amethyst.«

»Aber Wrangel ist Russe«, protestierte Roan.

»Nicht alle Russen sind dem Kommunismus zugetan, meine Liebe«, sagte Dr. Friend. »Wrangel ist ein weißer Russe, kein roter. Er hat alles verloren, als die Kommunisten an die Macht kamen, und er arbeitet seitdem daran, die alte Ordnung wiederherzustellen.«

»Sie machen Witze«, sagte Roan.

»Hast du mir nicht zugehört? Ich mache keine Witze. Operation Schneeblind war eine deutsche Operation. Von Hitler selbst abgesegnet. Ein sehr cleverer Mann, übrigens. Zugegeben, es war ein tollkühner Plan und nicht ohne Risiko, aber wir wussten, wenn wir ihn durchziehen, würde es ein Triumph werden. Du warst der faschistischen Sache eine große Hilfe, Roan, ich danke dir. Hitler dankt dir.«

»Nein!«, schrie Roan. »Ich bin eine Kommunistin, keine Faschistin!«

»Und wo ist da der Unterschied?«, sagte James. »Für mich sind alle Fanatiker gleich. Viel heiße Luft und Geschrei und alle wollen die Welt erobern. Das Endresultat: Eine Menge unschuldiger Menschen sind tot.«

»Da muss ich dir widersprechen«, sagte Dr. Friend. »Wir sind nicht alle gleich. Als ich jünger war, habe ich meine Erfahrungen mit den Kommunisten gemacht. Und das, was ich gesehen habe, hat mir nicht gefallen. Es gab zu viel Argwohn und Angst unter ihnen. Jeder, der schlau oder ehrgeizig war, wurde beseitigt und umgebracht. Ihre Führungskräfte sind dumm. Sie sind Bauern. Bei den Kommunisten wäre ich meines Lebens nicht sicher gewesen. Die Nazis jedoch wissen Talent zu schätzen und sie schätzen meine Talente sehr.«

Roan schüttelte den Kopf und murmelte immer wieder: »Nein, nein, nein . . .«

»Europas Schicksal steht auf Messers Schneide«, fuhr Dr. Friend fort. Er schenkte Roan keine Beachtung. »Es steht zwischen Faschismus und Kommunismus. Die meisten Länder hegen eine heimliche Bewunderung für Hitler und haben schreckliche Angst vor dem Kommunismus. Es gibt zu viele reiche Männer, zu viele königliche Familien, zu viele Menschen, die unter einem kommunistischen Regime zu viel zu verlieren hätten. Im Faschismus fürchten sie dagegen, sie müssten ihre wertvolle Freiheit aufgeben. Könnten sie die Demokratie wirklich über Bord werfen und Hitler willkommen heißen? Vielleicht – wenn sie dadurch die Ausbreitung des Kommunismus verhindern könnten. Euer König George hält nicht viel von Hitler. Er ist ein beliebter König. Daher verspüren die Engländer nicht den Wunsch, etwas zu verändern. Sein Sohn Edward jedoch, der Prinz von Wales, bewundert, was Herr Hitler erreicht hat. Mit ihm auf dem Thron lägen die Dinge vielleicht anders. Mein Plan war sehr einfach – er sah vor, den König auf spektakuläre Art zu töten und jeden glauben zu lassen, dass es die Kommunisten waren. In der Hysterie, die seinem Tod gefolgt wäre, hätte sich England gegen die Sowjetunion gewandt und wo hätte sie nach einem Verbündeten gegen die russische Bedrohung gesucht? In Deutschland natürlich. Dem einzigen Land in Europa mit dem Mumm, sich gegen die Kommunisten zu wehren. Mit Prinz Edward auf dem Thron wäre England Deutschlands engster Verbündeter geworden. Die nationalsozialistische Lehre hätte sich leicht in England verbreiten lassen. Und nicht nur in England – auch andere Länder hätten begriffen, was für eine Gefahr die Kommunisten sind. Hitler wäre die stärkste, die dominante Kraft in Europa geworden und kein anderes Land wäre mächtig oder mutig genug gewesen, sich gegen ihn zu erheben.«

James lächelte. Endlich ergab alles einen Sinn. Man hatte sie alle an der Nase herumgeführt. Merriot, Nevin, Roan, Dandy und auch ihn selbst. Niemand von ihnen hatte erkannt, dass es sich um ein Täuschungsmanöver gehandelt hatte. Es hatte nie eine kommunistische Verschwörung gegeben. Die ganze Zeit über hatten die Nazis dahintergesteckt. Ironischerweise war die einzige Person, die zumindest ansatzweise die wahren Hintergründe kannte, Oberst Sedowa. Sie hatte die Verschwörung in Lissabon aufgedeckt und versucht, sie zu stoppen.

Schattenkrieg hatte Merriot es genannt. Spione und Agenten arbeiteten im Dunkeln gegeneinander. Niemand wusste genau, wer der Feind war.

Aber der Krieg war noch längst nicht vorbei. Es gab noch mehr Schlachten zu schlagen und James konnte immer noch als Opfer enden.

»Ich glaube, Sie liegen falsch«, sagte er. »Völlig falsch. Die Engländer würden Hitler niemals willkommen heißen.«

»Glaubst du nicht?«

»Nein.«

»Wieso konnten wir Dandy und Roan so leicht in Eton einschleusen?«

James zuckte mit den Schultern. Er wusste nicht, was er sagen sollte.

»Mithilfe unserer britischen Freunde«, sagte der Doktor. »In England gibt es viele Hitler-Bewunderer. Sie waren es, die uns versichert haben, dass Prinz Edward einen besseren Verbündeten abgeben würde als der König. Wir mussten aber sichergehen, dass sie damit auch recht hatten. Wir mussten näher an ihn herankommen. Also wurde beschlossen, dass ich den Platz des echten Grafen von Schlick, eines entfernten Verwandten, einnehmen sollte. Wir täuschten einen Autounfall vor. Zwei völlig einbandagierte Körper trafen in der Klinik ein. Einer von ihnen war ich, der andere der Graf. Wrangel stellte ihn mithilfe von Drogen bis zur Operation ruhig. Unglücklicherweise fing er in der einen Nacht, in der Wrangel nicht da sein konnte, um ihn im Auge zu behalten, an zu schreien, und du hast dich entschlossen herauszufinden, was der ganze Wirbel sollte.«

Ein weiteres Puzzleteil des Rätsels fügte sich für James zusammen.

»Der Graf wusste über Ihren Plan Bescheid, nicht wahr?«, sagte er.
»Ja. Er hatte, obwohl er betäubt war, mehr mitbekommen, als wir gedacht hatten. Es hätte kein Problem gegeben, wärst du nicht aufgetaucht. Dr. Kitzmüller, der Chirurg der Klinik, arbeitet für uns. Er ist Deutscher, ein Hitler-Anhänger. Der Graf bekam genügend Narkosemittel, um ihn umzubringen, und ich habe den Platz mit ihm getauscht. Zur gleichen Zeit haben wir die letzte Etappe meiner Gesichtsrekonstruktion abgeschlossen. Außerdem trage ich spezielle Sklerallinsen, die ich selbst entworfen habe. Sie sind gefärbt, damit sie der Augenfarbe des Grafen entsprechen. Ich kann sie immer nur kurz tragen, aber das reicht. Ich sehe zwar nicht exakt aus wie der Graf, aber das Feuer hätte sein Gesicht sowieso verändert und die Ähnlichkeit ist groß genug, um die meisten Leute in die Irre zu führen. Seine Frau musste allerdings leider sterben, sonst hätte sie uns vielleicht verraten.«
»Bevor Dandy auch nur in die Nähe des Königs kam, hatten Sie also schon drei Menschen getötet?«, fragte James.
»Acht Menschen«, korrigierte ihn Dr. Friend. »Du vergisst die kommunistische Zelle in Lissabon.«
»Tut mir aufrichtig leid«, sagte James. »Mein Fehler, Dr. Friend.«
»Nein«, sagte der Doktor. »Perseus Friend gibt es nicht mehr. Er war an vielen Orten nicht willkommen. Graf von Schlick aber, ein Verwandter des englischen Königshauses ... Nun, das öffnet Türen. Als Graf war ich in der Lage, nach England zu reisen und den Prinzen und viele unserer Verbündeten zu treffen.«
»Es hat Ihnen nicht viel genutzt«, sagte James. »Der König ist immer noch am Leben. Operation Schneeblind war ein Reinfall. All die Arbeit, all die Toten, für nichts.«
Dr. Friend seufzte.
»Ja«, sagte er. »Wieder einmal hast du meinen ausgetüftelten

Plan vereitelt, James Bond. Deshalb werde ich dir morgen, wenn Dr. Kitzmüller hier eintrifft, bei lebendigem Leib die Haut abziehen . . .«

28 »Du gibst nie auf, oder?«

Ich bin ein praktischer Mann, James. Ich hasse Verschwendung. Du musst sterben. Ich bin sicher, du verstehst das. Aber du bist jung, gesund und stark. Deine Haut ist fest und dehnbar. Meine Haut dagegen ist wie abgewetztes Leder an einem alten Paar Stiefel und das habe ich dir zu verdanken. Große Teile meiner Haut sind immer noch vernarbt und hässlich. Mir geht es gut genug, um eine weitere Operation über mich ergehen zu lassen, und ich habe einen bescheidenen Operationssaal hier im Schloss eingerichtet. Ein paar neue Hautverpflanzungen auf meinem Rücken, meinem Nacken, auf meinen Beinen und Händen werden mich fast wieder normal aussehen lassen. Ich werde deine Haut abschälen, James. Das scheint mir nur recht und billig zu sein, nach all dem Ärger, den du mir bereitet hast. Auge um Auge, Zahn um Zahn, Haut um Haut.«

»Nein!«

Mit einem Schrei war Roan aufgesprungen, ein Tafelmesser in der Hand. Sie rannte auf Dr. Friend zu, der ruhig auf seinem Platz saß und ihr ungerührt entgegensah.

Sie war jedoch noch keine vier Schritte weit gekommen, als Wrangel von seinem Stuhl glitt, sie an der Schulter packte, herumwirbelte und ihr mit der Faust einen Kinnhaken verpasste. Für einen so großen Mann wie ihn waren seine Bewegungen schnell und anmutig und der Hieb war schmerzhaft effizient.

Roan ging lautlos zu Boden und lag bewegungslos auf den kalten Steinfliesen.

»Es scheint, als würde das Mädchen etwas für dich empfinden, James, trotz allem, was sie getan hat«, sagte Friend und starrte auf Roan.

»Was haben Sie mit ihr vor?«, fragte James und versuchte, seine Stimme genauso kalt klingen zu lassen wie die des Doktors.

»Bei ihrer eigentlichen Aufgabe hat sie versagt, aber alles andere hat sie gut gemeistert. Sie ist entkommen und hat dich zu mir gebracht. Es ist jedoch von größter Wichtigkeit, die Engländer in dem Glauben zu lassen, dass die Kommunisten hinter der Verschwörung stecken. Wir können es nicht riskieren, dass sie mit jemandem über die wahren Hintergründe von Operation Schneeblind spricht. Deswegen muss auch sie sterben.«

James griff nach einem schweren Kristallkrug und warf ihn, so fest er konnte, nach Dr. Friend. Der Doktor musste damit gerechnet haben, denn er lehnte sich nur zur Seite und der Krug zersplitterte harmlos auf dem Boden hinter ihm.

»Eine mutige Darbietung«, sagte er mit seiner unverändert eintönigen Stimme. »Mal sehen, ob du morgen auch so mutig bist, wenn wir dich ohne Narkose und in Anwesenheit des Mädchens operieren. Leider werde ich selbst schlafen, aber ich denke, Wrangel wird den Eingriff für mich filmen. Ich freue mich schon darauf, ihre Reaktion zu beobachten, wenn sie zusieht, wie du vor Schmerzen und Angst schreist, wenn dein gut aussehender Körper auf der Schlachtbank zu einem Stück Fleisch reduziert wird. Und ich glaube, wenn es vorbei ist und ich mich erholt habe, werde ich mir die Freude gönnen, sie selbst umzubringen. Dann gibt es einen dreckigen Roten weniger auf der Welt.«

Roan stöhnte und begann, sich zu rühren. James ging zu ihr und half ihr auf. Unsicher kam sie auf die Beine und rieb sich das Kinn. James fing sie auf, als sie schwankte und umzufallen drohte.

»Danke«, sagte sie leise.

»Keine Ursache.« James' Stimme klang bitter.
Roan drehte ihm ihr Gesicht zu. Tränen liefen langsam ihre Wangen hinunter.
»Es tut mir so leid«, sagte sie.
»Dafür ist es jetzt zu spät.«
Wrangel versetzte James einen Stoß.
»Los«, sagte er. »Beweg dich.«
»Sperr sie in die Zimmer neben Fräulein Haas ein«, sagte Dr. Friend. »Und sei vorsichtig mit dem Jungen. Ich will nicht, dass er verletzt wird. Seine Haut ist mir sehr wichtig.«
James und Roan gingen nebeneinander durch das Schloss, Wrangel und die beiden bewaffneten Männer folgten ihnen dicht auf den Fersen. Roan versuchte, James' Hand zu ergreifen, aber er schüttelte sie ab.
»Du wusstest, dass sie hier sind, nicht wahr?«, sagte er. »In der Nähe von Kitzbühel?«
»Ja«, sagte Roan leise.
»Deswegen hast du meinem Fluchtplan so schnell zugestimmt, oder?«
Roan nickte. »Amethyst hat uns erzählt, dass die Zelle in Lissabon zerschlagen wurde«, sagte sie. »Er hat uns gesagt, dass Obsidian in Österreich ist. Aber ich kannte keine Details, ich wusste nichts über den Grafen oder Doktor Friend.«
»Aber du hattest das die ganze Zeit geplant.«
Roan sagte nichts.
»Oder etwa nicht?«, schnauzte James sie wütend an.
»Ja.« Roan flüsterte so leise, dass es mehr wie ein Seufzen klang.
»Nach allem, was ich für dich getan habe«, sagte James. »Wie konntest du mich nur verraten?«
»Ich habe versucht, es dir zu erklären«, sagte Roan. »Das, wofür ich kämpfe, ist größer als wir beide. Du und ich, wir zählen nicht. Was zählt, ist die Geschichte. Was zählt, ist, dass wir den Kampf

gewinnen, egal, mit welchen Mitteln. Es hat mir das Herz gebrochen, Darling, wirklich, das hat es. Ich werde dich immer lieben. Aber manchmal müssen wir Dinge, die wir lieben, opfern, zum Wohl der Allgemeinheit.«

»Ich habe noch nie so viel dummes Zeug gehört«, sagte James.

»Das ist kein dummes Zeug«, sagte Roan mit brechender Stimme. »Ich kämpfe für alle Arbeiter auf der Welt, für all die armen Leute, die Massen, die unter den Stiefeln der –«

»Bitte, erspar mir noch einen von deinen verfluchten Vorträgen«, sagte James müde. »Ich habe die Schnauze gestrichen voll. Ich will nichts mehr davon hören. Du setzt dich für die Arbeiter der Welt ein, die anonyme Masse, aber ich, eine echte, lebendige, atmende Person, ich bedeute dir nichts. Warum? Weil ich aus privilegierten Familienverhältnissen stamme? Weil ich ein Eton-Schuljunge bin? Weil ich Engländer bin? Zähle ich nicht?«

»Ich war verwirrt, Darling. Ich wusste nicht, was ich tun sollte. Ich hatte Angst vor den Engländern und ich hatte Angst vor den Männern, die mich angeheuert hatten. Ich wusste, wie unbarmherzig sie sind. Ich hatte versagt, weißt du, und ich hatte Angst davor, was sie mit mir machen würden. Ich wusste von Anfang an, dass du ihnen wichtig warst. Ich dachte, wenn ich dich an sie ausliefere, dann würden sie nachsichtiger mit mir umgehen.«

»Friend hatte recht«, sagte James. »Es *ist* komisch.«

Roan schluchzte. »Wenn ich gewusst hätte, was passieren würde«, sagte sie, »dann hätte ich alles anders gemacht, aber ich war verzweifelt und wollte meine Haut retten.«

James lachte kalt.

»Und dafür hast du ihnen meine gegeben.«

»Ich hatte keine Ahnung, Darling . . .«

»Nun, das ist ziemlich offensichtlich, *Darling*«, spottete James, »dass du nicht den blassesten Schimmer hattest, was hier wirklich gespielt wird. Und nun werden wir beide sterben. Und soweit ich sehen kann, hilft das deinen kostbaren Arbeitern kein bisschen.«

Sie sperrten James in ein kleines Zimmer mit niedriger Decke. Die Wände waren grau und es gab nur ein quadratisches Flügelfenster. Auf dem Steinfußboden lag ein schäbiger schlammfarbener Läufer, ein Holzbett und ein Waschtisch waren die einzigen Möbelstücke.
Und es stank.
Der Geruch nach Verwesung, den er das erste Mal im Hof bemerkt hatte, war hier sogar noch stärker.
Er ging sofort zum Fenster und stieß es auf, in der Hoffnung, dass die Luft dadurch besser würde.
Das Fenster ließ sich nur wenige Zentimeter weit öffnen in eine Art stabilen Metallkäfig, der um das Fenster herum an der Außenmauer festgeschraubt war. Durch den kleinen Spalt drang ein Schwall übel riechender Dünste von draußen herein. Der Gestank traf James wie ein Hieb. Er legte eine Hand über seinen Mund und taumelte zurück, bemüht, sich nicht zu übergeben.
Er holte sein Taschentuch hervor, machte es am Waschtisch nass und band es sich vor Mund und Nase. Dann ging er zurück zum Fenster.
»Roan?«, rief er durch den Spalt.
Nach einer Weile kam eine Antwort.
»James? Bist du das?«
»Ja. Hör mal, das, was ich zu dir gesagt habe, tut mir leid. Ich war ängstlich, wütend und enttäuscht.«
»Ist schon gut«, sagte Roan. »Das ist dein gutes Recht. Du würdest mich bestimmt am liebsten umbringen und ich kann es dir nicht mal verdenken. Jesus, Maria und Josef, was ist das für ein fürchterlicher Gestank. Direkt über uns müssen die Toiletten sein.«

»Vielleicht«, rief James. »Kannst du etwas aus deinem Fenster erkennen?«
»Eigentlich nicht. Ich kann es nicht weit genug öffnen. Soweit ich sehen kann, sind wir auf der Seite des Schlosses, die zum Tal hin zeigt. Hier geht es steil die Felsen hinunter.«
»Egal«, rief James ihr zu, »wenn ich hier irgendwie herauskommen würde, könnte ich vielleicht hinunterklettern und Hilfe holen.«
»Du gibst nie auf, oder?«
»Nein.«
»Das ist zwar ehrenhaft, Darling, aber du bist nur ein Kind. Wir müssen uns damit abfinden, dass keiner uns retten wird. Weißt du noch? Ich habe dir mal gesagt, dass ich mein ganzes Leben lang jung und hübsch bleiben möchte. Nun, es sieht so aus, als würde mein Wunsch in Erfüllung gehen.«
»Das werden wir ja sehen«, sagte James. »Ich werde nicht einfach nur hier rumsitzen und auf den morgigen Tag warten. Lieber stürze ich mich auf den Felsen unter uns zu Tode, als dass ich zulasse, dass sich dieser Leichenfledderer meine Haut anzieht.«
»Würde er das wirklich tun?«
»Er würde«, sagte James. »Du kennst ihn nicht so gut wie ich.«
»Ich habe schreckliche Angst, James. Mir gefällt es hier nicht.«
»Mach dir keine Sorgen«, rief James. »Wir bleiben nicht hier.«

James durchsuchte den Raum. Er hielt Ausschau nach etwas, das ihm von Nutzen sein konnte. Auf dem Bett lagen ein Laken und eine dünne Decke; wenn er sie in Streifen schneiden und zusammenknoten würde, könnte er ein Seil daraus drehen – aber zuerst müsste er durch das Fenster ins Freie kommen, damit er es überhaupt benutzen konnte. Er konnte das Bett auseinandernehmen und die Beine als Waffen benutzen – aber die Idee, mit einem Holzbein auf die bewaffneten Freunde des Doktors loszugehen, gefiel ihm nicht wirklich. Er konnte versuchen, die Tür

mit dem Waschtisch einzuschlagen, aber der Lärm würde die Wachen alarmieren, lange bevor er wirklichen Schaden anrichten könnte.
Er ging zurück zum Fenster. Er konnte nicht richtig nach draußen sehen, weil der Fensterflügel sich in den Metallkäfig öffnete und dort blockiert wurde. Als Erstes musste er das Fenster aus dem Rahmen lösen.
Das war einfach.
Er zog seinen Schuh aus und holte das Klappmesser aus dem verborgenen Fach im Absatz heraus. Er öffnete es und kratzte damit ein paar Schichten festgetrockneter Farbe von der ersten Schraube im unteren Fensterscharnier. Er versuchte, sie zu drehen. Es war sinnlos, die Schraube war völlig verrostet und saß bombenfest. Das Holz des Fensterrahmens war jedoch weich. Das Fenster musste mindestens fünfzig Jahre alt sein und es sah nicht so aus, als hätte der Doktor sich um die Instandhaltung gekümmert, nachdem er eingezogen war.
James stieß das Messer in das verfaulte Holz.
Ja. Das würde funktionieren.
Er bohrte, schnitt und hackte. Es kostete ihn fast eine Stunde, aber er arbeitete langsam und stetig und schließlich konnte er alle sechs Schrauben aus dem Rahmen ziehen und das Fenster herausheben. Jetzt war die Öffnung frei.
Er schob das Bett zum Fenster, sodass er darauf stehen konnte. Dann zog er sein Taschentuch zurecht, kletterte aufs Bett und lehnte sich aus der Fensteröffnung hinaus. Er wollte wissen, wie der Eisenkäfig an der Wand befestigt war.
Er entdeckte stark verrostete Bolzen. Die Eisenstäbe waren etwa einen Zentimeter dick und die Mauern aus solidem Granit.
Den Käfig würde er nicht abmontieren können.
James war so konzentriert bei der Arbeit, dass er den ekelhaften Gestank fast vergaß. Er hatte sich daran gewöhnt. Aber nun

wechselte der Wind die Richtung und der Geruch traf ihn wieder mit voller Wucht. Er stöhnte und würgte und rannte zurück zum Waschtisch, um sein Taschentuch wieder zu befeuchten. Es hielt zwar nicht den ganzen Gestank ab, aber es half ein bisschen.

Er sah wieder nach draußen. Der Mond stand hell am Himmel, aber immer wieder trieb der Wind Wolken über sein Gesicht. Es war immer nur kurz hell und danach lange dunkel.

Er wartete, bis die Wolken aufrissen, und sah nach unten.

Es war nicht gerade ermutigend.

Tief unter sich konnte er gerade noch die Spitzen von Kiefern ausmachen und dazwischen ragten schroffe Felsen empor. Selbst wenn er den Eisenkäfig irgendwie von der Mauer lösen konnte, bräuchte er eine Bergsteigerausrüstung, um hinunterzuklettern.

Und wenn er hochkletterte?

Er verrenkte sich und sah nach oben, doch in diesem Augenblick schoben sich die Wolken wieder vor den Mond.

Jetzt konnte er nichts weiter als den schwarzen Umriss der Schlossmauern erkennen. Sein Fenster schien unter einem Vorsprung zu liegen, der anscheinend mit Gräsern und kleinen Büschen bewachsen war, die aus den Rissen im Mauerwerk sprossen. Er verlagerte seine Position und richtete seine Aufmerksamkeit zur Seite. Links war Roans Fenster, rechts oben ragte ein Gegenstand aus der Wand heraus – ein Fels vielleicht oder ein weiterer Busch.

Er sah noch einmal nach oben, gerade als die Wolken wieder aufrissen und ein blasser Lichtschimmer flüchtig ein Stück der Mauer beleuchtete. Metall blitzte auf. Er starrte auf die Stelle und wartete. Wenn es hier draußen etwas gab, das er verwenden konnte, würde er seine Chance nutzen.

Es war entmutigend, so lange warten zu müssen, nur um einen ordentlichen Blick auf jene Stelle werfen zu können. Aber schließlich verzogen sich die Wolken langsam und er konnte den Umriss eines von Hand gefertigten Metallgegenstandes ausmachen. Langsam wuchs er aus der Dunkelheit, bis er sich als Eispickel entpuppte. Das langstielige Ding gehörte zu den Ausrüstungsgegenständen, die Bergsteiger benutzten.

Was, um Himmels willen, hatte ein Eispickel in der Mauer vor seinem Fenster zu suchen?

Als das Mondlicht noch heller wurde, offenbarte es mehr und mehr von der Szene schräg oberhalb seines Fensters. Er sah, dass der Pickel an einem Seil baumelte. Mit den Augen verfolgte er das Seil weiter nach oben. Es war an einer dicken abgestorbenen Wurzel hängen geblieben, die aus dem Mauerwerk herausragte.

Dann war es wieder zu dunkel, um mehr zu erkennen, und James wartete geduldig auf eine weitere Lücke in den Wolken. Schließlich klarte es wieder auf und es war, als würde ein Suchscheinwerfer über die Mauer gleiten.

Mit Entsetzen stellte James fest, dass die dunkle Masse rechts von ihm ein Mann war. Er hing kopfüber an einem zweiten Seil, das um seine Hüfte geschlungen war und das sich um einen seiner Fußknöchel gewickelt hatte. Von dort führte das Seil straff nach oben zu einem metallenen Kletterhaken, den Bergsteiger benutzten, um sich abzusichern. Der Haken war etwa fünf Meter oberhalb des Toten in das Mauerwerk getrieben worden.

Jetzt begriff James, woher der schreckliche Gestank kam. Nur Gott wusste, wie lange der Mann dort schon hing. Bestimmt schon länger, denn er war schon am Verwesen.

Die Sonne hatte ihn geröstet und der Wind hatte ihn getrocknet, sodass sein Gesicht wie mumifiziert aussah. Es war dunkel, fast schwarz, die aufgesprungenen Lippen hatten sich über die Zähne zurückgezogen und das Gesicht war in einer Grimasse erstarrt. Vögel hatten seine Augen wohl schon vor längerer Zeit herausgepickt; die Augenhöhlen waren gähnend leer. Die Vögel

hatten auch Fleischfetzen aus dem Gesicht herausgerissen, sodass an einigen Stellen die Knochen herausschauten.
Die Rückseite seines Kopfs sah abgeflacht aus. Getrocknetes Blut hatte seine Haare verfilzt.
Er war wohl unterhalb des Vorsprungs in der Schlossmauer heraufgeklettert und ausgerutscht. Dabei hatte er sich den Schädel eingeschlagen.
Dr. Friend wusste nichts von ihm, sonst hätte er ihn sicherlich entfernen lassen.
Denn wenn man so sehr darauf bedacht war, dass der äußere Schein gewahrt wurde, war es bestimmt nicht von Vorteil, wenn ein Toter an der Schlossmauer hing.
James betrachtete den Mann, bemüht, seinen Ekel zu unterdrücken. Etwas an seiner Kleidung kam ihm bekannt vor. Und dann entdeckte er das polierte Leder eines Schulterhalfters, in dem immer noch eine Enfield No. 2 Mark 1 steckte.
Es war der Engländer aus dem Zug.
James fiel wieder ein, wie er vor langer Zeit mit Merriot unter den Ulmen am Upper Club spazieren gegangen war. Was hatte Merriot gesagt? *Ich bin mit euch Jungen nicht ganz zufällig nach Kitzbühel gefahren, James. Ich war geschäftlich dort . . .*

Damals hatten sie beide nicht gewusst, dass Operation Schneeblind und die verstärkten deutschen Aktivitäten in Tirol miteinander in Verbindung standen. Merriot wusste wahrscheinlich immer noch nichts davon. Die einzige Erklärung, die James fand, war, dass der SIS versucht hatte herauszufinden, was auf Schloss Donnerspitze vor sich ging, und dass der Mann, der dort draußen vor seinem Fenster hing, ein britischer Agent war.
Wie dem auch sei, diese arme Seele hatte eine Pistole bei sich. Wenn James an diese Pistole herankommen könnte, würde ihn das zu einem sehr glücklichen Jungen machen.

29 Für König und Vaterland

James streckte eine Hand zwischen den Stäben des Eisenkäfigs hindurch und angelte nach dem Eispickel. Er stand auf dem Bett und musste seinen Körper ganz hinaufzwängen, sein Nacken drückte gegen den oberen Teil des Käfigs und sein Kopf schaute nach unten. Er tastete herum, bis seine Fingerspitzen das kalte Metall des Pickels berührten. Er drückte sich noch stärker nach oben und versuchte, seine Schulter durch den engen Spalt zu zwängen. Er gab der Spitze einen leichten Stoß und sie schwang von ihm weg. Als sie zurückschwang, ergriff er den Stiel. Das Seil löste sich von der Wurzel und er bekam es zu fassen. Es war überraschend schwer, und als es nach unten fiel, zerrte es ruckartig an seiner Schulter. Er ließ jedoch nicht los. Gleich darauf hatte er den Pickel und das Seil durch die Stäbe gezogen. Jetzt berechnete er die Entfernung zu dem Toten. Wenn er den Eispickel hinüberwerfen konnte, sodass dieser sich in der Leiche einhaken konnte, wäre er vielleicht in der Lage, sie näher zu sich heranzuziehen, um die Pistole an sich zu nehmen.

Er grinste.

Es gab immer einen Ausweg.

Er maß ein Stück des Seils ab und knotete es am Käfig fest, dann schob er den Pickel wieder durch das Gitter nach draußen. Das Seil glitt durch seine Finger, bis der Pickel weit genug unter ihm baumelte. Dann ließ er das Seil mit dem Pickel wie ein Pendel vor und zurück schwingen.

Als es genügend Schwung hatte, schleuderte er den Eispickel

schräg nach oben zu dem Mann. Er prallte jedoch nur gegen seine Brust und fiel wieder hinunter.
James versuchte es wieder. Dieses Mal hieb der Eispickel mit einem schrecklichen Knirschen direkt in das Gesicht des Mannes. James fühlte sich furchtbar; als würde er eine Leiche schänden.
Denk nicht darüber nach. Der Mann ist tot. Er fühlt nichts mehr. Außerdem wäre ein britischer Agent, der den Auftrag hatte, Dr. Friend auszuspionieren, glücklich, wenn er auf irgendeine Art von Nutzen sein könnte.
Sogar tot.
»Für König und Vaterland«, presste James durch zusammengebissene Zähne und änderte die Seillänge ein wenig.
Er versuchte es noch einmal. Der Pickel flog hoch, fiel hinunter und verhakte sich fest im Gürtel des Mannes.
Gut.
James verlagerte seine Position am Fenster, sodass er beide Arme aus dem Käfig strecken konnte. Dann umklammerte er das Seil und zog den Körper des Mannes zu sich heran, immer näher; verlockend spiegelte sich das Mondlicht auf der Pistole.
Verdammt!
Der Eispickel rutschte ab und rieb über den Bauch des Mannes, riss Hemdknöpfe ab und schlug dann klirrend gegen die Mauer. Der Tote schnellte wieder von ihm weg.
Macht nichts.
Er hatte es ein Mal geschafft, er würde es wieder schaffen.
»Was machst du da draußen?« Roans Stimme erklang aus dem anderen Fenster.
»Sieh nicht hin.«
»Ich kann sowieso nichts sehen, das Fenster ist im Weg.«
»Ich habe etwas gefunden, das uns vielleicht weiterhilft. Pass an der Tür auf. Wenn du jemanden kommen hörst, versuch, mich zu warnen.«

»In Ordnung.«
James' Arme schmerzten. Es war sehr unbequem, mit dem Pickel durch die Stäbe hindurch zu hantieren und seine Schultern brannten wie Feuer. Aber er dachte nicht einen Moment daran aufzugeben. Ächzend schleuderte er den Pickel noch einmal zu der Leiche hinüber.
Beim fünften Versuch hakte sich der Eispickel wieder im Gürtel des Mannes ein. James seufzte erleichtert und zog seine Arme ins Käfiginnere zurück, damit er seine Muskeln lockern und den Schmerz ein wenig wegkneten konnte.
Nach einer kurzen Pause ergriff er wieder das Seil und zog daran. Diesmal blieb der Eispickel, wo er war. Aber der Tote schaukelte stärker, als James erwartet hatte, und so führte er das Seil zusätzlich um mehrere andere Gitterstäbe des Käfigs herum. Schließlich bewegte sich der Tote nicht mehr. Als James glaubte, dass er das Halfter jetzt gerade so erreichen konnte, band er das Seil am Käfig fest.
Er streckte seinen linken Arm hinaus und packte das Hemd des Mannes. Sein Körper fühlte sich warm und weich an. James wusste, dass das nicht an der Körperwärme des Mannes lag, sondern an den Bakterien, die sich von seinen Innereien ernährten und in ihm brüteten.
James' Finger wanderten über den schweren Hemdstoff auf die andere Seite zum Halfter.
Er versuchte, den Körper noch ein bisschen näher zu sich heranzuziehen, aber als er an ihm zerrte, spürte er, wie etwas nachgab.
Der Eispickel musste die Haut des Mannes aufgerissen haben. Bevor James wusste, wie ihm geschah, regnete eine eklige Flüssigkeit auf ihn herab. Die Eingeweide des Mannes schwappten unter dem Hemd hervor und glitten an James hinunter.
Er war froh, dass er das Taschentuch über Nase und Mund ge-

bunden hatte. So schluckte oder inhalierte er wenigstens nichts von der widerlichen Brühe. Er kämpfte verzweifelt gegen die Übelkeit an und trieb sich selbst an, auf keinen Fall loszulassen. Wenn der Körper des Mannes auseinanderriss, dann wäre die Pistole womöglich verloren. Darmschlingen waren auf seinen Unterarm gerutscht und seine Hand war ganz unter ihnen begraben. Der jauchegrubenartige Gestank nach Tod und Verwesung war so stark, dass er ohnmächtig zu werden drohte. Einen Augenblick lang fühlte er sich gefährlich schwach.

Er hielt den Atem an und kämpfte gegen den Schwindel. Er versuchte, nicht hinzusehen, aber seine Augen wurden gegen seinen Willen wie magisch von dem Körper angezogen. Schleimig, glänzend, blaugrau – die Eingeweide des Mannes schienen im Mondlicht fast lebendig zu sein. James schaffte es schließlich, sich von dem Anblick loszureißen. Seine Finger wühlten sich weiter, bis er das weiche Leder des Halfters fühlte und da, ja . . . die Pistole.

Er tastete nach dem Griff und schloss seine Finger darum. Dann lockerte er die Waffe aus dem Holster.

Lass sie jetzt bloß nicht fallen.

Zentimeter für Zentimeter zog er sie heraus, während eine warme, klebrige Flüssigkeit an seinem Arm hinunterlief. Er versuchte, nicht an die gummiartigen Schlingen zu denken, unter denen seine Hand vergraben war.

Galle stieg ihm in die Kehle und sein Herz hämmerte hart gegen seinen Brustkorb.

Aber er hatte sie.

Die Pistole lag fest in seiner Hand. Er zog sie aus der stinkenden Masse heraus. Schließlich sank er aufs Bett.

Würgend ließ er die Waffe auf den Boden fallen und stolperte zum Waschtisch. Er riss sich das Hemd vom Oberkörper und wischte wie wild den Schmutz von seinen Armen, seiner Brust und seinem Gesicht.

Er hörte nicht auf. Er konnte nicht. Er musste etwas tun, damit das Grauen ihn nicht übermannte.
Er säuberte die Waffe und dann wischte er die ganze Schweinerei um das Fenster herum auf. Zum Schluss schob er sein ruiniertes Hemd durch die Gitterstäbe und warf es den Berg hinunter. Er hatte zwar immer noch sein Unterhemd, aber im Zimmer war es kalt, und er zitterte.
Er hob das Fenster auf und klemmte es zurück in die Öffnung, versuchte, das abscheuliche Ding da draußen auszusperren.
Dann setzte er sich in eine Ecke des Zimmers, mit dem Rücken zur Wand, seine Brust hob und senkte sich, seine Augen waren fest zugekniffen, und langsam, sehr langsam beruhigte er sich.
Er konzentrierte sich auf das, was er schon erreicht hatte und was er als Nächstes tun würde, um die schrecklichen Bilder aus seinem Kopf zu verdrängen.
Schließlich hob er die Waffe auf und betrachtete sie.
Er drehte sie in seinen Händen und lächelte.
Die erste Runde ging an ihn.

BUMM ...
James öffnete die Augen. Der Morgen dämmerte. Die Kanone der Grafen von Schlick hatte den ersten Schuss des Tages abgegeben.
Er warf einen Blick auf seine Uhr. Fünf Uhr.
Er hatte die Mido Multifort mit seinem Taschentuch gereinigt. Sie war wasserfest und er war froh, dass sie auch den widerwärtigen Körperflüssigkeiten standgehalten hatte. Das Uhrwerk war fantastisch genau. Solange er es jeden Abend und jeden Morgen aufzog, zeigte es exakt die Zeit.
Und darauf verließ er sich, wenn er aus seiner Zelle entkommen wollte.
In der Nacht hatte er zwischen kurzen Momenten, in denen er

unruhig geschlafen hatte, einen Plan geschmiedet. Er wollte nicht darauf warten, dass Dr. Friend und seine Handlanger ihn holen kamen; er würde selbst zum Angriff übergehen. Er würde hier rauskommen und sie würden ihn nicht aufhalten können.

Der Gestank hatte über Nacht kein bisschen nachgelassen und er hörte, wie die Vögel draußen um das frische Futter kämpften, das er ihnen serviert hatte.

Sein Magen krampfte sich zusammen und in seinem Mund sammelte sich Spucke.

Am besten nicht darüber nachdenken.

Er richtete sich auf, holte die Pistole unter seinem Kissen hervor und leerte die Kugeln auf sein Bett. Er testete den Abzug, indem er ihn viermal betätigte. Alles funktionierte noch. Vorsichtig lud er die Waffe wieder. Schwer lag sie in seiner Hand. Er musste sicherstellen, dass er sie richtig hielt, wenn die Zeit gekommen war, denn er hatte nur eine Chance.

Zufrieden versteckte er die Pistole wieder unter seinem Kissen und legte sich hin. Er musste seine Kräfte sammeln. Während der folgenden vierzig Minuten schlief er kaum. Dann, um zehn vor sechs, wälzte er sich aus dem Bett. Er nahm seine Armbanduhr ab, zog den Stift mit dem Rädchen heraus und stellte die Zeiger auf genau sechs Uhr ein.

Und dann wartete er.

Er lauschte angestrengt auf den nächsten Kanonenschuss. Er zählte die Sekunden, um darauf vorbereitet zu sein.

BUMM . . .

Kaum war der Schuss abgefeuert, drückte James den Stift wieder in die Uhr und der Sekundenzeiger setzte sich in Bewegung.

Jetzt konnte er nur noch hoffen, dass der, der die Kanone bediente, eine genauso präzise Uhr besaß wie er.

James ging in seiner Zelle auf und ab, wärmte die Muskeln auf und rollte die Schultern, um sie zu lockern. Hin und wieder blieb er stehen und streckte sich. Dann legte er sich auf den Boden und machte zwanzig Liegestütze. Er musste vorbereitet sein und er musste fit sein. Er musste Adrenalin durch seinen Körper pumpen.

Tief in seinem Innern verspürte er das vertraute erregte Kribbeln. Schluss mit der Angst, Schluss mit den Versuchen, sein müdes Hirn auf Hochtouren zu bringen, um dem Ganzen einen Sinn abzugewinnen. Jetzt würde er handeln. Ihm blieb nichts anderes übrig. Er hatte ein klares Ziel vor Augen: *die Flucht aus dem Schloss.* Das war alles, worauf es ankam.

Um fünf vor sieben nahm er seine Uhr, befestigte sie an seinem linken Handgelenk, aber so, dass das Zifferblatt nach innen zeigte, und bereitete sich vor.

Er nahm die Enfield in seine rechte Hand und stellte sich ungefähr einen Meter von der Tür entfernt auf. Dabei zielte er direkt auf die Mitte des Türschlosses. Er stützte seine Schusshand mit seiner linken Hand ab. Jetzt konnte er das Zifferblatt an seinem Handgelenk deutlich sehen.

Die Sekunden tickten, die Minuten ...

Vier Minuten vor sieben ... drei.

Er spannte den Hahn und fühlte, wie er klickte.

Noch eine Minute. Er beobachtete, wie der Sekundenzeiger unaufhaltsam über das Zifferblatt glitt.

Dreißig Sekunden, zwanzig ...

Sanft drückte er den Abzug, erhöhte langsam den Druck ...

Zehn Sekunden, neun, acht, sieben ...

Er hielt den Atem an.

5, 4, 3, 2, 1 ...

Jetzt!

Als der Sekundenzeiger auf die Zwölf rückte, drückte er den Abzug durch.

Die Pistole explodierte in dem kleinen Raum genau in dem Mo-

ment, als die Kanone auf der Festungsmauer ihren Schuss abfeuerte.
Gelobt sei die deutsche Pünktlichkeit.
Der Geruch nach Kordit lag in der Luft und Rauch zog zum undichten Fenster.
James wartete. Die Pistole hielt er weiter auf die Tür gerichtet. Der Schuss war ohrenbetäubend laut gewesen. Hatte die Kanone ihn überdecken können?
Egal. Sollte jemand die Tür öffnen, würde er eine Kugel in die Brust kriegen.
Niemand kam.
Abgesehen von den Vögeln draußen war es still.
Er entspannte sich, atmete tief durch und senkte die Pistole.
Jetzt musste er mit seinem Messer an die Arbeit gehen. Er zwängte die Klinge in die zertrümmerten Überreste des Türschlosses und stocherte so lange darin herum, bis die Tür aufsprang.
Er stopfte sich den Eispickelgriff in seinen Gürtel. Mit der Pistole im Anschlag trat er auf den Korridor hinaus.
Leer.
Irgendwo in der Nähe musste es aber eine Art Wachposten geben, der bestimmt auch die Schlüssel zu den anderen Türen hatte.
James konnte sich nicht daran erinnern, auf dem Weg hierher so etwas wie einen Wachraum gesehen zu haben. Also wandte er sich nach links, ging den leicht abschüssigen Korridor hinunter und bog um eine Ecke.
Rechts öffnete sich ein kurzer Gang, an dessen Ende sich eine schwere Stahltür befand. Ein kleines Fenster war darin eingelassen.
James schlich näher und spähte durch das Fenster. Die beiden bewaffneten Männer von gestern Abend saßen mit den Rücken

zur Tür an einem breiten Tisch, tranken Kaffee und rauchten. Einer der beiden las in einem Buch. Vor ihnen stand etwas, das wie eine Telefonanlage aussah.
Sie hatten ihre Jacken ausgezogen, auf ihren Rücken kreuzten sich Hosenträger. Ohne ihre Waffen hatten sie alles Bedrohliche verloren und sahen aus wie zwei harmlose Männer mittleren Alters.
James trat vom Fenster zurück und sah, dass ein Kabelbündel an der Wand entlanglief. Er zog sein Messer heraus und durchtrennte die Kabel vorsichtig.
Er holte tief Luft.
Er hob seine Pistole.
Er öffnete die Tür.
»Keine Bewegung!«, rief er auf Deutsch.
Die beiden Männer sprangen alarmiert auf.
Sofort hoben sie die Hände, zu verschlafen und zu überrascht, um etwas zu unternehmen.
»Wo sind die Schlüssel?«, fragte James. Seine Blicke suchten den Raum ab.
Einer der Männer deutete mit einer Kopfbewegung auf einen großen Stahlring, der in der Nähe der Tür an einem Haken hing. James ging seitlich darauf zu, seine Waffe weiterhin auf die beiden Wachen gerichtet, und nahm ihn herunter. In diesem Moment griff der Mann, der näher bei ihm stand, nach seinem Gewehr, das an der Wand lehnte. James riss seine Hand hoch und der Pistolenkolben krachte gegen das Kinn des Mannes. Er fiel stöhnend nach hinten.
»Das nächste Mal erschieße ich Sie!«, brüllte James. Die Männer schienen die Botschaft verstanden zu haben.
Er befahl ihnen, die Hosenträger abzunehmen, und forderte den Mann, den er geschlagen hatte, auf, seinen Freund an ein Tischbein zu fesseln und ihn zu knebeln. Mit vorgehaltener Pistole zwang er den verletzten Mann, aus dem Raum hinauszugehen.

»Schließen Sie die Tür ab«, befahl er, als sie draußen waren.
James stieß ihm dem Lauf der Pistole in den Rücken und sie gingen um die Ecke herum zu den Zellen.
Dort angekommen, wies James den verletzten Wachmann an, Roans Tür aufzuschließen und sie zu öffnen.
Roan lag auf dem Bett. James befahl ihr, schnell herauszukommen, und als sie bei ihm war, stieß er den Wächter in den Raum.
Er schlug die Tür zu und schloss ab.
Roan grinste, als wäre sie verrückt.
»Ich weiß nicht, wie du das gemacht hast, Darling, aber du hast uns gerettet.«
»Noch nicht«, sagte James. »Es ist noch früh und die meisten schlafen, aber wir müssen immer noch mit einem Schloss voller Schlägertypen fertig werden.«
Roan küsste ihn.
»Das macht mir keine Angst. Du schaffst das, Darling. Ich weiß, dass du das schaffst.«

30 »Jemand hat die Kaninchen aus ihren Ställen befreit«

James erklärte Roan schnell, was passiert war, dabei ließ er aber einige der weniger schönen Details aus. Dann öffneten sie die Zelle, in der Fräulein Haas festgehalten wurde. Roan eilte zu Liesls Bett, um sie aufzuwecken, James behielt solange den Korridor im Auge.

Liesl schien noch angeschlagen zu sein, aber ihr Zustand war besser als gestern Abend. Ihre Augenlider flatterten unruhig. Sie lächelte Roan an und murmelte etwas auf Deutsch.

»Sag ihr, dass wir versuchen werden, sie hier rauszubringen«, bat Roan James. Sie kniete sich hin und hielt Liesls Hand. »Es wird aber nicht leicht mit dem Rollstuhl.«

Roan beobachtete erstaunt, wie Liesl sich hochstemmte und aufstand, wenn auch noch ein bisschen wackelig.

»Schon gut«, sagte sie. »Ich spreche Englisch.«

»Und Sie können gehen«, stellte Roan fest.

»Ich bin Schauspielerin«, sagte Liesl und zog ihre Schuhe an. »Also habe ich in den letzten Wochen geschauspielert. Ich bin in die Rolle von jemandem geschlüpft, der sehr krank und sehr schwach ist. Immer wenn ich die Gelegenheit hatte, habe ich nur so getan, als würde ich die Pillen schlucken, und habe sie später wieder ausgespuckt.« Doch als Liesl versuchte, ein paar Schritte zu machen, schwankte sie und musste sich an Roans Arm festhalten.

»Ich habe verzweifelt gehofft, dass ich einen Weg hier herausfinde«, sagte sie, »und jetzt seid ihr gekommen.«

»Für Dank ist später immer noch Zeit«, sagte James. »Das Haupttor ist bestimmt bewacht. Kennen Sie einen anderen Weg, der hier rausführt?«

»Es gibt eine kleine Pforte zu einem Bergpfad«, sagte Liesl, »aber wir müssen durchs Schloss, um dorthin zu gelangen.«

»Zeigen Sie uns den Weg«, sagte James.

Abseits der Hauptgebäude bestand das Schloss aus einem Labyrinth aus kleinen Kammern und dunklen Gängen. Liesl war sich nicht ganz sicher, wo sie lang mussten, und zweimal verirrten sie sich und mussten umkehren.

Dieser Teil des Schlosses sah verlassen und vernachlässigt aus. Sie kamen an Kammern vorbei, in denen sich längst vergessene, vor sich hin modernde Möbel stapelten, in anderen lagerten Jagdausrüstungen oder rostige Gartengeräte. Sie gingen quer durch einen Heizungsraum, in dem drei große Heizkessel dampften und gurgelten, und dann durch einen anderen Raum, der aussah wie eine Waschküche. Schließlich stiegen sie eine lange Wendeltreppe hoch, an deren Ende sie auf eine schwere Holztür trafen.

»Ich bin mir fast sicher, dass diese Tür zum ehemaligen Ballsaal führt«, sagte Liesl und griff nach der Klinke. »Otto wollte ihn in seiner alten Pracht wiederherstellen. Er träumte davon, all seine Freunde aus Wien hierher einzuladen und rauschende Feste zu feiern.«

Ihr Gesicht verzerrte sich und sie begann zu weinen. »Das war, bevor dieser Albtraum begann«, schluchzte sie. »Bevor dieses Monster ihn getötet hat. Ich weiß nicht, wie oft ich gebetet habe, dass er mich auch tötet.«

»Bald ist es vorbei«, sagte James. »Den Grafen können wir nicht zurückbringen, aber wir können dafür sorgen, dass Doktor Friend seine gerechte Strafe erhält.«

Liesl öffnete die Tür und sie gingen in den Raum hinein.

James sah sofort, dass jemand fleißig gewesen war. Der Ballsaal war hergerichtet, aber nicht zum Tanz. Er war in einen Operationssaal umgebaut worden. Vor allen Fenstern hingen schwere Vorhänge und ein Ring heller Lampen in der Mitte des Raums beschien polierte Stahltische, Waschbecken und mehrere Reihen hoher Regale aus Glas und Metall. In den Regalen lag, sauber nebeneinander aufgereiht, eine hochglanzpolierte Ansammlung gemeingefährlich aussehender chirurgischer Instrumente: Skalpelle, Sägen, Messer mit breiten Klingen, Klammern, Spritzen und andere Gegenstände, die an mittelalterliche Folterinstrumente erinnerten.

Zwei Behälter mit Gas, an denen Gesichtsmasken aus Gummi hingen, standen am Kopfende des einen Operationstischs. Bedrohliche Lederriemen waren an den Ecken der Stahltische befestigt. Sie sollten dafür sorgen, dass die Patienten sich nicht bewegten. Zwei Filmkameras auf Stativen warteten im abgedunkelten Teil des Raums.

»Er hat keinen Witz gemacht, oder?«, sagte Roan. »Er wollte dir wirklich bei lebendigem Leib die Haut abziehen.«

»Mir und Gott weiß, wem noch«, sagte James. »Er denkt sich nichts dabei, wenn er an Menschen herumexperimentiert.«

»Das tue ich in der Tat nicht«, erklang eine Stimme vom anderen Ende des Ballsaals. Dort kam Dr. Friend eine breite, ausladende Treppe herunter, Wrangel an seiner Seite. Wrangel hielt eine Luger in der Hand, der Doktor schien dagegen unbewaffnet zu sein.

»Warum sind wir menschlichem Leben gegenüber so sentimental?«, sagte der Doktor. »Warum halten wir es für so wertvoll, wo es doch so viele von uns gibt? Ich habe Experimente durchgeführt, die Millionen von Menschen helfen könnten, was also macht es aus, wenn eine Handvoll von ihnen dabei stirbt?«

»Und wie bitte profitiert die Menschheit davon, wenn Sie mir die Haut abziehen?«, fragte James.

»Tut sie nicht. *Ich* profitiere davon. Manchmal müssen wir tüchtigen Männer uns auch etwas gönnen.«

Dr. Friend trug einen weißen Schlafanzug, sein kahler Kopf war unbedeckt. Diesmal hatte er eine Brille auf der Nase und er sah zum ersten Mal ein bisschen wie sein altes Ich aus. An seinen Händen trug er enge Gummihandschuhe.

»Jemand hat die Kaninchen aus ihren Ställen befreit, wie ich sehe«, sagte er. Wenn das ein Scherz sein sollte, dann wurde der Effekt durch seine flache, ausdrucklose, monotone Stimme geschmälert. »Aber das macht nichts, bald kann ich sie zurückstecken.«

»Wir gehen nicht zurück«, sagte James. Er hob seine Waffe und richtete sie auf den Doktor.

»Hast du wirklich geglaubt, du könntest es mit mir und all meinen Männern aufnehmen?«, sagte Friend. Er hatte die Treppe verlassen und ging langsam auf die Operationstische zu. »Wir sind achtzehn. Fünfundzwanzig, wenn du die Bediensteten mitzählst. Und was seid ihr? Zwei Mädchen und ein Schuljunge.«

»Ich zweifle nicht daran, dass Sie gewinnen werden«, sagte James. »Aber ich werde Sie mit in die Hölle nehmen. Ich habe keine Angst zu schießen.«

»Die Enfield trifft auf größere Entfernung bekanntlich sehr ungenau«, sagte Friend. »Wrangel würde dich umlegen, bevor du mich überhaupt nur streifen könntest.«

»Und dieses Risiko würden Sie eingehen?«, schrie James.

»Ja«, sagte Friend. »Ich bin Wissenschaftler, ich denke durch und durch rational. Ich habe über die Gefahren nachgedacht und halte mich für relativ sicher. Du dagegen bist in einer heiklen Lage. Wrangel hat die bessere Waffe und er ist ein exzellenter Schütze und zudem hat er schon mehrere Männer mit seiner Luger getötet. Ich frage mich, wie viele Männer du umgebracht hast, James Bond? Es ist nicht so einfach wie im Film, wenn du das glaubst. Vor allem, da vier meiner Männer in diesem Augenblick hinter dir in Stellung gehen.«

James drehte sich nicht um. Er vermutete, dass Friend bluffte. Er konnte jedoch nicht sicher sein und es kümmerte ihn auch nicht. Er würde dafür sorgen, dass der Doktor nicht die Oberhand gewann. Unvermittelt schrie er Roan und Liesl zu, sie sollten in Deckung gehen, und warf sich selbst unter einen Metalltisch. Kaum lag er auf den federnden Holzbohlen, als er auch schon seine Pistole auf einen der Gasbehälter abfeuerte. Die Waffe bockte und ruckelte in seiner Hand und James gab sich alle Mühe, sie gerade zu halten.

Wrangel feuerte einen Schuss ab, der neben ihm in den Boden fuhr und Buchensplitter durch die Luft jagte. Nur Sekunden später gab es einen riesigen Knall, der James den Atem raubte. Alle Lampen im Saal gingen aus, die Vorhänge bauschten sich und zerrissen, sodass schwaches Tageslicht in den Ballsaal drang.

James rollte vorsichtig unter dem Tisch hervor. Der Druck der Explosion lastete quälend auf seinen Ohren und hatte ihn vorübergehend taub gemacht. Es herrschte eine unheimliche Stille. Die Explosion war um einiges durchschlagender gewesen, als er erwartet hatte. Der Raum war verwüstet, die Glasregale waren alle zersplittert. Überall lagen Gerätschaften und Trümmer verstreut. Was auch immer passieren würde, Friends Chirurg Kitzmüller würde James heute nicht operieren.

Vom Doktor oder von Wrangel war nichts zu sehen. Aber James fand Roan und Liesl. Die beiden lagen benommen in der Nähe der Tür. Sie hatten sich anscheinend nicht rechtzeitig geduckt. James hatte richtig vermutet, Dr. Friend hatte nur geblufft. Es gab keine zusätzlichen vier Wachen. Allerdings waren nach der Explosion jetzt bestimmt einige auf dem Weg zu ihnen. Er hatte keine Zeit zu verlieren. James versuchte, die Mädchen wachzurütteln. Er schüttelte sie, schrie sie an, dann schlug er ihnen auf die Wange.

Roan kam als Erste wieder zu sich. Sie lächelte müde, als sie James erkannte. Dann weiteten sich ihre Augen ängstlich. Und da wurde James auch schon in die Luft gehoben.

Es war Wrangel. Er nahm James einfach hoch und schleuderte ihn durch den Raum. James riss einen Metallwagen mit sich und landete mitten in ein paar Regalen. Zerbrochenes Glas schnitt tief in seine nackte Haut.

Er zwang sich, aufzustehen und Wrangel gegenüberzutreten.

Der Russe hatte in der Nähe der Gasbehälter gestanden, als sie explodiert waren. Wie James trug er jetzt nur noch sein Unterhemd. Die Explosion hatte ihm Hemd und Jacke weggerissen, seine Hose hing in Fetzen an seinen Beinen. Er blutete überall und sein Gesicht sah aus, als hätte die Sonne es verbrannt.

Aber seine Verletzungen schienen ihm überhaupt nichts auszumachen. Mit weit geöffneten Armen und tänzelnden Schritten kam er wie ein Ringer auf James zu.

James wusste, dass er es nicht mit Wrangel aufnehmen konnte. Der Mann war größer und schwerer und anscheinend ein durchtrainierter Kämpfer. James' einzige Hoffnung war, ihn auf Distanz zu halten.

Ohne Vorwarnung lief Wrangel plötzlich los und holte zu einem harten rechten Haken aus.

James schaffte es gerade noch, sich zu ducken und ihm einen Hieb in den Magen zu versetzen.

Es war, als würde er auf ein Stück Rindfleisch einschlagen. James' Faust traf wirkungslos auf eine feste Wand aus Fett und Muskeln. Wrangel bemerkte es noch nicht einmal. Stattdessen stürmte er weiter auf James los und erwischte ihn mit einer linken Geraden seitlich am Kopf. James wurde gegen die Wand geschleudert und

ging gekrümmt zu Boden. In seinem Kopf drehte sich alles. Aber mit leisem Triumph bemerkte er, dass der Schlag anscheinend den Druck in seinen Ohren wieder ausgeglichen hatte und er wieder hören konnte.
James war auf allen vieren, hechelte wie ein Hund und versuchte, wieder einen klaren Kopf zu bekommen. Er war in einem Berg aus zerbrochenen Möbeln und verbogenem Metall gelandet. Da entdeckte er einen schweren Lampenständer. Schnell packte er ihn, sprang auf und schwang ihn in Richtung von Wrangels Kopf.
Der hob seinen Arm und schob den Ständer zur Seite, als wäre es ein Staubwedel. Dann riss er ihn James aus den Händen und warf ihn verächtlich zur Seite.
Er brauchte keine Waffe; er hatte anscheinend vor, James mit bloßen Händen zu töten.
James wich zurück und schleuderte alles, was ihm in die Finger kam, Wrangel entgegen. Der rückte jedoch immer näher, unaufhaltsam wie ein Panzerwagen. James stieß ihm einen Rollwagen in die Seite, schlug ihn mit einem Stuhl – ohne Erfolg. Schließlich hatte Wrangel ihn in eine Ecke gedrängt, sodass er nicht mehr fliehen konnte. Ein Boxhieb schickte ihn zu Boden. Er starrte durch einen wirbelnden Nebel aus tanzenden Lichtern zu Wrangel hoch.
Der hob ihn wieder hoch und warf ihn rücklings auf einen Operationstisch. Wrangels Augen waren hinter den fleischigen Taschen seiner Lider nicht zu sehen, aber James war sich sicher, dass es ihm Spaß machte. Er legte die Hände um James' Kehle und drückte zu.
James' Kampfgeist war erloschen, er konnte sich kaum noch bewegen. Seine Hände kratzten schwach an Wrangels Unterarmen, aber es gab keinen Weg mehr, den Mann aufzuhalten.
James' Kehle brannte, sein Kopf hämmerte, seine Augen traten aus den Höhlen hervor. Seine Lungen füllten sich langsam mit

giftigem Kohlendioxid und es fühlte sich an, als würden sie gleich platzen. Die Farben um ihn herum verblassten.
Kurz bevor er ohnmächtig wurde, nahm James eine Bewegung aus den Augenwinkeln wahr und plötzlich begann Wrangel zu schreien. Mit einer schrecklich hohen Stimme gab er nur einen einzigen lang gezogenen Laut von sich: Ihhhhhhhhhhhhhhhh.
Er ließ James los und hielt sich die eine Seite seines Gesichts. Er taumelte rückwärts. Als er seine blutige Hand zurückzog, sah James, dass ein Skalpell in seinem Hals steckte, genau unter seinem Ohr.
Er wich weiter zurück, auf Zehenspitzen, wie ein Tänzer. Seine Arme fuchtelten wild wie Windmühlenflügel und zwischen zusammengepressten Zähnen stieß er immer noch diesen seltsamen mädchenhaften Schrei aus, bis er zusammenbrach und mitten hinein in knirschende Glassplitter auf den Boden fiel.
James setzte sich auf, hustete und schnappte nach Luft. Roan stand schockiert vor ihm.
»Ich wusste nicht, was ich sonst tun sollte«, sagte sie.
»Schon gut«, sagte James heiser. »Wegen ihm müssen wir keine Träne vergießen. Wir müssen von hier verschwinden.«
Sie holten Liesl, die gerade erst wieder zu Bewusstsein kam.
»Wir müssen uns beeilen«, blaffte James und riss sie auf die Füße. »Es ist nur eine Frage der Zeit, bis die Wachen hier sind.«
»Warte«, sagte Roan. »Hör mal!«
Draußen knallten Schüsse.
»Auf wen schießen sie?«, fragte James.
Roan schüttelte den Kopf.
James rannte zum Fenster und riss die in Fetzen herunterhängenden Vorhänge zur Seite. Er blickte in einen kleinen leeren Hof.
»Hier entlang«, sagte er und hob eine Filmkamera vom Boden auf. »Da draußen sind wir sicher.«

Er warf die Kamera durch das Fenster und mit Roans Hilfe stieß er die scharfkantigen Glassplitter aus dem Rahmen.
Sie kletterten nach draußen.
Der Lärm wurde lauter. Sie hörten das Krachen von Pistolenschüssen und ab und zu den dumpfen Knall einer Gewehrkugel.
Liesl hatte große Angst. Sie zitterte wie Espenlaub und blickte panisch hin und her.
James sah zu Roan. Sie schüttelte wieder den Kopf. Liesl konnte sie alle in Gefahr bringen.
James entdeckte einen Schuppen aus Beton und packte die junge Frau am Arm.
»Gehen Sie da hinein«, sagte er. »Bis alles vorbei ist. Es wäre besser, Sie bekämen keine Kugel ab.«
»Werdet ihr bei mir bleiben?«, fragte Liesl ängstlich.
»Ich werde erst einmal herausfinden, was hier vor sich geht«, sagte James. »Aber keine Sorge, wir werden Sie hier nicht zurücklassen.«
»Versprichst du mir das?«
»Ich verspreche es. Gehen Sie jetzt da rein und verhalten Sie sich ruhig.«
Als Liesl in Sicherheit war und ihnen nicht mehr im Weg stand, erklommen James und Roan in einer Ecke des Hofs eine Treppe, die an der Schlossmauer hochlief. Oben auf dem Festungswall schlichen sie bis zu einer günstigen Stelle, von der aus sie den Haupthof überblicken konnten.
Zwischen Dr. Friends deutschen Agenten und einer anderen Gruppe von Männern, die dunkle Bergsteigerkleidung trugen, gab es einen heftigen Schusswechsel.
»Wer ist das?«, fragte Roan.
»Keine Ahnung«, sagte James. »Aber wahrscheinlich verdanken wir es ihnen, dass wir noch einmal mit heiler Haut davongekommen sind.«

Es schien, als würden die Deutschen den Kampf verlieren und zurück ins Schloss getrieben.
»Was sollen wir tun?«, fragte Roan. Aber bevor James ihr antworten konnte, tauchte weiter hinten auf der Festungsmauer ein deutscher Agent mit einer Luger auf. Er schrie ihnen etwas zu und dann eröffnete er das Feuer.
James und Roan machten, dass sie wegkamen, und rannten in wildem Durcheinander die Treppe hinunter. Als sie unten angekommen waren, warf James einen Blick über die Schulter. Der Mann hatte sie im Visier. Doch bevor er schießen konnte, erklang das böse Geknatter eines Maschinengewehrs und ein Kugelhagel fegte über den oberen Teil der Schlossmauer hinweg. Der Deutsche stieß einen Schrei aus und taumelte nach vorn. Mit einem hässlichen nassen Platschen landete er im Hof.
James und Roan rannten weiter, weg von der Schießerei. Aber als sie das andere Ende des Hofs erreicht hatten, stießen sie auf ein merkwürdiges Bild.
Dr. Friend war aus dem Gebäude getreten. Steif humpelte er über das Pflaster auf sie zu. Wrangels Luger zitterte in seiner Hand. Während der Explosion hatte er neben einem Regal mit chirurgischen Instrumenten gestanden. Anscheinend hatte es ihn am schlimmsten erwischt. Überall in seiner linken Körperhälfte steckten Trümmerteile: Messer, Skalpelle, Spritzen, merkwürdig geformte Metallstücke und Glasscherben schauten grotesk aus ihm heraus. Sie steckten in seinem Gesicht, in seiner Schulter, in seinem Arm, zwischen seinen Rippen, sogar bis hinunter in sein Bein.
Sein Gesicht war immer noch ausdruckslos und ohne seine Brille war sein Blick verschwommen und unstet.
Aber er erkannte James.
»Bond«, zischte er und schoss.
Sein Ziel war zu weit entfernt, die Kugel prallte, ohne Schaden

anzurichten, auf dem Pflaster ab. Aber es war nur eine Frage der Zeit, bis er James treffen würde.

»Komm!«, schrie er und packte Roan am Arm. »Wir versuchen es da draußen.«

Sie stürzten zurück über den Hof zu einem Bogengang, der zur Vorderseite des Schlosses führte. Zwei Kugeln zischten wie wütende Wespen an ihnen vorbei. Gerade als sie den Bogengang erreicht hatten, feuerte Friend wieder. Dieses Mal hatte er besser gezielt. Die Kugel schlug nur wenige Zentimeter neben James' Kopf ins Mauerwerk und wirbelte Granitstückchen und Staub auf.

Sie stürmten über den Haupthof des Schlosses ins Freie und rannten an einem cremefarbenen Mercedes-Benz 770 vorbei. Die Türen standen offen. Ein Mann kauerte auf dem Fahrersitz und hielt seine Arme schützend über den Kopf.

Das Gefecht schien Gott sei Dank weiter weg zu sein. Zwischen ihnen und dem großen, halb geöffneten doppelflügeligen Tor war niemand zu sehen. Hinter dem Tor lag die offene Straße und die Freiheit.

»Hier lang!«, schrie James und zog heftig an Roans Arm. In diesem Moment fiel noch ein Schuss und Roan schnappte nach Luft. James fuhr herum.

»Bist du verletzt?«

»Nein ... mein Knöchel. Er ist verstaucht.«

Sie konnte mit dem Fuß nicht mehr auftreten. James schob einen Arm unter ihre Achsel. Halb zog er sie, halb trug er sie in Richtung Tor. Er warf einen Blick zurück und erkannte, dass Dr. Friend am anderen Ende des Hofs aufgetaucht war und hinter ihnen hertaumelte. Bei jedem Schritt verlor er Glasscherben oder chirurgische Instrumente.

Er ist zu weit weg, um uns gefährlich zu werden ...

Sie erreichten das Tor und James schob Roan hinaus in Sicher-

heit. Jetzt musste er nur noch Friend aufhalten. Er stemmte sich mit voller Kraft gegen das dunkle alte Holz des einen Torflügels. Als er ihn zugeschoben hatte, wandte er sich dem anderen Flügel zu. Plötzlich fühlte er einen brennenden Schmerz an der Schläfe und etwas pflügte durch sein Haar. Gleich darauf hörte er einen Knall, der mitten in seinem Kopf zu explodieren schien, und dann ein entferntes Krachen.
Er verlor die Kontrolle über seine Beine.
Er fiel um.
Er hörte, wie Roan seinen Namen rief, und dann watete er durch sirupartige Dunkelheit, während sich ein Schraubstock um seinen Kopf festzog.
Er versuchte, etwas zu sagen, um Roan zu beruhigen. Er wollte ihr sagen, dass es ihm gut ging, aber aus seinem Mund drang kein Laut und schließlich verschluckte ihn die Dunkelheit.

31 Diamantenherz

Roan lag auf der Straße. Sie hatte keine Zeit gehabt, um etwas zu tun. Sie hatte nur hilflos zusehen können, wie Dr. Friend mit zitterndem Arm gezielt und dann auf das Tor gefeuert hatte. Sie hatte gesehen, wie die Kugel James am Kopf getroffen hatte, und sie hatte geschrien, als er hingefallen war. Als sie zu ihm laufen wollte, war sie jedoch gepackt und zu Boden gerissen worden. Es war eine Frau, ganz in Grau gekleidet.

Einen Augenblick lang war Roan zu benommen, um sich zu rühren. Sie sah, wie die Frau unter den halb geöffneten Torbogen trat und eine Pistole hob.

Sie feuerte ein einziges Mal auf Dr. Friend.

Roan sah zu, wie die Kugel mitten in sein perfektes Gesicht eindrang und an seinem Hinterkopf in einer Gischt aus Hirn und Blut wieder austrat.

Die Frau steckte ihre Pistole zurück in ihre Jacke, wandte sich vom Tor ab und sah zu Roan hinunter.

Mit gespreizten Beinen stand sie vor ihr, ein solider und unbeweglicher Brocken, ihre Kleidung zu eng für ihre vierschrötige Gestalt. Sie hatte kurzes graues Haar und ein breites, eckiges Bauerngesicht.

»Mein Name ist Oberst Sedova«, sagte sie. »Aber die meisten nennen mich Babuschka, Großmütterchen. Ich gehöre zur sowjetischen Geheimpolizei. Sie haben uns eine Menge Ärger gemacht, Miss Power.«

»Sie kennen mich?«, fragte Roan.

»Ich bin seit Wochen hinter Ihnen her. Seit ich die Nazi-Verschwörung in Lissabon aufgedeckt habe. Zuerst kannte ich nur Ihren Codenamen, Diamant. Dann, als mich die Spur nach Eton führte, habe ich endlich Ihren richtigen Namen herausgefunden. Aber leider sind Sie und Bond weggelaufen, bevor ich Sie zu fassen bekam. Wir haben die Puzzleteile der Operation Schneeblind nach und nach zusammengesetzt, aber bis heute waren uns der Aufenthaltsort und der wahre Name des Drahtziehers, Obsidian, nicht bekannt. Jetzt weiß ich alles.«
»Dann wissen Sie auch, dass ich dachte, ich würde für Sie arbeiten«, sagte Roan. Sie kämpfte sich auf die Füße und stand schief da, ihr verstauchter Knöchel sandte schmerzhafte Stiche in ihr Bein. »Ich wusste auch nicht, wer Obsidian war. Ich wusste nichts von Doktor Friend oder dem Grafen oder von irgendetwas anderem. Ich dachte, ich tue das Richtige. Ich dachte, ich arbeite für die große Sache.«
»Ich verstehe«, sagte Babuschka sanft. »Sie wurden ausgetrickst. Sie konnten nicht wissen, was wirklich gespielt wurde.«
Ein untersetzter Mann mit einer Narbe quer übers Gesicht kam durch das Tor. Er trug ein Gewehr und warf einen Blick zurück zum Schloss. Die Schießerei schien beendet zu sein. Er sagte etwas auf Russisch zum Oberst und sie nickte in Richtung Roan. Der Mann warf das Gewehr über die Schulter, zog eine Pistole aus dem Gürtel und zielte damit wie nebenbei auf Roan.
»Was tun Sie?«, rief Roan. »Ich bin auf Ihrer Seite. Sie haben gesagt, Sie würden verstehen.«
»Wenn wir nur ein bisschen früher an dich herangekommen wären«, sagte Babuschka, »dann lägen die Dinge anders. Wir brauchen Frauen wie dich.«
»Ich komme gern mit Ihnen nach Moskau«, sagte Roan. »Ich tue alles, was Sie mir sagen. Alles, was ich will, ist, der kommunistischen Sache dienen.«

»Ja«, sagte Babuschka, »aber können wir dir trauen?«
Sie sah auf James Bond hinunter, der auf dem Kies lag.
Auch Roan warf einen Blick zu ihm. Sie wollte so gern zu ihm, aber sie hatte schreckliche Angst vor den Russen.
»Natürlich können Sie mir trauen«, sagte sie. »Haben Sie nicht gesehen, wie Dr. Friend gerade versucht hat, mich zu töten?«
»Diese ganze Sache ist ein einziges Durcheinander«, sagte Babuschka. »Wenn wir euch doch nur in Calais hätten abfangen können, dann wäre euch das hier erspart geblieben. Aber ich fürchte, der Junge hat uns ausgetrickst. Immerhin haben wir dich durch ihn aufgespürt. Ab Calais haben wir alle unsere Mitarbeiter auf den Fall angesetzt, um herauszufinden, wohin ihr gehen würdet. Wir haben uns mit Bonds jüngster Vergangenheit beschäftigt und eine unserer Vermutungen war, dass er hierher, nach Kitzbühel, kommen würde. Also haben wir einen von uns hergeschickt, einen Engländer namens Nicholson. Leider hast du dich dazu entschlossen, Bond in die Hände des Feindes auszuliefern, kurz bevor ich mit meinen Männern ankam. Nicholson ist euch gestern gefolgt und glücklicherweise hat er die Autos wiedererkannt.«
»Jetzt sind Sie hier«, sagte Roan und zwang sich zu einem Lächeln, »und wie heißt es so schön: Ende gut, alles gut.«
»Ist es zu Ende?«, fragte Babuschka.
»Doktor Friend ist tot«, sagte Roan. »Der Stützpunkt hier ist zerstört.«
»Und was ist mit Bond?«
»Was ist mit mir?«, fragte James und setzte sich auf.
»Oh, James, Gott sei Dank, du bist okay«, sagte Roan und kämpfte mit den Tränen.
»Ich bin mir nicht so sicher, ob ich okay bin«, sagte James. »Aber immerhin bin ich wieder wach. Allerdings habe ich höllische Kopfschmerzen.«

»Die Kugel von Doktor Friend hat deine Schläfe nur gestreift«, sagte Babuschka.
James legte eine Hand an seinen Kopf; es blutete ein bisschen, aber es war nicht schlimmer als ein kleiner Kratzer. Schwankend kam er auf die Beine.
»Oberst Sedova ist Russin«, sagte Roan. »Sie ist gekommen, um –«
»Ich weiß, wer Oberst Sedova ist«, unterbrach James. »Und ich weiß, warum sie hier ist. Ich habe alles gehört.«
Babuschka murmelte etwas zu dem OGPU-Mann und er richtete seine Waffe auf James.
»Diese Situation kommt mir sehr bekannt vor«, sagte Babuschka. »Damals, in London, hast du *mich* mit einer Waffe bedroht. Ich habe dich gebeten, mich laufen zu lassen, wie ein Soldat seinen Kameraden gebeten hätte.«
»Und ich habe Sie gehen lassen«, sagte James.
»Ich nehme an, ich sollte nun dasselbe tun«, sagte Babuschka.
»Sie kämpfen nicht gegen mich«, sagte James.
»Tue ich das nicht?«
»Nein. Sie sollten mir lieber dafür danken, dass ich Dandy aufgehalten habe. Wenn die Bombe hochgegangen wäre, säße Ihre Bande ganz schön in der Tinte.«
»Ich kämpfe gegen alle Feinde unseres Staates«, erwiderte Babuschka.
»Ich glaube kaum, dass ich eine Bedrohung für das allmächtige kommunistische Reich darstelle«, sagte James.
»Du wärst für uns von großem Nutzen, James. Die Engländer halten mehrere meiner Agenten gefangen. Ich könnte sie gegen dich austauschen.«
»Ich gehe nicht mit Ihnen nach Russland«, sagte James, ohne zu zögern.
»Du hast die Wahl«, sagte Babuschka. »Du kannst mit mir kom-

men oder ich erschieße dich hier und jetzt und mache dem Ganzen ein Ende.«
»Dann erschießen Sie mich«, sagte James und rieb sich müde den Kopf, »denn ich komme nicht mit Ihnen mit.«
Babuschka lachte. »Du bist ein mutiger junger Mann.«
»Ich bin ein müder junger Mann. Ich habe genug vom Kämpfen.«
»Lassen Sie ihn laufen«, sagte Roan. »Er hat mir bei der Flucht geholfen. Er hat Ihnen doch nichts getan.«
»Halt dich da raus«, schnauzte Babuschka sie an. »Das geht dich nichts an.«
»Das geht mich sehr wohl was an«, sagte Roan wütend. »James und ich stecken zusammen in dieser Sache.«
»Was kümmert er dich? Du hast selbst versucht, ihn auszuliefern.«
»Das war falsch. Das weiß ich jetzt. Ich habe nur versucht, meine Haut zu retten. Ich hätte so etwas Schlimmes nicht tun dürfen.«
James sah Babuschka in die Augen.
»Bedeutet es Ihnen nichts, dass ich Sie damals in London gehen ließ?«, fragte er.
Babuschka schwieg. Sie dachte nach, wog im Geist die Möglichkeiten gegeneinander ab.
»Ich habe einen Entschluss gefasst«, sagte sie.
Aber James erfuhr nie, wie dieser Entschluss aussah, denn in diesem Moment brach die Hölle los.
Es begann, als ein Schuss fiel und der OGPU-Mann an Babuschkas Seite mit einem Seufzer zu Boden ging. Gleichzeitig erklang eine Stimme von den Bäumen oberhalb der Straße. Eine englische Stimme.
»Hände hoch und Waffen wegwerfen!«
Bevor James verstand, was vor sich ging, sah er, wie Babuschka ihre Pistole aus ihrem Jackett zog.
»Es tut mir leid«, sagte sie und schoss.
James hörte, wie Roan NEIN! schrie, als er sich zur Seite warf. Er

wusste, dass er nicht schnell genug sein würde, nicht bei dieser kurzen Entfernung. Nur ein Wunder konnte ihn noch retten.
Er schlug auf dem Boden auf und stellte mit einer Welle der Erleichterung fest, dass er unverletzt war.
Vielleicht war ein Wunder geschehen.
Aber warum lag Roan neben ihm? Und warum war Blut auf ihrem weißen Kleid? Hatte sie sich zwischen ihn und Babuschka geworfen?
Panik erfasste ihn. Verzweifelt wollte er nachsehen, wie es ihr ging. Aber der Kampf war noch nicht vorbei. Drei bewaffnete Männer kamen den Berg heruntergerannt.
James sah, dass Babuschka sich nicht entscheiden konnte, ob sie auf die Männer oder noch einmal auf ihn schießen sollte.
Ohne zu zögern, rollte er sich in einer fließenden Bewegung zur Seite, wo der OGPU-Mann seine Waffe hatte fallen lassen, zielte auf Babuschkas Brust und schoss vier Mal.
Babuschka knurrte und fiel nach hinten auf die Felsen an der Straße.
Gleich darauf waren die drei Männer an seiner Seite.
»Sie hätte nicht geschossen«, sagte James bitter, als er auf die Füße kam.
»Wir konnten das Risiko nicht eingehen, mein Sohn.«
Die Männer waren Engländer. Sie trugen Tarnanzüge und Strickmützen. Sie liefen auf das Schloss zu, die Waffen im Anschlag. Einen Moment später tauchte Nevin auf. Er hatte ein Gewehr mit Zielfernrohr bei sich. Diesmal trug er keinen Filzhut. Er zog James von der Straße, bis er hinter den Felsen in Deckung war.
»Man kann nicht vorsichtig genug sein«, sagte er. »Bist du in Ordnung, Junge?«
»Ich bin nicht angeschossen, wenn es das ist, was Sie meinen«, sagte James. »Aber Roan. Ich muss zu ihr.«
»Du bleibst hier, es ist zu gefährlich.«

»Ich bin bisher gut ohne Ihre Hilfe zurechtgekommen!«, schrie James. »Ich kann sie nicht einfach auf der Straße liegen lassen.«
»Ich bin nicht den ganzen Weg hierhergekommen, Junge, um dich jetzt zu verlieren«, sagte Nevin und hielt James am Arm fest. »Wenn wir das Signal bekommen, dass die Luft rein ist, verlassen wir unsere Deckung hinter dem Felsen. Aber bis dahin bleiben wir, wo wir sind.«
»Sie sind zu spät, Nevin«, sagte James und riss sich los. »Sie haben die Party verpasst.«
Er stand auf und sah über den Felsen.
Roan war weg.
Da, wo sie vorher gelegen hatte, war eine kleine dunkle Blutlache. Tropfen führten von der Lache weg und hinterließen auf dem steinigen Untergrund eine Spur, die am Schloss vorbeilief und dann auf einen kleinen Bergpfad abbog.
»Sie lebt«, sagte James und grinste erleichtert.
Eine Kugel pfiff durch die Luft. Sie kam von der Schlossmauer. Die Schlacht war noch nicht vorbei.
»Da ist noch eine Frau«, sagte James. »Sie heißt Liesl. Sie versteckt sich in einem Schuppen in einem der Hinterhöfe. Kümmern Sie sich um sie. Friend hat sie gefangen gehalten.«
»Runter«, schrie Nevin. Er schaute durch das Zielfernrohr seines Gewehrs.
James hörte nicht auf ihn. Er rannte tief gebückt hinüber zum Bergpfad. Dabei hielt er seinen Kopf gesenkt. Er rechnete damit, jeden Moment von einer Kugel getroffen zu werden.
Doch es passierte nichts und bald schon kletterte er auf dem Pfad den Berg hoch und entfernte sich vom Schloss. Nach und nach ebbte der Gefechtslärm ab.
Jetzt ging ihn das Ganze nichts mehr an. Es passierte jemand anderem. Er war kein Teil mehr davon. Die Gewehrschüsse konnten genauso gut Feuerwerkskörper oder Knallfrösche sein.

Er blickte hinunter zur Straße. Von Nevin war nichts zu sehen. Babuschka lag immer noch da, wo sie hingefallen war.
Wie viele Menschen würden heute noch sterben, bevor der Tag zu Ende ging?
Er rannte jetzt, so schnell er konnte, seine Lunge brannte. Ein- oder zweimal verlor er die Spur aus den Augen und er musste stehen bleiben und danach suchen. Aber meistens entdeckte er alle paar Meter ein paar Blutstropfen. Roan musste stark bluten.
Er erklomm einen Bergrücken und drehte sich ein letztes Mal um. Er konnte das Dach des Schlosses sehen und wild durcheinanderrennende Männer. Ein paar liefen auf die Straße.
James blinzelte.
Babuschka war weg. Hatte jemand sie weggetragen?
Sie ging ihn nichts mehr an. Sollte Nevin sich doch um sie kümmern.
Alles, worüber er sich Gedanken machen musste, war Roan.
Er ging weiter, kletterte immer höher hinauf. Die Luft wurde kühler; die Kampfgeräusche wurden immer leiser.
Er stieg höher und höher, kämpfte sich zwischen hohen Kiefern hindurch. Der Duft von Nadeln lag in der Luft. Wenn es die Unheil verkündende Blutspur nicht gäbe, könnte man meinen, er mache einen Sommerspaziergang. Einen Spaziergang in den Bergen, wie er es schon so viele Male mit Roan zusammen getan hatte.
Der Pfad wand sich aus dem Wald hinaus. Flecken von grünem Gras bedeckten den felsigen Boden; hier und da wuchsen Wildblumen.
Und dann, weiter oben, sah er sie. Eine kleine, zusammengekrümmte Gestalt im Windschatten eines Felsens. Er rannte zu ihr, betete, dass sie noch am Leben war.
Als er sie erreichte, sah er, dass ihre Augen geöffnet waren und dass ihre Lippen zitterten.
Gott sei Dank.

Er kniete sich neben sie und streichelte über ihr Gesicht. Ihre Arme hatte sie über ihrer Brust gekreuzt. Darunter leuchtete ihr Kleid intensiv rot. Sie zitterte, ihre Haut war so weiß, dass sie glänzte, ihre Augen waren schwarz wie die Nacht.
»Darling«, murmelte sie. »Du hast es geschafft.«
James nahm sie in die Arme und hielt sie fest. Sie fühlte sich kalt an.
»Alles wird wieder gut«, sagte er. »Ich lasse dich nicht sterben. Ich werde Hilfe holen. Es ist vorbei, niemand versucht dir mehr wehzutun.«
»Oh, das wäre schön«, sagte sie und lächelte.
James sah auf das Blut. »Was hast du getan, du Dummkopf?«, sagte er.
»Ich habe es nicht zugelassen, Darling. Nicht nach alldem. Ich habe es nicht zugelassen, dass sie dich tötet.«
»Das ist das Mutigste, was je ein Mensch getan hat«, sagte James.
»Ich glaube nicht, dass ich mutig bin«, sagte Roan ruhig. Sie zitterte immer noch.
»Warum bist du den ganzen Weg hier hochgelaufen?«, fragte James.
»Wegen der Stille. Kein Lärm mehr. Ich liebe die Berge. Ich wollte Schnee sehen. Ich dachte, wenn ich hier hochkomme, finde ich welchen.«
»Es gibt keinen Schnee«, sagte James. »Du bist den ganzen Weg umsonst hier hochgelaufen.«
»Ach . . . All der Ärger, den ich dir gemacht habe, Darling. Du musst mich für eine Hexe halten.«
»Nein. Ich liebe dich«, sagte James. »Nichts, was du je getan hast oder was du tun wirst, kann das ändern. Ich habe mir nicht ausgesucht, dass ich mich in dich verliebe, es ist einfach passiert.«
»Und wie habe ich dich behandelt?«, sagte Roan. »Erinnerst du dich? Ich habe es dir gesagt . . . Du musst dein Herz öffnen. Es

muss ein paar Schläge abbekommen, damit es härter wird. Mein Herz hat zu viele Schläge abbekommen, fürchte ich, es ist zu hart geworden ... steinhart. Ich habe ein Herz aus Stein, James, Darling.«

»Nein«, sagte James. »Es ist kein Stein – es ist ein Diamant, es ist ein wunderschöner Diamant.«

»Diamantherz«, wisperte Roan und dann hustete sie leise.

»Du darfst nicht so viel sprechen«, sagte James. »Du musst deine Kräfte schonen.«

»Nein«, sagte Roan, »es gibt etwas, das ich dir sagen muss.«

»Was?«

»All die Dinge, die ich über das große Ziel gesagt habe ... Ich weiß nicht, ob ich immer noch daran glaube oder ob ich es je getan habe. Oh, ich weiß, dass es ungerecht in der Welt zugeht und dass die Armen keine Chance haben, aber Dandy hat mir die Augen geöffnet für die politischen Hintergründe. Es war seine Leidenschaft. Russland. Die Revolution.«

»Bitte«, sagte James. »Das ist jetzt nicht wichtig.«

»Aber ich wollte dir eigentlich nicht die Wahrheit sagen«, fuhr Roan fort. »Ich konnte nicht. Ich wollte dir nicht noch mehr wehtun, als ich es sowieso schon getan hatte.«

»Was meinst du?«, fragte James.

»Dandy«, sagte Roan. »Er war nicht nur ein Freund. Er war nicht nur jemand, mit dem ich zusammengearbeitet habe, ein Agentenkollege ... Er war mein Ehemann, James.«

»Was?«

»Wir waren verheiratet. Ich hätte alles für ihn getan. Als ich erfuhr, dass er tot ist, brach eine Welt für mich zusammen. Ich hasste jeden und alles, ich wollte jemandem wehtun ...«

»Du wolltest mir wehtun?«, sagte James.

»Es tut mir leid.«

»Also habe ich dir nie etwas bedeutet?«

»Sei kein Dummkopf. Natürlich hast du mir etwas bedeutet. Ich habe dir gesagt, dass ich dich liebe, oder? Man sollte nie über so etwas Ernstes lügen wie die Liebe. Aber man kann jemanden lieben und gleichzeitig hassen.«
»Hasst du mich immer noch?«
»Oh, sieh nur, es schneit . . .«
James sah sich um. Er konnte nichts sehen.
»Ich glaube, nicht«, sagte er.
»Kannst du es nicht sehen?«, sagte Roan. Ein kindliches Lächeln lag auf ihrem Gesicht. »Weiße Flocken in der Luft. Oh, sie sind so schön, James. Ich wusste, ich würde Schnee sehen, bevor ich sterbe.«
»Du wirst nicht sterben.«
»Nicht, solange du auf mich aufpasst, was? Natürlich hasse ich dich nicht mehr. Du bist der unglaublichste Junge, dem ich je begegnet bin . . . Oh, aber der schöne Schnee ist ziemlich kalt. Sieh es dir an, wir müssen in einen Schneesturm geraten sein.«
»Hier ist nichts«, sagte James, der vor Angst zitterte. »Hier ist kein Schnee.«
Roan nahm seine Hand. Ihre Haut fühlte sich eiskalt an. Ihre Hand schien winzig klein zu sein, wie die Hand eines Kindes. Er versuchte, sie warm zu reiben.
»Es ist so schön«, sagte Roan. »So wunderschön . . .«
»Bitte stirb nicht«, sagte James. Aber er konnte nichts tun. Sie entglitt ihm. Egal, wie fest er sie hielt, egal, wie sehr er sie liebte, egal, was er sagte oder tat, er war hilflos im Angesicht des Todes.
»Bitte . . .«, flüsterte er.
Aber sie konnte ihn nicht mehr hören.

32 Auf dem Gipfel

James saß mit dem Rücken an einen Felsen gelehnt in der Sonne. Die saubere Luft auf dem Gipfel des Hahnenkamms füllte seine Lungen. Die Stadt war von hier aus nicht zu sehen. Er hätte der einzige Mensch auf der Erde sein können, der auf eine Landschaft schaute, die seit Millionen von Jahren unverändert geblieben war. Die belanglosen Streitereien der Menschen hatten hier oben keine Bedeutung.

Von seinem Aussichtspunkt aus konnte er die riesigen Gebirgsketten sehen, die sich um ihn herum ausbreiteten. Im Süden waren die weiter entfernten Gipfel der Hochalpen mit Schnee bestäubt, aber hier leuchteten die Berge in einem lebendigen Smaragdgrün, das von dem Schwarz der Felsen und dem dunkleren Grün der Kiefern durchsetzt war. Der Himmel, der sich in endlose Weiten über ihm erstreckte, war von einem tiefen Blau. Als er allein in der Kabine der Seilbahn hochgefahren war, war Kitzbühel unter ihm langsam geschrumpft, bis er das Gefühl hatte, er könnte die Hand ausstrecken und alles neu anordnen, wie ein Kind, das mit Spielzeughäusern und -autos spielt. Von oben aus der Gondel hatte alles so sauber, so einfach und so klar ausgesehen. So musste Gott die Dinge sehen. Aus der Entfernung schien es, als wäre mit der Welt alles in Ordnung.

Dort unten war es allerdings anders. Er wusste, wie die Wirklichkeit aussah. Die Welt war chaotisch und kompliziert, man konnte sich nie auf das verlassen, was jemand sagte oder tat. Das wirkliche Leben war verwirrend. Daran waren die Menschen

schuld. Sie füllten diese perfekte Welt mit Unglück, Angst und Gewalt.
Er wollte für immer hier oben bleiben. Hierbleiben und nie wieder hinuntergehen. Wie Peter Pan würde er einen Weg finden, dass er für immer jung blieb. Wie wunderbar wäre es, wenn man nicht erwachsen werden und mit all dem Chaos in der Welt fertig werden müsste. Aber er wusste, dass man die Zeit nicht anhalten konnte. Man *musste* erwachsen werden. Und man konnte die Welt nicht auf Abstand halten – früher oder später würde sie einen suchen und finden und sich einverleiben, auch wenn man strampelte und schrie.
Es gab Wege, wie man mit der Welt zurechtkam. Es gab Wege, wie man sie verstand. James würde den besten Weg finden. Sein Körper war zerschunden und zerschlagen. Er war mit Schnittwunden und Kratzern bedeckt. Jede einzelne Wunde erinnerte ihn an etwas von dem, was seit seiner Rückkehr nach Europa passiert war. Aber sein Körper würde heilen. Das wusste er nur zu gut. Über die Jahre hatte er sich von vielen Schnitten und Wunden verabschiedet, sogar von ein paar gebrochenen Knochen. Es würde allerdings sehr viel länger dauern, bis sein Herz heilte und bis seine Seele die schlechten Erinnerungen vergraben hatte.
Er würde sein Herz in Zukunft besser schützen. Er würde eine harte Schale darum herum wachsen lassen. Denn er war sich schmerzhaft bewusst, dass sein Platz in der Welt genau hier war. Allein auf einem Berg, wie ein Adler in seinem Horst.
Allein.
Seit dem Tod seiner Eltern war er allein und jetzt war er es wieder. Letzten Endes konnte er sich nur auf eine Person in der Welt wirklich verlassen und diese Person hieß James Bond.
Na ja – er streckte sich und sah in den Himmel – *es war gar nicht so schlecht, allein zu sein.*

Er lag eine ganze Weile da, spürte den massiven Berg unter sich, sog Kraft aus ihm und ließ die dunklen Gedanken fortziehen.
Schließlich setzte er sich auf. Er war nicht länger allein. Eine Gruppe Spaziergänger wanderte langsam von der Bergstation über den Gipfel. Sie waren nicht größer als Ameisen. Er lächelte. Es war schwieriger, allein zu sein, als man dachte. Er schloss ein Auge und kniff das andere zu einem Schlitz zusammen, dann hielt er seinen Daumen vors Gesicht, sodass es aussah, als würde er über den Menschen schweben. Es war der Daumen eines Riesen. Gottes Daumen. Gelassen könnte er sie auslöschen.
Er zerdrückte sie.
Wie einfach wäre das.
Aber natürlich kamen sie weiter auf ihn zu.
Nach einer Weile erkannte er das leichte Hinken von Hannes Oberhauser. Er schien die anderen anzuführen. James sah, wie er zu ihm herüberdeutete.
Sie suchten ihn also. Es war *tatsächlich* schwierig, allein zu sein.
Er betrachtete sie genauer.
Sie waren zu viert, Oberhauser eingeschlossen, der sich nun umdrehte und zur Bergstation zurückkehrte. Einer von ihnen war unverkennbar Mr Merriot – James konnte seine allgegenwärtige nie angezündete Pfeife erkennen. Der Mann neben ihm, der mit dem Filzhut, war bestimmt Dan Nevin. Den leicht übergewichtigen Mann, der ein bisschen hinter ihnen zurückgefallen war und sich abmühte, auf dem felsigen Untergrund zu ihnen aufzuschließen, hatte James noch nie zuvor gesehen.
Es war nur eine Frage der Zeit, vermutete James. Sie hätten ihn früher oder später sowieso aufgespürt, egal, wohin er gegangen wäre. In gewisser Weise war es eine Erleichterung. Er musste endlich damit abschließen.
Als Merriot in Hörweite war, rief er nach James. James winkte

wortlos. Kurz darauf waren die Männer bei ihm. Ihre Gesichter waren gerötet und sie atmeten schwer.
»Ein hübscher Fleck.« Merriot betrachtete die Aussicht.
James nickte.
»Wie geht es dir, James?«, fragte Nevin.
»Den Umständen entsprechend gut, denke ich«, sagte James. Er warf einen Blick auf den dritten Mann, der gerade erst ankam.
»Das ist Sir Donald Buchanan«, sagte Merriot. Er setzte sich auf einen Felsen und nahm seine Pfeife aus dem Mund. »Sir Donald ist von der Regierung. Ich denke, man könnte sagen, er ist mein Boss.«
»Wie geht es dir, junger Mann?« Buchanan keuchte. Er schwitzte stark und sah aus wie ein Mann, dem gutes Essen lieber ist als Sport. »Ich freue mich, dich endlich kennenzulernen.«
»Tatsächlich?«, sagte James. »Ich dachte, sie wären gekommen, um mich festzunehmen.«
»Festnehmen? Weit davon entfernt, weit davon entfernt«, sagte Merriot und lächelte James freundlich an. »Wir verstehen, warum du getan hast, was du getan hast. Wir haben dir eine viel zu schwere Last aufgebürdet. Es war nicht fair – ein junger Mann wie du. Wir waren in Panik und wir waren geblendet von dem Wunsch, den Feind ausfindig zu machen und zur Strecke zu bringen. Wir hätten nicht erwarten dürfen, dass du eine solch schwere Last trägst. Aber wie bei all deinen Abenteuern ist auch dieses Mal alles gut ausgegangen.«
»Ist es das?«, sagte James. »Roan ist tot.«
»Das ist ein Jammer«, sagte Merriot. »Sie und ihr Mann haben zwar eine furchtbare Geschichte geplant, aber in vielerlei Hinsicht war sie unschuldig. Sie hatte sich in einem Spiel verstrickt, das viel größer und komplizierter war, als sie es sich jemals hätte ausmalen können.«
»Und das Spiel ist jetzt vorbei?«, fragte James.

»Ich glaube nicht, dass es je vorbei sein wird«, sagte Merriot. »Man hat es *Das Große Spiel* genannt, diesen Schattenkrieg der Spione, Doppelagenten, voller Verschwörungen, Gegenverschwörungen, Geheimnisse und Lügen.«

»Wenn du es so darstellst, Michael«, sagte Buchanan und wischte sich mit einem Taschentuch übers Gesicht, »klingt es furchtbar schmutzig.«

Nevin lachte und zündete sich eine Zigarette an.

»Es ist schlimmer als nur schmutzig«, sagte er.

»Was ist mit Babuschka passiert?«, fragte James, »mit Oberst Sedova?«

»Verschwunden«, sagte Nevin. »Sehr schade. Sie wäre keine schlechte Trophäe gewesen. In Moskau ist die Hölle los, nach dem, was man hört. Das OGPU ist aufgelöst und dem Volkskommissariat für Innere Angelegenheiten einverleibt worden.«

James hörte kaum zu. Man konnte dem Ganzen einen anderen Namen geben, aber dadurch wurde es nicht besser.

»Ich nehme an, du fragst dich, wie wir dich im Schloss gefunden haben, hm?«, sagte Merriot.

»Sie haben einen Mann hingeschickt«, sagte James. »Er ist tot.«

»Ich weiß«, sagte Nevin. »Wir haben den armen Kerl gefunden. Sein Name war Walsh. Wir haben den Grafen wegen etwas anderem überprüft. Wir hatten keine Ahnung, dass alles Teil derselben Verschwörung war.«

»Keiner von uns hat das geahnt«, sagte Merriot.

»Wir hatten den Kontakt zu Walsh verloren«, fuhr Nevin fort, »aber in einer der letzten Nachrichten, die er uns schickte, stand, dass er einen Jungen und ein Mädchen im Zug gesehen hatte. Es hat eine Weile gedauert, bis wir zwei und zwei zusammengezählt hatten, und dann hat es noch mal eine Weile gedauert, bis wir festgestellt hatten, dass es fünf ergab.«

Merriot legte eine Hand auf James' Schulter.

»So, mein Junge«, sagte er. »Was sollen wir jetzt mit dir machen?«
James zuckte mit den Schultern. Im Augenblick war ihm das ziemlich egal. Er fühlte sich hohl und leer.
»Ich habe mit deiner geschätzten Tante gesprochen«, fuhr Merriot fort. »Sie ist übrigens hier, in Kitzbühel. Ich habe sie darum gebeten, dass ich zuerst mit dir sprechen darf.«
»Oh?«, sagte James. »Ich nehme an, Sie wollen mit mir einstudieren, welche Lügen ich über das erzähle, was vorgefallen ist?«
»Du warst schon immer ein cleverer Bursche«, sagte Merriot.
»Die Sache ist die«, sagte Buchanan, »uns wäre es am liebsten, du würdest niemandem etwas erzählen.«
»Nicht einmal meiner Tante?«
»Nicht einmal deiner Tante«, bestätigte Buchanan. »Gewisse Teile der Geschichte wären für uns alle ziemlich peinlich. Wir könnten alle ziemlich dumm dastehen, wenn etwas davon an die Öffentlichkeit käme.«
»Und dann wäre da noch der Prinz von Wales«, sagte James.
Buchanan hustete und sah weg.
»Niemand darf je die ganze Wahrheit darüber erfahren, was geschehen ist«, sagte Merriot. »Wir werden dich darum bitten, einige Papiere und Dokumente zu unterschreiben – die *Official Secret Acts* zur Wahrung von Staatsgeheimnissen und so weiter –, und dann müssen deine Lippen für immer versiegelt bleiben.«
»Das ist alles?«, fragte James. »Keine Bestrafung fürs Weglaufen? Keine Konsequenzen, dass ich einer polizeilich gesuchten Frau zur Flucht verholfen habe? Wollen Sie nichts über meinen Anteil an dieser Geschichte sagen?«
»Keine Bestrafung«, sagte Merriot ruhig. »Wir machen ein Geschäft mit dir, wenn du eins mit uns machst. Wir wollen nicht vergessen, dass du dem König das Leben gerettet hast. Er hat dir sogar einen Orden angeboten. Ich habe natürlich in deinem Namen abgelehnt.«

»Natürlich«, sagte James.

»Und natürlich weiß er nicht genau, was passiert ist. Wir vier hier, auf dem Gipfel dieses Berges, sind die Einzigen auf der Welt, die die ganze Wahrheit kennen, und wir hätten gern, dass das so bleibt.«

»Solltest du je mit irgendjemandem über das Vorgefallene sprechen«, sagte Buchanan, »wirst du die geballte Macht der Regierung Seiner Majestät zu spüren bekommen. Und ich kann dir versichern, das wäre ziemlich unschön.«

James seufzte. Er wollte diese ganze Geschichte nur zu gern vergessen.

»Meine Lippen sind versiegelt«, sagte er.

»Guter Mann«, sagte Merriot. »Jetzt zu den Details. Du kannst nicht nach Eton zurück.«

»Ich dachte mir, dass Sie das sagen würden«, sagte James.

»Dieser Teil deines Lebens ist vorbei«, sagte Merriot. »Ich werde dich vermissen. Du hast zwar nie Gefallen an den alten Sprachen gefunden, aber du warst immer ein heller Kopf und ein interessierter Schüler. Und was für ein Sportler. Sie sollten den Jungen einmal laufen sehen, Sir Donald.«

»Hmpf«, sagte Buchanan, der sich offensichtlich nicht für Sport interessierte.

»Wir haben Vorkehrungen getroffen, dass du auf die alte Schule deines Vaters in Edinburgh versetzt wirst, James. Nach Fettes. Ich glaube, dort wird es dir gefallen – die Sportmöglichkeiten sind exzellent und ich weiß, dass du schnell neue Freunde finden wirst. Wir werden uns eine Geschichte einfallen lassen, die deinen Weggang aus Eton erklärt. Eigentlich werden wir die Fakten kaum ändern müssen.«

»Das ist eine gute Regel«, sagte Nevin und stieß eine Rauchwolke aus. »Wenn du eine Lüge erzählen musst, dann halte dich, so weit es geht, an die Wahrheit, das ist viel einfacher.«

»Ich werde es mir merken«, sagte James.
»Wir werden deine Spuren allerdings ein wenig verwischen müssen«, sagte Merriot, »um dich sicher aus der Geschichte herauszuhalten. Die Akten werden zeigen, dass du die Schule vor einem Jahr verlassen hast und deswegen nicht mit den Ereignissen im letzten Halbjahr in Verbindung stehen kannst. Diese ganze Angelegenheit ist offiziell aus den Geschichtsbüchern gestrichen worden.«
»Und Prinz Edward?«, fragte James. »Was wird aus ihm? Es wird nicht so einfach sein, *ihn* aus den Geschichtsbüchern zu streichen.«
»Überlass das uns«, sagte Buchanan düster.
»Ich glaube nicht, dass er etwas von dem Plan wusste«, sagte Nevin. »Es ist allgemein bekannt, dass er seinen Vater nicht mag, aber wenn er gewusst hätte, dass sie ihn töten wollten, wäre er nie einverstanden gewesen.«
»Einige seiner Überzeugungen und Schwärmereien sind jedoch besorgniserregend«, sagte Buchanan. »Wir müssen aufpassen, damit so etwas nicht noch einmal vorkommt. Wenn nötig, werden wir dafür sorgen, dass er nie König wird.«
»Verschwörungen, Gegenverschwörungen, schmutzige Geheimnisse und Lügen«, sagte James.
»So ungefähr«, sagte Buchanan. »Aber was die Öffentlichkeit nicht weiß, tut ihr nicht weh.«
»Ich weiß, dass du Geheimnisse gut bewahren kannst, James«, sagte Merriot. »Tatsächlich bist du von uns allen hier am besten für diesen Job ausgerüstet.«
»Als Spion?«, fragte James.
»Als Spion, ja«, sagte Merriot. »Es liegt dir im Blut.«
James fuhr sich mit den Fingern durch die Haare.
»Einer der letzten Sätze, die mein Onkel Max zu mir gesagt hat, bevor er gestorben ist, lautete: *Werde niemals ein Spion.*«

»Ich bin mir sicher, das waren weise Worte«, sagte Merriot. »Aber vielleicht ist unser Schicksal vorherbestimmt. Leute wie dich werden wir immer brauchen. Du bist noch jung, du musst dich erst einmal erholen, du musst versuchen, für eine Weile wie ein normaler Junge zu leben, aber wenn die Zeit reif ist, wenn du alt genug bist, wirst du dann den Ruf hören?«

»Ein Krieg zieht auf, James«, sagte Nevin. »Wir tun unser Bestes, um ihn aufzuhalten, aber ich fürchte, er wird früher oder später ausbrechen. Ich bin mir sicher, dass Europa in den nächsten fünf Jahren in Flammen stehen wird. Wir brauchen Leute, die diese Flammen löschen.«

»Und Leute, die sie anfachen«, murmelte Buchanan.

»Mein Bedarf an Blut und Feuer ist gedeckt«, sagte James. »Ich bin mir nicht sicher, ob ich weiterkämpfen will.«

»Ich bin mir nicht sicher, ob das irgendjemand von uns will«, sagte Merriot. »Aber wenn der Krieg ausbricht, habe ich schneller eine Waffe als einen Stift in der Hand.«

»Ist das die einzige Möglichkeit?«, fragte James.

Merriot lächelte und blickte in die Ferne. »Vielleicht nicht«, sagte er. »Wir Lehrer müssen immer den Eindruck erwecken, als wüssten wir alles, aber manchmal, muss ich gestehen, tun wir das nicht.« Er stand auf und hielt James eine Hand hin. »Kommen wir ins Geschäft?«, fragte er.

James dachte nach.

»Ich glaube nicht, dass ich eine andere Wahl habe«, sagte er.

»Nein«, sagte Buchanan. »Ich fürchte, das hast du nicht.«

»Kann ich meine Freunde wiedersehen?«, fragte James.

»Wir können dich nicht davon abhalten, nehme ich an«, sagte Merriot, »aber uns wäre es lieber, du würdest es nicht tun.«

»Sie wissen bestimmt Bescheid, dass ich mit Roan weggelaufen bin.«

»Eine Herzensangelegenheit, mehr nicht.«

Mehr nicht?
James schüttelte Merriot die Hand.
»Manchmal«, sagte Merriot, »wissen wir nicht, ob das, was wir tun, richtig ist. Aber vielleicht hast du genug von Hitlers Plänen mitbekommen, um zu wissen, dass er jemand ist, den wir aufhalten müssen.«
»Ja«, sagte James.
»Lassen Sie uns gehen«, sagte Buchanan. »Ich wäre gern rechtzeitig zum Essen zurück. Können wir dem Jungen vertrauen?«
»Ja«, sagte Merriot.
»Kommst du mit uns runter?«, fragte Nevin.
»Ich bleibe noch ein bisschen«, sagte James, »und genieße die letzten Sonnenstrahlen.«
»Du kannst die Papiere morgen früh unterzeichnen, bevor wir abfahren«, sagte Buchanan.
»Wie Sie wollen«, sagte James. »Aber ich habe Ihnen mein Wort darauf gegeben und das ist eigentlich alles, was Sie brauchen.«
Buchanan grunzte und machte sich auf den Weg zurück zur Bergstation. Nevin tippte sich an den Hut und folgte ihm. Merriot blieb zurück.
»Auf Wiedersehen«, sagte er. »Ich werde dich wirklich vermissen. Aber ich bin mir sicher, dass sich unsere Wege irgendwann wieder kreuzen werden.«
»Auf Wiedersehen«, sagte James. »Danke, dass Sie das alles für mich organisiert haben. Bestimmt war es nicht so einfach, wie Sie es jetzt aussehen lassen. Ich wette, Sir Donald wollte mich einsperren und den Schlüssel wegwerfen.«
Merriot zwinkerte.
»Cleverer Bursche«, sagte er und drehte sich um, um zu gehen.
»Eins noch«, sagte James.
»Ja?
»Roan? Kennen Sie ihren richtigen Namen?«

»Ihr Familienname war Cullinan«, sagte Merriot. »Aber sie hat ihn aus Sicherheitsgründen nie benutzt.«
»Und ihr Mädchenname?«
»Power. Es hat sich herausgestellt, dass sie tatsächlich die war, die sie vorgegeben hat zu sein. Roan Power. Das war die ganze Zeit ihr richtiger Name.«
»Danke.«
James blickte hinter Merriot her, wie er seine Pfeife zurück in den Mund steckte und mit weit ausholenden Schritten den anderen beiden folgte.

James blieb sitzen, bis er sicher war, dass sie weg waren. Und dann saß er noch eine Weile da, während die Hitze des Tages nachließ. Schließlich stand er auf, streckte seine schmerzenden Muskeln und begann den Abstieg nach Kitzbühel. Er wollte nicht die Bergbahn nehmen. Er wollte Zeit zum Nachdenken und am besten dachte er nach, wenn er sich bewegte. Der gewundene Weg, der den Berg hinunterführte, würde ihn einige Zeit kosten, aber er hatte es nicht eilig.
Er erinnerte sich an damals, als er den Berg mit Miles Langton-Herring hinuntergesaust war. Es kam ihm vor, als wäre es in einem anderen Leben gewesen.
Er freute sich, dass Charmian da war. Sie wusste, wie sie ihn aufmuntern und seine Sorgen zerstreuen konnte. Vielleicht würde sie eine Weile bleiben – sie würde die Oberhausers mögen und James könnte ihr die Berge zeigen.
Schon fühlte er sich leichter und glücklicher. Vielleicht war es wirklich so einfach. Er würde ein paar Papiere unterzeichnen und alles wäre vergessen, als wäre es nie geschehen. Er würde auf seine neue Schule, Fettes, gehen und neu anfangen. Niemand würde ihn kennen, niemand würde etwas von ihm erwarten. Bis auf Perry. James lächelte. Ja, er hatte ganz vergessen, dass Perry

in Fettes war. Der Ort würde ihm also nicht ganz fremd sein. Zwar würde mit Sicherheit irgendein Junge versuchen, den Neuling zu schikanieren, um zu zeigen, dass er hier das Sagen hatte, aber er wusste, wie er mit so jemandem fertig wurde. Vor irgendwelchen Jungen hatte er schon lange keine Angst mehr.
Nach der ersten Wegbiegung traf er auf Hannes Oberhauser, der dort auf ihn wartete.
»Ich dachte mir, dass du diesen Weg nehmen würdest«, sagte er grinsend.
»Sie kennen mich zu gut«, sagte James.
Oberhauser legte seinen Arm um James' Schultern und sie gingen nebeneinander her.
»Ich wollte mich vergewissern, dass es dir gut geht.«
»Mir geht es gut«, sagte James und er meinte, was er sagte.
»Helga macht Wiener Schnitzel zum Abendessen«, sagte Hannes. »Ich weiß, dass das eines deiner Lieblingsgerichte ist.«
»Ja, das ist es«, sagte James.
»Deine Tante wird uns Gesellschaft leisten. Ich habe sie kennengelernt, sie scheint eine großartige Frau zu sein.«
»Das ist sie«, sagte James.
Sie gingen gemeinsam den Weg hinunter und verschwanden bald zwischen den Kiefern.
Eine Gämse kam aus ihrem Versteck und spähte vorsichtig in die Richtung, in die sie gegangen waren, dann verschwand auch sie mit einem Satz.
Der Berg war still.

Danksagung

Da mit diesem Buch ein Kapitel im Leben von James Bond zu Ende geht, möchte ich mich, wie es sich gehört, bei allen Leuten bedanken, die mir dabei geholfen haben, diese Serie zu schreiben. Einigen von ihnen habe ich schon früher gedankt, aber es kann nicht schaden, es noch einmal zu tun.

Vicky Fullick
Frank, Jim und Sidney
Kate Jones
Alexandra Cann
Susan Powell
Zoë Watkins
Corinne Taylor
Kate Grimond
Lucy Fleming
Matthew Fleming
Rebecca McNally
Amanda Punter
Adele Minchin
Kirsten Grant
Francesca Dow
Lucy Chavasse und allen bei Colman Getty
Michael Meredith
Nick Baker
Allen Jungen und Mädchen, die die Bücher gelesen haben
Ian Fleming

Andreas Eschbach

Black*Out	Hide*Out	Time*Out
978-3-401-50505-3	978-3-401-50506-0	978-3-401-50507-7

Was wäre, wenn das Wissen und die Gedanken eines Einzelnen für eine ganze Gruppe verfügbar wären? Jederzeit. Würden dann nicht Frieden und Einigkeit auf Erden herrschen? Wäre der Mensch dann endlich nicht mehr so entsetzlich allein? Oder könnte dadurch eine allgegenwärtige Supermacht entstehen, die zur schlimmsten Bedrohung der Welt wird?

Drei Thriller der Extraklasse von Bestsellerautor Andreas Eschbach, der die Themen Vernetzung und Globalisierung auf eine ganz neue, atemberaubende Weise weiterdenkt und die Frage stellt, was Identität und Individualität für die Menschheit bedeuten.

Arena

Auch als E-Books erhältlich
Als Hörbücher bei Arena audio

Jeder Band:
Arena-Taschenbuch
www.arena-verlag.de

Andreas Eschbach

Die seltene Gabe

Lampen zerspringen, Züge bleiben liegen, Dinge schweben durch den Raum … und daneben steht ein Junge, dessen starrer Blick diese unheimlichen Vorgänge lenkt. Armand ist ein Telekinet. Einer der besten. Doch diese seltene Gabe hat ihre Schattenseiten. Das Militär will, dass er seine parapsychologischen Kräfte als Killer einsetzt. Armand bleibt nur die Flucht – die ihn zu Marie und in ein neues Leben führt …

Arena

248 Seiten • Kartoniert
ISBN 978-3-401-50371-4
www.eschbach-lesen.de
www.arena-verlag.de

Auch als E-Book erhältlich

Mirjam Mous

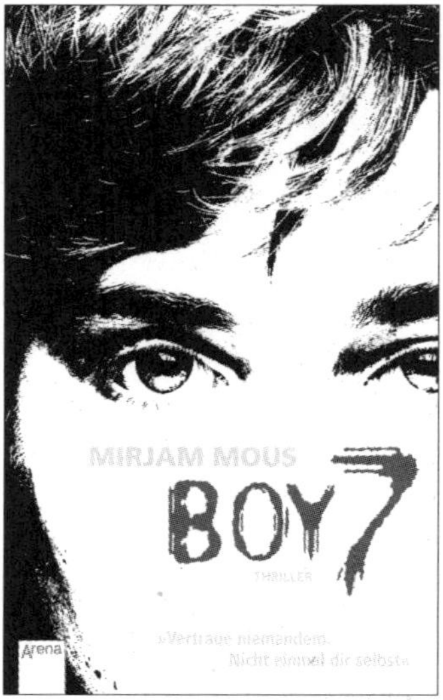

Boy 7

Vertraue niemandem.
Nicht einmal dir selbst.

Boy 7 kommt auf einer glühend heißen, kahlen Grasebene zu sich und weiß weder wohin er unterwegs ist noch woher er kommt. Er weiß nicht einmal mehr, wie er heißt. Die einzige Nachricht auf seiner Mailbox stammt von ihm selbst: »Was auch passiert, ruf auf keinen Fall die Polizei.« Wer ist er? Wie ist er hierher geraten? Und wem kann er noch vertrauen?

Roland Jungbluth

Remember

Verängstigt und orientierungslos erwacht Annabel eines Morgens in einer psychiatrischen Anstalt. Sie hat keine Ahnung, wie sie dort hingekommen ist. Und was noch schlimmer ist, sie kann sich nicht mehr an ihre Eltern erinnern. Doch sie ist nicht allein. Michael, Eric und George, drei Jungen aus ihrer Schule, teilen ihr Schicksal. Als sie dem harmlos scheinenden Hinweis einer seltsamen Patientin folgen, zieht es sie immer tiefer hinein in einen Strudel geheimnisvoller Rätsel und verstörender Ereignisse. Plötzlich finden sie sich in einer Welt wieder, die sich gegen sie gewandt hat und in der sie niemandem mehr vertrauen können – nicht einmal sich selbst. Auf der verzweifelten Suche nach Antworten und ihren Erinnerungen wandeln sie bald auf einem schmalen Pfad zwischen Realität und Wahnsinn, zwischen Himmel und Hölle, zwischen Leben und Tod. Und ihre Uhr tickt.